Die Seewespe

5. Rügen-Krimi

von

R.P. Hahn

(Rochus Hahn)

Impressum

Covergestaltung: Katharina Netolitzki

Bibliografische Information der Deutschen Nationalbibliothek: Die Deutsche Nationalbibliothek verzeichnet diese Publikation in der deutschen Nationalbibliografie; detaillierte Informationen sind im Internet über http://dnb.dnb.de abrufbar.

Korrektorat: Michael Möller

Verlag: BoD · Books on Demand GmbH, In de Tarpen 42, 22848 Norderstedt

Druck: Libri Plureos GmbH, Friedensallee 273, 22763 Hamburg

ISBN: 978-3-7583-4003-1

MIX
Papier aus verantwortungsvollen Quellen
Paper from responsible sources
FSC® C105338

Inhaltsverzeichnis

Danksagung

Mein herzlicher Dank geht an Hauptkommissar Gerhard Gulden von der Kripo Ansbach, der diese Reihe seit "Der Dünenteufel" begleitet und stets meine erste Anlaufstelle ist.

Des Weiteren möchte ich Hauptkommissar Karsten Lange von der Stralsunder Bundespolizei meinen Dank für seine besonders wertvolle Beratung für "Die Seewespe" ausdrücken, ebenso wie der Oberkommissarin Uta Blum.

Auch vom 1. Polizeihauptkommissar Mario Ullrich des Polizeihauptreviers in Bergen kamen viele wichtige Hilfestellungen. Dafür danke ich!

Zudem möchte ich mich recht herzlich beim Rügener Polizeioberkommissar Wolfgang Bulmann und dem Polizeihauptmeister a. D. Bernd Mahlow bedanken, die beide in der Polizeistation Putbus Dienst tun oder taten.

Danke auch für die freundliche Unterstützung der Firma FRS, die mir bei den Buch-Recherchen einen umfassenden Einblick gewährte!

Diese Krimi-Reihe würde es nicht geben ohne meinen ehemaligen Agenten Tim Rohrer und die damalige Piper-Chefredakteurin Eliane Wurzer, die letztendlich den steinigen Weg für diese Serie geebnet haben. Dafür danke ich herzlich!

Ein großes Dankeschön möchte ich auch meiner treuen Frau Sibylle sagen, meiner Muse, die alle meine Buch-Projekte mit Rat, Tat und eigenen Einfällen begleitet und mich stets mental aufrichtet, wenn ich mich mal wieder in eine Sackgasse manövriert habe.

Bedanken möchte ich mich bei Anja und Tino von der Kaffeerösterei Springer in der Bergener Bahnhofstr. 71, die ich bei meinen Recherchen besucht habe.

Nicht unerwähnt lassen möchte ich den Mike vom *Project-Archangel*, dessen Erzählungen auf Youtube mich zu einem eigenen Kapitel im vorliegenden Roman inspirierten. Vielen Dank auch dafür!

Last but not least: Ganz lieben Dank an meinen treuen Freund Michael Möller für das finale Korrekturlesen!

Prolog: Die Ruhe vor dem Sturm

Waldo und Chris schlenderten die Bergener Bahnhofstraße hinauf. Sie hatten keinen Dienst und trugen ihre Zivilkleidung. Die Wochen, die gerade hinter den beiden Polizeibeamten lagen, waren ruhig gewesen. Zu ruhig vielleicht, denn Waldo schob Frust. "Nicht, dass ich etwas dagegen hätte, mal gepflegt die Beine hochzulegen, aber jetzt ist schon seit Monaten gar nichts passiert auf dieser elenden Insel. Sogar die Taschendiebe in Binz sind dieses Jahr ausgeblieben. So ist schleichender Gehirntod vorprogrammiert."

Chris schmunzelte. "Komm, gib es doch zu, Waldo! Du bist nur deswegen so übellaunig, weil du bei Michaela Terjong, unserer schnuckeligen Oberstaatsanwältin abgeblitzt bist."

"Ach, halt doch die Klappe, Sienkiewicz!"

Der POM konnte sich das Lachen nicht verbeißen: "Ich meine, dein Masterplan war ja nicht schlecht, aber wieso behauptest du der Terjong gegenüber, du wärst Abstinenzler, wenn doch jeder Kollege im Bergener Hauptrevier weiß, dass du ganz gerne mal einen über den Durst becherst?"

Waldo sah verdrossen aus. "Das war eine äußerst unglückliche Verkettung von Umständen. Wenn ich mich nur nicht beim Dienstjubiläum von Bert Rusnak auf einen Zweikampf mit ihm eingelassen hätte ... ausgerechnet ein Wettsaufen."

"Ein Wettsaufen? Bert Rusnak? Ach, komm! Das hat er nicht gemacht!", zweifelte Chris, "Das sieht dem Chef nicht ähnlich ..."

Waldo hob den Zeigefinger. "Es war in erster Linie ein sportlicher Wettstreit: Wir haben nämlich Darts gespielt. Nach jedem zwölften Dart gab es einen brennenden Moorgeist für beide. Und nur mal so nebenbei: Ich hab den Alten mit fünf zu vier Legs abgezogen ...! Der gute Bert Rusnak hat so ein langes Gesicht gezogen, dass man einen Moment denken konnte, er sei ein Lipizzaner!"

"Lass mich einfach mal raten!", unterbrach Chris, "Und dann ist Oberstaatsanwältin Michaela Terjong reingeschneit."

Die beiden Beamten unterbrachen ihre Unterhaltung kurz und betraten die Bergener Kaffeerösterei der Springers. Sie setzten sich an den großen Tisch, an dem sie immer ihren Cappuccino nahmen. Tino, der Inhaber, kam auf sie zu. "Wollt ihr das Übliche, ihr zwei Langweiler?"

"Ja!", sagten Chris und Waldo unisono.

"Überlegt es euch. Ich habe eine neue Röstung: 'Arkonas Morgenröte'. Wenn ihr euch als Versuchskaninchen zur Verfügung stellt, geht das aufs Haus."

Die Polizisten wechselten einen Blick. Waldo schlug auf den Tisch. "Deal, Mann! Dann lass mal anrollen, dein neues Gebräu!"

Chris lehnte sich zurück und streckte sich. "Also, wir waren bei deiner Flamme Michaela Terjong. Wie hat sie reagiert? Klassische Ohrfeige?"

Waldo schaute betrübt drein. "Ist nicht ihr Stil. Ein sprödes Lächeln und dann konnte ich zusehen, wie sich im Zeitraffer ein Eispanzer um ihre zarte Gestalt gebildet hat. Und dabei war es prima gelaufen, bis zu diesem Moment. Sie war kurz davor, ihre Bedenken, sich mit einem kleinen Landpolizisten zu liieren, über den Haufen zu werfen."

"War das jetzt einfach nur Riesenpech oder hast du es dir selbst vermasselt?"

"Etwas von beidem. Wie konnte ich damit rechnen, dass der alte Rusnak sie eingeladen hat und die Alte dann auch noch wirklich aufkreuzt?"

Chris sah hinüber zum Tresen, wo Tino ihre Cappuccini mit Milchschaum toppte. "Hast du nicht versucht, mit ihr zu sprechen? Ich meine, vielleicht nimmt sie dir die Lüge ja gar nicht so krumm. Das muss doch nicht zwangsläufig heißen, dass Schluss ist, oder?"

"Was heißt schon Schluss? Wir waren ja noch nicht mal in der Kiste. Wo kein Anfang, da kein Ende. Und um deine Frage zu beantworten: Ich hab danach nicht mehr mit ihr geredet. Hab mich nicht getraut. Und von ihr kam auch kein Lebenszeichen mehr. Klarer geht's nicht. Das war's mit dem schönsten Gesicht Rügens."

Chris schlug dem Kameraden tröstend auf die Schulter. "Ist vielleicht nur ein kleiner Trost, aber wenigstens mich hast du erfolgreich verkuppelt. Tabea ist ein Hauptgewinn. Und ich bin happy wie eine Schneeflocke auf Safari!"

"Ja. Dieser Trost ist in der Tat sehr übersichtlich", grummelte Waldo.

Tino kam mit den heiß dampfenden Tassen und stellte sie vor den Polizisten ab. "Ich erwarte ein ehrliches Feedback!" Er lächelte verschmitzt und entfernte sich dann.

Chris Sienkiewicz probierte zuerst und machte einen spitzen Mund. "Wow! Gar nicht bitter. Und ohne Ende aromatisch. Das nenne ich einen verdammt guten Kaffee!" Er nahm noch einen genießerischen Schluck. "Und, was denkst du?"

Doch Waldo hörte nicht zu. Er starrte zur Tür, die gerade aufgegangen war. Eine schlanke, blonde Frau war eingetreten. Sie trug eine dunkle Sonnenbrille und bewegte sich anmutig wie ein Model auf dem Laufsteg. Die Dame ging zum Tresen und bat Tino um ein Paket *Pea-berry Santos Espresso*.

"Das gibt es nicht! Ich glaub, mich trifft der Schlag!", stieß Waldo hervor. Er sah zu Chris. "Weißt du, wer das ist?"

Der Kollege blickte zur Kasse hinüber, aber die blonde Frau stand mit dem Rücken zu ihm. "Nein. Ich seh sie ja gar nicht richtig!"

"Das ist Anna Maria Teller, die Schauspielerin."

"Teller?" Chris schaute verständnislos. "Nie gehört!"

"Mann, die musst du doch kennen. Sie war die Chefärztin Dr. Charlotte Thaens in der Serie 'Airport-Emergency'."

"Deutsche Serien gucke ich nicht. Die stehen für mich alle im Generalverdacht, kacke zu sein."

Waldo sah ihn mitleidig an. "Da hast du was verpasst. Anna Maria Teller ist grandios, das ist die deutsche Antwort auf Charlize Theron! Sie ist eine der letzten wahren Diven! Diese Frau war der Star am Wiener Burgtheater und die Österreicher hatten sie sogar auf der Shortlist für den Qualtinger-Ring. Sie ist ... *outstanding*!"

Die Blonde hatte ihren Kaffee eingepackt und wandte sich zum Gehen. Chris sah sie an und sie kam ihm bekannt vor.

Waldo sprang spontan auf und eilte der Schauspielerin nach, die soeben das Geschäft durch den Ausgang verließ. Der Polizeimeister versuchte, seine widerborstigen Locken mit der Hand etwas zu glätten und folgte der Frau.

"He!", rief Chris verdutzt, aber da war sein Partner bereits aus seinem Blickfeld verschwunden.

Auf der Straße holte Waldo die Schauspielerin ein. "Verzeihung, Frau Teller! Auf ein Wort!"

Die Blonde blieb stehen und drehte sich um. Ihre kühle Miene lud nicht zum Smalltalk ein.

Waldo ließ es sich nicht verdrießen. "Bitte verzeihen Sie, ich kann mir vorstellen, wie ätzend es ist, bei jeder Gelegenheit von Hinz und Kunz angequatscht zu werden und ich bin weit davon entfernt, Ihre Zeit stehlen zu wollen."

"Das sind gute Nachrichten", erwiderte die Frau knapp.

"Wissen Sie, die meisten Leute haben kein richtiges Leben, deshalb müssen sie Stars hinterherlaufen und denen auf den Keks gehen. Zu der Sorte gehöre ich aber nicht. Denn ich ...", Waldo strahlte sie an, "... bin Ihr allergrößter Fan! Ich habe jede einzelne Folge von 'Airport Emergency' gesehen. Und nicht nur einmal! Manchmal wache ich nachts auf und ertappe mich, wie ich Ihre Filmsätze nachspreche ..." Waldo machte eine große Geste und nahm eine dramatische Pose ein: "Wir müssen ein CT machen, um Ihre Lähmungserscheinungen abzuklären. Und wir brauchen ein Toxscreen! Jetzt!" Er lachte sie breit an.

Anna Maria Teller reagierte mit einem etwas salzigen Lächeln. "Nett. Aber wenn es Ihnen nichts ausmacht, ich muss weiter!"

"Oh warten Sie, Frau Teller! Bitte!" Waldo nestelte sein Smartphone hervor. "Bitte! Ein Selfie! Por favor!"

Die Schauspielerin stöhnte hörbar und fügte sich, um die Sache schnell hinter sich zu bringen. Waldo stellte sich neben sie und streckte den Arm nach vorne aus, um das Foto zu machen. Doch nach einem Seitenblick hielt er inne. "Geht es vielleicht ohne die Sonnenbrille?"

"Nein", sagte die Frau bestimmt, "Die bleibt drauf."

Waldo verstand nicht. "Aber ein Selfie mit Ihnen und einer Sonnenbrille, das wär' doch ewig schade!"

"Okay, das reicht! Stecken Sie ihr Handy ein!" Sie drückte seine Hand herunter und drehte sich verstimmt zu ihm. "Bitte halten Sie mich nicht für unfreundlich, aber ich kann nicht zulassen, dass Sie das hier fotografieren ..." Sie nahm ihre Sonnenbrille ab und Waldo sah, dass sie auf der linken Seite ein blaugrün schillerndes Veilchen hatte.

"Nun kennen Sie ein sehr intimes Detail von mir, das andere nicht kennen. Geben Sie sich damit zufrieden. Danke!" Damit drehte sich die Diva um und lief auf ihren Stöckelschuhen davon.

Waldo sah ihr bestürzt nach. Den Anblick von eben musste er erst einmal verdauen.

Es war Catrin Hanfstaengls letzter Tag in der Polizeiinspektion von Stralsund. Nach der Verhaftung des Serienmörders Vincent Hachmeister war sie die Treppe hinaufgefallen und zur Ersten Hauptkommissarin befördert worden. Kurz darauf hatte sie die Offerte erreicht, in die Direktion 11 der Bundespolizei nach Berlin zu wechseln, wo sie zum Team des leitenden Polizeidirektors Julius Skoff stoßen sollte, einem ehemaligen Kommandeur der GSG 9.

Dieses Angebot war völlig unerwartet gekommen und zu gut gewesen, als dass Catrin es hätte ablehnen können, auch wenn ihr hier in Stralsund alle Türen offen gestanden hätten. Aber natürlich steckte die Inspektion in der Hansestadt voller schmerzvoller Erinnerungen an den verstorbenen Konstantin Grewe, ihren langjährigen Geliebten, und das gab den letzten Impuls für die Hauptkommissarin, dieses Kapitel abzuschließen und zur Bundespolizei zu wechseln.

Jens Lackner bedauerte das. Acht Monate hatte er eng mit Catrin zusammengearbeitet und konnte sagen, dass er sich seiner Vorgesetzten freundschaftlich verbunden fühlte. Da Catrin sich für Jens eingesetzt hatte, war er mit seiner bunten Vorgeschichte in Stralsund gewissermaßen unantastbar.

Aber auch jetzt, wenn Catrin fort sein würde, rechnete Jens nicht mit Schwierigkeiten. Er hatte zu fast allen hier in der Inspektion einen guten Draht.

Catrin hatte zum Abschied einen Ausstand gegeben, aber nur am Anfang einige Worte des Dankes an die Kollegen ausgesprochen. Dabei war es ihr sogar gelungen, einige Scherze einzuflechten und der Applaus am Ende ihrer Rede war herzlicher gewesen, als sie es erwartet hatte.

Aber Catrin wäre nicht sie selbst gewesen, wenn sie sich jetzt mit einem Drink in der Hand in finale Smalltalks mit Untergebenen gestürzt hätte. Stattdessen hatte sie Jens gebeten, ihr in ihr Büro zu folgen.

"Setz dich!" Die Hauptkommissarin wies auf den Besucherstuhl vor ihrem Schreibtisch. In Catrins Büro deutete nicht viel darauf hin, dass dieses Zimmer einer Frau gehörte. Persönliche Fotografien, Bilder an den Wänden, Topfpflanzen oder etwa putzige Polizeischlümpfe suchte man in diesem Raum vergeblich. Catrin kam her, um zu arbeiten und legte keinen Wert auf Randverzierung. Sie nahm hinter ihrem Schreibtisch Platz.

"Mischst du dich nicht unters Volk?", erkundigte sich Jens, "Heute ist immerhin dein Ausstand."

Sie winkte ab. "Es gibt Garnelen-Schnittchen und Störtebeker-Bier. Glaub mir, da vermisst mich niemand."

"Ach, ich weiß nicht. Seit deiner Soko-Leitung hat sich einiges verändert. Ich habe den Eindruck, die Leute mögen dich inzwischen."

Catrin schaute kühl. "Ja, nur ich mag die Leute nicht. Wie du weißt, ertrage ich Menschenansammlungen nur schwer. Ich glaube, ich stehe nur deswegen besser bei allen da, weil ich das letzte Jahr sehr eng mit dir zusammengearbeitet habe. Und Jens Lackner ist hier ja irgendwie jedermanns Kuschelboy. Das hat dann auch auf mich abgefärbt."

Jens lehnte sich zurück, durchaus amüsiert. "Holst du jetzt deine Geheimflasche Grappa raus und trinkst noch einen mit mir oder wieso sind wir im Separee?"

Catrin zog eine Aktenmappe aus der Schublade. "Kein Grappa. Ich habe da etwas, was mir auf der Seele liegt. Und das ist die Kollegin Tennstedt. Bist du über sie im Bilde?"

Jens überlegte. "Nicht ganz so gut. Sie hat im Zusammenhang mit der Ergreifung des *Laternenfisches* einen schweren Zusammenbruch erlitten und war dienstunfähig. Dann ist sie in eine psychosomatische Klinik am Schweriner See gegangen. Dort ist sie wohl für eine längere Zeit gewesen ..."

"Vier Monate. In der Summe war sie für über ein halbes Jahr krankgeschrieben. Ich hatte ehrlicherweise nicht damit gerechnet, dass sie überhaupt zurückkommt. Aber genau das ist jetzt passiert." Catrin sah nachdenklich aus und machte eine Pause. Dann blickte sie auf. "Vivian Tennstedt will wieder einsteigen. Sie sagt, sie sei gesund und hat mir einige Atteste auf den Tisch gelegt, die das belegen sollen."

Jens sah die Vorgesetzte forschend an. "Aber du hast dennoch Bedenken?"

"Da fragst du noch? Natürlich habe ich das. Justina Evers und Vivian Tennstedt waren ein Ermittlerteam aus einem Guss. Und mehr als das. Dass Justina vom *Laternenfisch* brutal ermordet wurde, hat Vivian ins Mark getroffen. Die war doch völlig aus der Bahn geworfen. Und jetzt will sie wieder Kripoarbeit machen? Mit derartigen Altlasten?"

Jens zögerte, die Frage zu stellen: "Du sagst, Justina und Vivian waren ein Team ... 'und mehr als das'. Was meinst du damit? Heißt das, sie waren liiert?"

Catrin zuckte die Achseln. "Letzte Gewissheit gibt es nicht, aber es sieht sehr danach aus. Die beiden haben mit niemandem darüber gesprochen und sich im Dienst auch völlig unauffällig verhalten. Nichts hat auf eine Liaison hingedeutet. Doch Kollege Wollniak ist ihnen mal zufällig in der Zinnowitzer Bernsteintherme begegnet. Sie hätten dort nebeneinandergelegen und Händchen gehalten. Zählt man also eins und eins zusammen, kommt zwei heraus. Und wenn zwei Beamte keine Affäre miteinander haben, verbringen sie nicht zwingend ihre Freizeit gemeinsam und tätscheln sich dabei."

"Gut", räumte Jens ein, "Wahrscheinlich waren sie zusammen. Vivian hat also nicht nur ihre Partnerin verloren, sondern auch ihre Geliebte." Ihm kam ein Gedanke: "Warum lässt du sie nicht mal von Ebru Korkmaz durchchecken?"

"Hab ich schon gemacht. Ebru sagt, die Kollegin mache einen stabilen und aufgeräumten Eindruck auf sie ..."

"Aber ...?"

"Vivian saß vor zwei Tagen da, wo du jetzt sitzt, Jens. Und glaub mir, ich kenne sie besser als die meisten. Sie ist verändert. Früher war da immer ein ... Gott, wie sag ich das? ... da war so etwas zauberhaft Naives an ihr, eine Unbeschwertheit, die rührend war. Die ist jetzt weg. Jetzt ist sie kalt wie eine Hundeschnauze. Irgendein Teil in ihr ist abgestorben."

"Also ich kann deine Sorgen verstehen. Aber was soll ich jetzt dazu sagen? Ich kenne Vivian nur flüchtig. Du willst doch nicht im Ernst meinen Rat."

"Oh, ich will viel mehr von dir, mein Lieber. Weißt du, ich kann mich täuschen, vielleicht ist Kommissarin Tennstedt wirklich wieder einsatzfähig. Dann will ich nicht die Böse sein, die ihr Steine in den Weg legt. Aber ich möchte, dass jemand ein Auge auf sie hat."

Jens hob die Brauen. "Ein Auge auf sie hat? Wie jetzt? So Mentor-mäßig?"

Catrin schüttelte mit dünnem Lächeln den Kopf. "Keineswegs. Ich dachte eher an Partner-mäßig."

Jens brauchte einen Moment. "Oh, jetzt mal halblang, Catrin! Diese Wendung der Dinge habe ich nicht kommen sehen. Und ich kann jetzt nicht sagen, dass ich darüber sehr begeistert wäre."

"Ich bitte dich trotzdem darum, das für mich zu tun. Du bist ein ganz zartbesaitetes Menschenkind, Jens, und wenn ich Vivian irgendjemandem anvertrauen kann, dann dir. Für den Fall, dass sie ins Schleudern kommt, wirst du es erkennen und dann ergreifst du geeignete Maßnahmen, sprich, du tust, was immer deine Intuition dir eingibt."

Jens pustete die Luft aus. "Was meine Intuition mir eingibt? Wow, du hast ja ein Gottvertrauen ..."

"Falsch, Jens. Ich setze nur auf meine Menschenkenntnis. Gut, dich habe ich länger völlig falsch eingeschätzt, Schande über mein Haupt, aber inzwischen kenne ich dich ganz gut. Ich würde dich bestimmt nicht mit einem Sturmgewehr in einen Häuserkampf schicken, aber du bist ein helles Kerlchen und ein waches Auge für deine Mitmenschen kann dir auch niemand absprechen."

Jens hob die Hand. "Catrin, mal im Ernst: Warum kann das nicht Tanja machen? Die ist ein Geschoss! Und wäre da eine Frau nicht besser an Vivians Seite aufgehoben?"

Catrin schüttelte den Kopf. "Nein. Du machst es. Ist meine letzte Entscheidung hier. Und ich will, dass du es durchziehst. Ich erwähne das nur ungern, aber ich denke, du bist mir einen Gefallen schuldig."

Jens sah sie an und resignierte. "Ich werde dich wirklich vermissen, Catrin Hanfstaengl ..."

"Und jetzt raus hier, Lackner! Ich will nicht, dass wir auf die letzten Meter noch rührselig werden ..."

Die Osterferien waren vorbei und Yslei, die gerade ihren fünfzehnten Geburtstag begangen hatte, saß angeödet auf den Steinen neben dem neuen Anbau des Ernst-Moritz-Arndt-Gymnasiums. Sie war immer noch eine zierliche Person, wenn auch ihr Körper sich verändert hatte und nun sanfte weibliche Kurven aufwies. Auch wenn es ihr heute deutlich besser ging als noch vor einem halben Jahr, war sie ein verschlossenes Mädchen geblieben. Vielleicht hatten das Misstrauen und die Feindseligkeit, die sie anderen gegenüber wie einen Schild vor sich hertrug, abgenommen. Dennoch war sie nach außen vorsichtig und nichts in ihr verlangte danach, sich irgendjemandem außer ihren Eltern und der befreundeten Familie Dreifürst öffnen zu müssen. Sie dachte an den kleinen Willie Dreifürst, der schon Anstalten machte, zu laufen. Auch wenn Yslei sich Jens und Susanne, ihren Pflegeeltern, verbunden fühlte und sie "Mutter" und "Papa" nannte, war ihr der kleine Steppke mit seinen Knopfaugen der liebste Mensch auf der Welt.

"Yslei?"

Die junge Syrerin drehte irritiert den Kopf. Sie wurde selten angesprochen. Vor ihr stand nun ein Mädchen, das sie der Parallelklasse zuordnen konnte. Ihr Name war Aurora Katz, wie Yslei sich erinnerte. Viel Kreativität hatten die Mitschüler nicht verschwendet und sie einfach "Katzi" genannt. Aurora war mittelgroß und vollschlank, eine graue Maus mit einer viel zu großen Brille, eine Außenseiterin, die häufig in den Pausen für sich allein saß und strickte.

Yslei hatte keine Ahnung, was das Mädchen aus der 10c von ihr wollte. Außer im Turnunterricht hatte man noch keinerlei Berührung miteinander gehabt. "Was gibt's denn?"

Katzi wirkte unsicher, schien nicht recht zu wissen, wie sie anfangen sollte. "Also, es ist so, ich ... ich beobachte dich schon eine ganze Weile und na ja, du bist ja meistens immer sehr für dich ... da dachte ich mir ..."

"Was dachtest du?", fragte Yslei ungeduldig.

Die andere holte tief Luft: "Ich dachte, wir könnten vielleicht Freundinnen sein."

Yslei staunte das andere Mädchen an. Das kam unerwartet. "Freundinnen? Wir beide? ... Wieso?"

"Weil ich dich ziemlich gut finde."

"Ach ..."

"Ja, doch. Du bist cool. Du lässt dir nichts gefallen. Mit dir legt sich hier keiner an. Tja, ich würde mich mal als Fan outen wollen ..."

"Als Fan?" Yslei schüttelte den Kopf. "Aber so funktionieren Freundschaften nicht. Man geht nicht zu einem Wildfremden und fragt ihn nach einer Blutsbrüderschaft. Ich meine, wenn dir ein Junge gefällt, gehst du dann einfach hin und fragst ihn, ob er mit dir ausgehen will?"

"Oh, na ja ... das hab ich tatsächlich schon ein paarmal gemacht", sagte Katzi.

"Wirklich? Und wie ist es gelaufen?"

"Nicht so besonders", kam es kleinlaut zurück, "Aber andere Mädchen kriegen es auch hin. Vielleicht werde ich ja noch besser darin."

Yslei musterte sie voller Mitgefühl. "Also du interessierst dich für die Blindgänger hier an der Ernst-Moritz-Arndt? Sehr hohe Ansprüche scheinst du ja nicht zu haben."

"Keine Ahnung, ob ich selber so toll bin. Aber immerhin hab ich schon einiges über Jungen herausgefunden. Wenn sie nämlich mit ihren Kumpels zusammenstehen, ist absolut nichts mit ihnen anzufangen. Aber wenn man sie allein abpasst, kann man erstaunlich gut mit ihnen reden. In Wirklichkeit sind sie nämlich schüchtern."

Yslei legte den Kopf schief. "Wenn du so eine Expertin bist, hattest du wahrscheinlich schon einen Freund?"

"Nein, kann man nicht behaupten. Aber ich fühle mich innerlich absolut reif dafür. Vielleicht mache ich noch irgendetwas falsch, aber ich garantier dir, ich werde nicht übrigbleiben."

Yslei stand von ihrem Stein auf und sah sich die Mitschülerin genauer an. Dann deutete sie auf Katzis grauen Anorak, ihre alten Bluejeans und ihre ausgeleierten No-Name-Turnschuhe. "Am Outfit könntest du schonmal was ändern. Siehst aus, wie wenn du die Klamotten von deinem großen Bruder aufträgst. Und wo hast du deine Brille her? Aus einem Laden für Clowns-Zubehör ...?"

Katzi ertrug den Spott mit Gelassenheit. "Falls du es noch nicht gemerkt hast: Ich ziehe mich genauso an wie du!"

Yslei blickte an sich selbst hinunter. Ja, auch sie trug einen grauen Anorak, ausgewaschene Jeans und schlimm heruntergewirtschaftete Sneaker. Sie schaute wieder auf. "Jetzt, wo du es sagst, okay, der Punkt geht an dich. Aber es gibt einen Unterschied zwischen uns: Ich habe nämlich null Interesse an dem Jungens-Inventar der Ernst-Moritz-Arndt. Und das Letzte, was ich will, ist, dass einer von diesen kleinen Neandertalern sabbernd hinter mir herläuft." Es schauderte Yslei allein bei dem Gedanken.

"Also ich finde eigentlich, es funktioniert ganz gut!", konstatierte Katzi.

"Was funktioniert gut?" Yslei war für einen Moment aus dem Konzept gebracht.

"Na, wir zwei. Wir können uns unterhalten wie Freundinnen. Das ist doch schon ein guter Anfang, findest du nicht?"

"Nein!", widersprach Yslei, "Wir haben absolut nichts gemeinsam. Wir lassen das mal schön sein. Ich meine, guck dich an, du strickst! Das ist ... oberpeinlich."

Katzi war getroffen. "Ich finde es gar nicht peinlich. Und du bist ganz schön gemein, Yslei Lackner-Schröder! Ich nehm schon seit Wochen all meinen Mut zusammen, um dich anzusprechen. Das war gar nicht so leicht für mich. Und wie du jetzt über mich redest, tut ganz schön weh."

Yslei runzelte die Stirn und sah Katzi ins Gesicht. Das Mädchen aus der Parallelklasse hatte recht. "Also gut, sorry! Ich bin halt nicht so ein Schönwetter-Girlie, das mit jedem kann. Wehtun wollte ich dir nicht. Ich ziehe meine gemeinen Bemerkungen zurück."

"Gut", nickte Katzi zufrieden, "Dann kommt hier mein Vorschlag: Wir machen eine Probezeit aus. Vier Wochen! Wir treffen uns nur in den großen Pausen und plaudern. Ich darf dich in der Woche zweimal anrufen und bis zu zehn WhatsApp schreiben. Wenn du danach sagst, schieß in den Wind, Katzi, bin ich weg und lass dich in Ruhe. Ehrenwort!"

Yslei fand sich überrumpelt. Die Mitschülerin war recht zielstrebig in ihrer Art, Nägel mit Köpfen zu machen.

"Bitte, bitte, sag ja! Du bereust es nicht!"

"Oh Mann", stöhnte Yslei, "Du weißt aber schon, dass du eine Nervensäge bist, Aurora, oder?"

"Danke, dass du 'ja' sagst! Vielen Dank!" Katzi fiel der jungen Syrerin um den Hals.

Die wollte die Umklammerung schnell lösen, doch in diesem Augenblick fiel ihr Blick auf einen Jungen, der gerade heranschlenderte. Er war schlank und groß, hatte braune Haare und hinreißend schöne Augen. Yslei hatte ihn hier noch nie gesehen. Aber jetzt, als sie ihn anschaute, wurde ihr mit einem Mal heiß und kalt. Sie konnte den Blick nicht mehr von ihm abwenden. Sein Anblick war eine einzige Offenbarung. In diesem Moment war es nicht mehr zu leugnen: Bei Yslei hatte der Blitz eingeschlagen ...

Richard Dreifürst hatte allerbeste Laune. Paula war für drei Tage nach München gefahren, wo sie mit Herrn Holzer von der Constantin-Film eine Mini-Serie besprach, die sie für das ZDF entwickelt hatte. Den kleinen Willie hatte man für diese Zeit bei Susanne, Jens und Yslei im benachbarten Neuendorf geparkt. Richard wäre imstande gewesen, seinen Sohn auch allein zu betreuen, aber Paula hatte verfügt, dass ihr betagter Ehemann mal ein paar Tage Ruhe haben sollte.

Immer noch fühlte sich das Leben mit einer jungen, attraktiven Partnerin wie Paula unwirklich für ihn an. Die Drehbuchautorin war eine willensstarke Frau, die in ihrer Beziehung eindeutig am Ruder stand. Aber sie dominierte Richard nicht, sondern zeigte immer wieder ihre Wertschätzung für ihn. Die Situation zwischen dem Ehepaar war geordnet und sie verfügten beide über einen guten Sinn für Humor, weswegen es selten zu Streit kam.

Nun, da Richard eine sturmfreie Bude hatte, kam in ihm der Alkoholiker wieder aus seinem Verließ, mit seiner Narrenkappe auf dem Kopf, konnte kein Wässerchen trüben und schlug ein, wie er treuherzig versicherte, "äußerst dezentes Besäufnis" vor. Richard fand das in Ordnung. Paula war fort und damit gab es niemandem, vor dem man sich hätte rechtfertigen müssen, wenn man ausnahmsweise einen großen Trinktag einläutete, bei einem feuchtfröhlichen Fußballabend im *Raja.*

Das Pokal-Halbfinale zwischen dem Zweitligisten Hamburger Sportverein und dem inzwischen erstklassigen Lokalrivalen 1. FC St. Pauli versprach ein heißes Derby zu werden. Richard saß mit Addi, dem Mechaniker, und Erol, dem Wirt, zusammen am Tisch im Hinterzimmer des *Raja*, als das Spiel angepfiffen wurde.

"Das wird ein ruhiger Abend. Die Ferien sind vorbei, da kann ich endlich mal kürzertreten", freute sich Erol und machte drei Flaschen eiskaltes Bier auf, nicht ohne sich vorher bei Richard erkundigt zu haben, ob der sich den Umtrunk gut überlegt hatte. Und der Alte versicherte es.

"Also dann! Auf ein gutes Spiel!", rief Addi und die drei Männer stießen an.

Richard genoss den köstlichen Trunk, auch wenn es das Bier einer unbedeutenden Billigbrauerei war. Anders als Addi verzichtete er auf einen begleitenden Kräuterlikör. Mit Erol hatte er ausgemacht, dass er maximal vier Flaschen konsumieren wollte. Das war wichtig, denn ohne einen Kontrollmechanismus konnte es passieren, dass er sich selbst unter den Tisch trank. Und wenn Paula zurückkehrte, wollte er sie nicht in einer Verfassung empfangen, bei der sie sich einen Reim darauf machen konnte, wie er seine freie Zeit verbracht hatte.

Als St. Pauli in Führung ging, war Richard noch beim zweiten Bier. Addi hingegen leerte bereits die dritte Flasche und vergaß dabei auch seinen Kräuterschnaps nicht.

"Ich beneide dich darum, wie gut du den Fusel verträgst, Addi!", bekundete Richard.

"Na komm, soviel trinke ich jetzt auch wieder nicht", wandte der Mechaniker belustigt ein und machte seine nächste Flasche auf. "Aber meine Julischka, die sollte sich wirklich mal Gedanken machen. Lange geht das nicht mehr gut, so wie die bei uns den Schliwo weghaut. Prost!"

"Mein lieber Addi, wenn du denkst, dass du weniger trinkst als deine Alte, lässt mich das vermuten, dass du schlicht und einfach nicht zählen kannst", spottete Erol.

Richard und Addi lachten.

"Bei den Naturvölkern ist das nicht viel anders gewesen", dozierte Richard, "Die Yanomami-Indianer im brasilianischen Urwald kennen nur die Zahlen 'Eins' und 'Zwei' und das Wort 'Viele'."

"Genau", stimmte Erol zu, "Dann können wir uns ja darauf einigen, dass Addi nicht 'so viele' Flaschen Bier trinkt."

"Das ist doch ein Wort!", kicherte der Mechaniker und stand auf, um sich aus dem Kühlschrank im Vorderbereich der Wirtschaft noch einen kalten Kräuterschnaps zu holen. Er sah, dass der Inhalt von Richards zweitem Bier sich neigte. "Soll ich dir noch eine Buddel mitbringen, Dreifürst?

Doch der alte Lehrer antwortete nicht. Er sah mit leicht irritierter Miene vor sich auf den Tisch.

"Richard? Alles klar?"

Der Angesprochene blickte auf.

"Noch ein Bier?"

Richard schüttelte den Kopf. "Nein, lass mal. Alles gut."

Addi zeigte sich kurz überrascht, trollte sich dann aber aus dem Hinterzimmer des *Raja*.

Obwohl Richard es behauptet hatte, war keineswegs alles gut. Von einem Moment zum anderen hatte sich sein Befinden geändert. War er eben noch in prächtiger Laune gewesen, fühlte er sich nun unvermittelt elend. Aber es war nicht nur ein vorübergehendes Unwohlsein, es war etwas anderes, das er spürte. Als er auf den Rest des Pilseners in seiner Flasche schaute, stieg Übelkeit in ihm auf. Doch er behielt die Kontrolle, weil Erol nicht sehen sollte, dass etwas mit ihm nicht stimmte.

In der Halbzeitpause, beim Stande von 1 : 1 verließ Richard das *Raja*. Seinen Freunden gegenüber schob er Müdigkeit vor und konnte auf die Tatsache verweisen, dass zwei Flaschen in seinem Alter bereits ausreichten, um ihm eine Schlagseite zu verpassen. Also versuchten die anderen nicht, ihn umzustimmen. Addi ließ es sich jedoch nicht nehmen, ihn noch die wenigen Schritte nach Hause in die Poggenburgstraße zu begleiten.

Richard saß dann daheim in seinem Sessel und schaute in die Dunkelheit. Er fühlte sich miserabel und er hatte keine Ahnung, woher das kam.

Als Paula anrief, ließ er sich nichts anmerken und plauderte eine Weile mit ihr, wie wenn nichts wäre.

Nachdem er sich bettfertig gemacht hatte, sah er in den Spiegel. Er erschrak, als er sein blasses Ebenbild sah. Ein gezeichneter alter Mann blickte ihn an, eine gebeugte Gestalt, die schlecht aussah. Und in diesem Moment wusste Richard, dass, was immer da in ihm nicht in Ordnung war, seine letzte Uhr zum Ticken gebracht hatte ...

1. Eine nächtliche Begegnung

Pierre Tobin war ein kantiger Mittvierziger, ein Schrank von einem Mann, der nur selten gute Laune hatte. Er litt unter einer chronischen Depression und Schlafstörungen. Obwohl er jeden Tag in das Gym ging, um seine ohnehin schon enormen Muskeln weiter zu trainieren, erlebte er nicht mehr das gute Gefühl, das das Stahlbad ihm im Anfang verschafft hatte. Also erzeugte er nun eine positive Grundstimmung mit Kokain. Das tat er schon einige Jahre, auch wenn er wusste, dass er im Kopf abbaute, dass er aggressiver war als früher und zudem allmählich paranoide Züge entwickelte.

Pierre hielt sich schon seit drei Tagen hier in Bergen auf und wartete auf den Startschuss für die *Mission*. Die Untätigkeit machte ihn verrückt. Es war nicht gut, wenn er Zeit bekam, über sich und sein Leben nachzudenken, das drückte immer schnell auf die Stimmung.

Nun hatte er den ganzen Abend im *Altstadtkeller* gesessen und unzählige *Grimbergen* getrunken, eine belgische Biersorte, die ihm nicht einmal sonderlich schmeckte. Doch die Wirkung war akzeptabel. Gegen elf Uhr war eine Mittdreißigerin aufgetaucht, eine einsame Rügenerin, die wohl Anschluss suchte. Über die Gebühr attraktiv erschien sie Pierre nicht, aber ihre große Oberweite machte sie dennoch zum Hingucker. Und so hatte der Franzose sich mit seinen guten Deutschkenntnissen an sie herangemacht. Sie stellte sich als Maxine vor und arbeitete als Verkäuferin in einem Binzer Buchladen, dem *Beiboot*. Das Gespräch war anfänglich auch nicht schlecht gelaufen; Maxine hatte freundlich auf die Einladung zu einem Drink reagiert. Doch Pierre war bei weitem nicht mehr nüchtern genug, preschte ohne richtiges Timing vor und legte viel zu früh seine Hand auf ihr Knie. Sie reagierte selbstbewusst und fegte seinen Arm resolut zur Seite. "Nicht anfassen, mein Bester!"

Pierre mochte es nicht, wenn Frauen sich zierten. "Wieso überspringen wir das Gequatsche nicht und kommen gleich zur Sache? Du siehst auch aus, als hättest du es nötig, Perle!"

Sie inhalierte von der Zigarette, die sie sich angezündet hatte, sah ihn an und knallte ihm eine. Wäre Pierre nüchtern gewesen, hätte sie ihn niemals treffen können, denn seine Reflexe waren jahrelang geschult.

"Schätze, das hat hier keinen Sinn. Egal, wie nötig ich es haben mag, ich steh nicht auf Machos." Damit stand sie auf und ging davon, demonstrativ mit dem Hintern wackelnd.

Pierre war die Galle hochgekommen. Der heiße Impuls stieg in ihm auf, die Frau zu verprügeln. Ja, ihr erst eine Tracht verpassen und wenn sie dann nur noch ein heulendes Stück Elend war, hatte man immer noch alle Optionen. Aber das blieb nur eine Gewaltfantasie. Pierre Tobin hatte nach ihrem Abgang versucht, seinen Ärger mit weiteren Bieren und Schnäpsen herunterzuspülen, aber egal, wieviel mehr er in sich hineinschüttete, die Wut ging nicht weg.

Der Barkeeper hatte gesehen, wie alkoholisiert Pierre bereits war, und ihn gegen Mitternacht aufgefordert, den Altstadtkeller zu verlassen; anderenfalls würde er die Polizei rufen. Die bizarren und düsteren Tattoos auf Pierres Armen erweckten den Eindruck, dass man es hier mit einer wenig sozialisierten Persönlichkeit zu tun hatte.

Pierre hätte den Barmann innerhalb von fünf Sekunden krankenhausreif schlagen können, aber Ärger mit der hiesigen Polizei durfte er sich nicht erlauben, jetzt, so kurz vor der Mission. Also hatte er die Arschbacken zusammengekniffen und war der Aufforderung, sich zu entfernen, kommentarlos nachgekommen.

Nun stand der bullige Franzose in der Bahnhofstraße und wusste nicht, was er tun sollte. So betrunken, wie er war, brauchte er eine Nase Koks, um wieder klar zu werden. Er nestelte ein kleines Plastikröhrchen aus der Brusttasche und schraubte es auf. Es wurden mehrere Schnupfer, die es benötigte, dass er sich einigermaßen okay fühlte. Er dachte wieder an die Buchverkäuferin, die er verprellt hatte und ärgerte sich, dass er zu gierig gewesen war. Mit etwas mehr Geduld hätte er die Frau klarmachen können. Damit war es jetzt vorbei.

Dann erweckte etwas die Aufmerksamkeit seiner umnebelten Sinne. Auf dem Trottoir näherte sich eine schmale Gestalt mit leicht unsicherem Schritt. Das war ein selten dünner Spargel mit einer Sweatjacke und einer über den Kopf gezogenen Kapuze. Die nächtliche Erscheinung hielt inne, als sie den breitschultrigen Pierre mitten auf dem Bürgersteig gewahrte. Der Kopf ging noch weiter nach unten und die schmale Gestalt wollte schnell an dem Franzosen vorbeihuschen. Den jedoch stach der Hafer und er stellte der Kapuze kurzerhand ein Bein. Das magere Kerlchen stürzte.

"Schon mal was von Vermummungsverbot gehört, Arschloch?"

Die Gestalt rappelte sich hoch und schickte sich an, Fersengeld zu geben. Doch Pierre packte die Kapuze mit eisernem Griff am Genick. "Du bleibst mal schön hier, Kleiner, und zeigst mir dein Gesicht!"

Es geschah viel zu schnell für Pierre. Erst blendete ihn ein Metallreflex und dann bohrte sich eine glühende Lanze in seinen Bauch. "Wa...?", machte er und wollte sich mit der freien Hand schützen. Doch der Giftzwerg in seinem Klammergriff hörte nicht auf, blitzartig zuzustechen. Wie der Nadelkopf einer Nähmaschine zuckte das Messer ein ums andere Mal vor und machte blutige Löcher in den Bauch des Franzosen. Dann endlich konnte Pierre den Mickerling wegstoßen und versuchte, eine Kampfposition einzunehmen. "Komm ... bloß her, du Scheißkerl ...", stieß er hervor. Er konnte immer noch nicht das Gesicht seines Gegners erkennen. Der rückte mit ausgestrecktem Arm auf ihn zu, ihn mit dem blutigen Messer bedrohend.

Trotz seiner eingeschränkten Reflexe gelang es Pierre, die Messerhand des Kontrahenten zu fassen. Er griff auch noch mit der zweiten Pranke zu und drehte die Hand brutal herum, so dass das Messer klirrend auf dem Boden landete. Doch sein Gegner war nun keinesfalls unschädlich gemacht. Pierre Tobin realisierte zu spät, dass er auf einen Köder hereingefallen war. Die Kapuze hatte ein zweites Messer in der anderen Hand und stieß nun mit unerbittlicher Wucht zu.

Das Metall bohrte sich tief in den Hals des Franzosen. Der große Mann fiel mit Unverständnis im Gesicht auf die Knie und krümmte sich dann auf dem Boden, während das Blut wild aus seiner aufgeschlitzten Kehle spritzte.

Die Gestalt im Kapuzensweater hob hektisch das zweite Messer auf, drehte sich dann weg und lief in die Nacht.

Jens war um kurz vor eins angerufen worden. Als man ihm von einer bizarren Bluttat in Bergen berichtete und die näheren Umstände an ihn weitergab, hatte er sich nur wundern können, sich aber eiligst angezogen. Wenig später saß er in seinem Dienstwagen und fuhr in die Inselhauptstadt.

Kriminalkommissarin Vivian Tennstedt war bereits vor Ort, als Jens ankam, obwohl sie, die sie in Stralsund wohnte, den deutlich längeren Weg hatte. Sie hatte sich bereits über den Sachverhalt ins Bild gesetzt, als sie auf ihn zutrat.

Jens hatte, ebenso wie Catrin Hanfstaengl vor ihm, den Eindruck, dass die Endzwanzigerin sich verändert hatte. War sie früher eine unscheinbare, eher zurückhaltende Persönlichkeit gewesen, wirkte sie nun viel selbstbewusster. Sie hatte abgenommen und ihren Babyspeck verloren, was ihr Gesicht schmaler und attraktiver machte. Sie erschien Jens jetzt als aparte Schönheit, trotzdem umgab sie dabei eine düstere Ernsthaftigkeit, was von einer kraftvollen Körpersprache unterstrichen wurde.

"Seinem Pass nach ist das Opfer Kanadier", begann Vivian ihren Bericht, "Ruben Brasco aus Syracuse. Er logiert im Parkhotel. Ist vor drei Tagen angekommen, vorgeblich touristisch unterwegs. Kollege Konermann von der Spusi untersucht noch, aber Todesursache ist die Halsverletzung. Dazu kommt natürlich der immense Blutverlust. Der Mann hat neben der Kehlkopfverletzung noch ein gutes Dutzend tiefer Einstiche im Bauchbereich."

Jens verzog das Gesicht, als er die Leiche des Mannes mit dem Messer im Hals sah. Das war ein entsetzlicher Anblick. Auf diese Momente in seinem Beruf hätte der Kommissar gut verzichten können. "Gibt es Zeugen?"

"Die Reuters, ein Rentnerehepaar aus Thüringen", berichtete Vivian nach einem Blick in ihr Notizbuch, "Touristen. Sie waren auf einem späten Spaziergang und haben eine dünne Gestalt mit Kapuze davonlaufen sehen. Der Mann war früher Hausarzt und hat versucht, erste Hilfe zu leisten, aber er konnte nichts mehr tun. Außer, dass er vielleicht beim Öffnen des Hemdes Spuren verwischt hat ..."

Jens überlegte. "Wir haben die Papiere des Mannes, ist seine Brieftasche auch noch da? Ich frage wegen des Geldes."

"Die Brieftasche war gut gefüllt. Dieser Ruben Brasco hatte sogar viel Geld bei sich, fast zweitausend Euro in Scheinen."

"Dann können wir Raubmord ausschließen ..."

Vivian überlegte. "Ich für meinen Teil würde es nicht tun. Was, wenn der Täter einfach gestört wurde, durch die Reuters, bevor er die Leiche durchsuchen konnte?"

"Hmm ...", machte Jens und sah sich um. "Der Kapuzenmann bringt jemand mit einem Messer um, ziemlich drastisch sogar und türmt dann, weil er Schritte hört? Ich weiß nicht. Mein Gefühl sagt mir, der Mörder war im Tunnel. Ich glaub, der hat nicht viel um sich herum mitgekriegt ...!"

Vivian dachte darüber nach. "Okay. Das will ich nicht ausschließen. Aber was wäre dann der Grund für die Tat? Mord aus einem persönlichen Motiv?"

Jens trat näher an den Tatort heran.

Kommissar Konermann von der Spurensicherung fotografierte den Leichnam gerade von allen Seiten.

Jens beugte sich etwas nach unten, um eine Tätowierung auf dem Arm des Toten zu betrachten.

"Sieht aus wie ein Spinnennetz", stellte Vivian fest, die neben ihn getreten war.

"Könnte auf einen ehemaligen Strafgefangenen hindeuten", vermutete Jens.

"Ein Spinnennetz-Tattoo am Arm deutet auf einen Gefängnisaufenthalt hin?"

Jens nickte. "Das Spinnennetz überzieht den ganzen Ellbogen, ist ziemlich groß. Unter Knackis ist das oft ein Zeichen, dass man lange im Bau war. Aber so etwas besagt nicht viel.

Jeder, der Lust darauf hat, kann sich das stechen lassen."

Konermann, der über den Leichnam gebeugt war, richtete sich auf und machte den Blick auf die Brust des Toten frei. Jens pfiff durch die Zähne, als er dort die Tätowierungen des Mannes erblickte. Da waren zwei riesengroße Augen, die links und rechts unter das Schlüsselbein gestochen waren.

Vivian hatte allerdings eher Augen für die extrem definierten Muskeln des Toten. "Junge, Junge! Kein Gramm Fett und Muckis vom anderen Stern! Aber auch jede Menge Narben! Ein kampferprobter Mann, würde ich sagen."

Jens nickte. "Wer immer sich mit dem hier angelegt hat, hatte mehr Glück als Verstand, lebend davongekommen zu sein ..." Er drehte sich zu ihr. "Die Zentrale sagte, es gab einen Ringalarm. Hat das was eingebracht?"

"Bis jetzt ist keine Meldung gekommen", erwiderte Vivian, "Aber wir haben auch nur eine sehr vage Beschreibung des Täters."

"Gut! Fahren wir zurück nach Stralsund. Ich würde gerne ein bisschen in den Datenbanken stöbern." Jens nickte den Kollegen von der Spusi zu, drehte sich um und ging.

An ihrem neuen Arbeitsplatz im gemeinsamen Büro klemmten die Beamten sich gleich an den Computer. Jens überprüfte die sozialen Netzwerke nach Ruben Brasco. Dann ließ er die *Regula App* über das Foto des Reisepasses laufen und rief danach die relevanten Datenbanken von Interpol auf.

Vivian sah ihm eine Weile lang schweigend zu. "Lässt du mich eventuell mal an deinen Ideen teilhaben, Kollege?", fragte sie nicht ohne einen ungeduldigen Unterton.

"Oh, entschuldige!", sagte Jens, "Ist eine ebenso alte wie schlechte Angewohnheit. Wenn ich grübele, wirke ich immer so, als hätte ich eine ganz heiße Spur, dabei ist es innerlich eher ein Chaos bei mir. Aber folgende Gedanken treiben mich um: Höchstwahrscheinlich haben wir es bei dem Opfer mit einem Schwerverbrecher zu tun, denn wie ich schon vermutet habe, sind seine Ausweispapiere gefälscht."

"Das heißt, die Prüfziffern im Pass stimmen nicht?"

"Laut 'Regula App' nicht. Es gibt auch in den sozialen Netzwerken und den Interpol-Datenbanken keinen Ruben Brasco aus Syracuse. Der Tote muss eine andere Identität haben. Aber sobald die Fingerabdrücke ausgewertet sind, sind wir klüger. Der Kerl ist polizeibekannt, da wette ich drauf."

Vivian überlegte. "Sagtest du nicht, das Spinnennetz am Ellbogen muss nicht zwingendermaßen auf einen Gefängnishintergrund hindeuten?"

"Das stimmt. Aber du hast sicher die beiden großen Augen gesehen, die auf seine Brust tätowiert waren. So etwas haben Leute, die im Zuchthaus die Taktgeber sind, die großen Nummern. Das sind definitiv Insider-Zinken!"

"Wow! Ist das so? Da habe ich wohl gefehlt, als sie das an der Polizeischule gelehrt haben."

"Nein", schmunzelte Jens, "Ich hatte in Schwerin bei der 'Operativen Fallanalyse' eine Menge Vorträge und Fortbildungen. Da bleibt natürlich so einiges hängen. Und wie du siehst, kann man manches davon sogar gebrauchen."

"Okay", konstatierte Vivian nachdenklich, "Der Mann war ja recht groß, ziemlich muskulös dazu und wie du sagst, wird er wohl eine lange Vorgeschichte haben. Aber was genau ist da letzte Nacht passiert? Meinst du, dieser falsche Kanadier hatte Feinde und jemand hat einen Auftragskiller auf ihn angesetzt?"

Jens war überfragt. "Ist zu früh, um das zu sagen. Aber gegen einen Berufskiller sprechen die Verletzungen des Toten. Wenn du so einen gefährlichen Burschen umlegen willst, gehst du nicht zu nahe an ihn heran, wenn du schlau bist. Da nimmst du ein Gewehr oder eine Pistole mit Schalldämpfung. Oder wenn du dich doch auf ein Messer verlassen willst, versuchst du als erstes, die Halsschlagader zu treffen. Da musst du gut sein, denn wenn er dich mit den Riesenhänden zu fassen kriegt, macht er dich platt."

"Aber das Messer im Hals hat sein Schicksal besiegelt."

"Das kann man sagen. Von so was kommst du nicht mehr zurück."

Vivian knetete ihr Ohrläppchen, eine Marotte, die Jens schon früher bei ihr beobachtet hatte. "Dann müssen die Stiche in den Bauch vorher passiert sein, richtig?"

"Höchstwahrscheinlich. Unsere unbekannte Leiche hatte Schnittverletzungen an den Fingern. Er wird versucht haben, die Messerattacke auf seinen Bauch mit bloßen Händen abzuwehren."

"Vielleicht kannten die beiden sich und sind in Streit geraten. Konermann meinte, der Tote hat ziemlich nach Alkohol gerochen."

Jens sann über Vivians Worte nach. "Ich bezweifle, dass sie sich kannten. Der Kapuzenmann war der Zeugen-Beschreibung nach deutlich kleiner als der andere, dennoch hat er den Großen überrascht. Meinem Gefühl nach sind die sich da auf der Straße das erste Mal begegnet. Aber dass sie durch irgendeinen Umstand in Streit geraten sein könnten, muss man im Auge behalten."

Es gab einen Signallaut des Computers. "Die Fingerabdrücke sind ausgewertet! Das ging ja mal zügig", sagte Jens und rief die Ergebnisse auf. Das Gesicht des Ermordeten erschien in vielfältigen Versionen. Es gab Passfotos, Mug shots und Fahndungsplakate.

"Sein wirklicher Name ist Pierre Michel Tobin. Er ist ein *Private Security Contractor*!", stellte der Kommissar fest.

"Private Security Contractor?" Vivian beugte sich vor, "Das sind doch Personenschützer ..."

"Ja. Populärwissenschaftlich gesagt, er hat sich als Söldner verdingt."

"Ein Söldner. Na, das würde passen." Vivian las sich interessiert in die elektronische Akte ein. "Angefangen hat Pierre Tobin bei der Fremdenlegion. Da war er fünf Jahre lang. Nach seinem Ausscheiden mehrere Straftaten. Mann, was ist das für eine ellenlange Liste! Und in der Folge mehrere Gefängnisaufenthalte. Die letzte Haftstrafe ist neun Jahre her, Interpol sucht ihn seit fast acht Jahren. Mehrfacher Mord, Raubüberfälle und Entführungen. Dazu Kriegseinsätze in Gabun, im Kongo und im Irak."

Jens lächelte dünn. "Man könnte fast sagen, ein Segen, dass der aus dem Verkehr gezogen ist."

"Ich versteh es nicht!", rätselte die Kommissarin, "Was will so ein Mann auf Rügen? Mehr als Urlaub machen kann man hier doch nicht."

"Ja, Vivian, ich stimme dir zu. Dass der im schönen Bergen 'ne Auszeit genommen hat und nur mal die Seele baumeln lassen wollte, glaube ich nicht. Der hatte einen anderen Grund, hier zu sein. Und mein Gefühl sagt mir, dass wir den besser herausfinden!"

Vivian sah ihn mit einem undefinierbaren Blick an. Jens entging das nicht. "Was ist?"

"Na ja", begann sie, "Du bist Jens Lackner und alle haben einen Mordsrespekt vor deinen Fähigkeiten, ich auch ..."

"Aber ...?"

"Offensichtlich drehen sich deine Gedanken allein um den Toten. Vielleicht bin ich ja zu paragraphenorientiert, aber sollten wir uns nicht in erster Linie um den Täter kümmern? Einen Täter, der Leute mit Messern massakriert und frei hier auf Rügen rumläuft?"

Als Chris Sienkiewicz an diesem Morgen seinen Dienst im Bergener Hauptrevier antrat, kam er mit einem dicken Hals. Und wie meistens, wenn er sauer war, ging es um seinen Partner Waldo Rafalski. Der saß bereits an seinem Platz in ihrem gemeinsamen Büro und steckte in Computerarbeit.

"Moin, Herr Kollege!"

"Ei gude, wie?" Waldo blickte nicht mal auf.

"Kannst du mich eventuell mal angucken?"

Waldo sah verwirrt herüber. "Ist was passiert? Siehst aus, als wär dir eine Laus über die Leber gelaufen ..."

"So ähnlich. Ich hol mal etwas weiter aus, okay?" Chris setzte sich. "Wie du weißt, führen meine Freundin Tabea und ich eine Beziehung, die mir sehr wichtig ist. Wir haben sogar einen Hund adoptiert, Butch, und fühlen uns beide miteinander erstaunlich wohl. Das ist deswegen so, weil wir Zeit miteinander verbringen und viel reden."

"Viel reden. Ja, kauf ich sofort."

"Dann kommst du und sagst, mach nicht zu viel mit 'der Alten', sonst gibt es eine 'Nähevergiftung'. Geh mal raus aus deinem Bau und unternimm auch was mit Freunden."

"Viele gute Ratschläge gebe ich vielleicht nicht, Sienkiewicz, aber das war einer."

Chris nickte geduldig. "Ich habe den Rat auch angenommen. Da du dich angeboten hast, wollten wir zusammen abhängen und, na ja, Männergespräche führen ..."

"Apropos *führen*, führt das hier noch zu irgendwas?"

"Oh, ganz sicher!" Die Stimme des POMs wurde eine Spur schärfer, "Wie du dich sicher erinnerst, haben wir uns getroffen, eine Tasse Cappuccino getrunken, wir reden dabei von einer Spanne von etwa zehn Minuten gemeinsam verbrachter Zeit, und dann, plötzlich, siehst du eine Schauspielerin, springst wie von einer Hornisse gestochen auf und rennst davon. Ich hab dann noch eine halbe Stunde bei Springers gesessen und ein dummes Gesicht gemacht. Mein einziger Trost war dein Geldbeutel, den du auf dem Tisch hast liegen lassen. By the way ..." Chris griff in seine Tasche und schob Waldo sein Portemonnaie hinüber.

"Oh, Gottseidank! Ich dachte, das Ding wär' mir irgendwo aus der Tasche gefallen. Super, dass du so auf Zack warst!"

"Gern geschehen. Und jetzt hätte ich gerne eine Erklärung! Du bist Waldo, der Verschwinder! Immer wieder löst du dich in Luft auf und keiner weiß, weshalb. Also: Warum hast du mich gestern sitzen lassen wie einen Idioten?"

Waldo blickte zur Tür des Büros, die Chris offengelassen hatte. Der Frankfurter stand auf, schloss sie und kehrte zu seinem Platz zurück. "Chris, erst einmal: Ich muss mich entschuldigen, wirklich! Du hast vollkommen recht, so geht man nicht mit seinem Partner um, noch weniger mit einem Freund. Ich erlaube mir, dich als einen solchen zu sehen."

"Was ... ist ... passiert?", knurrte Chris ungeduldig.

Waldo sammelte sich. "Bitte, gib mir einen Moment! Das war eine absolute Ausnahmesituation! Diese Frau, die da plötzlich im Café aufgetaucht ist, Anna Maria Teller, die

Schauspielerin, verehre ich seit Jahren. Ich weiß, das kommt jetzt wie ein total armseliges Fanboy-Verhalten rüber und dessen schäme ich mich auch ganz aufrichtig ..."

"Du willst sagen, du bist ihr nachgelaufen, um sie heimlich anzustaunen?", fragte Chris, "Du weißt schon, dass Stalking strafbar ist und auch nicht wirklich in das Profil eines Schutzpolizisten passt."

"Jetzt nicht übertreiben, mein Freund!", mahnte der Partner, "Selbst ein Waldo Rafalski sinkt nicht unterhalb eines gewissen Niveaus. Ich gebe zu, ich habe sie um ein gemeinsames Selfie gebeten. Doch sie hat es verweigert. Und weißt du, warum?"

"Weil dieses Aftershave, das du benutzt, nicht nur bei mir Atemnot hervorruft?"

"Sie hatte ein blaues Auge!"

"Sie hatte ein blaues Auge?" Chris konnte die Antwort nicht einordnen. "Und wieso?"

Waldo stöhnte. "Ich hab sie nicht gefragt. Aber das war ein Veilchen, das ihr jemand mit der Faust verpasst hat. Neunundneunzig Prozent Gewissheit!"

Chris sah seinen Partner an. "Okay. Ein Faustschlag. So weit verstanden. Und was ist dann passiert?"

"Dann habe ich sie, wie du vermutet hast, gestalked."

"Warum denn, Herr im Himmel?"

"Chris, Mann! Diese Frau ist für mich wie Leia Morgana aus dem *Krieg der Sterne*. Eine Königin, der ich bedingungslos gefolgt wäre. Wäre sie eine Pharaonin, hätte ich mich mit ihr klaglos in eine Grabkammer einschließen lassen."

"Dass du ein Fanboy bist, sagtest du schon. Aber das erklärt immer noch nicht, wieso du hinter ihr her bist ..."

"Ich musste wissen, wo sie wohnt."

Chris wurde ungeduldig. "Mann, du kennst ihren Namen. Das hättest du als Polizist auch anders rauskriegen können."

Waldo schüttelte den Kopf. "Wie naiv du doch bist, Sienkiewicz. Promis wollen nicht, dass man weiß, wo sie wohnen. Und sie wissen es zu vermeiden, dass aufdringliche Fans das herausfinden und ihnen auf die Pelle rücken ..."

"Gut, das konnte ich nicht ahnen. Du bist ihr also nach und weißt jetzt, wo sie wohnt?"

"Absolut!"

"Wozu?"

"Liegt das nicht auf der Hand?

"Äh ... nein!"

"Ich will wissen, wer ihr das angetan hat. Wer es war, der dieser Frau so brutal ins Gesicht geschlagen hat!"

Hauptkommissar Bert Rusnak saß hinter seinem Schreibtisch und blickte abwesend ins Leere, als die Schichtleiterin Dina Zellhöfer mit der Post in der offenen Tür erschien. Der Revierleiter war so in seine Gedanken versunken, dass die Kollegin mit einem Klopfen an den Türstock seine Aufmerksamkeit erwecken musste.

"Dina! Verzeih, ich war gerade ganz woanders ..."

"Die Post!" Sie reichte ihm ein gutes Dutzend Briefe. "Ist irgendwas passiert? Du siehst aus, als hättest du einen Geist gesehen ..."

Bert Rusnak lachte. "Das trifft es ziemlich genau. Ich hatte gerade einen Anruf von Heinz Rickmers, du weißt schon, der Kollege von der Insel Poel ..."

"Rickmers? Was sagt er denn?"

"Er hat in Kirchdorf einen Mann gesehen, der ihm bekannt vorkam. Heute morgen unter der Dusche, der Klassiker, ist es ihm wieder eingefallen. Er ist sich sicher, dass es mein Bruder Johnny gewesen ist ..."

Dina machte große Augen und setzte sich in den Besucherstuhl. "Das ist ja ein Ding. Hattest du nicht vermutet, dass er sich schon längst ins Ausland abgesetzt hat?"

"Das habe ich, ja. Andererseits ist das nicht so einfach, ganz ohne Papiere. Und Kommissar Rickmers ist keiner, der leichtfertig Alarm schlägt. Wenn Johnny sich irgendwo versteckt, ist Poel vielleicht kein schlechter Ort dafür ..."

"Und jetzt? Was hast du vor?"

Rusnak pustete Luft aus. "Genau darüber denke ich nach. Poel ist eine kleine Insel, sicher, aber trotzdem zu groß, um schnell jemanden zu finden, der nicht gefunden werden will. Außerdem missfällt mir der Gedanke, dass ich es bin, der Johnny wieder in den Knast zurückbringt. Kurz, ich stecke in einem moralischen Dilemma ..."

"Also machst du gar nichts."

Der Revierleiter setzte ein falsches Grinsen auf. "Weit gefehlt. Der Vizekanzler trifft heute zu einem Flüssiggas-Symposium in Binz ein. Du weißt selbst am besten, dass wir jetzt Arbeit haben ohne Ende. Und Johnny, der Unglücksrabe ... der mag von mir aus bleiben, wo der Pfeffer wächst."

Katzi hielt sich gewissenhaft an ihre Vereinbarung. In jeder großen Pause war sie zur Stelle, um Yslei auf dem Schulhof abzupassen, und dann quatschten sie. Es war nicht so öde, wie Yslei erst befürchtet hatte. Katzi vermied es, sie pausenlos zuzutexten, und wenn sie etwas sagte, war es selten etwas Dummes. Sie hatte jedoch die Angewohnheit, überall ihr Strickzeug rauszuholen und Schals zu produzieren. Aber nach einer Zeit hatte Yslei sich auch daran gewöhnt.

Nun saßen sie auf den Steinen vor dem Anbau der Schule, wo Yslei sich bevorzugt aufhielt und sahen zu dem Neuen hinüber, dem Gutaussehenden mit den braunen Haaren und den schönen Augen, der bei den Schülern in seiner Altersstufe bereits Anschluss gefunden hatte.

"Simon Graf Yorck von Wartenburg. Das ist mein neuer Klassenkamerad", erklärte Yslei ihrer Freundin zur Probe.

"Er ist adelig? Wow!", rief die, "Also ich persönlich habe ja eine Schwäche für den Adel."

"Sein Vater ist Politiker in der Meck-Pomm-Landesregierung. Ein Minister, wie man hört, ein wichtiger dazu."

Katzi betrachtete den schlanken Jüngling, der im Kreise der anderen Schüler schon die Körpersprache eines Alphatieres aufwies. "Aber ein bisschen affig kommt er mir vor."

"Affig?", wiederholte Yslei irritiert. "Wo ist denn der affig? Er ist nur selbstbewusst. Und ausgesprochen intelligent. Unser Mathe-Lehrer hat gesagt, er verrät uns seinen IQ nicht, um uns nicht zu deprimieren."

Katzi musterte Yslei nun interessiert. "Mal Hand aufs Herz: Ist er dein Typ?"

"Was? Wie?" Yslei war auf dem falschen Fuß erwischt. "Mein Typ? Simon? Ehm ... wie meinst du das?"

"Wie kann ich das wohl meinen? Ich will wissen, ob du auf ihn stehst!"

Yslei zog ein Gesicht. "Was für eine blöde Frage! Ich kenn ihn ja kaum."

"Aber ich kenne dich!", lachte Katzi, "Wenn du über die Jungen vom Ernst-Moritz-Arndt redest, dann sind das alles 'Cringe-Bots', 'Akne-Fressen' oder 'Nullchecker der Kategorie extra-lost'. Allein der junge Herr Graf, der scheint irgendwie aus dem Raster zu fallen ..."

Ysleis Gesicht wurde finster. "Kannst dir deinen Sarkasmus sparen, Aurora. Und wenn schon. Ja, vielleicht finde ich ihn wirklich ganz interessant. Aber deswegen ziehe mir kein Blümchenkleid an und mal mir die Lippen rot."

"Apropos, du hast gesagt, du würdest mir bei meinen Klamotten und meinem Styling helfen. Steht das noch?"

"Wenn ich was sage, dann tue ich es auch", gab Yslei zurück, "Und ich wüsste schon, was man bei dir machen könnte. Als allererstes brauchst du eine andere Brille. Und die Frisur muss auch neu."

Katzi schaute nun etwas beunruhigt drein, denn der Gedanke daran, sich komplett Ysleis Vision anzuvertrauen, bereitete ihr Unbehagen. "Also gut. Dann mache ich schon mal einen Termin beim Friseur klar."

"Musst du nicht!", lächelte die junge Syrerin, "Deine Haare schneide *ich* dir. Glaub mir, das ist besser!"

Der Erste Hauptkommissar Rainer Jung blickte Jens und Vivian an, die ihm soeben Bericht erstatteten. "Der *Kapuzenmörder* ist also wie vom Erdboden verschluckt."

"So kann man es sagen. Es gibt nirgendwo einen Hinweis auf ihn", sagte die Kommissarin, die einen ausführlichen Bericht geschrieben hatte. "Wir haben nur das Messer, das im Hals des Toten gesteckt hat."

"Und natürlich keine Fingerabdrücke. Das alte Lied ...", vermutete Jung.

"Oh nein!", hielt Vivian dagegen, "Wir haben mehrere glasklare Abdrücke."

"Ach ja?"

"Okay, da enden die guten Nachrichten. Es gibt nämlich kein Match in den Datenbanken. Zu wem immer diese Abdrücke auch gehören, er ist bisher polizeilich noch nicht auffällig geworden."

Rainer Jung sah zu Jens Lackner. "Damit können wir einen Profikiller doch im Grunde ausschließen, oder?"

"Das ist wenig wahrscheinlich, ja", bestätigte der Kommissar, "Schon allein, wie die Tat in unserer Rekonstruktion abgelaufen ist, spricht nicht dafür."

"Wir tappen also im Dunkeln. Das ist nicht gut. Frau Terjong, unsere Oberstaatsanwältin, hat mich schon angerufen und würde gerne für ihre politischen Kontakte irgendwelche Ergebnisse vermelden."

"Sagen wir mal so", kam Jens ihm entgegen, "Was den Ermordeten betrifft, können wir einiges sagen, was für die Öffentlichkeit vielleicht beruhigend wirkt. Dass er ein Schwerverbrecher war, mit einer ellenlangen Liste an Delikten und mit einem internationalen Haftbefehl gesucht wurde."

"Und bei der Tatwaffe, dem Messer, können wir mit einem sehr vagen Ansatz aufwarten", ergänzte Vivian, "Es gibt eine Prägung auf dem Griff: *MdI* ..."

"MdI?", fragte Jung nach, "Sollte mir das etwas sagen?"

"Das steht für 'Ministerium des Inneren', erläuterte Jens, "Dieses Besteck gehörte zu alten DDR-Beständen, die womöglich billig aufgekauft wurden. Aber hier auf Rügen gibt es kein Amt, das wir damit in Verbindung bringen können."

"Also gut!", kürzte Jung die Erklärung ab, "Was haben wir sonst?"

Vivian sah in ihre Notizen. "Der Bericht der Spurensicherung besagt, dass es sich bei der Tatwaffe um kein hochwertiges Besteck handelt, also kein Chrom-Nickel-Legat ..."

"Und woran sehen die das?"

"Die Klinge lässt sich verbiegen und das Messer hat Patina angesetzt. Das kommt, wenn ich den Kollegen Konermann zitieren darf, davon, dass das Besteck sehr oft in einem Geschirrspüler gewaschen worden ist. Dabei wurde offenbar ein scharfes Industriewaschmittel verwendet, das überwiegend in Großküchen und Kantinen eingesetzt wird."

Der Erste Hauptkommissar rieb sich das Kinn. "Und das soll die Ermittlung weiterführen? Das klingt ja mächtig kompliziert."

Jens sah das anders. "Kommissar Konermann hat seine Untersuchungen noch nicht abgeschlossen. Möglicherweise findet er heraus, welchem Waschmittel genau das Messer in dem Industrie-Geschirrspüler ausgesetzt war. Dann könnten wir die Verwender des Produkts auf Rügen sicher auf eine überschaubare Zahl eingrenzen."

Rainer Jung klatschte mit der flachen Hand auf den Tisch. "Dann machen Sie das in Gottes Namen. Die Bevölkerung in Bergen ist dünnhäutig seit der *Laternenfisch*-Affäre."

"Sollen wir auch über die Hintergründe des Opfers Pierre Tobin weiter ermitteln?", erkundigte sich Vivian plötzlich.

"Über den Söldner? Wieso?", fragte Jung verdutzt, "Reicht es nicht, dass da ein weiterer Schakal weg vom Fenster ist?"

"Herr Hauptkommissar, wenn Sie erlauben, besprechen die Kollegin Tennstedt und ich das intern", schlug Jens vor, "Das sind keine Themen, mit denen Sie sich belasten müssen."

Damit hatte sich der Hauptkommissar zufriedengegeben.

Draußen im Korridor stellte Jens die Kollegin zur Rede. "Sag mal, hab ich was verpasst? Hast du ein Problem mit mir?"

"Wieso?", tat Vivian ganz unschuldig.

"Anders gefragt, passt dir irgendetwas nicht daran, wie ich die Sachen anfasse?"

Die Kommissarin hielt seinem Blick stand. "Was mir passt oder nicht, steht hier doch wohl kaum zur Debatte. Ich meine, die Frage ist doch: Sind wir ein Team oder bist du der Leitwolf und ich dein treu ergebener Harry?"

Jens sah sie enerviert an. "Okay, in Anbetracht meines Alters und meiner Erfahrung habe ich mich vielleicht hinreißen lassen, die Führung zu übernehmen. Und ich gebe zu, mir hat es auch nie gefallen, wenn ich früher von Partnern oder Vorgesetzten nicht richtig einbezogen wurde."

"Und mir gefällt es ebenfalls nicht", bezog Vivian Stellung.

"Eine Partnerschaft funktioniert nicht von jetzt auf gleich", merkte Jens an, "Das muss sich einspielen. Aber dazu sollte man sich vielleicht etwas mehr austauschen."

"Finde ich gut. Dann fange ich mal an: ich verstehe nicht, warum wir uns nicht auf den Kapuzenmörder konzentrieren und du stattdessen so viel Zeit damit verbringst, herauszufinden, was der tote Söldner hier wollte. Sorry, das krieg ich nicht in meinen Kopf."

Jens merkte, wie Ungeduld in ihm aufstieg. Das waren alte Verhaltensmuster, die schon Catrin Hanfstaengl bei ihm moniert hatte. Er sollte sich nicht wieder zu Alleingängen hinreißen lassen. "Es ... es ist intuitiv", sagte er schließlich.

"Intuitiv?", wiederholte Vivian, "Immer, wenn ich mich auf meine Intuition berufen habe, sind meine Ausbilder an der Polizeischule auf mich losgegangen. Die meinten, ich solle mich an Fakten halten, nicht an Hirngespinste."

Jens gefiel nicht, wie das Gespräch sich entwickelte. "Wäre ich Ausbilder an der Polizeischule, würde ich dem Nachwuchs sagen, dass Intuition ein Teil der Polizeiarbeit ist. Manchmal erfassen wir bei Ermittlungen Sachverhalte nicht bewusst, aber wir spüren einen Impuls aus dem Unterbewusstsein, der uns eine bestimmte Richtung weist. Deswegen halte ich es für zielführend, dieser Idee nachzugehen, auch wenn die Faktenlage das vielleicht nicht unterstützt."

Vivian überlegte. "Ich verstehe das", sagte sie dann, "Im Moment macht mir aber der Kapuzenmann mehr Sorgen. Wir wissen rein gar nichts über sein Motiv. So wie er Pierre Tobin zugerichtet hat, könnte es ein Psychopath sein. Deswegen schlage ich vor, dass wir den Söldner und den Grund für sein Hiersein hintenanstellen und alle Kräfte auf den flüchtigen Mörder konzentrieren."

Jens wusste gegen ihre Argumentation nichts einzuwenden. Seltsamerweise klingelten seine inneren Alarmglocken beim Kapuzenmörder nicht so laut wie bei dem getöteten Söldner mit den Tätowierungen. Doch die Erinnerung an seine Fehleinschätzungen bei der *Laternenfisch*-Ermittlung waren noch frisch. Auch wenn Vivian jung war und kürzlich ein schweres Trauma durchlebt hatte, trumpfte sie gerade mit der schlüssigeren Strategie auf. "Also gut. Ich will mich dem, was du sagst, nicht verschließen."

"Das heißt, wir konzentrieren uns auf die Kapuze?"

"So ist es."

Waldo und Chris waren zum Revierleiter Bert Rusnak gerufen worden. Der Hauptkommissar ertrank gerade in Logistik. Der Besuch des Vizekanzlers beim neuen Flüssiggas-Terminal vor Binz band viele Polizeikräfte auf der Insel. Aber das Tagesgeschäft musste trotzdem weitergehen. "Männer, wir haben eine Anzeige reinbekommen", begann der Revierleiter ohne Umschweife, "Kennt Ihr das Schloss Lietzow?"

Während Waldo keinen Plan hatte, hob Chris die Hand. "Na, wer kennt das nicht? Das ist doch das Neuschwanstein von Rügen. Was ist damit?"

"Das Schloss wurde vor einem Jahr von einem niederländischen Investor gekauft: De-Kerck-Industries. Hab zwar noch nie von denen gehört, aber die sind wohl global aufgestellt und haben ihren Hauptsitz auf den Jungfern-Inseln. Etwas undurchsichtig, die Brüder. Interpol sagt, sie haben mehrere anhängige Verfahren, was Geldwäsche betrifft ..."

"Und was ist jetzt mit dem Schloss?", bohrte Waldo, der etwas ungeduldig war, da ihn ein anderes Thema umtrieb.

"Drüben im Nebenzimmer sitzt ein Mann, der sagt, dass die De-Kerck-Leute auf Schloss Lietzow seinen Bruder gefangenhalten würden."

Chris schaute ungläubig. "Was ist denn das für eine Geschichte?"

"Das frage ich mich auch, aber wir können uns ja nicht nur die Fälle rauspicken, die für uns am meisten Sinn ergeben.

Ihr zwei redet mit dem Mann ...", Rusnak sah auf seinen Notizblock, "Michael Kmiecik ... ihr hört ihn an, fahrt dann nach Lietzow und klärt die Sache. Wenn es geht, lautlos, ohne Kapriolen und abschließendes Feuerwerk."

"Machen wir, Chef!" Waldo zog Chris mit sich, denn Zeit hatte er nicht zu verschwenden.

"Na klar sind wir aus Lietzow!" versicherte Michael Kmiecik, der auf die Dreißig zuging und mit seinen fettigen Haaren, seiner abgewetzten Joppe und dem Bierbauch ein wenig prollig herüberkam. "Wir sind dort geboren. Die neuen Besitzer vom Schloss, die sind erst letztes Jahr gekommen."

"Was ist denn genau passiert?", kam Chris zur Sache.

"Mein Bruder Torben und ich sammeln Drohnen. Ist seit einiger Zeit unser Hobby. Na ja, und jetzt haben wir uns eine *DJI Mini 4 Pro* angeschafft. Die hat uns einen Riesen gekostet. Torben hat sie in der Nähe vom Schloss an einen Baum gesetzt, da ist sie abgeschmiert. Dann wollten wir sie bergen, war ja schließlich nicht gerade billig, das Teil ..."

"Und was ist dann passiert?", fragte Waldo, den die ganze Thematik mächtig langweilte.

"Es gibt da jetzt einen Zaun, der um das ganze Schloss Lietzow gebaut wurde. Aber nicht nur so einen Wild-Zaun, nee, richtig stabil, mit fest verankerten Pfosten, drei Meter hoch, mit Stacheldraht oben. Kameras haben die auch verdächtig viele. Richtig schräg. Wir haben dann am Tor geklingelt und gemeint, wir wollten die Drohne holen. Irgendeine Stimme hat gesagt, das sei Privatbesitz und wir sollten uns trollen."

"Lassen Sie mich raten!", unterbrach Chris, "Da ist Torben, Ihr Bruder, einfach selbst über den Zaun gestiegen ...?"

Michael Kmiecik nickte eifrig. "Wir haben eine Stelle gesucht ohne Kameras. Und mit einer Leiter und 'ner dicken Decke für den Stacheldraht war es dann nicht schwer, rüberzukommen. Torben ist los, die Drohne zu holen, aber dann ist er nicht mehr zurückgekommen."

"Vielleicht warten Sie ab und heute Abend steht er wieder vor der Haustür!", schlug Waldo vor.

"Nein, nein! Sie verstehen nicht! Das alles ist doch schon vor zwei Tagen passiert!"

Chris und Waldo sahen sich verblüfft an.

"Vor zwei Tagen schon? Und seitdem gibt es kein Lebenszeichen Ihres Bruders?", wunderte sich der POM.

"Nichts, nada, niente! Es ist, als wäre Torben seitdem vom Erdboden verschluckt!"

Auf der Fahrt zur *Pension Seerose* kreisten Jens' Gedanken um seine neue Partnerin. So genaue Erinnerungen an Vivian Tennstedt hatte er nicht während ihrer Zeit bei der *Soko Kirche*, aber er sah es wie die inzwischen nach Berlin abgewanderte Catrin Hanfstaengl; die jüngere Kollegin war verändert. Jens hatte keine rechte Idee, wie er das einordnen sollte. Dass Vivian so bestimmt auftrat und sich gleich bei ihrer ersten Diskussion mit ihrer Sicht der Dinge durchgesetzt hatte, konnte der Beginn einer unguten Entwicklung sein. Es gab immer wieder Beamte, die einen Hang zur Dominanz hatten und in ihrem Team das große Wort führten. Jens war kein Freund von solchen selbsternannten Anführern. Und hieß es nicht: *Wehret den Anfängen!*? Eines war klar, jetzt wurden die Weichen gestellt, und er wollte Vivian nicht kampflos das Feld überlassen. Er musste ihr gegenüber eine klare Position vertreten. Besser, es knallte zu Beginn, als dass sich eine dysfunktionale Partnerschaft etablierte, die sich für das Team als Hypothek erweisen konnte.

Der Kommissar parkte seinen Wagen vor der *Seerose* und stieg aus. Die Pension war leer. Nicht selten fanden sich auch in der Zwischensaison Gäste ein, doch dieses Jahr war das anders. Es gab keine Buchungen.

Jens ging zu dem Haus-Safe und schloss seine Dienstwaffe ein. Als er aus seinem Zimmer kam, begegneten ihm Yslei und ein Mädchen, das er hier noch nicht gesehen hatte.

"Nanu? Yslei! Hast du Besuch?"

"Das ist nur Aurora Katz aus der Parallelklasse!"

"Aber eigentlich sagt jeder nur Katzi." Das vollschlanke Mädchen reichte Jens die Hand. "Ich freue mich, Sie kennenzulernen, Herr Kommissar! Meine Mutter sagt, es wäre schön, wenn wir mehr Männer von Ihrer Sorte hätten!"

Jens schaute überrascht. "Ach, sagt sie das? Dann bedanke ich mich! Richte ihr unbekannterweise meine Grüße aus!"

Yslei packte die Mitschülerin am Arm. "So, genug geschleimt! Komm!"

Die beiden Mädchen verschwanden in Ysleis Zimmer.

Jens sah ihnen nach.

In diesem Moment kam Susanne mit einem Wäschekorb heran. "Ach! Du bist schon da. Wie praktisch! Hier, deine Sachen! Räumst du sie ein, oder lässt der Dienst am Vaterland es nicht zu?" Sie drückte ihm den Korb in die Hände.

"Doch, Sanni, ich mach das. Sag mal, kennst du das Mädchen, das gerade zu Besuch ist? Diese ... Katzi?"

"Nicht viel länger als du. Ist auch für mich eine Premiere. Sie ist eine Freundin auf Probe, wenn ich unsere Tochter richtig verstanden habe."

"Eine Freundin auf Probe?" Jens staunte. "Was es nicht alles gibt, heutzutage ..."

"Wie weit seid Ihr mit dem Mordopfer in Bergen? Habt Ihr den Täter schon?"

"Nein. Davon sind wir noch weit entfernt. Es ist alles sehr mysteriös. Aber lass uns jetzt nicht über die Arbeit reden. Ich habe gerade die Nase ziemlich voll."

Susanne lächelte maliziös. "Sag nichts. Ich ahne es schon. Die Neue, die dir Catrin als Partnerin auf die Augen gedrückt hat, die passt dir nicht, oder?"

"So weit würde ich jetzt nicht gehen, aber sagen wir mal so, es gab bereits Irritationen in der Zusammenarbeit."

"Ist dir schon mal der Gedanke gekommen, dass du ein Einzelgänger bist, dem es schwerfällt, sich auf andere einzulassen? Mit Mike Kramer war es damals schwierig, mit Catrin Hanfstaengl sowieso und sogar Freddy hat dich ständig genervt, als ihr in Stralsund noch ein Team wart, und der ist nun wirklich pflegeleicht gewesen."

Jens sah sie verdrossen an. "Können wir das etwas später vertiefen? Ich muss jetzt gerade wirklich mal abschalten."

Sie trat an ihn heran. "Warum schalten wir nicht zusammen ab? Drüben im Gästehaus findet uns keiner."

Jens lächelte. Es war das erste Mal an diesem Tag. "Ist vielleicht keine schlechte Idee", sagte er und zog seine Frau an sich, um sie zu küssen ...

Yslei war sehr gewissenhaft beim Schneiden von Katzis langen Haaren. Sie hatte es schon ein paar Mal bei Jens gemacht, der keine großen Ansprüche stellte und immer zufrieden mit ihrer Arbeit gewesen war. Bei ihrer Mitschülerin lag der Fall anders. Katzi war kein Supermodel, vom Aussehen zwar niedlich, trotzdem war es wichtig, dass der Schnitt am Ende gut aussah.

"Hast du dir schon überlegt, wo du hinwillst?", fragte Katzi.

Yslei unterbrach ihre Tätigkeit verwirrt. "Wo ich hinwill?"

"Nach England oder Schweden? Bei der Klassenfahrt."

Das Mädchen mit der Schere stieß einen verächtlichen Laut aus. "Klassenfahrt! Ich werd' den Teufel tun und da mitfahren. Ich habe Frau Kampermann gesagt, dass ich übelst seekrank werde. So schlimm, dass ich auf keinen Fall mitkann."

Katzi drehte sich um. "Aber das stimmt doch nicht."

"Natürlich stimmt das nicht."

"Du lügst, damit du nicht mitfahren musst?"

"Hast eine schnelle Auffassungsgabe, Respekt!"

"Aber komm, Yslei, das ist doch absurd. Eine Klassenfahrt mit dem *Baltic Jet,* einem supermodernen Katamaran, über die Ostsee! Ich find das richtig aufregend! Ein echtes Abenteuer. Wie kann man so etwas nur verpassen wollen?"

"Da du aber nicht alle Fakten kennst, Katzomat, verrate ich dir, dass ich mein dreiwöchiges Berufspraktikum genau auf diesem von dir so gepriesenen Katamaran absolviert habe. Und ja, die ersten beiden Tage waren noch ganz spannend, aber irgendwann wurde es echt öde. Wenn der Kapitän mich wenigstens mal ans Steuer gelassen hätte, aber nein, das ging aus Versicherungsgründen nicht. Ergo, der Baltic Jet bockt mich nicht, Schweden kratzt mich noch weniger und wenn ich eine Zeit lang meine Mitschüler, diese Lauch-Brigade, nicht sehen muss, kann ich meine Seele mal so richtig baumeln lassen." Yslei drehte die Mitschülerin mit sanfter Gewalt wieder in ihre Ausgangsposition, damit sie weitermachen konnte. "So! Und jetzt halt die Klappe, sonst verschneide ich mich noch und dann können wir dich endgültig aus dem Sortiment nehmen ..."

Richard brannte es auf den Nägeln, also hatte er Dr. Almut Lange, die Gerichtsmedizinerin, um die Vermittlung eines schnellen Arzttermines gebeten. Er kannte sie seit längerer Zeit persönlich und hatte einen guten Draht zu ihr. Die Ärztin ließ ihn nicht hängen und so wurde ein schneller Termin bei dem Stralsunder Internisten Dr. Edvard Grothe ausgemacht.

Am Tag bevor Paula aus München zurückkehren wollte, suchte Richard den Mediziner auf und ließ sich von ihm untersuchen. Grothe war ein hochgewachsener Mann mit einer athletischen Gestalt und einem überdimensional wirkenden Kopf. Seine Haare waren schlohweiß. Er musste schon auf die Fünfundsiebzig zugehen, machte aber den Eindruck, immer noch hellwach zu sein. "Und das Unwohlsein haben Sie seit gestern Abend durchgehend?"

"Ja, das kann man sagen. Es kam aus dem Nichts. Seitdem fühle ich mich richtig elend."

"Der Blutdruck ist unauffällig, ebenso der Puls, aber die Lymphknoten sind etwas geschwollen", resümierte der Arzt, "Wir nehmen Blut ab und schicken das ins Labor. Dann wissen wir mehr."

"Das ist wirklich sehr nett, Herr Dr. Grothe. Haben Sie eine Ahnung, was der Grund für die Übelkeit sein könnte?"

Der Internist musterte Richard ruhig. "Was sagt Ihnen denn Ihr Gefühl, Herr Dreifürst?"

Richard schwieg einen Moment. "Mein Gefühl ... hm ... wenn Sie so fragen: Mein Gefühl sagt mir nichts Gutes."

"Die eigene Wahrnehmung ist ein wertvolles Indiz. Und im Allgemeinen ermutigte ich meine Patienten, ihrem Gefühl zu vertrauen. Bevor wir jetzt aber die Pferde scheu machen, warten wir auf das Blutbild. Ob die Nachrichten dann gut oder schlecht sind, das lässt sich im Vorfeld schwer sagen."

"Können Sie mich anrufen? Ich habe eine deutlich jüngere Frau und ein kleines Kind und ich ..."

"Herr Dreifürst!", unterbrach Dr. Grothe, "Sie sind so etwas wie Rügens gute Seele und ich weiß alles über Sie! Was immer ich für Sie tun kann, das werde ich tun!" Er lächelte und streckte Richard die Hand hin.

Dieser ergriff sie. "Vielen Dank, Herr Doktor!"

Chris und Waldo, die beiden Bergener Schutzpolizisten, stiegen im Wald aus ihrem Streifenwagen und stellten sich vor das Tor, das die Einfahrt zum Lietzower Schloss versperrte. Das Bauwerk mit dem imposanten weißen Turm war eine verkleinerte Kopie des Schloss Lichtenstein bei Reutlingen und bereits im neunzehnten Jahrhundert erbaut worden. Hier an der Einfahrt lugte eine kleine Kamera von oben auf die Beamten herunter. Es gab auch ein Interkom.

Chris betrachtete den Zaun, der recht hoch und stabil gebaut war. "Der war bestimmt nicht billig. Warum in aller Welt bauen die das alte Schloss zu einer Festung aus?"

"Wen kratzt es?", brummte Waldo und klingelte gleich anhaltend, weil er hier keine Wurzeln schlagen wollte.

"Was ist denn?", schepperte eine ungehaltene Stimme aus der Sprechanlage.

"Hier ist die Polizei! Wir müssen mit Ihnen sprechen."

"Polizei? Das muss ein Missverständnis sein. Hier gibt es nichts für Sie zu tun! Alles in Ordnung!"

Waldo sah zu Chris und wendete sich wieder zur Sprechanlage. "Es gab eine Bombendrohung für Schloss Lietzow. Also lassen Sie uns hier kurz nach dem Rechten sehen, oder das MEK und das Bombenräumkommando rollen an."

Chris schloss die Augen. Er hatte sich immer noch nicht an den Partner gewöhnt, der gerne unkonventionell vorging, wenn es mal Hürden zu nehmen gab.

Bald ertönte ein Summer und das Tor öffnete sich.

Die beiden Polizisten standen in der Eingangshalle des Lietzower Schlösschens. Der Major Domus des Hauses war ein bebrillter Herr namens Urs Wessinghage. Er hätte jederzeit Werbung für Steuerbüros machen können, trug einen korrekten schwarzen Seidenanzug und blankgewienerte Lackschuhe. Ob er ein Anwalt war, hatte er nicht verraten, aber er redete wie einer. "Ich bedaure, meine Herren, aber ich habe die strikte Weisung, die Privatsphäre dieser Residenz zu wahren. Mein Dienstherr hat sich da unmissverständlich ausgedrückt. Bringen Sie mir einen Durchsuchungsbeschluss, dann können Sie sich gerne hier umsehen."

Chris trat einen Schritt vor. "Hören Sie! Wir suchen eine vermisste Person: Torben Kmiecik, sechsundzwanzig Jahre. Er ist über Ihren Zaun gestiegen, um eine abgestürzte Drohne vom Grundstück zu bergen. Zeugenaussagen lassen vermuten, dass er hier festgehalten wird."

Wessinghage lächelte ölig. "Erst eine Bombendrohung und jetzt plötzlich geht es um eine vermisste Person? Was denn nun? Ich glaube, Sie sollten sich erst einmal darüber klar werden, was Sie wollen und welchen Dienstweg genau Sie zu beschreiten gedenken. Dürfte ich Sie jetzt bitten, zu gehen?"

"Und was machen Sie, wenn wir das nicht tun?", fragte Waldo provozierend.

"Dann helfen wir nach!" Aus dem Hintergrund kamen zwei bullige Männer in Overalls, die Pistolenholster umgeschnallt hatten. Sie bauten sich vor den beiden Uniformierten auf.

Chris hob die Hände. "Sachte! Wir tun nur unsere Arbeit!"

Doch Waldo war nicht so leicht zu beeindrucken. "Wollen Sie mit bewaffnetem Personal Polizeibeamte einschüchtern? Keine gute Idee!", versetzte Waldo, "Sie sind alle verhaftet!" Er zog seine Handschellen hervor und packte den Major Domus Wessinghage am Arm. Im nächsten Moment hatte er dessen Hände auf seinen Rücken gefesselt.

Chris blieb überrumpelt der Mund offen stehen. Dann, nach einem Augenblick der Überraschung, legte einer der beiden Gorillas seine Pranke schwer auf Waldos Schulter. "Schluss damit!"

Waldo sah zu ihm und schob die Hand weg. Dann zog er seine Pistole. "Sie legen Hand an einen Vertreter des Gesetzes?" Er trat vor den Sicherheitsmann, der einen Kopf größer war als er selbst. "Widerstand gegen die Staatsgewalt ist kein Kavaliersdelikt. Haben Sie überhaupt einen Waffenschein?"

Der Gorilla schaute hilfesuchend zu seinem Partner, dessen Gesichtsausdruck zeigte, dass er mit der Situation ebenso überfordert war.

"Ho! Ho! Ho! Jetzt mal ganz langsam!" Eine weitere Person kam aus einer Seitentür.

Chris fuhr herum und glaubte dann, seinen Augen nicht trauen zu können. Die Gestalt, die jetzt nähertrat, kannte er. "Wie jetzt? Kramer??"

Mike Kramer kam lächelnd heran und bedeutete den Sicherheitsleuten mit einer Handbewegung, zurückzutreten.

"Du kennst den?" Jetzt war es an Waldo, verblüfft zu sein.

"Mike Kramer", raunte der POM, "War früher selbst einer von uns." Er straffte sich und sah dem Mann entgegen. "Was zum Teufel machen Sie hier?" Das letzte Mal hatte Chris den ehemaligen Polizisten auf Willie Dreifürsts Taufe gesehen.

Kramer trat lässig und entspannt auf. "Sienkiewicz! Da hat Bergen ja seinen Besten geschickt! Fürs Protokoll, ich bin hier der Sicherheitschef. Und ich sorge dafür, dass kein Unbefugter seine Nase hier hereinsteckt."

"Und warum diese übertriebenen Sicherheitsvorkehrungen? Was soll der ganze Aufwand?", stieß Chris hervor.

"Auf die Gefahr hin, das zu wiederholen, was die Mitarbeiter eben schon gesagt haben: was wir hier tun, ist Privatsache unseres Dienstherrn. Und die Spielregeln stellt er auf, nicht wir. Also, damit wirklich niemand zu Schaden kommt, wäre es gut, wenn Ihr jetzt geht, Jungs, okay?"

"Okay!", stimmte Chris schnell zu, denn er wollte so schnell wie möglich weg von hier.

Waldo packte Wessinghage am Arm. "Wir gehen, aber er hier kommt mit. Bedrohung von Polizeibeamten und Widerstand gegen die Staatsgewalt. Das geht auf keinen Fall ohne Anzeige ab. Also dann!" Er zog den Brillenmann mit sich.

"Halt!", kam es schneidend von Mike. "Das kann ich nicht zulassen!" Er kam näher. "Und ich werde es auch nicht tun!"

"Ach nein?" Waldo drehte sich um und trat auf Mike zu. "Was soll das hier werden, Herr Ex-Kollege? Draußen vor der Tür steht unser Streifenwagen, Hauptkommissarin Zellhöfer hat uns auf dem Radar. Wenn hier auch nur das Geringste vorfällt, ist die Kacke für dieses Etablissement aber mal ganz gewaltig am Dampfen!" Waldo legte eine Kunstpause ein und grinste dann. "Sieht aus, als hätte Ihr Boss sich wirklich viel Mühe gegeben, dass ihm hier niemand in die Karten schaut. Warum wohl? Aber wissen Sie was, Herr Kramer, was Sie hier treiben, ist mir schnuppe. Nur eines ist sicher: Ihr Gutsherr will Eklats vermeiden und deswegen machen Sie hier besser keine Welle! Ich will Ihnen sogar ein Stück entgegenkommen. Gebt uns den guten Torben Kmiecik, der sich höchstwahrscheinlich in diesem antiken Gemäuer nur verlaufen hat und jetzt irgendwo heulend in der Ecke sitzt. Und dafür könnt Ihr die Fledermaus hier behalten." Waldo deutete auf den bebrillten Major Domus. "Dann kriegt jeder seins und es ist nichts passiert! Deal?"

Kramer musterte den Polizeimeister und breitete die Arme aus. "Ehrlich! Wir haben hier keinen Torben Kmiecik. Aber ... einer meiner Leute hat vorhin drüben am Ostzaun einen seltsamen Mann durch den Wald irren sehen ..."

Jens waren gerade die Augen zugefallen, als er angepiept wurde. Es war sechzehn Uhr durch und Susanne hatte das gemeinsame Lager bereits verlassen. Ein Blick auf das Display verriet Jens, dass seine neue Partnerin anrief. Da musste er rangehen. "Hallo, Vivian. Was gibt es Neues?"

"Ist gerade eine aktuelle Meldung reingekommen: In Klein-Kubbelkow wurde ein Landarbeiter von einem Einbrecher angegriffen. Vier Stiche in den Bauch. Die Verletzungen sind oberflächlicher Natur. Der Angreifer war nach Zeugenaussage dünn und trug eine Kapuze."

"Na prima", stöhnte Jens und setzte sich auf. Es half nichts, er musste wieder los.

Chris und Waldo waren ohne Wessinghage, den Major Domus, wieder abgezogen und zum östlichen Zaun marschiert. Es hatte nicht lange gedauert, bis sie den sechsundzwanzigjährigen Torben Kmiecik gefunden hatten. Er stand bleich und reglos im Wald und starrte dabei ins Leere. Der Vermisste hatte mehrere Blessuren im Gesicht, Blutergüsse und blaue Flecke, war ansonsten jedoch unversehrt. Als Chris ihn ansprach, zeigte er keine Reaktion. Die Beamten nahmen ihn in die Mitte und er ließ sich widerstandlos wegführen.

Wenig später fand sich Torben Kmiecik auf dem Rücksitz des Streifenwagens wieder, wo er weiter teilnahmslos vor sich hin glotzte.

Chris sah nach hinten. Kmiecik war geistig anderswo und wirkte fast wie eine seelenlose Hülle. Der POM wandte sich an seinen Partner. "Was denkst du, wieso der so neben der Spur ist?"

"Sieht man doch! Die hatten den in der Mangel. Und als wir aufgekreuzt sind, haben sie ihn mal schnell im Wald ausgesetzt, um keinen Ärger zu riskieren."

Chris sah noch einmal prüfend nach hinten. "So wie ich das sehe, steht der Kollege unter Schock. Die müssen ja schwere Geschütze aufgefahren haben, gegen den armen Kerl."

"Das frage ich mich schon die ganze Zeit", erwiderte Waldo, "Was geht da ab im Schloss Lietzow? Ein Riesenzaun, bewaffnete Security und sie behandeln Eindringlinge wie Schwerverbrecher ...! Würde mich gar nicht wundern, wenn da was faul wäre, bei De-Kerck-Industries ... "

"Sie können jetzt zu Herrn Brandstetter. Er ist stabil", teilte der Stationsarzt im Bergener Sana-Krankenhaus den beiden Kommissaren mit, die geduldig auf dem Flur gewartet hatten. "Ich möchte Sie aber bitten, den Mann nicht zu sehr anzustrengen. Er ist ansprechbar, aber die Situation wirkt emotional noch in ihm nach."

"Nein, wir sind behutsam!", versprach Jens lächelnd. Dann betraten er und Vivian das Zimmer auf der Intensivstation.

Johannes Brandstetter war ein Saisonarbeiter aus Bayern, der schon seit einigen Jahren regelmäßig nach Rügen kam, um beim Großbauern Thienemann zu jobben. Der Erntehelfer, der auf die Vierzig zuging, machte einen kräftigen Eindruck. Sein Gesicht war sonnenverbrannt, was dafür sprach, dass der Mann regelmäßig im Freien arbeitete.

"Herr Brandstetter, guten Tag. Mein Name ist Tennstedt", stellte Vivian sich vor, "Das ist Kommissar Lackner. Darf ich erst mal fragen, wie es Ihnen geht?"

Brandstetter sah zornig zwischen beiden hin und her. "Wie soll es einem schon gehen, wenn man einfach so abgestochen wird? Ja, abgestochen wie ein Schwein!"

"Erzählen Sie doch einfach der Reihe nach!", schlug Vivian vor, die ihrer Stimme bei Bedarf eine beruhigende Sanftheit verleihen konnte.

"Wie, der Reihe nach? Denken Sie, das war eine Oper mit drei Akten? So viel ist da auch nicht passiert."

"Erzählen Sie es uns trotzdem. Bitte!" Vivian lächelte den Mann an und lullte ihn so ein.

"Na ja, was soll ich sagen? Das Schloss an der Scheune war aufgebrochen worden. Das war so ein altes, rostiges Ding, das brauchte nur einen Schlag mit dem Hammer und fertig. Ich bin natürlich gleich rein und hab dann jemanden gesehen, der sich hinten an den Regalen zu schaffen gemacht hat. Ganz klar ein Einbrecher. 'He, du!' ruf ich, 'So geht's ja nicht! Hiergeblieben!' Ich versuch, den Kerl zu packen. Konnte den gar nicht richtig sehen, weil der eine Kapuze über den Kopf gezogen hatte. Der will also an mir vorbeiflitzen, aber da pack ich ihn schon am Schlafittchen! Und dann hat der plötzlich ein Messer in der Hand und sticht einfach zu. Und gleich noch mal. Viermal! Ich dachte, das war's, Hans, jetzt siehst du gleich deinen Schöpfer!"

"Aber Sie hatten Glück. Es war schnell Hilfe da."

"Na ja", maulte der Mann, "So schnell war die auch wieder nicht ..."

Vivian zückte einen Schreibblock. "Ist Ihnen etwas an dem Mann aufgefallen? Hatte er irgendein auffälliges Merkmal?"

Brandstetter lachte, was aber wehtat und gleich in einen Hustenanfall überging.

"Alles in Ordnung?", fragte Jens.

"Passt schon ...", stammelte der Bayer, während er seinen Hustenanfall zu unterdrücken versuchte. "Das war ja das ... Es war überhaupt kein Mann, das war ein Madl!"

"Es war eine Frau?" Vivian blickte verblüfft auf.

"Ja, als die mir das Messer in den Bauch gerannt hat, war sie so nah, dass ich ihr Gesicht hab sehen können. Das war ein Weibsstück, ganz jung noch. Jung und bösartig!"

"Haben Sie sonst noch etwas mitbekommen?", forschte Vivian weiter.

"Ist wahrscheinlich nicht wichtig, aber die hat echt streng gerochen, dieses gemeingefährliche Frauenzimmer!"

"Hat diese Frau vielleicht etwas gesagt?", ließ Jens sich vernehmen.

Brandstetter blickte auf. "Ja, richtig. Sie hat wirklich etwas gesagt. Sie sagte: 'Für die heilige Mutter Gottes ...!'"

"*Für die heilige Mutter Gottes* ...?" Jens musste sich vergewissern. "Das waren genau ihre Worte?"

"Ja, weiß nicht, vielleicht hat sie auch 'Madonna' gesagt, ist doch egal. Aber eines ist für mich völlig klar: Die Alte war komplett irre!"

Kommissar Konermann hatte bereits mit der Spurensicherung begonnen, als Jens und Vivian bei der Scheune eintrafen, die der Schauplatz der Messerattacke gewesen war.

"Na, schon Erkenntnisse, Herr Kollege?", fragte Vivian.

"Macht euch besser mal keine zu großen Hoffnungen. Unser Kapuzenmörder hat dieses Mal nichts zurückgelassen. Wir haben etwas Blut vom Opfer gefunden. Jetzt nehmen wir noch Fingerabdrücke von allem, was da im Regal steht. Aber selbst, wenn wir welche vom Täter finden, wie beim ersten Mal, sind wir nicht weiter, weil die nicht in den Datenbänken sind."

"Danke, Herr Kollege", sagte Vivian, "Wenn Sie doch etwas finden, rufen Sie mich bitte gleich an! Das wäre sehr nett!"

Jens registrierte einmal mehr, dass seine Kollegin wie selbstverständlich die Führung übernahm. Seiner Auffassung nach ließ sie definitiv Respekt gegenüber dem Dienstälteren vermissen und das konnte noch zum Problem werden.

Die Kommissare gingen zu ihrem Wagen zurück.

"Ich wage mal die Vermutung, dass wir es hier mit einer Streunerin zu tun haben", überlegte Jens.

"Eine Streunerin?", wiederholte Vivian. "Wieso? Weil sie angeblich streng gerochen hat?"

"Sie ist in eine armselige Scheune eingebrochen. Was gab es da denn zu holen? Ich sage, die hatte Hunger. Die hat was zu essen gesucht. Vielleicht auch einen Platz zum Schlafen. Die ist in jedem Fall obdachlos."

"Ja, okay, das kann man nicht von der Hand weisen. Aber woher kommt sie? Es wurde in den letzten zwei Wochen niemand als vermisst gemeldet. Das würde bedeuten, dass sie ein Auswärtige ist."

"Weiß ich nicht", meldete Jens Zweifel an, "Sie hatte zwei Auftritte, beide mit Gewaltausbrüchen. Ich hab den Eindruck, die schwimmt ganz gewaltig. Nein, ich glaub nicht, dass die von woanders gekommen ist. Weder mit dem Auto, noch mit dem Zug und auch nicht zu Fuß. Dieser Brandstetter meinte, sie wäre *irre.* Was, wenn er da richtig liegt?"

"Ich kann dir nicht folgen."

"Na, könnte doch sein, dass die aus einer geschlossenen Anstalt abgehauen ist?"

"Aber in so einem Fall wird doch sofort eine Vermisstenanzeige gestellt. Auf Rügen gibt es keine solche Meldung, das wüssten wir. Also ich schließe das jetzt mal aus."

Jens sagte nichts mehr. Er hatte sowieso das Gefühl, dass das Gespräch beendet war.

"Ich werde die Oberstaatsanwältin anrufen", sagte Vivian, während sie wenig später den Audi startete. "Wenn wir es hier wirklich mit einer Wahnsinnigen zu tun haben, wäre es vielleicht ratsam, die Bevölkerung zu warnen. Am besten, du kümmerst dich um den neuen Fahndungsaufruf. Dass wir eine Frau suchen, ist ja kein ganz unwichtiges Detail. Und es wäre gut, wenn das aktuelle Protokoll noch heute fertig wird. Kriegst du das bis achtzehn Uhr hin?"

Jens hob die Hand. "Ganz kurz, Vivian, damit ich hier nichts falsch verstehe. Gibst du jetzt hier die Anweisungen und ich habe plötzlich die Rolle des Assistenten, der Befehle entgegennimmt? Ich dachte nämlich, dass wir ein Team sind, so auf Augenhöhe, das sich miteinander abstimmt!"

Vivian blickte ihn ungerührt an. "Tut mir leid. Du kannst es ja nicht wissen. Meine Beförderung zu Oberkommissarin ist durch. Damit bin ich ab sofort deine Vorgesetzte und ja, ab jetzt sage *ich* an, was hier gemacht wird!"

Waldo und Chris standen vor Rusnaks Schreibtisch.

Der Revierleiter ging durch das Protokoll, das Chris geschrieben hatte und verzog das Gesicht. "Also gibt es gar keine stichhaltigen Beweise dafür, dass die Schloss-Security Torben Kmiecik zwei Tage festgehalten hat?"

"Nein. Als wir ihn fanden, stand der Mann apathisch im Wald. Die haben ihn wohl freigelassen, kaum dass wir aufgekreuzt sind", erklärte Waldo, "Aber sein Gesicht war grün und blau zugerichtet. Kramer und seine Leute haben sich an Torben Kmiecik vergriffen, das ist offensichtlich."

"Das sehe ich ganz genauso wie der Kollege", bestätigte Chris.

Rusnak lehnte sich in seinen knarzenden Bürostuhl zurück. "Werkschutz, das kennt man. Der Staat im Staate. Schön und gut, aber die können nicht einfach Leute drangsalieren, wie es ihnen gerade passt. Es gibt einen Zeugen. Also wird das ein Nachspiel haben."

"Ich glaube kaum!", vermeldete Waldo, "Als wir vorhin ausgestiegen sind, hat Torben Kmiecik zum ersten Mal geredet, seit wir ihn gefunden haben. Er sagt, er hätte sich nur im Wald verirrt. Er will keine Anzeige erheben. Er behauptet, er wäre niemals im Schloss gewesen."

"Wie bitte?" Bert Rusnak traute gerade seinen Ohren nicht. "Und wie erklärt er sein ramponiertes Gesicht?"

Chris lachte freudlos. "Er gibt an, betrunken gewesen und mehrmals gestürzt zu sein. Und dass er die zwei Nächte im Wald geschlafen hätte."

"Wenn Sie mich fragen, Chef, haben die den armen Kerl so richtig durch den Wolf gedreht", vertrat Waldo seine Sicht der Dinge, "Dann haben sie ihn nachhaltig eingeschüchtert, damit er die Klappe hält."

"Vielleicht sollten wir dieser Firma, De-Kerck-Industries, mal genauer auf den Zahn fühlen ...", schlug Chris vor.

Der Hauptkommissar stieß einen Seufzer aus und warf das Protokoll vor sich auf den Schreibtisch. "Das führt zu nichts. Wahrscheinlich sind die nur paranoid und befürchten Industriespionage. Wenn Torben Kmiecik keine Anzeige erstattet, dann haben wir keine Handhabe. Wir sind raus."

Chris breitete die Arme aus. "Wir sind raus? Wenn die De-Kercks nicht was zu verbergen haben, fresse ich 'nen Besen! Warum setzten die einer armen Haut wie Torben Kmiecik sonst so zu?"

Rusnak sah Sienkiewicz einen Moment an und dachte nach. "Also gut, Chris! Wenn es nichts anderes zu tun gibt, guck, ob du etwas über De-Kerck-Industries herausfinden kannst. Aber lass uns nicht zu viele Kapazitäten auf die verschwenden. Wir sind die Schutzpolizei, nicht das FBI."

"Natürlich, Chef! Verstanden."

Susanne und Yslei brachten den kleinen Willie zurück nach Garz, denn Paula hatte sie direkt nach ihrer Rückkehr angerufen. Während die Frauen das Kleinkind betuttelten, spielte Yslei eine Partie Schach gegen Richard. Anfangs hatte der Alte noch das ein oder andere Match gegen das Mädchen aus Syrien gewonnen, doch inzwischen war er auf das Verlieren abonniert, denn die scharfsinnige Yslei machte bei diesem Spiel keine Gefangenen.

"Ist was mit dir?", fragte das Mädchen nach dem Schachmatt und musterte ihn genauer.

"Mit mir? Was sollte mit mir sein?" Richard versuchte, seiner Stimme einen unverfänglichen Klang zu geben.

"Du versteckst was", grinste Yslei und musterte ihn frech, "Vielleicht hast du ja eine Geliebte."

Der Alte musste lachen. "Oh! Ich bin durchschaut. Dir kann ich's ja verraten, ich habe mir eineiige Zwillinge angelacht, Schwedinnen! Aber kein Wort zu Paula!"

Yslei kicherte. Dann aber wurde sie wieder ernst. "Onkel Richard, kann ich dich mal was ganz anderes fragen?"

"Sicher, Liebes!"

"Nehmen wir mal an, ich interessiere mich für einen Jungen aus meiner Klasse. Also ich frage das wirklich rein hypothetisch ..."

"Versteht sich."

"Also, wie würde ich es anstellen, gesetzt, so ein Fall würde wirklich mal, irgendwann, eintreten, dass dieser Junge sich vielleicht auch für mich interessiert?"

"Du fragst den Falschen. Ich war nie Experte in solchen Dingen. Wäre Susanne da nicht der bessere Ratgeber?"

"Nein, mit ihr will ich auf keinen Fall darüber reden. Das ist ja alles auch nur rein hypothetisch."

Richard räumte das Schachspiel zusammen. "Yslei, ich habe mehr Verbrecher zur Strecke gebracht als Frauen erobert. Wie soll ich dir helfen?"

"Na ja, letztendlich bist du auch nur ... ein Junge. Oder sagen wir, du warst mal einer. Was wäre gewesen, wenn ein Mädchen dich angesprochen hätte?"

Richard lächelte. "Glaub mir, Süße, das habe ich mir oft gewünscht. Aber das ist niemals passiert. Jedenfalls nicht zu meiner Schulzeit."

"Ich habe gelesen, Mädchen sollen bei Jungen nicht die Initiative ergreifen, weil sie ihnen auf keinen Fall ihren Jagdinstinkt nehmen dürfen. Stimmt das?"

Richard dachte kurz darüber nach. "Da ist sicher etwas dran. Trotzdem würde ich solche Regeln nicht überbewerten. Wenn es einen jungen Burschen verunsichert, dass das Mädchen den ersten Schritt macht, dann kann es mit seinem

Selbstbewusstsein ja nicht weit her sein. Und wenn ich dich anschaue, gewinne ich den Eindruck, du brauchst einen Partner, der mehr zu bieten hat. Also rein hypothetisch."

"Oh, danke!"

Richard dachte an seine Schulzeit zurück. "Weißt du, heute ärgere ich mich, wenn ich mich erinnere, wie wenig ich mir als Schüler zugetraut habe. Wenn ich alles wiederholen könnte, würde ich zu den Mitschülerinnen, für die ich mich interessiert habe, hingehen und sie fragen, ob wir uns mal nach der Schule treffen könnten, einfach um uns besser kennenzulernen. Mehr als 'nein' sagen können sie nicht."

Yslei machte ein nachdenkliches Gesicht. "Puh! Ich weiß nicht. Soo mutig bin ich auch wieder nicht."

"Ja, ist vielleicht nicht die beste Idee. Aber man könnte doch gucken, ob dieser Mitschüler nicht in einer Schul-AG ist oder eine Sportart betreibt. Und dann meldet man sich da einfach auch an. So bietet sich, rein theoretisch, bestimmt eine Gelegenheit, ins Gespräch zu kommen."

"Kein übler Gedanke!", überlegte Yslei, "Wenn ich dich noch was frage, sagst du mir dann ehrlich, was du denkst?

"Sicher!"

"Glaubst du, dass deutsche Jungen jemanden wie mich ... hübsch finden könnten?"

Diese Frage entlockte Richard ein amüsiertes Schmunzeln. "Yslei, selbst wenn du hässlich wärst wie die Nacht, würdest du keine alte Jungfer. Du hast so ein helles Köpfchen, das allein wird Jungen anziehen wie die Motten das Licht."

Yslei lächelte geschmeichelt. Sie ging zu Richard und umarmte ihn. Dann löste sie sich und schaute ihm in die Augen. "Und dein Geheimnis willst du mir nicht verraten?"

Richard hatte für einen Moment den Impuls, dem Mädchen zu sagen, dass er voller Anspannung auf das Ergebnis seiner Blutuntersuchung wartete. Aber er entschloss sich dagegen. Mit diesem Thema musste Yslei nicht belastet werden. "So viel nur: es gibt wirklich etwas, was mich beschäftigt. Aber im Moment kann ich nichts darüber sagen, okay?"

"Okay", meinte Yslei und damit war das Thema erledigt.

Jens hatte ganz schön schlucken müssen, als er von Vivians Beförderung erfahren hatte. De facto war es schon so, dass der Ranghöhere das letzte Wort beanspruchen konnte, aber die Kriminalpolizei war nicht die Armee. Echtes Teamwork fußte auf gegenseitigem Respekt. Wer es nötig hatte, den Vorgesetzten rauszukehren, baute so sicher kein Vertrauen auf. Vivian kannte Jens nicht, und so wie er es sah, fehlte es ihr an Erfahrung. Sie hatte bisher nur mit Justina Evers gearbeitet, einer Frau, mit der sie bis zu deren Tod eine intime Affäre gehabt hatte. Ein Mann als Partner war neu für die frischgebackene Oberkommissarin. Und so wie jetzt würden sie beide als Team nicht funktionieren. Vivians Kommandoton ging Jens jedenfalls gewaltig gegen den Strich.

Bevor der Kommissar aber das klärende Gespräch suchen konnte, gab es eine neue Entwicklung in Sachen des getöteten Söldners Pierre Tobin. Ein Autoschlüssel war auf der Straße gefunden worden, ganz in der Nähe des Tatortes. Wie sich herausgestellt hatte, gehörte dieser Schlüssel zu einem Mietwagen, der auf dem Gelände des Parkhotels abgestellt war, in dem der Franzose logiert hatte. Die Kollegen in Bergen waren bei der Durchsuchung des Fahrzeugs auf eine verschlossene Kiste gestoßen, die eine Maschinenpistole, eine kugelsichere Weste und ein *MacMillan TAC 50* Präzisionsgewehr beinhaltet hatte. Dazu fand man etliche Munitionspakete, Nebelbomben und ein Dutzend Handgranaten.

Jens fühlte sich bestätigt. Ein Scharfschützengewehr war alles andere als alltäglich für einen normalen Kriminellen. Als ein solcher konnte Pierre Tobin bei seiner Historie auch nicht gelten. Und dem Kommissar drängte sich die Schlussfolgerung auf, dass der Private Security Contractor nicht nur als Tourist nach Bergen gekommen war.

Waldo hockte an seinem Computer, als Chris von der Befragung Torben Kmieciks zurückkam.

"Und? Ist er weg?", erkundigte sich Waldo.

"Ja. Der gute Torben bleibt bei seiner Version. Er ist allein im Wald herumgeirrt und hat das Schloss niemals betreten.

Wir haben also keine Ahnung, was in dieser Zeit wirklich mit ihm passiert ist."

"Wenn dieser Mike Kramer früher Polizist war, vielleicht kann man ihn ja zu einem freundlichen Gespräch einladen?"

Chris winkte ab. "Du, die Polizei hat ihn seinerzeit abgesägt, so gut ist er auf uns nicht zu sprechen. Er arbeitet schon seit einiger Zeit als Sicherheitsmann für privat. Nein, der wird uns gar nichts erzählen ..." Der POM stutzte, als er das Gesicht eines Mannes in den Fünfzigern auf dem Bildschirm seines Partners sah. "Wer ist das denn?"

Waldo drehte sich zu seinem Terminal herum. "Das ist Arnold Brüske, zweiundfünfzig Jahre, seines Zeichens Regisseur von deutschen Fernsehfilmen ..."

Chris trat näher. "Kenn ich nicht. Was ist mit dem?"

"Kombinieren ist ja nicht gerade deine große Stärke, Sienkiewicz. Das ist der Lebensgefährte von Anna Maria Teller, der Schauspielerin, die wir letztens im Café Springer gesehen haben."

"Okay ...", sagte Chris, "Und was willst du mit dem?"

"Er ist der Typ, der Anna Maria das blaue Auge verpasst hat. Ich habe mal recherchiert. Er hat eine Polizeiakte ..."

"Zu der wir gar keinen Zugang haben."

"Weiß ich, Mann! Aber alte Zeitungsartikel dürfen wir schon googeln, habe ich recht?"

"Waldo, wo führt das jetzt hin?"

"Vor einigen Jahren hat der Herr Regisseur Schlagzeilen gemacht. Es gab zwei Anzeigen gegen ihn wegen häuslicher Gewalt. Beide von seiner ersten Frau. Und ein Starlet, mit dem er eine Affäre hatte, behauptete, er hätte sie im Urlaub auf den Bahamas krankenhausreif geschlagen. Er hat darauf wegen übler Nachrede geklagt und sich dann mit dem Sternchen außergerichtlich geeinigt."

"Das nennst du Recherche? Schlagzeilen der *Yellow Press*? Das ist gar nichts. Und wo kein Kläger, da kein Richter. Wenn Frau Teller ihn nicht anzeigt, war's das auch schon."

Waldo blickte empört auf. "Wie? Du zuckst mit den Achseln, obwohl du genau weißt, dass da ein Unrecht passiert?

Und im gleichen Atemzug kritisierst du meine Einstellung als Polizist?"

Chris stöhnte. "Alter, du magst die Frau, gut, versteh ich. Aber ich hatte schon oft mit schlagenden Ehemännern zu tun. Die Partnerinnen von denen decken ihre Typen mit schöner Regelmäßigkeit. Da sind uns die Hände gebunden."

"Das magst du so sehen, Sienkiewicz, aber ich sehe es ganz anders ..."

Jens hatte Pierre Tobins Akte bei Interpol angefordert und sich in dessen Historie eingelesen. Der Franzose war schon sehr früh straffällig geworden. Danach kam sein Eintritt in die französische Fremdenlegion. Über die fünf Jahre, die er dort verbracht hatte, gab es keine näheren Informationen. Nach seinem Ausscheiden war er wiederholt mit dem Gesetz in Konflikt gekommen. Das ging vom Drogenschmuggel über schweren Raub bis zur Mordanklage. Sein Vorstrafenregister war imposant. Entweder er hatte krumme Dinger gedreht, an irgendwelchen Fronten als Söldner gedient oder lange Haftstrafen im Gefängnis abgesessen. Der Haftbefehl von Interpol gegen ihn war schon älteren Datums und ergangen, weil man ihm Geldwäsche vorwarf. Seit mehreren Jahren war Pierre Tobin untergetaucht. Die Akte enthielt über diesen Zeitraum keine weiteren Informationen.

Jens schloss für sich aus, dass der Söldner in dieser Zeit seriös geworden war. Nun hatte ihn in Bergen auf Rügen ein gewaltsames Ende ereilt. Auch ohne den Waffenfund in seiner Mietlimousine hätte sich die Frage gestellt, was genau der Mann auf diesem beschaulichen Eiland gewollt hatte. Viele potenzielle Ziele bot die Ferieninsel für bis an die Zähne bewaffnete Schwerstkriminelle nicht. Der Private Security Contractor hatte bereits drei Nächte im Parkhotel verbracht, so, als würde er auf irgendetwas warten.

"Hast du den Bericht fertig?" Vivian war von ihrer Besprechung mit der Oberstaatsanwältin Michaela Terjong zurückgekehrt.

"Ich bin noch dran", gab Jens zurück.

"Warte mal! Was ist das?" Die Kollegin deutete auf sein Terminal, auf dem das Gesicht des getöteten Söldners zu sehen war.

"In dem Mietwagen von Pierre Tobin sind Waffen gefunden worden. Darunter war ein Scharfschützengewehr. Der hatte hier auf Rügen irgendetwas vor ..."

"Selbst wenn, ist das nicht in unser Bier!", reagierte Vivian scharf, "Das ist LKA-Sache, oder es fällt in die Zuständigkeit der Bundespolizei oder meinetwegen des BKAs."

"Ich habe bereits Linda Todt in Mukran informiert. Aber ich würde gern weiter ein Auge darauf haben. Wir hier in Bergen sind näher an dem Fall dran."

"Sekunde!", Vivian hätte verärgert die Hand erhoben, "Waren wir nicht übereingekommen, dass die Suche nach der Frau im Kapuzenpulli Priorität hat? Und sagte ich nicht, ich will das Protokoll von der Brandstetter-Ermittlung bis achtzehn Uhr? Jetzt ist es halb sieben! Und du machst dir hier Gedanken um einen toten Scharfschützen. Was zum Teufel soll das?"

Jens sah sie verärgert an. "Vivian! Was ist los mit dir? Denkst du, das funktioniert, wenn du mich abkanzelst und rumkommandierst?"

"Ich bin, verdammt noch mal, deine Vorgesetzte!", fauchte sie ihm ins Gesicht.

"Nein!", konterte Jens heftig, "Das bist du eben nicht!"

2. Das Institut

Als Johnny Rusnak wirklich dachte, es geht nichts mehr, kam tatsächlich noch ein Lichtlein her. Sein alter Kumpan Fiete Geerdes hatte sich, ganz unerwartet, telefonisch gemeldet. Zu diesem Zeitpunkt fristete Johnny ein erbärmliches Dasein. Er trieb sich immer noch auf der Insel Poel herum. Dabei war er in eine Urlaubswohnung eingebrochen und hatte sich von alten Konserven ernährt, die dort in einem Kellerregal lagerten. Die Heizung war abgestellt und er fror wie ein Schneider. Zwar gab es einen offenen Kamin, aber Johnny traute sich nicht, anzufeuern. Rauch aus dem Schornstein wäre verräterisch gewesen. Wenigstens gab es Strom und so konnte er sein Handy in Betrieb halten.

Die meiste Zeit war er damit beschäftigt, über sein Leben nachzudenken, das er bereits jetzt so verpfuscht hatte. Dabei war es nie sein Plan gewesen, in die Kriminalität abzurutschen. Im Gegenteil, eine Zeit lang hatte er geglaubt, dass er ebenfalls Polizist werden würde, so wie sein älterer Bruder. Dann hatte er Fehler gemacht, kleine Fehler, oft unter Alkohol- oder Drogeneinfluss und die Aussetzer hatten sich am Ende summiert. Ehe er es sich versah, war er vorbestraft gewesen. Sein Bruder Bert hatte immer wieder an ihn hin gepredigt, ihn beschworen, das Ruder herumzureißen, aber Johnny hatte in einer Scheinrealität gelebt, in der er alles im Griff zu haben glaubte. Und jetzt, wenige Jahre später, war er ein Gewohnheitsverbrecher, ein entflohener Sträfling, nach dem bundesweit gefahndet wurde. Wie sehr Johnny auch hin- und hergrübelte, es war alles wie ein böser Traum.

Als nun unvermittelt sein Handy klingelte, dachte der aus der Justizvollzugsanstalt Bützow entwichene Häftling im ersten Moment, dass es sein Bruder Bert sein könnte. Immerhin leitete der ein Polizeihauptrevier und mochte Johnny vielleicht aufgespürt haben. Möglicherweise hatte Kommissar Rickmers ihm einen Tipp gegeben.

Als Johnny dann das Gespräch annahm und die Stimme seines alten Spezis Fiete Geerdes hörte, war er überrascht.

Man hatte sich vor einiger Zeit verabschiedet und das war ein Lebewohl gewesen. Es hatte klar zwischen den Zeilen gestanden, dass man sich nicht mehr wiedersehen würde. Doch das Schicksal hatte offenbar andere Pläne.

"Bist du immer noch interessiert daran, bei unserer kleinen Mission einzusteigen?" Fiete kam gleich auf den Punkt.

"Äh ... eure Mission?" Johnny lief ein kalter Schauer über den Rücken. Das kam unerwartet und eine laute Stimme in ihm schrie 'Nein!'. "Ehm ... klar bin ich interessiert!", sagte er dann, "Was ist denn passiert? Ich dachte, Ihr seid komplett."

"Einer aus unserer Crew ist kurzfristig ausgefallen. Wir brauchen jetzt schnell Ersatz. Da hab ich dich ins Spiel gebracht. Die Tatsache, dass du aus dem Knast ausgebüxt bist, hat dann den Ausschlag gegeben. Der Chef hat akzeptiert. Also, wie schnell kannst du in Altefähr auf Rügen sein?"

"Keine Ahnung", antwortete Johnny, während in ihm alles in Aufruhr war. Was tat er da? Worauf ließ er sich hier ein? "Das sind locker zweihundert Kilometer", sagte er dann, "Ich hab kein Auto und eines zu knacken, erscheint mir zu riskant. Außerdem bin ich total blank ..."

"Warte kurz!"

Johnny hörte, wie sich Fiete mit jemandem besprach, aber er verstand nicht, was sie am anderen Ende sagten.

Dann war der Kumpel wieder dran. "Hör zu, Johnny! Wir schicken dir einen Fahrer von einem Limousinenservice. Das ist ein Außenstehender, also kein Wort zu dem über das, was wir vorhaben, klar?

"Klar. Ich hab sowieso nicht die geringste Ahnung, was genau ihr vorhabt."

"Das ist auch besser so. Und noch was: In dem Moment, in dem du hier aufschlägst, gibt es keine Rückkehr mehr. Wenn du kalte Füße kriegst und aussteigen willst, wäre das ... wie soll ich es ausdrücken ... eine sehr verhängnisvolle Entscheidung! Das muss dir klar sein."

"Wenn ich es nicht tue, schnappen die Bullen mich früher oder später", brachte Johnny es auf den Punkt, "Also habe ich gar keine Wahl."

"Guter Mann. Wo soll unser Auto dich abholen?"

"Ich bin immer noch in Brandenhusen. Der Fahrer soll mich bei *Hüs in de Sünn* abholen."

"Alles klar! Halt dich bereit, länger als ein, zwei Stunden wird es nicht dauern."

"Hab verstanden, Fiete. Und danke!"

"Da nicht für, Mann!"

Jens war ins Freie gegangen, um emotional herunterzukommen. Da hatte Catrin Hanfstaengl ihm ein schönes Ei ins Nest gelegt. Vivian Tennstedt, die jetzt ranghöher war als er, regte den Kommissar mächtig auf. Was dachte sie sich bloß bei ihrem Verhalten? Wie auch immer es sich verhielt, die Sache musste schnell geklärt werden. Jens begab sich wieder zurück in ihr gemeinsames Büro.

Vivian saß mit ausdrucksloser Miene an ihrem Platz und tippte an einem Bericht. Jens nahm einen Stuhl und setzte sich ihr gegenüber. "Lass uns mal reden!"

"Was gibt es noch zu reden?", war die schmallippige Antwort, "Du widersetzt dich klaren Anweisungen einer Vorgesetzten. Das ist absolut unprofessionell und ich werde das nicht hinnehmen."

Jens bemühte sich, die Ruhe nicht zu verlieren. "Vivian, wir haben zwei Möglichkeiten. Wir beide klären das intern oder wir gehen zu Jung und erzählen dem, dass es mit uns nicht funktioniert. Aber dann solltest du eines bedenken: Für den Ersten zählt nicht, wer ranghöher ist, sondern wessen Wort mehr Gewicht hat. Und wie denkst du, wird er reagieren, wenn Jens Lackner, der bekannte Profiler mit den spektakulären Fahndungserfolgen, ihm sagt, dass du noch nicht wieder bereit bist für den Dienst und eine noch längere Auszeit benötigst, nach dem tragischen Tod deiner Partnerin?"

Vivian sah ihn feindselig an. Sie wusste, dass er recht hatte. Sie würde den Kürzeren ziehen, wenn es hart auf hart kam. Jens galt überall in der Inspektion als patenter Typ, sogar mit Catrin Hanfstaengl war er auf einen guten Nenner gekommen. Er hatte sich in der Vergangenheit zwar einige Male über die Vorschriften hinweggesetzt, aber den Ruf, kollegial zu sein. Wenn es mit einem Partner nachhaltig knirschte, lag es also wahrscheinlich nicht an ihm.

Jens lehnte sich zurück. "Ist dir klar, was unser Problem ist, Vivian?"

"Sag es, wo du doch sowieso alles weißt", kam die schnippische Antwort.

"Wir sind nicht in Kontakt. Wir sind zwei Fremde, die zufällig im selben Abteil reisen. Deswegen schlage ich vor, dass wir zwei Hübschen noch einmal ganz von vorne anfangen."

Vivian gab einen abfälligen Laut von sich. "Noch einmal von vorne anfangen? Das sagt sich so leicht, wenn das Kind schon in den Brunnen gefallen ist ..."

"Das Kind mag in den Brunnen gefallen sein, ja", lächelte Jens kühl, "Aber jetzt holen wir es eben wieder raus ..."

Es war nach zwanzig Uhr, als Dr. Edvard Grothe durchklingelte. Richard sah seinen Namen auf dem Display und blickte zu Paula hinüber, die mit dem Laptop auf den Knien auf der Couch saß und an ihrem neuen Konzept feilte.

"Das ist Jens!", log Richard und stand aus seinem Sessel auf. "Ich geh mal rüber in die Küche."

"Ja, mach nur. Schöne Grüße!"

Richard ging nach nebenan und schloss die Tür. Dann nahm er das Gespräch an. "Herr Doktor!"

"Herr Dreifürst", ließ Grothe sich vernehmen, "Sie wissen, normal übermittelt man medizinische Sachverhalte nicht am Telefon, aber ich wollte Sie nicht schmoren lassen."

"Sie haben keine guten Nachrichten, oder?"

"Ich fürchte, nein. Ihre Insulin- und Glukagonwerte sind stark erhöht. Das könnte auf einen Tumor hindeuten. Aber das weiß ich erst dann genau, wenn wir eine endoskopische Sonographie durchgeführt haben. Wie geht es Ihnen denn im Moment?

"Nicht gut. Heut morgen dachte ich, dass mein Zustand sich gebessert hätte, aber das hat nur eine Stunde lang angehalten. Seitdem fühle ich mich wieder hundeelend."

"Dann sollten wir keine Zeit verlieren. Ich habe die Untersuchung für morgen um vierzehn Uhr angesetzt. Wir führen Ihnen durch die Speiseröhre eine Sonde ein und tasten uns über den Zwölffingerdarm langsam in den Pankreasgang vor. Das ist ein Routineeingriff, der unter Narkose durchgeführt wird. Dazu brauchen wir Sie komplett nüchtern, ja?"

"Sicher, das habe ich verstanden."

"Gut. Behalten Sie den Kopf oben, noch ist es nicht amtlich mit dem Tumor. Es kann auch andere Erklärungen geben."

"Natürlich. Ich danke Ihnen, Herr Doktor. Aber eines wäre da noch. Wenn Sie mich anrufen, und meine Frau ist im Zimmer, rede ich Sie mit einem anderen Namen an. Das heißt, dass ich nicht frei sprechen kann. Ich möchte Paula nicht beunruhigen, solange wir keine Gewissheit haben."

"Alles klar, Herr Dreifürst! Dann also bis morgen."

Richard legte das Telefon weg. Er hätte sich Paula gerne anvertraut, aber er wollte nicht, dass sie sich Sorgen machte. Die machte er sich schon selbst genug. Wenn er in seinen Körper hineinspürte, dann konnte er das Ergebnis der Endoskopie schon fast vorwegnehmen. Er war sich sicher, dass Dr. Grothe einen Tumor finden würde. Und Richard wusste, dass die Diagnose Bauchspeicheldrüsenkrebs einem Todesurteil gleichkam.

Waldo stand in Uniform vor dem Haus Nummer zehn in der Kurth-Bartel-Straße in Bergen. Hier gab es sechs Parteien. Auf dem Klingelschild im zweiten Stock stand nur der Name "Brüske", Anna Maria Teller erschien hier nicht namentlich.

Waldo klingelte im Paterre bei *Berdux*. Wenig später war die Stimme einer Frau zu hören. "Ja, bitte?"

"Mein Name ist Rafalski, ich bin Polizeibeamter. Wäre es vielleicht möglich, kurz mit Ihnen zu sprechen? Ich möchte Sie wegen der anderen Mieter im Haus befragen ..."

Wenig später saß der Polizeimeister im Wohnzimmer einer Frau, die gut und gerne die Achtzig erreicht haben musste. Frau Berdux bot ihm einen Kaffee und Kekse an. "Greifen Sie nur zu! Die Plätzchen mache ich selbst. Es ist ein altes Familienrezept."

Waldo bediente sich, probierte und hob anerkennend die Brauen. "Ausgesprochen lecker. Kompliment!"

Die alte Frau setzte sich. "Sie sagten, Sie wollten mich wegen der anderen Mieter befragen? Worum geht es denn?"

"Kennen Sie Anna Maria Teller, die Schauspielerin? Sie spielte in *Airport Emergency.*"

"Nein. Ich schaue nicht mehr viel fern. Eigentlich nur die Nachrichten. Ich sehe schlecht."

"Dann fange ich anders an, Frau Berdux. Mir ist zu Ohren gekommen, dass es bei Nachbarn von Ihnen zu häuslicher Gewalt gekommen ist."

Die Alte schlug betroffen die Hände vor den Mund. "Ach Gott! Sie meinen sicher den Herrn Brüske und seine Frau."

"Nun, ich will Ihnen keine Namen in den Mund legen."

"Das ist eine Schande, sag ich Ihnen. Die Frau tut mir so leid. Wie kann ein Mann so etwas nur tun?"

"Worauf genau spielen Sie an, Frau Berdux?"

"Wenn sie schreit, hört man das im ganzen Haus. Einmal hab ich das gemeldet. Aber das mache ich nicht wieder."

Waldo runzelte die Stirn. "Und wieso?"

"Die Polizei ist gekommen und als sie die Brüskes befragt haben, hat die Frau gesagt, dass nichts gewesen sei und dass ich wohl nicht mehr ganz richtig im Oberstübchen wäre ..."

"Das ist aber nicht schön."

Frau Berdux schüttelte den Kopf. "Dann hab ich einen bösen Brief von Herrn Brüskes Anwalt bekommen. Da stand, wenn ich noch einmal seinen Mandanten verleumden würde, dann verklagen sie mich."

Waldo konnte nur mit dem Kopf schütteln. "Das ist bodenlos! Die haben Sie bedroht und eingeschüchtert. Das ist eine Straftat!"

Frau Berdux winkte ab. "Egal. Ich verbrenn mir jedenfalls nicht noch mal die Finger. Wenn sie sich von ihm verhauen lassen will und dann noch sagt, da war nichts, dann bitte. Damit habe ich dann nichts mehr zu tun."

Waldo lächelte warm. "Frau Berdux, Sie haben nichts falsch gemacht! Und ich danke Ihnen für Ihre Offenheit. Sie haben mir sehr geholfen!"

Vivian saß mit Jens in der Wirtschaft *Zur Fähre*, nicht weit vom Ankerplatz der Gorch Fock I. Das urige Stralsunder Lokal rühmte sich, die älteste Hafenkneipe in Europa zu sein und hatte bereits im vierzehnten Jahrhundert seine Pforten geöffnet. Innen war jedes freie Plätzchen an den Wänden mit maritimen Bildern, Fotos und Schildern bepflastert.

Die Kommissare hatten an einem runden Tisch mit einer Glasplatte Platz genommen, unter der sich historische Banknoten aus aller Herren Länder befanden. Die Gastwirtschaft war bereits zu dieser frühen Abendstunde gut besucht.

Jens schenkte Vivian aus einer Flasche Wacholder ein und goss ihr Stamperl halbvoll. Sein eigenes füllte er bis oben hin.

"Warum krieg ich nur ein halbes Glas?", erkundigte sich Vivian misstrauisch.

"Es ist ein Saufspiel! Frauen setzen Alkohol körperbedingt anders um als Männer und es soll ja fair sein", erläuterte Jens.

"Oh gütiger Himmel!", seufzte die Kommissarin, "Worauf habe ich mich da nur eingelassen?"

"Es ist halb so wild. Wenn du das Gefühl hast, dass du aufhören willst, kein Problem. Aber natürlich werde ich morgen allen in der Inspektion erzählen, dass du nach dem zweiten Gläschen den Schwanz eingezogen hast."

Vivian lachte schroff. "Das werden wir ja sehen, Lackner!"

"Schön! Die Spielregeln sind einfach. Es geht schlicht um Menschenkenntnis. Ich sage dir etwas, von dem ich denke, dass es auf dich zutrifft. Wenn es stimmt, muss du trinken, wenn nicht, trinke ich. Ehrlichkeit ist oberstes Gebot, damit es funktioniert. Und, das ganze Spiel geht immer abwechselnd. Alles verstanden?"

"Sicher. Um das zu kapieren, muss man nicht studiert haben. Wer beginnt?"

"Sag du!"

"Du fängst an, Wunderknabe!"

Jens musterte Vivian und überlegte. "Ich sage mal, du bist zur Polizei gegangen, um deinem Vater zu gefallen."

"Hä?", runzelte Vivian die Stirn, "Weiß doch jeder, dass mein Vater bei der Polizei war. Das liegt recht nahe, oder?"

"Okay. Anders. Ich sage, du hast dich von deinem Vater nicht geliebt gefühlt."

Vivians Mund wurde ganz schmal und sie guckte nun noch eine Spur böser.

"Hör zu, Vivian", beschwichtigte der Kollege, "Das soll jetzt gar kein persönlicher Angriff sein. Es ist zum Kennenlernen. Ich schieße nur Pfeile ins Blaue. Und du kannst ja gerne zurückschlagen. Also?"

Vivian schaute in ihr Glas, ergriff es und trank.

"Ich bin dran!", sagte Vivian, "Du warst ein Mamajunge. Warte, lebt deine Mutter noch?"

"Tut sie."

"Dann korrigiere ich: Du *bist* ein Mamajunge."

Jens trank sein Glas aus. Er ergriff die Flasche und schenkte ihnen beiden nach.

"Okay. Ich bin dran. Ich sage ... hm ... du hattest noch nie Sex mit einem Mann."

Vivians Mund verzog sich spöttisch. "Trink!"

"Mist!", sagte Jens und kippte den zweiten Wacholder.

Seine Partnerin überlegte, während sich ihre Augen zu Schlitzen verengten. "Du bist insgeheim ein notgeiler Schürzenjäger und hast deine Frau schon mit einer anderen betrogen!"

"Wo denkst du hin?", wehrte Jens ab, "Meine Susanne ist ein lebender Lügendetektor; wenn ich das machen würde, das merkt sie sofort. Nein! Das heißt, du musst trinken!"

Vivian kippte ihr halbes Glas weg und Jens füllte es sogleich nach. Er ließ sich einen Moment Zeit und sah die Frau gegenüber sehr genau an. "Ich komme zu meiner nächsten Frage: ... Hast du Angst vor mir?"

Vivian sah ihn verunsichert an. Sie war offensichtlich auf dem falschen Fuß erwischt.

"Sei ehrlich!", mahnte er, "Sonst funktioniert es nicht."

Vivian ließ sich Zeit. Sie drehte ihr Schnapsglas auf dem Tisch. "Vielleicht ein bisschen. Ja ... ein bisschen schon." Sie trank und blickte auf, während er ihr nachschenkte. "Und was ist mir dir, Partner? Hast du denn Angst vor mir?"

"Oh ja! Und wie!" Jens griff zu seinem Gläschen und stürzte es hinunter. "Ich hab eine Scheißangst vor dir, Vivian."

Sie sah ihn verblüfft an. "Wirklich? Das hätte ich jetzt nicht gedacht!" Sichtlich amüsiert kippte sie ihren Wacholder.

"Du trinkst?", fragte Jens, "Du musstest grad gar nicht."

Vivian grinste. "Stimmt. Aber irgendwie komme ich gerade in den Rhythmus. Fängt mir langsam an zu gefallen, das Spiel. Du hast also Angst vor mir ... das ist interessant ...!"

Katzis neuer Look kam an. Die Bobfrisur war vorteilhaft und eine neue Brille trug sie auch, besser gesagt, sie hatte ein Modell organisiert, das nicht so *old school* daherkam. Es waren jedoch weniger die Jungen, die Katzi Komplimente machten, als ihre Mitschülerinnen.

Yslei saß auf ihrem üblichen Platz auf dem Schulhof, sah aus der Distanz hinüber und war fast ein wenig eifersüchtig, dass ihre Freundin auf Probe plötzlich auf Tuchfühlung mit anderen Mädchen ging. Aber nach einiger Zeit eiste Katzi sich los und kam zu ihr herüber.

"Na! Bist ja plötzlich sehr begehrt", empfing Yslei sie.

Ihre neue Freundin überhörte den spitzen Unterton. "Ja, nicht? Hab ich dir zu verdanken. Die neue Frisur und die Jeans, zu der du mir geraten hast, machen mich zu Katzi, zwei Punkt null. Nur bei den Jungs habe ich noch keinen Unterschied bemerkt. Die gucken weiterhin durch mich durch."

"Die brauchen immer länger, die Blindgänger."

"Sag mal, du hast doch gesagt, bei der Klassenfahrt bist du raus, weil du wegen Seekrankheit passen musst."

"Ja, so sieht's mal aus."

"Aber du hast doch ein Auge auf Simon geworfen, den schmucken jungen Grafen", blieb Katzi am Ball.

Yslei verdrehte gequält die Augen. "Hab ich zwar nicht. Aber selbst wenn, wen juckt es?"

"Ich erwähne es nur, weil er sich für die Klassenfahrt nach Schweden eingetragen hat."

Yslei sah die andere mitleidig an. "Aurora, bitte! Denkst du, ich verfalle jetzt in Schnappatmung? Von mir aus kann der Typ sich auch für eine Marsexpedition anmelden."

Katzi lächelte. "Ich mein ja nur mal. So eine Klassenfahrt böte viele Möglichkeiten, sich näher kennenzulernen. Und das mit der Seekrankheit kauft dir doch sowieso keiner ab."

"Verstehe!", sagte Yslei, "Und du denkst jetzt, nur weil da ein Junge ist, den ich leichtsinnigerweise zweimal angeguckt habe, stürze ich jetzt sofort los und schreibe mich auch für Schweden ein. Du musst mich ja wirklich für sehr erbärmlich halten."

"Ich halte dich überhaupt nicht für *erbärmlich*", beteuerte Katzi, "Aber okay, hab verstanden, ich sag nichts mehr."

Ulla Kampermann, die Klassenlehrerin der 10b saß hinter ihrem Pult und sah verwirrt zu Yslei auf. "Und was ist mit deiner Seekrankheit? Sagtest du nicht, es reicht Windstärke zwei und du spuckst wie ein Lama in der Achterbahn?"

"Das war mal. Jetzt habe ich ein Medikament, was super hilft. Ich kann wieder problemlos auf Schiffe gehen. Meine Eltern und ich sind am Wochenende mit dem Kutter zu den Kreidefelsen gefahren und ich hab nicht mal aufgestoßen."

Die Lehrerin stöhnte. "Hätte dir das nicht früher einfallen können? Du machst mir einen Haufen Arbeit, wenn ich dich noch nachmelden muss."

"Frau Kampermann, büt-te!" Yslei hatte beide Hände gefaltet und bot ihre betörendsten Kulleraugen auf.

"Meinetwegen. Dann ist das jetzt fix, okay, junge Dame? Nicht, dass du morgen wieder alles rückgängig machst!"

"Ich doch nicht, Frau Kampermann! Sie kennen mich: ich bin ein Ehrenmann!"

"Oh ja, wenn einer ein 'Ehrenmann' ist, dann du!", grummelte die Lehrerin, "Schwirr schon ab, ich erledige das mit der Nachmeldung. Und denk an die Vorauszahlung!"

"Sie sind die Beste!" Schon war Yslei zur Tür hinaus.

Waldo war Anna Maria Teller bereits seit einer Stunde auf den Fersen. Sie hatte einen Friseurtermin bei *Crazy Hair* in der Ringstraße. Der Polizeimeister trug heute Uniform und hatte auf der anderen Straßenseite gewartet, bis die Schauspielerin ihr Styling beendet hatte, ihre Sonnenbrille aufsetzte und den Salon verließ. Dort stellte Waldo sich ihr dann in den Weg. "Auf ein Wort, Frau Teller!", sagte er.

Sie blieb stehen und schaute ihn verwirrt an. Sie schien nicht zu wissen, wo sie ihn hinstecken sollte.

"Waldo Rafalski! Ich hatte Sie vor einigen Tagen um ein gemeinsames Foto gebeten, beim Café Springer."

"Sie sind Polizist?", staunte die Frau. "Darauf wäre ich in hundert Jahren nicht gekommen. Was ist denn los?"

Waldo spürte ungewohnte Hemmungen, mit seinem Anliegen herauszukommen. "Frau Teller, ich habe recherchiert und ich weiß, dass das Zusammenleben mit Herrn Brüske, Ihrem Lebensgefährten, nicht immer ... ganz reibungslos verläuft ..."

"Bitte? Was genau wollen Sie damit sagen?"

"Er und seine impulsive Ader sind der Grund, wieso Sie fast nur noch mit einer Sonnenbrille herumlaufen. Er hat sich nicht im Griff. Und auch wenn es mich im Grunde genommen nichts angeht, Sie sollten sich das nicht gefallen lassen."

Die Schauspielerin schaute ihn einen Moment lang an. Sie wirkte überrumpelt, gewann aber schnell wieder ihre Fassung zurück. "Ja!", gab Anna-Maria Teller dann frostig zurück, "Sie haben mit einer Sache recht, es geht Sie wirklich nichts an!" Damit wollte sie einfach an ihm vorbeigehen, aber Waldo machte einen Ausfallschritt, so dass sie nicht weiterkam.

"Ich bin Polizist, Frau Teller, und wenn ein Bürger Opfer häuslicher Gewalt wird, geht mich das sehr wohl etwas an."

Die Lippen der Schauspielerin zitterten. Es war deutlich, dass das Thema sie nicht kalt ließ, und sie wurde wütend. "Sie überschreiten eindeutig Ihre Kompetenzen, Wachtmeister! Mein Partner hat mich noch nie geschlagen. Und ich finde diese Unterstellung eine bodenlose Frechheit!"

"Und warum haben Sie dann ein blaues Auge?"

"Damit Sie endlich Ruhe geben: Ich habe beim Squash einen Ball ins Gesicht bekommen. Zudem sind meine Augen sehr lichtempfindlich, deswegen muss ich immer eine Sonnenbrille tragen. Zufrieden? Kann ich jetzt gehen?"

Waldo sah sie an und atmete durch. "Natürlich, Frau Teller. Ich entschuldige mich, ich habe mir einfach Sorgen um Sie gemacht."

Die Schauspielerin überlegte. Dann griff sie in ihre Handtasche und holte einen Stift und einige Karten heraus. "Halten Sie mal!" Sie gab Waldo ihre Clutch und zückte den Stift. "Wie heißen Sie?"

"Waldo."

Anna-Maria Teller schrieb eine Widmung auf die Autogrammkarte und signierte sie. Dann reichte sie sie dem Uniformierten. "Ich danke Ihnen für Ihre Fürsorge, aber bitte lenken Sie Ihre Energien auf jemanden, der sie wirklich braucht. Guten Tag!" Sie stöckelte auf ihren High heels davon, während Waldo ihr mit bekümmertem Gesichtsausdruck nachschaute.

Herr Strauß, der Lehrer für Sozialwissenschaften, blickte streng auf seine Klasse. Der Dreiundsechzigjährige war ein pedantischer Pädagoge, der großen Wert auf Disziplin legte. "Eine Klassenfahrt ist keine Vergnügungsreise", deklamierte er, "Sie sollen dabei etwas lernen! Schweden hat eine sehr bewegte Geschichte und es bieten sich viele Themen für ein Referat an. Sie werden in Stockholm einiges zu sehen bekommen: Gamla Stan, die Altstadt, das Königsschloss, das Nationalmuseum und das Vasa-Museum mit dem gleichnamigen Flaggschiff, das bei seiner Jungfernfahrt im siebzehnten Jahrhundert nach vierhundert Metern untergangen ist. Es ist auch ein Ausflug nach Schloss Gripsholm geplant, dort findet sich eine der bedeutendsten Portraitsammlungen in Europa. Deswegen werden sich jeweils zwei von Ihnen vorbereiten und Ihren Mitschülern vor Ort einen Vortrag halten. Nehmen Sie das nicht auf die leichte Schulter, das wird benotet. Ich selber werde auf diese Fahrt nicht mitkommen können, aber die Kolleginnen wissen Bescheid und sind angehalten, keinen Schlendrian zu dulden!"

Die Schüler in der 10b machten keine allzu glücklichen Gesichter. Yslei war es egal. Sie ertappte sich, wie sie Simon anstarrte, der gerade vom Toilettengang zurückkam. Sie rief sich zur Ordnung, es musste ja nicht gleich jedem auffallen, dass der Neue irgendetwas in ihr zum Klingen brachte.

"Da wäre noch eines!", ließ Lehrer Strauß sich vernehmen, "Die meisten von Ihnen begleite ich schon seit der Quarta. Ich erwarte ansprechende Leistungen und ich möchte nicht, dass die Teams aus Gespannen bestehen, die sowieso immer zusammenglucken. Suchen Sie sich einen Partner, mit dem Sie noch nicht so viel Kontakt hatten, meinetwegen auch aus den Parallelklassen. Hier auf dem Pult liegt die Liste mit den Referatsthemen aus, nutzen Sie den Rest der Stunde, sich dort namentlich einzuschreiben. Bringen Sie mir den Plan nachher ins Lehrerzimmer!" Damit packte der Pädagoge seine Tasche und verließ das Zimmer.

Die Schüler trabten nach vorne zum Lehrerpult und begannen, sich für die Referate einzutragen. Yslei drehte sich zu Simon hin. Der hatte sein Handy am Wickel und tippte.

Dem Mädchen fielen die Worte von Richard Dreifürst ein. Hatte er nicht von günstigen Gelegenheiten gesprochen? Dies war so eine, viel unverfänglicher ging es nicht.

Die Fünfzehnjährige stand auf und trat zu Simon, der immer noch mit seinem Smartphone zugange war. Als er Yslei bemerkte, steckte er sein Handy schnell weg. "Ist was?", fragte er irritiert.

"Wir sollen uns für die Referate Partner suchen, die wir noch nicht so gut kennen. Du bist neu und ich dachte, vielleicht könnten wir beide es ja zusammen versuchen."

Der junge Adelige sah sie perplex an. Dann schaute er nach vorne. Der Rest der Klasse hatte sich um die Referatsliste geschart, es war also keiner in direkter Hörweite. Simon stand auf und beugt sich böse zu Yslei vor. "Red nicht mit mir, Ölauge! Und halt bloß Abstand zu mir! Ich kann nämlich überhaupt nicht auf syrische Sozialschmarotzer, die denken, sie könnten hier bei uns die Beine hochlegen und 'ne ruhige Kugel schieben. Und jetzt schieß in' Wind nach Kuffnuckistan, Alte, und geh zurück zu dem Scheißkiesel, unter dem du hervorgekrochen bist!" Damit ergriff Simon seine Tasche und ließ die perplexe Yslei einfach stehen.

Als Jens erwachte, hatte er einen blitzsauberen Filmriss. Er war mit dem Taxi nach Neuendorf gefahren, aber wie er es ins Bett geschafft hatte, wusste er nicht mehr.

Eine Stunde später betrat er früh um acht sein Stralsunder Büro. Doch Vivian war schon vor ihm da. Sie sah genauso bleich aus wie er selbst. "Ich verfluche dich, Jens Lackner!"

"Nicht so laut. Mensch, mir platzt der Schädel." Jens holte ein weiteres Ibuprofen aus der Tasche und schluckte es trocken herunter. "Du auch?" Er bot ihr die Schachtel an.

"Nee. Schmerzen habe ich keine, aber dafür eine Mattscheibe. Und schwindlig ist mir auch."

Jens versuchte, einen klaren Gedanken zu fassen. "Sag mal, hab ich das geträumt oder hast du mir wirklich erzählt, dass du mit zwölf eine notorische Ladendiebin warst?"

Vivian schaute bestürzt. "Wie jetzt? Das habe ich erzählt? Oh Mann, so betrunken war ich lange nicht mehr."

Jens setzte sich langsam. "Ich verrate es keinem. Immerhin habe ich allmählich eine Idee, wie du tickst, Tennstedt."

"Du hast Angst vor mir! Hast du zugegeben. Das weiß ich noch!", grinste Vivian mit Genugtuung.

"Ich hab auch vor Susanne Angst. Frauen jagen mir oft einen heillosen Schrecken ein. Das ist keine Weltsensation."

Sie beugte sich fies lächelnd vor. "Ich verspreche, ich tu dir nichts, Hase!"

"Danke, Vivian! Bist ein Herz!"

Die Spannungen zwischen ihnen hatten sich merklich gelegt. Das spürten sie beide mit Erleichterung.

"Kannst du überhaupt arbeiten?", fragte Vivian.

"Sicher. Darf ich was vorschlagen, Frau Vorgesetzte?"

"Sprich frei!"

"Es geht um unsere offenbar verwirrte Kapuzenfrau mit den Kantinenmessern. Je länger ich darüber nachdenke, desto mehr bin ich der Überzeugung, dass die irgendwo abgehauen ist. Irgendwo, wo die Wände gepolstert sind."

"Aber von woher? Wir haben hier auf der Insel nichts außer der Tagesklinik in Bergen. Und meines Wissens hat nur das *Helios* in Stralsund eine geschlossene Abteilung."

"Du vergisst die Privatkliniken. Es gibt nämlich noch das *Institut Comenius*."

Vivian schaute zur Karte der Insel an der Wand. "Das Institut Comenius? Der alte weiße Kasten drüben bei Gingst? Das ist doch ein Sanatorium: Sauna, Massagen und die guten alten Kneippgüsse."

"Nein, das war es früher mal. Inzwischen ist es eine Privatklinik für psychologische Langzeitpatienten. Und auch nur für Leute, die sich das leisten können. Ist exklusiv und sündteuer, glaube ich."

"Komisch. Hab noch nicht viel von denen gehört."

"Kein Wunder, ist ziemlich windstill da drüben. Ich glaube, die halten den Ball bewusst ganz flach."

Vivian überlegte. "Und deine treffliche Intuition meint, wir sollten da mal hinfahren?"

"Außer du hast eine bessere Idee. Was hat denn die Oberstaats zu der Warnung der Bevölkerung vor dem Kapuzenmörder gesagt?"

"Sie meinte, sie wäre für einen öffentlichen Fahndungsaufruf. Von der Lokalpolitik kriegt sie aber steifen Gegenwind. Ist hier auf der Insel ja auch ein heikles Thema. Als der *Laternenfisch* noch sein Unwesen getrieben hat, sind fast vierzig Prozent der Urlauber Hals über Kopf abgereist. Aber so wie ich sie kenne, wird die Terjong das durchboxen. Spätestens heute Abend ist die Beschreibung unserer Kapuzenfrau online."

"Bis sich da jemand mit einem Hinweis meldet, kann es etwas dauern. Also, fahren wir nach Gingst? Was meinst du?"

"Na, wenn Kommissar Lackner das Gras wachsen hört, werde ich nicht auf der Bremse stehen."

Johnny Rusnak war nach einer zweistündigen Limousinenfahrt von Fiete Geerdes vor einer Ferienwohnung in Altefähr empfangen worden.

"Na Mensch, hätte nicht gedacht, dass ich dich so schnell wiedersehe, Johnny-Boy!" Fiete schüttelte seine Hand.

"Ja, ich bin wirklich froh, dass du angerufen hast, Mann!" Johnny war zwar dankbar, aber seine Gefühlslage konnte man dennoch als zwiespältig bezeichnen. Er überspielte das. "Ich war schon kurz davor, mich zu stellen."

"Ach was! Komm mit, ich bring dich zum Capitano!"

"Der Capitano? Wer ist das? Hat er keinen Namen?"

"Stell besser keine überflüssigen Fragen. Wenn er uns seinen Namen wissen lassen wollte, hätte er ihn preisgegeben."

"Keine überflüssigen Fragen", ergab sich Johnny in sein Schicksal, "Alles klar."

Wenig später stand der entflohene Häftling in dem gemütlich ausgebauten Dachgeschoss der Ferienwohnung einem Mann gegenüber, der unscheinbar wirkte. Der Capitano war ein schmaler, drahtiger Mann, nicht größer als einsachtzig, Er konnte noch keine fünfzig sein, war blass und hatte schütteres, graues Haar. In einem Gürtelholster trug der Capitano eine automatische Pistole. Und als Johnny ihm in die Augen sah, spürte er, dass dieser Mann gefährlich war.

Es befand sich neben Fiete, der an der Tür verharrte, noch ein weiterer Söldner im Raum. Der hatte schwarzglänzende Haare und war dazu passend komplett schwarz gekleidet. Er saß hinten an einem flachen Couchtisch und reinigte eine zerlegte Maschinenpistole. Der Besucher schien ihn wenig zu interessieren, er blickte nicht auf.

"Hallo, du bist Johnny?" Der Capitano sprach ein akzentfreies Deutsch. Er reichte dem Neuankömmling förmlich die Hand.

"Johnny, das stimmt", bestätigte der jüngere der Rusnak-Brüder und versuchte, seine Nervosität zu verbergen.

"Du bist mit mir schon der dritte Deutsche in der Truppe. Hat Fiete dir gegenüber angedeutet, worum es geht?"

"Nein. Er meinte nur, es wäre eine recht heikle Mission."
"Hmm ..." Der andere nickte. "Kannst du mit Waffen umgehen? Mit Maschinenpistolen, Sturmgewehren, Messern?"
Johnny schüttelte den Kopf. "Ich kenne mich nur mit Pistolen aus. Aber gut, alles andere kann ich lernen."
Die Antwort reichte dem Capitano nicht. "Hast du Gefechtserfahrung? Feindkontakt in irgendeiner Form? Combatsituationen existenzieller Natur?"
"Nein, leider nichts von alledem. Bedaure."
"Naja." Der Capitano musterte ihn nachdenklich. "Wenn es nur nach mir ginge, würde ich dich nicht mitnehmen. Aber unser Auftraggeber hat klare Vorstellungen über unsere Mannschaftsstärke und ich bekomme auf die Schnelle keinen Profi hierher. Nun gut, ist kein Wunschkonzert. Ich mach es kurz, wir sind ein Söldnerkommando, bunt gemischt." Er deutete auf den Mann am Tisch. "Das ist *Toledo*, einer meiner Stellvertreter, er kommt aus Holland. Ein Brite ist dabei und zwei Brüder aus Österreich. Es gab noch einen Franzosen, der jetzt aber ausgefallen ist. Mein zweiter Leutnant ist Angel, ein Schweizer. Die meisten von uns haben schon bei unterschiedlichen Einsätzen zusammengearbeitet. Nur du, Geerdes und der Engländer, ihr sind neu."
"Darf ich fragen, wer unser Auftraggeber ist?" Als er es ausgesprochen hatte, kam Johnny die Frage bereits dumm vor.
"Der Auftraggeber hält seine Identität bedeckt. Er kontaktiert mich unter dem Decknamen *Scaramouche* und stammt, so vermute ich mal, ebenfalls aus den Niederlanden. Mehr weiß hier keiner über ihn."
"Als ich diesen Auftrag angenommen habe, war mir schon etwas mulmig", gab Johnny zu, "Kommt mir riskant vor, für Leute zu arbeiten, die ich nicht kenne ..."
Der Capitano gab ein kurzes Lachen ohne jede Fröhlichkeit von sich. "Was ist nicht riskant für einen Söldner? Aber ich gebe dir recht. Ich habe diesen Job zuerst abgelehnt. Doch *Scaramouches* großzügiges Honorar hat mich umgestimmt."
Die Tür ging auf und ein weiterer Mann betrat das Zimmer. Er war noch nicht so alt, vielleicht Anfang dreißig, hatte

blonde Locken und hätte in jedem Hollywoodfilm einen jungen Liebhaber spielen können. Doch seine Augen kamen Johnny emotionslos und kalt vor.

"Das ist *Angel*, mein zweiter Back-up. Wenn ich ausfallen sollte, übernehmen Toledo und er", erklärte der Capitano.

Angel machte sich nicht die Mühe, Johnny die Hand zu geben. Er ging zur Kaffeemaschine, die im Hintergrund gluckerte und schenkte sich eine Tasse ein.

Der Capitano baute sich vor Johnny auf. "Okay, Mann! Ich bin ein Freund von klaren Ansagen. Ein paar Basics: Wenn ich, Angel oder Toledo einen Befehl geben, machst du, was wir sagen. Ich habe im Ernstfall keine Zeit, zu diskutieren oder meine Anweisungen zu begründen." Der Söldnerführer zog seine Pistole und richtete sie auf Johnnys Kopf. "Was denkst du jetzt?", fragte er, "Kein schönes Gefühl, oder?"

Johnny schluckte. "Nein, kein schönes Gefühl."

"Das nächste Mal, wenn ich diese Automatik auf deinen Kopf richte, hast du einen Fehler gemacht: Einen klaren Befehl nicht ausgeführt, mit einem Kameraden Streit angefangen oder dir einfach nur mit Fusel die Kante gegeben. In einem solchen Fall schätze ich dich als Belastung ein und drücke ab. Ist kein Spaß! Also lass es nicht dazu kommen. Besser du surrst hier wie ein geöltes Rädchen. Begriffen?"

"Sicher. Könnte nicht klarer sein", sagte Johnny schnell.

Der Capitano steckte die Waffe wieder weg. "Ich bin Anführer, weil ich eine gute Übersicht habe und Entscheidungen aufgrund von Fakten treffe. Bei mir gibt es weder falsche Sentimentalitäten noch unnötiges Blutvergießen. Okay?"

"Ich denke schon", gab Johnny zurück.

"Wir bleiben hier, bis der Einsatzbefehl von *Scaramouche* kommt. Dann geht alles sehr schnell. Sei vorbereitet!"

Angel kam mit seiner Kaffeetasse und musterte Johnny. "Du hast noch keinen umgelegt, Junge, stimmt's?"

"Äh ... bis jetzt nicht."

"Wird das ein Problem werden?" Angel sah in seine Tasse und schaute, wie der Zucker sich auflöste. "Wir werden vielleicht ... Widerstände beseitigen müssen."

Johnny lachte hastig. "Ich ... ich sehe da kein Problem. Ich meine, entweder ich knalle denjenigen ab, auf den Sie zeigen, oder Sie erledigen mich. Ist eine klare Alternative, da fällt mir die Wahl nicht schwer."

Angel sah schmunzelnd zum Capitano, der wieder hinter dem Schreibtisch Platz genommen hatte. "Die kleine Ostseesprotte weiß, wie man antwortet". Angel wandte sich wieder zu Johnny, während sein Lächeln erstarb. "Aber weißt du auch, worauf es bei einer Operation wirklich ankommt?"

Johnny schüttelte verunsichert den Kopf.

"Halte deine Emotionen im Griff! Egal, wie hoch es hergeht, du musst kühl bleiben. Wenn du anfängst, wütend zu werden oder dir plötzlich die Düse geht, dann bist du nur einen Scheiß wert da draußen." Er fixierte Johnny. "Also bleib entspannt, ganz egal, was passiert!" Damit drehte Angel sich weg und bediente sich erneut an der Kaffeekanne.

Fiete trat von hinten heran und zupfte Johnny am Ärmel. Die Unterredung war offensichtlich beendet. Die beiden Deutschen verließen das Dachgeschoss.

Chris und Waldo saßen in ihrem Porsche-Streifenwagen und taten sich an zwei Dönern gütlich.

"Waldo, hör mal zu!", nahm der POM einen neuen Anlauf. "Wenn Frau Teller keine Hilfe will, dann ist das so. Viele Opfer von häuslicher Gewalt decken die Täter. Tragisch, aber man kann die Menschen nicht zu ihrem Glück zwingen."

Der Kollege hinter dem Steuer zeigte sich unbeeindruckt. "Klar kann man und ich finde meine Idee sehr gut."

Chris schloss gepeinigt die Augen. "Waldo, Mann Gottes, dieser Irrsinn, den du da wieder ausgebrütet hast, ist sogar für deine Verhältnisse *too much*!"

"Naja, wenn es dir dann besser geht, ich würde das nicht für jeden machen", gab Waldo zu, "Aber Anna-Maria Teller ist mein Idol, sie und ich, gestrandet auf einer einsamen Insel, das ist eine meiner schönsten Fantasien."

Chris fasste sich an den Kopf. "Du, wenn mein zwölfjähriges Patenkind so reden würde, könnte ich das ja noch verstehen. Aber du solltest es besser wissen." Chris seufzte. "Du bist im Grunde der totale Anti-Polizist."

"Ich? Ein Anti-Polizist?" Waldo war angefressen. "Alter, ich seh mich als die Zukunft der Polizei! Ich bin ein Mann des Fingerspitzengefühls und ein Gerechtigkeitsbotschafter!"

Der POM winkte ab. "Du bist Don Quixote und wenn ich nicht aufpasse, sitze ich bald auf einem Esel und ziehe mit dir gegen Windmühlen. So sieht's mal aus!"

Waldo brauchte einen Moment. "Don Quixote. Mit dem hat mich noch keiner verglichen. Kommt mir trotzdem bekannt vor. Mein Ausbilder hat mir mal unterstellt, ich hätte einen Parzival-Komplex und wäre auf der Suche nach dem heiligen Gral. Das fand ich irgendwie charmant, auch wenn ich nicht richtig geblickt habe, was er damit meinte."

"Das ist genau meine Rede, Waldo! Der Polizeidienst ist kein Auffangbecken für freie Radikale oder verkappte Superhelden. Wir sind ein großer Apparat, der als Kollektiv ausgelegt ist. Alle Rädchen müssen ineinandergreifen und sich exakt in die Richtung drehen, die vorgegeben wird. Und was du da jetzt mit deiner Schauspielerin vorhast, ist nicht mal ansatzweise Teil unserer Dienst-Agenda!"

Waldo war der Diskussion überdrüssig. "Chris, zieh doch endlich mal den Stock aus deinem Arsch! Verstoße ich mit dem, was ich vorhabe, vielleicht gegen irgendein Gesetz?"

Der POM überlegte. "Nein, vielleicht nicht. Es ist aber gegen jeden gesunden Menschenverstand. Was immer sich die Leute dachten, die in Deutschland die Dienstvorschriften für Polizisten entwickelt haben, solche Kopfschussideen hatten sie sicherlich nicht im Sinn."

Waldo presste die Lippen aufeinander. "Vielleicht hatten sie das nicht, aber Anna Maria Teller hat es auch nicht verdient, von ihrem Lover ständig verprügelt zu werden. Und dieses Regie-Arschloch ist genau die Sorte, die niemals damit aufhören wird, wenn man ihm nicht Einhalt gebietet."

"Bitte, Alter, komm endlich wieder zur Vernunft!"

"Heißt das, du lässt mich im Stich, Sienkiewicz? Du weißt, ich kann niemand anderes fragen."

Chris sah müde zur Frontscheibe hinaus. "Oh Mann! Du machst mich fertig." Er grübelte und fühlte sich von der Thematik überfordert. "Kann ich nochmal drüber schlafen?"
"Warum fragst du nicht deine Süße? Tabea hat vielleicht mehr Verständnis."
"Ach, und wenn sie *nein* sagt, ist die Aktion gestorben?"
"Frag sie einfach, Mann!"

Katzi hatte fast das komplette Schulgelände abgesucht, bevor sie Yslei hinter der Turnhalle, auf dem Boden sitzend, auffand. Die syrische Mitschülerin hatte rotgeweinte Augen. Katzi schaute erschrocken.
Trotzig blickte Yslei auf. "Was glotzt du so?"
"Was hast du denn?" Katzi verstand den gereizten Tonfall der Freundin nicht. "Ist was passiert?"
Yslei wollte etwas sagen, aber dann kullerten schon wieder die Tränen bei ihr. Katzi hockte sich neben sie und betrachtete die Freundin. Sie hatte sie noch nie weinen sehen. Was immer sie erlebt hatte, es musste offenbar schlimm gewesen sein. Also nahm sie Yslei einfach in die Arme.

Das Institut Comenius lag etwas abseits von der Ortschaft Gingst in einem Waldareal. Jens und Vivian hielten mit ihrem Dienstwagen vor dem Tor im Mauerwerk, das die Einrichtung umgab. Vivian stieg aus, trat zum Eingang und klingelte.
"Was kann ich für Sie tun?", kam kurz darauf eine Stimme aus der Sprechanlage.
Vivian sah an dem Tor hoch, wo eine kleines, bewegliches Videoauge auf sie gerichtet war. Sie zückte ihren Ausweis und hielt ihn in die Optik. "Die Kommissare Tennstedt und Lackner von der Kripo Stralsund. Wir ermitteln in einem Totschlag-Delikt und würden gerne mit der Institutsleitung sprechen."
"Mit der Institutsleitung? Das geht jetzt nicht. Es ist gerade Visite und wir haben außerdem Medikamente-Inventur. Rufen Sie doch das Sekretariat an und machen einen Termin."

"Okay, einen Termin. Das kann ich natürlich machen", stimmte Vivian zu, "Oder ich hole mir von der Staatsanwaltschaft einen Durchsuchungsbeschluss, dann kommen wir in ein paar Stunden mit einem Mannschaftsbus wieder und zwei Dutzend Polizeibeamte kehren bei Ihnen das Unterste zuoberst! Wäre das für Sie auch okay?"

Wenig später öffnete sich das Tor wie von Geisterhand und die beiden Kommissare konnten einfahren.

Es war still in dem Gemäuer, als Jens und Vivian von einem Pfleger im weißen Kittel durch die Gänge geleitet wurden. Auffällig war, dass jede Tür, an die sie kamen, verriegelt und nur mit einem Sicherheitsschlüssel zu öffnen war.

"Ich hab schon Justizvollzugsanstalten mit weniger Schlössern gesehen", bemerkte Jens.

"Das kann sein", antwortete der Pfleger, "Aber das hier ist eine geschlossene Psychiatrie. Normale Häftlinge können rational denken, das ist bei unseren Gästen anders."

Vivian war stehengeblieben und blickte in einen Korridor, in dem eine Frau wimmernd in einem Bett lag, die Hände und Füße mit Lederriemen fixiert. "Was ist mit ihr?"

"Frau Endress? Schwere Schizophrenie. Sie wartet auf ihre Behandlung."

"Aber keine Elektroschocks, oder?", scherzte Jens.

Der Pfleger sah ihn an. "Nicht ganz. Wir arbeiten mit der Elektrokonvulsionstherapie. Das ist eine kurze elektrische Stimulation, die aber in Narkose durchgeführt wird."

Jens und Vivian wechselten einen Blick. Das hier war eine andere Welt.

Sie betraten den Verwaltungstrakt. Der Neubau war nach dem Mauerfall errichtet worden und wirkte sehr sauber.

"Professor Nitschke wird sofort bei Ihnen sein. Nehmen Sie doch so lange in seinem Büro Platz!" Der Pfleger schloss einen weiteren Raum auf, in dem der Institutsleiter sein Büro hatte. Die Räumlichkeit war schlicht und funktionell. Die Kommissare setzten sich in die zwei Sessel der kleinen Konferenzecke. Der Weißkittel verschwand.

Vivian erblickte ein Speisen-Tablett auf dem Schreibtisch. "Würde mich mal interessieren, was es hier so essen gibt." Sie stand auf und hob die Abdeckhaube an. Auf dem Teller lag etwas, das an Tafelspitz mit Königinnenkartoffeln erinnerte. "Tja, irgendwie sieht so was im Krankenhaus immer gleich aus." Vivian stellte die Abdeckhaube wieder zurück und setzte sich. "Gruseliger Laden, oder?"

"Das kannst du laut sagen", bestätigte Jens.

"Ich glaube ja nicht, dass wir hier fündig werden", unkte Vivian, "Bei den ganzen Schlössern hier kommt doch nicht mal eine Maus davon. Wenn du mich fragst, die Spritztour hätten wir uns getrost sparen können ..."

Richard hatte Paula zwar erzählt, dass er zum Arzt nach Stralsund fahren wollte, ihr aber keinen reinen Wein eingeschenkt. Dabei fühlte der Alte sich miserabel, ihm war durchgehend schlecht und er schlief kaum. Paula hatte natürlich bemerkt, dass er in keiner guten Verfassung war, aber Richard hatte es auf einen verschleppten Infekt geschoben.

Jetzt lag er auf der fahrbaren Liege in der Klinik und der Arzt bereitete die Narkose für die Endoskopie vor. Es war für Richard aber nur eine Formalität, denn er machte sich keine Hoffnung, dass sein Zustand einen harmloseren Grund als eine Pankreatitis haben könnte. Er dachte an seinen Sohn Willie. Der Kleine würde höchstwahrscheinlich keine Erinnerung mehr an seinen Vater haben, wenn er älter war. Richard hatte sich im Internet schlau gemacht, vielleicht war ihm noch etwas Zeit beschieden, doch deren Lebensqualität würde überschaubar werden. Er fasste den Entschluss, Paula am nächsten Tag über die Erkrankung ins Bild zu setzen.

"Es gibt jetzt einen Piks!", kam die überflüssige Warnung des Arztes und dann stach er die Nadel zügig in die Vene. Richard dachte an den Kasten Bier, den er sich gekauft hatte und von dem er hin und wieder ein oder zwei Flaschen konsumieren durfte, so wie er es mit Paula abgesprochen hatte. Jetzt, mit dem sicheren Ende vor den Augen, wäre es egal gewesen, ob er sich ein paar Flaschen mehr gönnte. Aber seit jenem Abend im *Raja* schmeckte ihm das Pils nicht mehr. Es war eine Ironie des Schicksals. Seine Gedanken begannen zu verschwimmen, dann setzte die Narkose ein.

Professor Franz Nitschke war ein korpulenter Herr in den Sechzigern. Er leitete das Institut Comenius bereits seit elf Jahren. Der Mediziner hatte einige Zeit auf sich warten lassen und wirkte müde und angestrengt. Er trug eine Halsmanschette aus Kunststoff, die er damit erklärte, dass er im Januar des laufenden Jahres ein Opfer von Blitzeis geworden war und sich bei einem Sturz am Genick verletzt hatte. Nitschke schwitzte stark an seinem kahlen Schädel und wischte sich den Kopf mehrfach mit einem Handtuch ab, das er in einer Schublade seines Schreibtisches verwahrte. "Sie erwischen mich zwischen Tür und Angel, aber selbstverständlich stehe ich Ihnen für Ihre Ermittlungen zur Verfügung. Wie kann ich Ihnen weiterhelfen?"

Vivian nahm den Ball auf. "Wir suchen nach einer Frau, die in Bergen zwei Personen mit einem Messer attackiert hat. Eines der Opfer hat das nicht überlebt. Wir haben Anlass zu der Annahme, dass es sich um eine geistig verwirrte Person handelt. Vielleicht jemand, der aus der Psychiatrie entlassen wurde. Oder anderweitig ... abhandengekommen ist."

Der Professor zeigte sich befremdet. "Abhandengekommen? Wo denken Sie hin? Wir sind eine seriöse Einrichtung! Hier kommt keiner *abhanden*! Wir haben auch in diesem Jahr noch niemanden entlassen. Ich fürchte, ich kann Ihnen da nicht weiterhelfen."

"Wie viele Personen betreuen Sie hier im Institut?", erkundigte sich Jens.

"Derzeit beherbergen wir zweiundzwanzig Patienten."

"Zweiundzwanzig? Das erscheint mit nicht sehr viel", überlegte der Kommissar, "Rechnet sich das denn?"

Nitschke lächelte müde. "Ich bin hier nur der medizinische Leiter. Wenn Sie sich für unsere betriebswirtschaftlichen Umsätze interessieren, kontaktieren Sie am besten die kaufmännische Leitung unseres Trägers in Berlin-Wilmersdorf."

Nitschke straffte sich. "Mehr ist auch nicht zu sagen. Wenn Sie mich nun entschuldigen würden." Er stand auf.

Vivian hob die Hand. "Eine Frage noch: Wir haben da in einem Korridor eine Frau auf einem Bett gesehen. Der Pfleger sagte, sie heiße Endress ..."

"Elisabeth Endress. Ja, was ist mit ihr?"

"Sie war mit Ledergurten fixiert. Fixierungen eines Patienten bedürfen einer richterlichen Genehmigung. Könnte ich die Verfügung für Frau Endress kurz einsehen?"

Ihr Gegenüber bekam einen seltsamen Gesichtsausdruck und atmete dann durch. "Nun ja ... ich muss sehen, ob ich die auf die Schnelle finde ..."

"Tun Sie das!", sagte Vivian, "Wir haben Zeit."

"Das ist ungeheuerlich! Was denkt sich dieser adelige Halbstarke? Das ist Rassismus von der widerlichsten Sorte! Und lupenreines Mobbing!", empörte sich Susanne, "Ich werde sofort losfahren und ein ernstes Wörtchen mit der Schulleitung sprechen. Wo leben wir denn?"

"Ho! Ho! Ho!" Yslei hob beschwichtigend die Hände. "Das möchte ich aber nicht, Mutter!"

"Das möchtest du nicht? Hör mal, du kommst hier mit verweinten Augen nach Hause und willst einfach zur Tagesordnung übergehen? Hast du denn nicht vor, dich zu wehren?"

"Ich weiß, du meinst es gut, Mutter. Aber ich kann selber auf mich aufpassen. Ich klär das auf meine Weise."

Susanne setzte sich zu ihrer Pflegetochter an den Küchentisch. "Und was heißt das? Du klärst das auf deine Weise? Wenn ich in deine Augen sehe, machst du mir Angst! Du denkst doch nicht etwa daran, es ihm heimzuzahlen ...?"

"Tu ich nicht. Aber ich möchte auch nicht, dass du an der Schule einen Aufstand machst, weil ein Depp mich *Ölauge* genannt hat. Ich will nicht wie das hilflose Opfer dastehen. Die Geschichte soll gar nicht erst die Runde machen."

"Heißt das, du machst gar nichts?"

"Keineswegs. Ich unternehme was. Aber es wird anders laufen, als der junge Herr Graf das vielleicht erwartet."

Susanne verdrehte die Augen. "Gut, vertiefen wir das nicht. Fährt denn dieser Simon bei der Klassenfahrt auch mit nach Schweden?"

"Ja, kann schon sein. Wieso?", bestätigte Yslei säuerlich.

"Und trotzdem willst du immer noch mit dabei sein?"

"Frau Kampermann hat meine Nachmeldung akzeptiert. Ich kann jetzt keinen Rückzieher mehr machen. Also fahre ich mit. Und dem Simon kann ich ja aus dem Weg gehen."

Susanne sah ihre Ziehtochter bekümmert an. "Was ist eigentlich mit deiner neuen Freundin ...?"

"Auro ... Katzi?"

"Katzi, genau. Wie läuft es mit ihr?"

"Erstaunlicherweise ziemlich gut. Wir hängen immer in den Pausen zusammen ab. Ich hab mich schon an sie gewöhnt. Sie ist in Ordnung."

"Fährt sie auch mit auf deiner Klassenfahrt?"

"Ja. Wir haben verabredet, dass wir zusammen das Referat über die *Wasa*, das alte schwedische Flaggschiff, vorbereiten."

"Dann hast du wenigstens eine Verbündete auf der Reise."

"Nicht, dass ich eine gebraucht hätte, aber ja, ist wohl so."

Jens und Vivian fuhren zur Inspektion zurück.

"Woher wusstest du das mit der richterlichen Anordnung für das Fixieren von Psychiatriepatienten?", fragte Jens.

"Ich war doch gerade selbst fast ein halbes Jahr in einer psychosomatischen Einrichtung. Eine Mitpatientin auf meiner Station war mal in einer geschlossenen Abteilung. Die hat echte Horrorstorys von der Psychiatrie erzählt. Da musste sich nur einer über irgendwas beschweren, schon haben die ihn mit Medikamenten ruhiggestellt und festgeschnallt. Die hatten einen Richter, der die nötigen Anordnungen im Nachhinein ausgestellt hat."

"Man hört ja, dass es so etwas gibt, aber es sind doch nicht alle geschlossenen Abteilungen so krass unterwegs?"

"In der Regel nicht. Nur ist in den Kliniken die Personaldecke dünn und gerade die Schwestern und Pfleger, die in der

Psychiatrie arbeiten, sind kräftemäßig oft am Limit. Es gibt Krankheitsbilder, die sie besonders fordern, da sind Beruhigungsmittel und Fixierriemen oft das letzte Mittel. Manche Patienten erweisen sich als aggressiv und sind unkontrollierbar. Wenn die Dinge aus dem Ruder laufen, muss das Personal schnell reagieren. Sie dürfen Patienten festbinden, wenn sie eine Gefahr für sich oder andere darstellen."

Jens verstellte die Rückenlehne nach hinten und legte sich bequem zurück. "Darf ich offen sprechen, Frau Kollegin?"

"Kann ich es denn verhindern?"

"Ich bedauere, wieder auf mein Bauchgefühl verweisen zu müssen, aber mit diesem Institut ist etwas seltsam ..."

Vivian sah herüber. "Wieso denkst du das? Der Professor hatte uns doch die richterliche Anordnung für Frau Endress gezeigt."

"Das hat er wohl. Es gibt aber einen anderen Hinweis, der mich denken lässt, dass wir für den Laden einen Durchsuchungsbeschluss von Frau Terjong anfordern sollten."

"Mit welcher Begründung?"

Jens zog ein Brotmesser aus seiner Tasche. "Das Teil hab ich von dem Tablett des Professors stibitzt. Und hier auf dem Griff ist eine Prägung: 'MdI' ... na, klingelt da was?"

Vivian hatte es nicht vergessen. "MdI ... Dieselbe Prägung war auch auf dem Messer, mit dem die Täterin dem Franzosen Pierre Tobin in Bergen in den Hals gestochen hat ..."

"Genau. Und das lässt für mich nur einen Rückschluss zu: Unsere Kapuzenfrau stammt aus dem Institut Comenius ...!"

3. Bagdad 2011

Toledo hatte unruhig geschlafen und wachte gerädert auf. Er sah auf den Kalender. Es war der neunte Juni. Das bedeutete, dass er noch gute fünf Wochen hier im Irak ausharren musste. Er stand in Diensten des privaten Sicherheitsunternehmens *Velcodyne Security* und seine Aufgabe bestand darin, wichtige Persönlichkeiten bei ihren Transfers innerhalb von Bagdad zu eskortieren und gegebenenfalls mit Waffengewalt gegen Angriffe zu schützen. Meist waren sie im Team mit zwei oder drei alten Limousinen unterwegs, *low profile,* wie man das nannte. Dabei versuchte die Begleitmannschaft, einen Klienten möglichst unerkannt und lautlos von A nach B zu bringen. Die meiste Zeit ging das gut, und es kam vor, dass man begann, sich in falscher Sicherheit zu wiegen. Doch hier in der irakischen Metropole knallte es irgendwann immer. Irgendwann gab es *Contact*.

An diesem Morgen hatte Toledo ein ungutes Gefühl, als er aus dem unverglasten Fenster seines Schlafraumes auf all den Schutt und den Müll in der Umgebung des Hauses blickte. Hier in der *Green Zone* Bagdads, nahe dem ehemaligen Präsidentenpalast, war man schon in einer etwas besseren Gegend, aber die Stadt war mit den Standards westlicher Metropolen nicht zu vergleichen. Es gab keine geregelte Müllabfuhr, oft keinen Strom und auch das Trinkwasser war knapp. Man hatte das Gefühl, in einem großen Slumgebiet zu leben. Einem gefährlichen Slum, denn da draußen warteten jede Menge Herzen, die nach dem Krieg gegen die USA voller Gift und Hass auf die Westler waren und nur darauf warteten, den Abzug ihrer Kalaschnikow zu drücken, eine Autobombe zu zünden oder als Selbstmordattentäter Tod und Verderben über die verhassten Ausländer zu bringen.

Toledo duschte, wobei er die besser ausgebauten Waschräume im ersten Stock ignorierte. Dort passierte es nicht selten, dass man beim Waschen elektrische Schläge erhielt, denn die Stromkabel waren dilettantisch verbunden, ohne jede Isolierung und damit potenzielle Todesfallen für alle.

Toledo frühstückte nur wenig, aber ohne Kaffee ging es nicht. Deswegen setzte er sich in den lieblos ausgestatteten *Breakfast room*, wo Angel sich schon an einem wackelnden Tisch niedergelassen hatte. Keiner hatte eine solche Anziehungskraft auf Frauen wie der gutaussehende Schweizer. Dennoch blieb keine Freundin länger als eine Woche bei dem blonden Security-Mann. Toledo wusste nicht, wie Angel die Ladys vergraulte, doch er selbst kam gut mit dem Mann zurecht, der ein paar Jahre jünger war als er.

"Der Generator ist heute Nacht schon wieder ausgefallen", murrte Angel, "Die Klimaanlage ist sowieso schon schwach auf der Brust, aber so ganz ohne kriegst du bei den Temperaturen kein Auge zu." Der Blonde nieste und ein feiner, blutiger Nebel benetzte sein Sandwich.

Toledo schaute und schüttelte missbilligend den Kopf. "Ich dachte, deine Kokserei ist Geschichte, Mann. Du weißt, wie die Bosse über Drogen denken."

"Geh mir bloß nicht auf den Sack, Toledo! Said hat mir was geschenkt. Das Bisschen zieh ich mir noch rein und dann ist es vorbei, endgültig." Angel sah in das zweifelnde Gesicht seines Gegenübers. "Ehrenwort, Mann! Ich weiß selber, dass der Schnee mich sonst noch mal umbringen wird, also mach dir keinen Kopf. Ich hab's im Griff."

In diesem Moment betrat ein jung wirkender Mann mit einer weißen Strickmütze den Frühstücksraum. Er war schlank und hatte eine souveräne Körpersprache, nichts an ihm drückte Unsicherheit aus, obwohl er sich ganz offenbar in unbekanntem Geläuf befand. Der Mann nahm sich vom Kaffee und setzte sich allein an einen Tisch.

"Das ist unser Neuer!", raunte Angel Toledo zu. "Schramme heißt er, Henrik Schramme, ein Kartoffelfresser."

"Sieht ziemlich jung aus", wunderte sich Toledo, denn für diesen Job traten für gewöhnlich keine Grünschnäbel an.

"Täusch dich mal nicht, das ist kein *Rookie*", wusste Angel, "Auch wenn man es diesem Deutschen kaum ansieht: Der war neun Jahre bei der Legion."

"Neun Jahre bei der Fremdenlegion? Wirklich? Respekt!"

Toledo war wirklich beeindruckt. Die französische Fremdenlegion war anderslautenden Gerüchten zum Trotz eine vorzüglich geführte Armee. Fallobst hielt sich da nicht lange, und vor allem keine neun Jahre. "Wenn der wirklich so lange Legionär war, muss er was draufhaben."

Angel nickte. "Davon kannst du ausgehen, Alter. Der Bursche war bei den Fallis vom 1. Regiment der *Parachutistes*. Und wie du weißt, sind die Fallschirmjäger die Crème de la crème bei den *Kepi blancs*. Da kommen vielleicht noch die Navy Seals mit. Wir kriegen also echte Prominenz in unsere Reihen." Angel kicherte. Man wusste bei ihm nie so recht, ob er etwas ernst meinte oder ob es reine Ironie war.

Toledo kriegte es trotzdem nicht zusammen. "Wenn er so eine hohe Qualifikation hat, was macht er hier bei uns popeligen Security Contractors?"

"Keine Ahnung, Mann. Aber du weißt ja, wie schnell unsereins mit beiden Beinen irgendwo in der Jauche steht. Dann kann es schnell heißen, dass du untertauchen musst. Und hier in *bloody* Bagdad sucht dich kein Mensch."

Es gab einige Deutsche bei Velcodyne. Mit den meisten kam Toledo zurecht, aber der Thüringer Urban Welker war ein unangenehmer Teilnehmer, ein ziemlicher Kotzbrocken. Er war seit einigen Wochen Teamleader in der Gruppe von Angel und Toledo. Der Golfkrieg-Veteran ließ ständig den Checker raushängen, war aber ein Stümper vor dem Herrn. Welker neigte zur Großspurigkeit, wich gerne mal von vorgefassten Plänen ab und ging im beruflichen Alltag seine eigenen Wege. Dabei ließ er es an Professionalität und Gewissenhaftigkeit fehlen. So legte er wenig Wert darauf, die Autos vor jeder Tour noch einmal auf Herz und Nieren zu checken. Toledo hielt das für fahrlässig. Es empfahl sich nicht, eine Reifenpanne zu riskieren oder aus Achtlosigkeit den Tank leerzufahren. Als blasses, rasiertes Gesicht aus dem Westen irgendwo in Bagdad am Wegesrand liegenzubleiben, war hochriskant. Hier gab es zu viele, die im großen Krieg gelitten hatten und nun auf Rache sannen.

Vor einigen Tagen war über Funk die Meldung reingekommen, dass man auf ein anderes Team geschossen hatte. Urban Welker hatte daraufhin ohne Abstimmung mit der Zentrale die Route geändert und war auf die Haifa-Road gefahren. Die galt als Hochrisiko-Strecke, weil sie zwischen mehreren Hochhäusern hindurchführte. Welker und sein Team waren prompt von einigen der Balkone hoch oben unter Beschuss genommen worden. Toledo hatte das nicht lustig gefunden, denn die Autos waren zwar gepanzert, aber das galt nicht für die Dächer ihrer Fahrzeuge. Es war reines Glück gewesen, dass die Heckenschützen niemanden erwischt hatten.

Auch heute stand, wie so oft, ein Flughafentransfer auf dem Plan, doch die Tour mit Dr. Matthäi, einem belgischen CEO, verschob sich um einige Stunden, weil die Boeing nach Brüssel Verspätung hatte.

Toledo nutzte die Zeit, um zum Schießstand zu gehen und mit dem Gewehr zu üben. Das *Barret M82* hatte er noch nicht lange und er brauchte noch etwas Routine, um mit der Scharfschützenwaffe wirklich firm zu werden. Als er das erste Magazin mit zehn Patronen verschossen hatte, merkte er, dass es besser wurde. Acht Schüsse lagen direkt im Ziel, nur zwei Projektile waren daneben gegangen.

Toledo sah zur Seite. Dort stand Schramme, der Deutsche, und beobachtete ihn, während er eine *CZ Shadow 2* für sein eigenes Schusstraining bereitmachte. "Nicht schlecht!", urteilte der Neue, als der Blick des anderen sich mit seinem kreuzte. "Kenne eine Menge Leute, die sich für gut mit dem Barret 82 halten, aber so eine ruhige Hand wie deine sieht man nicht oft."

"Merci", dankte Toledo, "Ich wollte, ich könnte mehr trainieren. Aber krieg hier mal Munitionsnachschub bei."

Henrik Schramme begann nun sein eigenes Training. Sehr beeindruckend war seine Handhabung der Shadow nicht gerade. Er schoss eine Menge Patronen in die Botanik. In einer echten Kampfsituation wären diese Skills nicht ausreichend gewesen, erkannte Toledo mit dem Blick des Fachmanns.

Der Deutsche lud nach und blickte zu ihm hinüber. "Ganz schön miserabel, oder?"

"Na ja, manchmal erwischt man eben einen schlechten Tag", war die diplomatische Antwort des Schwarzhaarigen.

"Nein", sagte Schramme, "Es ist durchgehend mies. Eigentlich bin ich Linkshänder. Aber für den Fall der Fälle trainiere ich inzwischen auch meine rechte Hand. Bis ich das draufhabe, dürfte es aber noch etwas dauern ..."

Toledo war überrascht. Er hatte nie daran gedacht, anders zu schießen als mit seiner Rechten. Aber der Gedanke des Deutschen leuchtete ihm ein. Wenn man durch eine Verletzung gehandicapt war und so gezwungen, die Schusshand zu wechseln, konnte einen das in arge Verlegenheit bringen. Still für sich beschloss Toledo, seiner linken Hand ab sofort auch etwas Training angedeihen zu lassen.

Der Zeitpunkt des Einsatzes rückte heran. Dr. Matthäi stand bereit, um sich zum Flughafen bringen zu lassen. Dafür hatte Velcodyne drei Fahrzeuge vorgesehen. Ein alter BMW war das *Leading Car*, zwei betagte Mercedes Benz, bei denen schon der Rost blätterte, folgten.

Teamleader Welker saß im ersten Wagen, während Angel der Fahrer war. Im mittleren Auto waren Henrik Schramme und Toledo eingeteilt, letzterer als *Vehicle Commander*, während der Neue hinter dem Steuer saß.

Toledo hatte im ersten Moment gedacht, dass der schlanke Kamerad neben ihm keine Weste trug, doch dann sah er, dass er sich getäuscht hatte. Henrik Schramme besaß sehr wohl eine Panzerung. Das musste jedoch eine Luxusausführung sein, ein Modell, das ihm auf den Leib geschneidert war und ganz eng am Körper lag. Velcodyne stellte seinen Mitarbeitern zwar ebenfalls schusssichere Westen zur Verfügung, aber das waren klobige Dinger der gefühlt ersten Generation. Auch Toledo hatte seine eigene Panzerung, aber so unsichtbar wie die von Schramme war sie nicht.

Das dritte und letzte Fahrzeug des Konvois war mit den drei *Locals* bemannt, Jassim, Speedy und Saddam.

Die Tour zum Flughafen verlief ereignislos. Trotzdem war die Begleitcrew hellwach. Sie wurden von mehreren *high profile*-Kolonnen anderer Firmen überholt. Das waren Konvois, die optisch keinen Hehl daraus machten, dass sie schwer bewaffnete Personentransfers durchführten. Meist bestanden sie aus mehreren gepanzerten SUVs, manche mit MGs auf dem Dach. In der Regel fuhren sie sehr schnell, denn Geschwindigkeit war ihr Trumpf gegenüber allen eventuellen Angreifern. Beim letzten Fahrzeug solcher Kolonnen war am Heck oft eine Warnung angebracht, die hinterherfahrende Fahrzeuge warnte, sich auf weniger als hundert Meter zu nähern, widrigenfalls sofort geschossen würde.

Toledo wusste, dass diese Warnungen ernst zu nehmen waren. Solche Geleitzüge konnten es sich nicht leisten, abzuwarten, ob ein aufschließendes Fahrzeug sich als möglicher Feind herausstellte, deswegen schoss man im Zweifelsfall zuerst und fragte dann.

Die von Urban Welker geführte Kolonne fuhr an der imposanten Ikarus-Statue vor dem Bagdader Flughafen vorbei und brachte Dr. Matthäi bis zum inneren Bereich des Airports, wo das amerikanische Militär die Kontrolle hatte. Dieses Areal war so sicher, wie irgendetwas im Irak sein konnte.

Doch dann kam der Rückweg. Welker, der Leader im ersten Wagen, wich einmal mehr vom Plan ab. An einem der Bagdader Gebäude, auf dessen Dach sich ein Autoschrottplatz befand, bog er unerwartet nach links ab.

Schramme fiel das sofort auf. Es war das erste Mal auf der Fahrt, dass der Deutsche sich Toledo gegenüber äußerte. "Was macht der Typ? Fahren wir jetzt nicht exakt die gleiche Strecke zurück, auf der wir hergekommen sind ...?"

Der Neue hatte recht; es war ein ungeschriebenes Gesetz für Personenschützer, dass man nicht die gleiche Route für Hin- und Rückfahrt auswählte. Andernfalls riskierte man einen Hinterhalt bei einer zweiten Passage. Es überraschte Toledo, dass der Deutsche, der zum ersten Mal in Bagdad war, das so sicher feststellen konnte. Die meisten hatten in der irakischen Metropole am Anfang keinerlei Orientierung.

"Welker ist ein Idiot", nahm Toledo kein Blatt vor den Mund. "Die geplante Streckenführung für die Rückfahrt war ihm wohl zu lang."

"Unprofessionell!", kommentierte der Deutsche.

Obwohl er schon den ganzen Tag ein ungutes Gefühl in den Eingeweiden gehabt hatte, jagte Toledo ein gehöriger Schreck durch die Glieder, als eine Garbe Geschosse mit lautem Getöse in ihre Windschutzscheibe einschlug, gerade als sie auf einen von Bagdads monumentalen Torbögen mit goldener Kuppel zufuhren.

"Merde!", entfuhr es dem Schwarzhaarigen, während Henrik Schramme den Wagen abbremste.

Toledo brachte seine AK47 in Anschlag. Ein schweres MG hatte vor ihnen, von erhöhter Position aus, die drei Fahrzeuge von Velcodyne Security unter Beschuss genommen.

Der Konvoi kam zum Stehen. Angel sprang aus dem Führungsfahrzeug und feuerte mit seiner Kalaschnikow in Richtung der Angreifer. Während die gepanzerte Windschutzscheibe unter dem hochkalibrigen Beschuss barst, purzelte dann auch Urban Welker ungelenk aus seiner Autotür.

Der dritte Wagen mit den Locals fuhr an den vorderen Fahrzeugen vorbei und stellte sich quer, um den Kollegen Deckung zu geben. Das MG nahm sie unter harten Beschuss und die drei konnten gerade noch das Auto verlassen, bevor das Maschinengewehr auch ihre Scheiben zertrümmerte.

Urban Welker hetzte zu Toledo und Schramme heran, während Angel versuchte, Feuerschutz zu geben. "Der BMW ist tot!", rief der Thüringer, "Wir verteilen uns auf die beiden anderen Fahrzeuge und geben einfach Gas! Wenn wir durch das Tor sind, haben wir es geschafft. Los!"

"Moment!", rief Schramme und hob die Hand. Er hatte nicht sehr laut gesprochen, aber irgendetwas war in seinem Tonfall, das Autorität ausstrahlte. "Wir können da nicht durchbrechen. Das MG hat eine ideale Position und ist dazu panzerbrechend. Die reißen uns in Stücke, bevor wir auch nur die Hälfte geschafft haben."

Kurz war Stille. Dann wurde Welker wütend. "Hab ich dich nach deiner Meinung gefragt? Ich bin der Team-Leader!"

"Das stelle ich auch nicht in Frage. Dennoch mache ich einen anderen Vorschlag: Wir lassen die Autos stehen und schlagen uns zu dem Portal da drüben durch." Der Deutsche deutete auf den Eingang des Gebäudes, von dem aus sie unter Beschuss genommen worden waren. "Wir dringen ins Haus ein und schalten die Brüder im Nahkampf aus."

Nun stießen auch Jassim, Speedy und Saddam zu ihnen.

Welker stand fast Schaum vor dem Mund. "Hältst du mal die Fresse, Mann? Wir brechen mit den Wagen durch, wie ich das gesagt habe, ist das jetzt klar?"

Henrik Schramme hielt dem Blick des anderen stand. "Dann werden wir alle sterben", entgegnete er ruhig,

Der Teamleader zog wütend seine Pistole und richtete sie auf den Kopf des Neuen. "Tu, was ich dir sage, Arschloch!"

"Nein", kam es ungerührt von Schramme, "Ob ich im Kugelhagel von den Irakis draufgehe oder du mir das Hirn rausbläst, das ist am Ende Jacke wie Hose."

"Insubordination!", grollte Urban Welker, "Wenn ich eines nicht leiden kann, dann direkte Befehlsverweigerung! Du lässt mir keine Wahl. Selbst schuld, du Penner!"

Ein Schuss peitschte auf und Henrik Schramme zuckte zusammen. Doch nicht er war getroffen, es war der Teamleader selbst, den es erwischt hatte. Welker drehte sich verblüfft zu Toledo, der soeben abgedrückt und ihm von der Seite in den Hals geschossen hatte. Das Gesicht des Deutschen war ein einziges Fragezeichen, dann sackte er nach unten weg.

Die anderen starrten Toledo an, der auf Schramme deutete. "Du machst die Ansagen, Mann! Und wir folgen dir."

Der Deutsche sah dem Schwarzhaarigen in die Augen und nickte dann knapp. "Hast du dein Barret M82 dabei?"

"Sicher. Ist im Auto."

"Hol es und nimm das MG aufs Korn. Du musst uns Feuerschutz geben, wenn wir die Straße überqueren."

"Geht klar!", sagte Toledo und sprintete los, um sein Gewehr zu holen.

Schramme deutete auf die Locals. "Speedy und Jassim! Ihr lauft zuerst los! Dann Saddam, Angel und ich ... "

Toledo hatte sein Barret M82 aus der Hülle geschält, machte es schnell klar und legte auf die Stellung des MG-Schützen an. Er signalisierte Schramme, dem Deutschen, dass er bereit war und dann ging es los ...

In den nächsten zehn Minuten war alles entschieden. Toledo visierte die feindliche Stellung an und seine Treffer im Gemäuer um die MG-Stellung sorgten ein ums andere Mal dafür, dass der Heckenschütze dort oben den Kopf einziehen musste. Das gab dem Team die Gelegenheit, das freie Feld zu überqueren. Speedy war der einzige der Irakis im Dienst von Velcodyne, den der MG-Schütze dann erwischte.

Die restlichen vier Securitys drangen in das Gebäude ein und rückten, ohne auf nennenswerten Widerstand zu stoßen, auf die Heckenschützen im zweiten Stock vor. Henrik Schramme war, wie Angel Toledo später berichtete, stets an vorderster Front gewesen. Die Gegner zählten nur drei Mann und hatten der Angriffswucht der Security Contractors nichts entgegenzusetzen. Wenig später waren sie alle tot.

Es gab ein Nachspiel, bei dem der Bagdader Geschäftsführer von Velcodyne wissen wollte, was genau passiert war. Doch jeder der fünf Überlebenden bestätigte folgende Geschichte: Urban Welker war bei einem Hinterhalt von fanatischen Irakis getötet worden. Im Verlauf des Gefechtes hatte man auch Speedy, einen der Locals verloren, bevor man die gegnerische Stellung aufgebracht hatte.

Niemand der Beteiligten verlor ein Wort darüber, was sich wirklich in den letzten Minuten des Urban Welker in den Straßen von Bagdad abgespielt hatte.

An dem Abend dieses Tages begab es sich, dass die Überlebenden des Konvois sich im *Bunker* trafen, einer der wenigen Bars in Bagdad, die diese Bezeichnung wirklich verdienten.

Toledo, Angel und Henrik Schramme saßen mit Saddam und Jassim zusammen und stießen an. Der Tag steckte allen noch in den Knochen und sie brauchten diesen Moment, um die Gefahr zu verarbeiten, in der sie alle geschwebt hatten.

Zuerst wurde ein Toast auf Speedy ausgebracht, dem zweiten Ausfall, der seinen Spitznamen kurioserweise der Tatsache verdankte, dass er die Ruhe weghatte und sich immer durch eine sehr gemächliche Gangart ausgezeichnet hatte.

"Wenn Schimmel nicht war, alle wir tot!", rief Saddam mit leuchtenden Augen, einer der verbündeten Irakis, der eine besondere Vorliebe für Tomatensaft hatte.

"Was denn für ein Schimmel?", fragte Angel irritiert nach.

"Na, der Schimmel hat doch gemacht alle gut!"

"Himmel, Saddam!", rief Toledo, "Schimmel? Was zum Teufel meinst du?"

"Na, heißt doch Schimmel er allemagne!"

"Warte! Meinst du etwa Schramme?"

"Ja, Schammi", rief Saddam und deutete auf den Deutschen: "Schammi ... der Capitano!"

Als alle es begriffen hatten, ging ein befreiendes Gelächter durch die Personenschützer.

Ab diesem Tag gab es den ehemaligen Fremdenlegionär Henrik Schramme nicht mehr. Ab diesem Tag war er der "Capitano".

4. Ein ungewöhnlicher Plan

Einmal mehr fand Richard in der Nacht keine Ruhe. Er hatte zwar geahnt, dass sich die Diagnose von Dr. Grothe bestätigen würde, aber als genau dies nach der Sonographie eintrat, fand Richard sich wie betäubt. Wäre das Pankreaskarzinom zu einem früheren Zeitpunkt erkannt worden, hätte man den Tumor operativ entfernen können. Doch laut Dr. Grothe hatte der Krebs bereits gestreut. Für eine Operation war es zu spät. Auch wenn es anders gewesen wäre, hätte wenig Aussicht bestanden, den Eingriff lange zu überleben. Es blieben nun nur noch palliative Maßnahmen für Richard. Man würde alles versuchen, ihm mit Schmerzmitteln den Rest seiner Tage so erträglich wie möglich zu gestalten.

Der pensionierte Lehrer sah auf die Uhr. Es war sieben und er hatte vielleicht zwei Stunden geschlafen. Seit der kleine Willie da war, verbrachten Paula und Richard die Nächte in getrennten Zimmern. Dadurch bekam seine Frau auch nicht mit, wie schlecht es ihm wirklich ging.

Der Alte stand auf und zog sich an. Die Arzneien, die Dr. Grothe ihm verschrieben hatte, lagerten in seiner Steuerschublade, wo Paula sie nicht entdecken würde. Der Todgeweihte beschloss, frische Brötchen vom Edeka zu holen und ein Frühstück vorzubereiten. Wenn seine Frau, die, soweit es das Söhnchen zuließ, zum langen Ausschlafen neigte, aufgestanden war, würde die Stunde der Wahrheit kommen. Und allein der Gedanke daran machte Richard Angst.

Yslei war angespannt. Sie saß auf ihrem Platz rechts außen im Klassenzimmer. Sie teilte sich die Bank mit Mehmet, dem Klassenkasper. Der korpulente Mitschüler verzapfte zwar nur Unsinn, aber Yslei kam dennoch gut mit ihm zurecht. Wenn sein ständiges Gelaber ihr zu viel wurden, reichte eine scharfe Bemerkung ihrerseits, um das abzustellen.

Simon Graf York von Wartenburg hatte sich auf seinen Platz hinten im Raum gepflanzt, umringt von einigen Jungen der 10b, die auf seine lässige Grandezza abfuhren.

Frau Kampermann betrat das Klassenzimmer. Die Mittvierzigerin war wegen ihrer trockenen, resoluten Art an der ganzen Schule respektiert. "Guten Morgen, Leute! Setzt euch hin! Und Kinnladen einrasten lassen!"

Die Schüler nahmen ihre Plätze ein und hörten auf zu schwatzen.

"So, ich möchte euch noch einmal ins Gedächtnis rufen, dass es am nächsten Montag losgeht. Punkt neun Uhr bringt uns der Bus nach Mukran. Vergesst bitte eure Ausweise nicht. Mehmet, hast du deinen Pass inzwischen gefunden?"

"Das schon. Aber er hat einen dicken Nutellafleck. Könnte aber auch Marmelade sein, da bin ich mir nicht sicher ..."

"Wie so oft sorgst du dich um die falschen Dinge, Mehmet! Hauptsache, das Ding ist endlich da."

Eine Hand ging nach oben.

Frau Kampermann sah nach rechts, nichts Gutes ahnend. "Yslei? Was ist? Kommt jetzt doch der Rückzieher von der Klassenfahrt, oder was?"

Die Schülerin stand auf. "Nein, darum geht es nicht. Ich wollte nur sagen, dass ich gestern von einem Mitschüler rassistisch beleidigt worden bin. Er hat mich 'Ölauge' genannt, dazu eine 'Sozialschmarotzerin' und er sagte, ich zitiere, 'ich solle mich nach Kuffnuckistan zurückscheren, unter den Kiesel, unter dem ich hervorgekrochen sei'."

Man hätte die berühmte Stecknadel fallen hören können.

Frau Kampermann brauchte ein paar Sekunden, ehe das bei ihr gesackt war. "Ist das wahr? Wer war das?"

"Das werde ich nicht sagen", verkündete Yslei, "Weil ich es selbst nicht leiden kann, verpetzt zu werden. Ich überlege aber, ob ich die Schule nicht im Sommer verlasse. Wenn die anderen Mitschüler ähnlich denken wie dieser eine, dann möchte ich hier nicht mehr sein." Yslei schaute herum. Natürlich wollte sie sehen, wie Simon reagierte. Dessen Mund war nur ein Strich und er wich ihrem Blick aus.

Das Mädchen blickte weiter interessiert in die Runde. "Ich will zugeben, dass ich mich nicht wirklich schnell integriert habe", bekannte sie, "Ich habe mich erst gegen alles gesperrt und ich bin bei euch sicher auch angeeckt. Vielleicht könntet Ihr mir ja offen sagen, wie Ihr das seht."

Frau Kampermann verschränkte die Arme und sah in die Augen der anwesenden Schüler. "Das ist vielleicht keine schlechte Idee ..."

Medea, die Klassensprecherin, ergriff das Wort und wandte sich zu Yslei. "Also, ich will jetzt nicht so tun, als ob wir beide dicke Freundinnen sind. Aber dass jemand so etwas zu dir sagt, finde ich das Letzte!" Sie sah zu den anderen. "Wer immer das war, sollte sich was schämen!"

"Genau! So was ist nicht unser Stil hier an der Ernst-Moritz-Arndt!", bekräftigte Jona, die hinter Yslei saß. "Kein Rassismus, kein Mobbing, kein Ausgrenzen! Das wird hier ja schon ab der Fünften und Sechsten klar thematisiert."

"Also ich würde echt gerne wissen, wer so was gesagt hat!", kam es ungewohnt ernst von Mehmet, der jetzt aufstand und sich an die gesamte Klasse wendete. "Meine Eltern kommen aus der Türkei, und wenn du Mut hast, Arschloch, steh auf und sag nochmal 'Ölauge' und dann betonier' ich dir eine!"

"Mehmet!", griff die Lehrerin ein, "Das ist gut gemeint, aber auf diese Art lösen wir hier die Probleme auch nicht."

Sigmar, ein Mitschüler mit langen Haaren, machte ein Handzeichen. Frau Kampermann nickte ihm zu.

"Also ich dachte eigentlich, der Zusammenhalt in der Klasse ist gut. Klar, Yslei war am Anfang sehr für sich, aber inzwischen hat sie sich integriert und man sieht sie neuerdings sogar zusammen mit einigen anderen Mädchen." Er blickte Yslei ins Gesicht, "Ich hatte letztens in der Lernzeit ein Problem mit Mathe, wo du mir dann geholfen hast. Ja, viel sagst du nicht, aber du bist korrekt. So sehe ich das."

Am Anschluss sprach sich fast die komplette Klasse einhellig für die syrische Mitschülerin aus.

Frau Kampermann schaute nun zu Simon und seinem Banknachbarn Max. "Simon, Max, Ihr beide seid neu an der Schule. Ihr habt euch noch nicht geäußert. Deshalb frage ich euch mal direkt: Habt Ihr Vorbehalte gegen Yslei?"

"Absolut nicht!", versicherte Max.

"Da kann ich mich nur anschließen!", pflichtete Simon ihm bei, "Da gibt es meinerseits nicht das geringste Problem."

"Okay!", sagte Yslei und blickte ihm direkt in die Augen. Der Gesichtsausdruck des Jungen war vollkommen neutral. "Dann von meiner Seite Schwamm drüber!" Yslei drehte sich um und setzte sich, nicht ohne innerliche Genugtuung.

Johnny war froh gewesen, dass er sich in einem ruhigen Moment hinter das Haus hatte zurückziehen können, wo er seinen Mageninhalt in einen Busch spie. Die Begegnung mit dem Capitano und seinen beiden Leutnants hatte ihm zugesetzt. In diesem Moment hatte er in dem Zimmer da oben dem Tod ins Auge geblickt.

Nach dem Kotzen hatte er sich wieder einigermaßen sortiert und war ins Haus zurückgegangen, als wäre nichts gewesen. Wenig später hatte Toledo sich zu ihm in Bewegung gesetzt. Der Mann mit den gegelten schwarzen Haaren war einen halben Kopf kleiner als Johnny Rusnak, aber er kam federnd und selbstsicher daher. Der Capitano hatte ihn mit der Aufgabe vertraut, Johnny einen Crashkurs in Sachen Schnellfeuerwaffen zu geben.

Deswegen waren sie dann mit dem Fischkutter hinaus in die baltische See gefahren, wo niemand die Übungsschüsse hören würde. Am Ruder des Motorschiffes stand Baptist Prohaska, ein wuchtiger Mann mit auffällig glasigen Augen, die wohl Zeugnis von einer durchzechten Nacht ablegten. Baptist und sein Bruder Victor gehörten ebenfalls zur Truppe des Capitanos. Anders als der Rest des Kommandos redeten die beiden naturstarken Alpenstämmigen nicht viel. Aber sie hatten eine Art an sich, die jedem guten Menschenkenner nahelegte, ihnen nicht in die Quere zu kommen.

Johnny schaute auf die Ostsee und die Sandbänke mit den Robben. Seine Gefühle waren gemischt und er hatte nicht wirklich ein Auge für die Fauna seiner Heimat. Er befand sich vielmehr im Zwiespalt mit sich und war mittlerweise überzeugt davon, dass es besser gewesen wäre, sich zu stellen und den Rest seiner Zeit in der JVA Bützow abzusitzen.

Natürlich hatte er in seiner Vergangenheit einige krumme Dinger gedreht, aber dabei war es um überschaubare Delikte gegangen, mit Kumpanen, bei denen es sich nicht um Gewaltverbrecher gehandelt hatte. Das hier war eine andere Liga. Johnny verfügte nur über wenig Zivilcourage, trotzdem sollte er jetzt auf Menschen schießen, wenn es hart auf hart kam. Tat er es nicht, würde sein Schicksal besiegelt sein.

Johnny sah, wie Toledo ihn beobachtete. Er grinste fahrig und versuchte zu überspielen, wie ertappt er sich fühlte.

"Bist auf den falschen Zug aufgesprungen, Kumpel, ist es nicht so?" Der Schwarzhaarige lächelte unverfänglich.

"Wie? Äh ... sorry! Keine Ahnung, was du meinst, Mann."

"Hör zu, Johnny, du bist das Back-up für einen Mann, der Menschenleben ausgelöscht hat, wie andere ihre Geburtstagskerzen auspusten. Wenn ich unsere Truppe anschaue, dann rangieren Fiete und du ganz unten in der Fresskette."

Johnny schaute genervt. Wieso musste ihn jeder von diesen Söldnern so behandeln, als ob er ein Vollidiot wäre?

Baptist Prohaska stoppte den Motor. Der Kutter dümpelte nun in der schwachen Dünung der Ostsee. Toledo stand auf und lud die Heckler & Koch-Maschinenpistole durch. Dann schlenderte er heran, bis er ganz nahe vor Johnny stand. "Ruhig hier draußen, findest du nicht?"

Die Nackenhaare des Rüganers stellten sich auf. Der eigenartige Unterton in der Stimme des Schwarzhaarigen war nicht zu überhören.

"Weiß der Capitano eigentlich, dass dein Bruder Robert Bulle ist, hier auf Rügen?", fragte Toledo fast beiläufig.

Johnny starrte den Mann mit der durchgeladenen MP vor sich bleich an. "Woher hast du das?"

"Wenn ich mich auf so ein Unternehmen wie das hier einlasse, weiß ich gerne, mit wem ich es zu tun habe. Und du bist ein Milchgesicht aus dem Bilderbuch. Die Frage ist nur, kann man sich auf dich verlassen? Oder eher nicht?"

In Johnnys Kopf jagten sich die Gedanken. Wollte Toledo ihn hier draußen verschwinden lassen? Natürlich hatte er es nicht in alle Welt hinausposaunt, dass Bert Polizist war.

Würde ihm das jetzt zum Verhängnis werden? Johnny fand seinen innerlichen Fokus wieder. Es war zu spät, über vergossene Milch zu jammern, die Abfolge seiner Taten und Entscheidungen hatten ihn an diesen Ort geführt und wenn das jetzt sein Ende sein sollte, würde er sowieso nichts mehr daran ändern können. Also hob er den Kopf. "Ich sage es mal so: Ich denke, ich bin hier der Verlässlichste von allen. Fehler kann ich mir nicht leisten. Mein Bruder ist zwar bei der Polizei, aber wir haben keinen Kontakt mehr. Wir stehen jetzt auf verschiedenen Seiten. Ist so. Glaub es oder eben nicht."

Toledo musterte ihn lange. Dann reichte er ihm die Maschinenpistole. "Richte die MP auf das Meer und jag ein paar Magazine durch, damit du ein Gefühl für den Rückschlag bekommst. Halt den Lauf nach unten gerichtet, sonst buckelt die Waffe und zieht nach oben, okay?"

Johnny nickte und nahm die Maschinenpistole. Er wog die Waffe in der Hand und dann zog er den Abzug durch ...

Waldo hatte sich minutiös vorbereitet. Sein Fiat war nicht weit von der Hausnummer zehn der Kurt-Barthel-Straße "liegengeblieben". Nun hatte er den linken Hinterreifen des Fahrzeugs mit dem Wagenheber vom Boden hochgestemmt.

Wie jeden Tag verließ der Regisseur Arnold Brüske das Haus gegen halb elf, um in sein Fitnesscenter zu fahren. Doch heute konnte er nicht, wie sonst, in seinen 5er BMW steigen und einfach losfahren. Ein Mann mit dicken schwarzen Locken wechselte in einer abgewetzten Jeansjacke direkt neben seiner Limousine den Reifen seines Fiats.

"Na, sagen Sie mal! Könnten Sie Ihren Reifen nicht woanders austauschen? Sie blockieren mein Auto!", sprach er den Fahrer des liegengebliebenen Fahrzeugs unwillig an.

Waldo schaute auf. "Jetzt kriegen Sie mal keinen Herzinfarkt. Ich hab meinen Plattfuß ja nicht geplant!"

Brüske ging um den BMW herum und sah, dass der Mann, der sein Auto blockierte, noch nicht einmal den defekten Reifen komplett abgeschraubt hatte. Er mühte sich an einer Mutter, die offenbar festsaß.

"Und wie lange soll das jetzt dauern? Denken Sie, ich habe meine Zeit gestohlen?"

"Herrgott, so was passiert halt. Trocknen Sie mal Ihre Tränen, Kollege!" Waldo unternahm einen neuen Versuch, die Schraube mit dem Drehkreuz zu lockern.

Der Regisseur sah sich das eine Zeit lang an. Dann wurde es ihm zu viel. "So, das reicht jetzt!", schnauzte Brüske ungeduldig, "Sie drehen den Fiat mit dem Wagenheber runter und rollen ihn dann fünf Meter weiter nach vorne, damit ich hier endlich raus kann."

Waldo stand auf. "Was denken Sie eigentlich, wer Sie sind? Glauben Sie, Sie können anderen Leute Befehle erteilen, nur weil Sie so eine Protzkiste fahren? Also, ich werde jetzt in aller Ruhe meinen Reifen wechseln. Sie können noch einen Kaffee trinken gehen oder Sie rufen sich von mir aus ein Taxi. Aber gehen Sie mir nicht weiter auf den Senkel!"

Dem Filmproduzenten schwoll der Kamm. "Ich werde jetzt die Polizei rufen! Das ist Nötigung."

Waldo verdrehte die Augen. "Ihre Sorte kenne ich. So 'ne Klappe, aber am Ende sind das nur leere Drohungen!" Er trat mit gespieltem Interesse zum BMW seines Gegenübers und tickte mit der Fußspitze gegen den Reifen des 5ers. "Könnte auch mehr Luft vertragen, Ihr Schlitten."

Brüske sog erbost die Luft ein. "Bleiben Sie gefälligst von meinem Wagen weg, ist das klar?"

Waldo lachte. "Sonst was? Sie denken, Sie sind was Besonderes, oder? Glauben Sie mir, es beeindruckt mich nicht, wenn sich jemand vor mir aufbläst wie ein Ochsenfrosch. So, und jetzt räumen Sie mal Ihre Visage beiseite und stören mich nicht weiter."

Brüske trat vor und stieß ihn mit beiden Händen vor die Brust. Waldo stolperte zurück. Er zeigte ein überraschtes Gesicht. Dann ging er langsam wieder vor und stellte sich direkt vor den Regisseur. "Wollen Sie sich wirklich prügeln? Sind Sie sich sicher, dass Sie Manns genug sind? Glaub ich ja eher nicht. Sie sind doch genau die Sorte, die sich nur gegen Frauen traut, hab ich recht?"

Brüske hatte seine Fäuste geballt und zitterte vor Wut.

"Wusste ich's doch. Ein Feigling." Waldo grinste breit. "Ein Feigling mit einem dicken Auto, das ganz offensichtlich gewisse Längen-Defizite in Gürtelhöhe kaschieren soll."

"Treiben Sie es nicht zu weit, Mann!", keuchte Brüske.

Doch Waldo dachte nicht daran, zurückzuziehen, und legte nach. "Wahrscheinlich dürfte ich eher deine Alte tätscheln als deinen Liebling hier auf vier Rädern ..." Damit legte der Polizist in Zivil langsam seine Hand auf das Dach des BMWs und trippelte aufreizend mit den Fingern auf dem Lack.

Arnold Brüske riss die Hutschnur. Er holte aus und schmetterte seine Faust in Waldos Gesicht. Dessen Nase knackte unter dem harten Schlag und sofort schoss Blut hervor. Der Getroffene wankte, aber er hielt sich aufrecht. "Schlägst ja wie ein Waisenkind, Kumpel. Gibt es überhaupt was, worin du nicht nur mittelmäßig bist?"

Der nächste wütende Schwinger des Filmkünstlers traf Waldo unter dem Solarplexus und nahm ihm die Luft. Seine Beine knickten ein und er ging zu Boden. Brüske trat völlig außer sich auf den liegenden Mann ein. Waldo wehrte sich nicht, rollte sich aber zusammen, um dem Angreifer möglichst wenig Angriffsfläche zu bieten.

"He, Sie! Was machen Sie denn da?" Eine ältere Frau mit einem Einkaufsroller trippelte heran. "Lassen Sie augenblicklich den armen Mann in Ruhe! Ja, wollen Sie ihn denn umbringen?"

Arnold Brüske schaute zu der weißhaarigen Dame und ließ von Waldo ab, der sich unter Schmerzen am Boden wand und bereits reichlich in den Asphalt blutete. Allmählich kam der Regisseur wieder zu sich ...

In etwa zwanzig Meter Entfernung saß Chris in dem anthrazitfarbenen Peugeot, den seine Freundin Tabea und er gemeinsam nutzten und versuchte, sein Samsung-Smartphone ruhig zu halten. Es war alles nach Waldos Plan gelaufen und der POM hatte den gesamten Vorfall nun auf Band ...

Jens und Vivian hatten die Unterlagen für die Oberstaatsanwältin vorbereitet. Sie hofften, dass das für einen Durchsuchungsbeschluss für das Institut Comenius ausreichen würde.

Es klopfte und Freddy Gromball steckte den Kopf zur Tür herein. "Wir haben jemanden, der etwas zum Fahndungsaufruf zu sagen hat, der gestern rausgegangen ist, wegen eurer durchgeknallten Messer-Lady. Einen Zeugen ..."

Jens und Vivian sahen sich an.

"Ein 'Er' oder eine 'Sie'?", fragte Vivian.

"Ein 'Er'. Ein 'Er' mit einem Priesterkragen."

Paula hatte noch schnell Willie gestillt, der nun im Wohnzimmer in seinem Laufstall saß und mit Bauklötzen schmiss. Richards Gattin hatte sich danach schnell einen Bademantel übergeworfen und setzte sich ausgeschlafen und sichtlich vergnügt an den Tisch. "Na, da soll noch mal einer sagen, du würdest mich nicht auf Händen tragen, Dickie! Das sieht super aus!" Sie nahm sich ein Kürbiskernbrötchen und schnitt es auf.

Richard nahm einen innerlichen Anlauf. "Paula, Liebes, ich muss dir etwas sagen ..."

"Warte!", hob Paula die Hand und strahlte ihn an. "Bitte lass mich zuerst, sonst platze ich noch!"

"Was ist?", fragte Richard, "Ist dein neues Projekt bewilligt worden?"

"Nun, es wäre eine recht kuriose Umschreibung für das, was ich meine. Aber nein, es ist nichts Berufliches ..."

Richard sah sie fragend an.

Paula musste lachen, als sie seinen ratlosen Blick sah. "Ich spann dich nicht länger auf die Folter: Ich bin schwanger!"

Richard starrte sie an, fassungslos. "Schwanger?"

"Ja! Kein Zweifel möglich. Ich habe gestern schon einen positiven Test gemacht, aber ich dachte mir, ich halte mich mal zurück, bevor ich nicht die Gegenprobe habe. Und auch der zweite Test, gerade mal sechs Minuten alt, zeigt, wir bekommen noch ein Kind!"

"Wahnsinn!", stieß Richard geplättet hervor.

Paula stand auf, kam zu ihm und gab ihm einen Kuss. "Ich hab es bei unserer Hochzeit gesagt, ich hab es nach Willies Geburt gesagt und jetzt sag ich es wieder: Das ist der glücklichste Tag in meinem Leben!"

Jens und Vivian hatten den Geistlichen in den Befragungsraum 3 geführt und protokollierten nun seine Aussage. Dietrich Halmer war ein recht junger Priester, er mochte die Dreißig knapp überschritten haben und sah aufgeweckt und sympathisch aus. Er hatte, seinen Worten nach, sein Amt als katholischer Seelsorger für Rügen erst vor einigen Monaten angetreten.

"Habe ich das richtig verstanden? Sie kommen, weil Sie die Frau mit der Kapuze gesehen haben, nach der wir fahnden?", ging Vivian gleich in medias res.

"Nun, gesehen habe ich sie nicht richtig. Ich weiß auch nicht, ob sie eine Kapuze trug. Ich habe sie eigentlich eher gehört," führte der Priester aus.

"Wie soll ich das verstehen?", fragte Vivian irritiert.

"Also, ich habe die Warnung an die Menschen in Rügen in der Zeitung mitbekommen. Dass da eine unbekannte Frau mit einem Messer umhergeht und Leute attackiert. Gestern habe ich den Gläubigen in St. Bonifatius die Beichte abgenommen. Dabei kam diese Frau in den Beichtstuhl ..."

"Wie? Und Sie glauben, das war die Frau, die wir suchen?", fragte Jens zweifelnd.

"Sie hat gesagt, dass sie jemanden mit dem Messer getötet hat. Also ich denke ja!", gab der Seelsorger zurück.

"Na, Mensch! Das wird ja immer besser!", staunte der Kommissar, "Diese Person bringt einen ausgebufften Söldner zur Strecke und geht dann beichten? Es gibt nichts, was es nicht gibt."

"Ich habe so etwas auch noch nicht erlebt", bekundete Halmer, "Sie sagte, sie hätte in den vergangenen Tagen zwei Männer getötet und dann hat sie mich um die Absolution ihrer Sünden gebeten."

"Aber das ging nicht", vermutete Jens, "Bei Kapitaldelikten kann man sich in der Kirche nicht einfach mit drei Aves und drei Vaterunsern freibeten, wenn ich mich richtig erinnere."

Der Geistliche nickte. "Als sie erzählte, sie habe die Männer mit dem Messer umgebracht, war mir klar, dass das die gesuchte Frau sein muss. Ich will Ihnen nichts vormachen ... ich hatte Angst. Deswegen habe ich sie dann von ihren Sünden freigesprochen. Ich dachte, wenn ich es nicht tue, wird sie vielleicht zornig ..."

"Sie haben das Richtige getan", lobte Vivian, "Aber wieso haben Sie nicht gleich die Polizei informiert?"

"Das habe ich ja versucht. Erst hing ich in der Warteschleife und dann hatte ich jemanden am Apparat, der dachte, ich will mir einen Scherz mit ihm machen, als ich die Sache erzählt habe. Also habe ich beschlossen, ich fahre persönlich her." Der Priester schaute unsicher. "War das falsch? Ich hätte mich wohl besser schon gestern Abend gemeldet."

"Das wäre von Vorteil gewesen. So hätten wir umgehend eine Großfahndung in Bergen veranlassen können", sagte die Oberkommissarin, "Jetzt kann die Frau überall sein."

"Es tut mir leid. Ich hatte im Anschluss noch eine Taufe und dabei wurde ich genötigt, mit den Eltern anzustoßen. Ich wollte so nicht autofahren", erklärte Halmer zerknirscht.

"Jetzt machen Sie sich keinen Kopf", beruhigte Jens den Mann, "Hat die Frau sonst noch irgendetwas gesagt?"

"Nein, eigentlich nicht. Sie hat sich nach der Kapelle von Bessin erkundigt. Sie sagte, sie sei ... eine 'Pilgerin'. Aber vielleicht habe ich das auch nur falsch verstanden ..."

"Alles gut, Hochwürden", versicherte Vivian, "Ich denke, Sie haben uns ein gutes Stück weitergeholfen."

"Und was soll ich tun, wenn sie wiederkommt?"

"Ich gehe stark davon aus, dass diese Frau nur aggressiv wird, wenn sie sich bedroht fühlt", meinte Jens.

"Unternehmen Sie nichts auf eigene Faust, aber informieren Sie uns umgehend!" Damit schob Vivian dem Geistlichen ihre Karte hinüber. "Oder, wie es so schön heißt: jede andere Polizeidienststelle!"

Katzi hatte ein schmales, längliches Geschenk für Yslei dabei und überreichte es ihr zu Beginn der großen Pause.

"Was soll das?" Yslei zeigte sich gewohnt misstrauisch.

"Kleine Geschenke erhalten die Freundschaft", strahlte die Mitschülerin bis über beide Ohren.

Yslei riss die Verpackung auf und förderte zwei Stricknadeln und drei Wollknäuel zutage. "Aurora, nein! Das ist jetzt nicht dein Ernst!"

"Wieso nicht?", kicherte Katzi, "Wenn die anderen sehen, dass du mit mir strickst, dann denken sie, dass ich dir wichtig bin. Ich meine, das könnte doch sein, oder?"

Yslei zog einen dicken Flunsch. "Verstehe. Du willst, dass ich mich offen zu dir bekenne, oder?"

Katzi schaute, als könnte sie kein Wässerchen trüben. "Ich weiß jetzt nicht, was du meinst."

Yslei seufzte. "Was soll's? Du bist mir schon wichtig, würde ich mal sagen. Dann zeig mir halt, wie es geht mit dem Stricken und ich versuche es. Wenn ich aber zu blöd dazu sein sollte, dann quälst du mich auch nicht weiter, okay?"

"Das ist ein sehr faires Angebot!", freute sich Katzi.

Und so begann die erste Lehrstunde. Gerade als Yslei fast den Bogen raushatte, waren Jona und Medea, ihre Klassenkameradinnen, an die beiden herangetreten.

"Können wir kurz mit dir reden?", fragte die rothaarige Medea, die wohlhabende Eltern hatte und immer den modernsten Look trug.

"Sicher", antwortete Yslei.

"Dass du vor Frau Kampermann nicht sagen wolltest, wer dich gemobbt hat, verstehen wir, aber ..." Das Mädchen zögerte weiterzusprechen.

"Aber du musst wenigstens uns sagen, wer es gewesen ist!", vollendete Jona, die ihre durchaus vorhandene Attraktivität mit weiten Klamotten und einer unvorteilhaften Mütze kaschierte.

Yslei schüttelte den Kopf. "Das werde ich nicht tun. Ich denunzier keinen. So was zu machen, ist schändlich! Haben wir doch letztens in Deutsch gehabt, wisst ihr nicht mehr?

Hofmann von Fallersleben: *Der größte Lump im ganzen Land ist und bleibt der Denunziant!*"

Medea und Jona sahen sich kurz an.

"Weißt du, Yslei, ganz ehrlich, du machst es anderen nicht leicht, mit dir in Kontakt zu kommen", begann Medea, "Und wir haben hin- und herüberlegt, wer in unser Klasse so was zu einer Mitschülerin mit Migrationshintergrund sagen könnte. Wir haben lange gegrübelt, aber wir trauen das eigentlich keinem aus der 10b zu, ganz ehrlich!"

Yslei stutzte. "Was wollt ihr damit sagen?"

"Na, wir hatten doch grad vor einem Jahr einen Fall, wo jemand einen anderen wegen Antisemitismus angezeigt hat, und am Ende kam raus, dass es gelogen war."

Ysleis Gesichtszüge verhärteten sich. "Ich hab aber nicht gelogen, Leute! Und trotzdem hänge ich keinen hin, Mobbing hin oder her ..."

Es entstand ein Moment des Schweigens, der einen zunehmenden Ausdruck des Zweifels in die Gesichter von Medea und Jona zeichnete.

"Es war Simon! Der Neue in eurer Klasse. Der saubere Herr Graf!", platzte es nun aus Katzi heraus.

Yslei fuhr ärgerlich herum und gab der Freundin einen Stoß. "Was soll das denn?"

"Aber sie haben recht, Yslei", verteidigte sich die Schülerin aus der Parallelklasse, "Medea ist eure Klassensprecherin. Sie sollte das wissen."

"Komm, Yslei, jetzt ist es raus. Kannst du das bestätigen?" Medea sah die Mitschülerin forschend an.

"Ich will jetzt aber keine Treibjagd oder irgendein Gruppenmobbing. Ja, es war Simon, aber es ist doch alles geklärt." Yslei atmete durch. "Bleiben wir einfach geschmeidig ...!"

Jona wandte sich an die Klassensprecherin. "Vielleicht hat sie recht. Simon wird sich hüten, noch mal die Klappe aufzumachen, nachdem Yslei das heute angesprochen hat."

Medea sah die junge Syrerin an. "Du bist nicht feige, das wissen wir, aber wenn wieder etwas vorfällt, mach nicht auf Einzelkämpfer, komm zu uns! Glaub mir, in der 10b wird

Rassismus im Keim erstickt, dafür sorgen wir schon." Sie reichte Yslei die Hand. Die ergriff sie und es gab auch mit Jona shake-hands. Dann gingen die Mitschülerinnen.

"Bitte, Yslei, sei nicht sauer auf mich", bat Katzi nervös, "Ich wollte nicht, dass am Ende du verdächtigt wirst."

"Entspann dich. War vielleicht ganz gut so. Solche Situationen fallen mir nicht leicht. Und ich habe immer geglaubt, ich bin Leuten völlig egal. Dass die Klasse sich plötzlich wie ein Mann hinter mich stellt, hätte ich niemals gedacht."

"Aber das ist doch was Gutes."

"Ja. Das ist es wohl."

Als die Meldung vom Labor kam, triumphierte Jens innerlich. So dicht waren die Erfolgserlebnisse in der jüngsten Vergangenheit nicht gesät gewesen. Er ging damit sofort zu Vivian. "Hast du eine Sekunde?"

Die Kollegin blickte von ihrem Papierkram auf. "Klar!"

"Nun, das Messer, das ich aus der Comenius-Psychiatrie mitgenommen habe, matcht chemisch mit dem Messer, mit dem der Söldner Pierre Tobin umgebracht wurde. Es wurde mit dem gleichen Industriewaschmittel behandelt."

Vivian sah ihn erfreut an und nickte anerkennend. "Nicht schlecht! Ich rufe sofort die Terjong an. Sie wollte konkrete Beweise, bevor wir das Institut durchsuchen; das ist einer!"

"Ich gehe zu Jung und bereitet die Razzia logistisch vor." Jens wollte schon los, doch Vivian hielt ihn mit einer Handbewegung auf. "Warte! In Bergen wurde ein Einbruch in der Vita-Apotheke in der Stralsunder Straße gemeldet. Und guck, was die Überwachungskamera aufgezeichnet hat." Die Kommissarin drehte das Computerterminal zu Jens. Auf dem Bildschirm war in schlechter Auflösung eine Gestalt in einem Kapuzenpulli zu sehen, die alle Schubladen in der Pharmazie aufriss und die Medikamente durchwühlte.

"Ist ja 'n Ding!", entfuhr es Jens. "Was macht sie denn da?"

"Das liegt doch auf der Hand", trumpfte Vivian auf, "Sie sucht ein Medikament. Und ich bin sicher, dass es nicht nur Kopfschmerztabletten waren."

"Gab es keinen Alarm?"

"Doch, natürlich. Die Bergener Kollegen waren nach fünf Minuten vor Ort und haben sie gestört. Sie ist durch ein Fenster hinten im Lager abgehauen."

Jens dachte nach. "Fünf Minuten. Konnte sie in der Zeit das Mittel finden, das sie gesucht hat?"

"Vielleicht. Die Medikamente in den Schubladen sind alphabetisch angeordnet, aber speziellere Arzneien sind im größeren Lager im Basement untergebracht."

"Damit ist die Wahrscheinlichkeit gegeben, dass sie nicht bekommen hat, was sie wollte. Wenn sie so ein riskantes Manöver fährt, um an Medizin zu kommen, braucht sie sie vielleicht dringend. Dann wird sie möglicherweise einen weiteren Versuch starten."

"Gut, geben wir eine Info an die Apotheken raus und informieren den Kollegen Rusnak in Bergen."

"Ja!", bestätigte Jens, "So machen wir's!"

Obwohl Chris vorgehabt hatte, sich rauszuhalten, stand er auf Waldos Seite, nachdem er mitangesehen hatte, wie schnell Arnold Brüske die Kontrolle über sich verloren hatte und mit welcher Brutalität er vorgegangen war. Vielleicht hatte sein Partner zu hoch gepokert, denn nach der Attacke und dem fluchtartigen Verschwinden des Regisseurs war Polizeimeister Rafalsky auf dem Asphalt liegengeblieben und nicht mehr in der Lage gewesen, allein aufzustehen. Chris war dann zu ihm geeilt und hatte ihm hochgeholfen. Da Waldos Wohnung nicht weit entfernt lag und sein Partner ansprechbar war, hatte er ihn dorthin gefahren. Dort inspizierte Chris die malträtierten Partien an Waldos Körper.

"Alter Schwede, das sieht richtig böse aus. Deine Nase muss gerichtet werden!", stellte der POM fest.

"Nein, wozu?", widersprach Waldo, "Das ist nicht so wild. Ich hab das schon oft in Filmen gesehen. Du packst beherzt zu und rückst den Zinken wieder gerade!"

"Oh, das mach ich gern!", höhnte Chris, "Danach windest du dich vor Schmerzen und die Nase ist komplett ruiniert."

Sein Partner hielt sich die Seite, da, wo Brüskes Schuhspitze ihn mehrfach getroffen hatte.

"Und mit einem Rippenbruch ist auch nicht zu spaßen."

"Rippenbruch. So ein Quatsch!", wiegelte Waldo ab, "Das ist allerhöchstens eine leichte Prellung."

"So, mein Lieber, du kannst dich auf den Kopf stellen, aber ich bring dich ins Sana und du lässt dich durchchecken!"

"Oh, Sienkiewicz, wann kapierst du es? Ich hasse Ärzte und Krankenhäuser hass' ich noch ein Stückchen mehr."

"Waldo, man sagt dir doch Intelligenz nach. Wenn das, was du vorhast, klappen soll, wäre es gut, wenn man dich in der Ambulanz untersucht. Ich hab zwar gefilmt, wie er dich zusammengefaltet hat, aber eine ärztliche Expertise würde das doch aufs Trefflichste untermauern, denkst du nicht?"

Der Polizeimeister sah ächzend auf. "Okay. Vernünftigen Argumenten habe ich mich noch nie verschlossen. Gehen wir zu diesen verdammten Quacksalbern!" Mit diesen Worten stand er ächzend auf und ergriff seine Jacke.

Johnny hatte die Heckler & Koch recht schnell im Griff. Nach dem ersten Feuerstoß war es erschreckend gewesen, zu begreifen, welches Zerstörungspotential die Maschinenpistole in sich trug. Das musste er erst verarbeiten, das war etwas anderes, als mit einem Knüppel auf jemanden loszugehen.

Toledo war ein geduldiger Lehrer. Er zeigt dem Deutschen, wie man im Ernstfall mit der Munition haushaltete, wie man eine Ladehemmung beseitigte und zügig die Magazine austauschte.

Danach bot er Johnny eine Zigarette an, die der aber ablehnte. Er hatte im Gefängnis aufgehört zu rauchen und er fürchtete, dass er den Absprung nicht noch einmal schaffen würde, wenn er jetzt in alte Verhaltensweisen zurückfiel.

"Kann ich dir eine Frage stellen, Toledo?"

"Fühl dich ganz frei!"

"Es ist zu spät, aus der Nummer rauszukommen, oder?"

Der andere sah ihn an und lachte dann. "Wenn ich an deiner Stelle wäre, würde ich zusehen, dass ich Land gewinne.

Der Unterschied zwischen uns beiden ist nur, dass ich weiß, was zu tun ist, während du völlig ahnungslos bist."

"Wenn ich so scheiße bin, wieso wurde ich angeheuert?"

"Das liegt an *Scaramouche*, unserem unbekannten Auftraggeber. Er zahlt einen Sold, wie ich es noch nie erlebt habe, dafür macht er eben Ansagen, die keiner von uns versteht. Doch so ist es nun mal."

"Der Capitano sagte, er bringt mich um, wenn ich querschieße", erinnerte Johnny.

"Bleib cool, Junge. Ja, er legt dich um, wenn du ihm jetzt ins Gesicht sagst, dass du von der Fahne gehst. Aber wenn du einfach verschwindest, ist es fraglich, ob der Capitano dich verfolgt. Wir müssen die Füße stillhalten, bei dem was wir vorhaben. Und da du nicht in den Plan eingeweiht bist, stellst du kein größeres Risiko dar. Aber ..."

"Aber was?"

"Unser Leader vergisst nicht. Guck dich an: Ist doch nur eine Frage der Zeit, bis du der Polizei ins Netz gehst und wieder einfährst. Und wenn du erst zurück im Knast bist, dann kann der Capitano dich dort aufspüren und seine Verbindungen spielen lassen. Dauert vielleicht kein halbes Jahr, bis du im Bau einem tragischen Unfall zum Opfer fällst."

Johnny sank der Mut. Dann sah er den neuen Kameraden an. "Bist du denn in den Plan eingeweiht?"

Toledo schüttelte den Kopf. "Ich weiß nur, dass wir ein 'Paket' abholen sollen. Wem wir da ans Leder gehen, keine Ahnung. Ich will es auch gar nicht wissen. Aber Angel ist über den Plan genau im Bilde. "

"Aber wenn du nicht weißt, was wir vorhaben, könnte es doch auch ein Himmelfahrtskommando sein, bei dem wir alle draufgehen", gab Johnny zu bedenken.

"Ich mach diesen Job schon ein paar Jährchen. Ich kenne den Capitano als guten Strategen und dazu als einen besonnenen Mann. Er hat schon einige haarige Aufträge durchgezogen und dabei immer grenzwertige Entscheidungen treffen müssen. Ich bin jedenfalls gut mit ihm gefahren. Und wer für ihn arbeitet, wird top bezahlt, das ist auch ein Faktor."

Toledo drückte seine Zigarette aus und grinste Johnny breit an. "Aber trotz all der vielversprechenden Vorzeichen ist es keineswegs so, dass ich nicht nervös wäre ..."

Professor Nitschke war aus allen Wolken gefallen, als die Razzia begann. Kurz nach vierzehn Uhr fuhr ein Mannschaftswagen der Polizei vor und ein gutes Dutzend Beamter verschaffte sich Zutritt zum Institut. Auch die Oberstaatsanwältin Michaela Terjong und einige ihrer Mitarbeiter waren eingetroffen. Man maß der Durchsuchung offenbar eine große Bedeutung bei.

Es dauerte mehrere Stunden, bis man sich einen Überblick über die Lage verschafft hatte. Vivian und Jens besprachen sich vor Ort mit dem Ersten Hauptkommissar Jung und Oberstaatsanwältin Terjong.

"Wir haben hier acht Patienten, die behaupten, seit Jahren gegen ihren Willen festgehalten zu werden. Weitere sind so mit Medikamenten vollgepumpt, dass sie überhaupt nicht ansprechbar sind. Drei Patienten waren für längere Zeit an ihr Bett fixiert, was die Wundmale an den festgeschnallten Gelenken belegen. Richterliche Beschlüsse für diese drei Patienten waren nicht zu finden", listete Vivian auf.

"Die Faktenlage hat nahegelegt, dass hier nicht alles mit rechten Dingen zugeht. Die Betreiber dieser Psychiatrie sind sehr bemüht gewesen, unter dem Radar zu bleiben", resümierte die Oberstaatsanwältin und wandte sich an einen ihr unterstellten Kollegen. "Mattner, wir brauchen hier schnell medizinische Sachverständige. Wenn dieses Institut in unlautere Machenschaften verstrickt ist, und es sieht gerade danach aus, will ich einen wasserdichten Fall."

"Gibt es denn konkrete Hinweise, dass die Kapuzenmörderin von hier gekommen ist?", erkundigte sich Rainer Jung.

"Hinweise ja, Beweise noch nicht", erwiderte Vivian, "Was Professor Nitschke gesagt hat, stimmt, soweit wir es bis jetzt beurteilen können. Es gibt hier zweiundzwanzig Patienten und die dazugehörigen Medizinakten. Sonst existiert kein Anhaltspunkt, dass die Kapuzenfrau jemals hier war."

"Das sehe ich nicht so", schaltete Jens sich ein. "Das Messer scheint mir ein starkes Indiz zu sein. Ich glaube, unsere Gesuchte war hier und es ist ihr irgendwie gelungen, zu fliehen. Möglicherweise wurde sie ebenfalls gegen ihren Willen hier festgehalten. Als sie entkommen ist, hat der medizinische Leiter sofort die Spuren verwischt, um die Existenz der Patientin Nummer dreiundzwanzig zu vertuschen."

"Langsam, Jens! Gibt es für diese steile Theorie auch nur den geringsten Beweis?", bremste Vivian.

Jens klappte eine Mappe auf, deren Umschlag den Schriftzug "Comenius" aufwies. "Die Leute, die diese Psychiatrie leiten, haben zwar versucht, alle Spuren zu beseitigen, aber sie sind dabei nicht ins letzte Detail gegangen. Hier ist die Buchführung der Anstaltsküche. Bis zum sechzehnten April wurden dreimal am Tag dreiundzwanzig Patientengerichte ausgegeben. Danach waren es dann nur noch zweiundzwanzig. Tja, und der sechzehnte April ist exakt der Tag, in dessen Abendstunden der Söldner Pierre Tobin auf den Straßen von Bergen seinem Schicksal begegnet ist ..."

Die Judo-AG gab es erst seit zwei Jahren an dem Gymnasium. Yslei hatte sich früh eingeschrieben und als talentiert entpuppt. Auch an diesem Nachmittag zog sie ihren schneeweißen Gi an und zurrte den orange-gelben Gürtel fest. Sie war immer noch nicht darüber hinweg, welche Solidarität ihre Mitschülerinnen für sie gezeigt hatten, und sie erwärmte sich auch zunehmend für Katzi, ihre neue Verbündete. Es war ungewohnt, nicht ständig nur allein dazusitzen und seinen immer gleichen Gedanken nachzuhängen. Allmählich begann dem Mädchen sein neues Leben fern der Heimat zu gefallen. Sogar die Strickerei sah es nun mit anderen Augen.

Als Yslei die Mehrzweckhalle betrat, wartete dort eine Überraschung von zweifelhafter Natur auf sie. Auf der Bank, wo sich meistens die Jungen versammelten, saß auch Simon, ihr neuer Klassenkamerad. Er blickte zu ihr hinüber und seine Miene versteinerte. Er trug einen grünen Gurt, war also schon ein fortgeschrittener Judoka.

Yslei versuchte sich ihre Überraschung nicht anmerken zu lassen und gesellte sich zu den vier anderen Mädchen, die ebenfalls in der AG mittaten.

Herr Gasparevic, ein stämmiger Schwarzgurtträger in den Vierzigern, eröffnet die Stunde. Er kniete sich hin und legte die Hände auf die Knie. Die Schüler gingen in einer Reihe gegenüber ebenfalls auf ihre Knie und sahen ihn an.

"Mokuso!", rief der Trainer.

Die Schüler schlossen die Augen und gingen einen Moment ins sich.

Mit einem "Yame!" beendete Gasparevic die Begrüßungszeremonie und die Anwesenden öffneten wieder die Augen.

"Zuallererst möchte ich einen neuen Schüler in unserer Runde begrüßen, den Simon!" Er deutete eine Verbeugung an, die der junge Graf knapp erwiderte.

"Nach eurer Klassenfahrt ist bald das Stralsunder Turnier. Deswegen steht heute nach dem Warmmachen Randori auf dem Programm. Ein paar von euch Helden brauchen dringend noch Kampfpraxis. Also dann: laufen im Kreis!" Gasparevic sprang aus den Knien direkt in den Stand.

Die zwölf Schüler erhoben sich ebenfalls und rannten los. Yslei achtete dabei, zwischen sich und Simon, dem neuen Schulkameraden, immer einen Abstand von mehreren Metern einzuhalten ...

Waldos Wange schillerte violett und war mit einer thermoplastischen Nasenschiene versehen worden, die den Bruch schützen sollte. Seine Zivilkleidung hatte er inzwischen abgelegt und trug nun eine gebügelte Uniform, ebenso wie Chris, der am Steuer neben ihm im Auto saß. "Ich weiß nicht, ob es eine gute Idee ist, wenn du dich alleine in die Höhle des Löwen wagst", grübelte der POM.

"Du hast gesagt, du willst auf keinen Fall in die Sache hineingezogen werden, oder wie war das?"

Chris sah zur Hausnummer zehn hinüber. Arnold Brüske musste zu Hause sein, denn sein BMW parkte vor dem Haus, allerdings an einer ganz anderen Stelle als am Vormittag.

"Waldo, hör zu. Ich habe es mir überlegt. Ich komme mit. Ich will nicht, dass die Sache am Ende aus dem Ruder läuft."

"Du bist dabei? Ich wäre nicht böse darüber."

"Also dann. Worauf warten wir noch?"

Die beiden Polizeibeamten stiegen aus und gingen auf das Haus zu.

Das Aufwärmen war vorbei und das Randori begann.

"Simon!", rief Gasparevic, "Ich will mal sehen, was du so draufhast. Du fängst an!" Der Trainer wandte den Blick zur Mädchenseite. "Yslei! Du!"

Das Mädchen schaute irritiert auf. Dass ausgerechnet sie ausgewählt wurde, passte ihr gar nicht. Dennoch stand sie auf und ging mit ausdruckslosem Gesicht auf die Matte.

"Wieso sie? Sie hat eine andere Gewichtsklasse. Und sie ist viel kleiner ... und ein Mädchen dazu!", protestierte Simon.

"Oh, nur keine Sorge, Yslei ist besser, als ihre Gürtelfarbe vermuten lässt", versicherte der Trainingsleiter.

Widerwillig trat Simon ihr gegenüber und sie verbeugten sich voreinander.

Gasparevic hob die Hand. "Hajime!"

Yslei versuchte, sich zu konzentrieren. Sie packte den Kimono des Gegners. Simon ergriff seinerseits ihren Gi und zog sie mit einem Ruck zu sich heran. Mit einem brutalen Tritt fegte er dem Mädchen die Beine weg. Sie stürzte und er ließ sich schwer auf ihren Brustkorb fallen. Im nächsten Moment packte er ihre Jackenaufschläge und begann sie mit ihrem eigenen Judoanzug zu würgen ...

"Mate!", rief Gasparevic scharf, sprang sofort hinzu und riss Simon von Yslei weg. "Langsam, Junge! Ich weiß nicht, wo du deine Gürtel errungen hast, aber so derbe gehen wir hier nicht mit dem *Uke* um." Der Trainer drehte sich zu dem Mädchen, das sich die schmerzende Brust hielt.

"Yslei, alles okay?"

Es war nichts okay, absolut gar nichts, aber Yslei wollte Simon nicht die Genugtuung geben, zu klagen. Sie war den Tränen nahe, aber sie biss. "Es ist nichts passiert. Alles gut!"

Um ihre Worte zu unterstreichen, rappelte sie sich schnell wieder von der Matte auf.

Gasparevic drehte sich zu Simon um, der mit trotziger Miene der Dinge harrte, die da kommen sollten.

"Simon ... du weißt doch sicher, was der Ausdruck 'Judo' bedeutet, nicht wahr?"

"*Do* bedeutet Weg, Grundsatz oder Lehre und *Ju* heißt sanft oder nachgebend ..."

Gasparevic stimmte dem zu. "Judo ... der sanfte Weg! In diesem Dojo nehmen wir das wörtlich. Ich will so ein hartes Einsteigen gegenüber Trainingspartnern nicht noch einmal sehen. Im Turnier, gegen Gegner in deiner Gewichtsklasse ist das was anderes. Können wir uns darauf einigen?"

"Ja, klar."

"Ja, klar, Sensei!", korrigierte Gasparevic.

Simon verbeugte sich. "Ja, klar, Sensei!"

Arnold Brüske starrte mit bleichem Gesicht auf das Handydisplay und sah die Aufnahme, die belegte, dass er Waldo Rafalski vor seinem BMW zusammengeschlagen hatte. Wie zu beobachten war, hatte dieser die Attacke ohne jede Gegenwehr über sich ergehen lassen und war damit kein Kombattant, sondern erschien als vollkommen passives Opfer.

Chris stand im Hintergrund des Zimmers und blickte zur Couch hinüber, wo Anna Maria Teller saß und weinte.

Brüske sah dem uniformierten Waldo neben sich unwillig ins Gesicht und drückte dann seine Hand mit dem Handy weg. "Sie haben mich in die Falle gelockt! Sie haben mich provoziert! Ich hatte keine Ahnung, dass Sie Polizist sind!"

Waldo faltete einen Papierbogen auf. "Das hier ist der ärztliche Untersuchungsbericht vom Sana-Krankenhaus. Sie haben mir die Nase gebrochen, mehrere Hämatome und eine Rippenprellung beigebracht, die leichte Gehirnerschütterung will ich gar nicht erwähnen."

Der Regisseur hatte eine verbissene Miene aufgesetzt und würdigte das Dokument keines Blickes. "Damit kommen Sie nicht durch! Das dürfen Sie gar nicht! Das war abgekartet!"

"Irrelevant!", Waldo war die Ruhe selbst, "Bleiben wir bei den Tatsachen. Ich hatte eine Panne vor Ihrem Haus. Ich war nicht im Dienst, in Zivil. Auf dem Film ist kein Ton, es ist nur zu sehen, dass wir beide reden und ich irgendwann Ihr Auto leicht berühre. Dann fangen Sie an, auf mich einzuschlagen. Ich habe mich nicht verteidigt, gehe zu Boden und Sie treten wie von Sinnen auf mich ein. Für mich sieht das eindeutig aus und so wird es auch auf jeden Richter wirken."

Brüske fuhr von seinem Stuhl hoch. Er hielt Waldo seinen Zeigefinger unter die Nase. "Und doch haben Sie es geplant! Sie wollen mich erpressen, das ist es doch! Es war eine Falle!"

"Ja, könnte sein, dass es der Richter auch so sieht und den Film als Beweis nicht zulässt." Waldo lehnte sich zurück. "Trotzdem sitzen Sie in der Patsche, Herr Brüske. Ich sage Ihnen, wie es laufen wird. Ich erstatte Anzeige gegen Sie und irgendwie werden der Zwischenfall und dieses kleine Filmdokument darüber an die Presse durchsickern, so etwas ist heutzutage gar nicht zu verhindern. Jetzt im *Woke*-Zeitalter wird man sich an Ihre alten Übergriffe erinnern und sie wieder aus der Mottenkiste holen. Dann wird überall zu lesen sein, dass Sie schon immer ein notorischer Frauenschläger waren. Und wer weiß, wie vielen Ex-Partnerinnen von Ihnen dann einfällt, dass sie lange genug den Mund gehalten haben und schlussendlich doch noch Zeugnis ablegen wollen ..."

"Bitte!", rief Anna Maria Teller verzweifelt, "Arnold ist kein schlechter Mensch! Wirklich nicht! Ich kenne ihn, er ist im Grunde anständig ..."

Waldo sah streng zu der Frau hinüber. "Frau Teller, bitte!" In diesem Moment war der größte Fan der Schauspielerin abwesend. Der Polizeimeister wandte sich wieder Brüske zu. "Egal, wie Sie es drehen und wenden, wenn der Sturm sich gelegt hat, sind Sie, wie man so schön sagt, *gecancelt*. Kein Sender und keine Produktionsfirma kann es sich leisten, Sie noch einmal anzuheuern. Der einzige Film, den Sie dann noch inszenieren dürfen, wird ein Daumenkino sein."

Brüske ging zu seiner Partnerin und setzte sich neben sie. Er schaute düster vor sich hin. Dann blickte er gequält auf.

"Warum? Warum wollen Sie mich fertigmachen? Ich habe Sie bis heute noch nie gesehen. Was haben Sie gegen mich?"

Waldo blickte ihn unerbittlich an. "Sie schlagen Ihre Partnerin! Vielleicht nicht jeden Tag, aber eben doch; in schöner Regelmäßigkeit geht es mit ihnen durch. Frau Teller mag Ihnen diese Übergriffe nachsehen, aber ich, in meiner Eigenschaft als Gesetzeshüter, kann das nicht. Damit komme ich zum Punkt: Ich will ...dass Sie nie wieder Ihre Hand gegen diese Frau erheben!"

Brüske sah verwirrt seine Partnerin an, dann ging sein Blick zurück zu dem Polizisten. "Wie? Das ist alles?"

"Das ist alles, Herr Brüske."

Der Regisseur lächelte fahrig und hob einlenkend seine geöffneten Hände. "Wenn es nur das ist, das ist überhaupt kein Problem! Das kann ich Ihnen versichern!"

"Nein."

"Nein?"

"Mit einem treuherzigen Versprechen ist es nicht getan. Das reicht mir nicht!" Waldo schaute zu seinem Partner.

Chris trat vor und reichte ihm eine Visitenkarte. Waldo gab sie an Arnold Brüske weiter. "Das ist die Karte von der Psychotherapeutin Ebru Korkmaz aus Bergen. Sie werden Sie anrufen und bei ihr eine Aggressionstherapie beginnen."

Arnold Brüske schaute ungläubig auf die Adresskarte.

"Ich hatte selbst einige Sitzungen bei ihr ...", fuhr Waldo fort, "... nach einem traumatischen Polizeieinsatz. Frau Korkmaz mag vielleicht kein Charmewunder sein, aber sie ist gut in ihrem Job, das kann ich Ihnen versichern."

Brüske runzelte verwirrt die Stirn. "Wie jetzt? Das war es? Deswegen haben Sie dieses ganze Theater abgezogen?"

"Ich verehre Frau Teller als außerordentliche Künstlerin seit vielen Jahren", bekannte Waldo, "Der Gedanke, dass Sie weiter nach Belieben ihr Mütchen an dieser Frau kühlen, ist für mich nicht akzeptabel."

Brüske hob die Hand. "Also gut. Wenn ich diese Therapie anfange, dann zeigen Sie mich nicht an? Und der Film bleibt unter Verschluss? Dauerhaft?"

"Sie haben es erfasst!"
Der Mann sah seine Partnerin an und schaute erneut auf die Visitenkarte. Dann verzog sich das Gesicht des Regisseurs und die Fassade fiel. Plötzlich liefen Tränen über seine Wangen. "Ich will Anna Maria überhaupt nicht wehtun, aber dann, manchmal, überkommt mich so eine Wut, so ein Hass, ich kann überhaupt nichts dagegen machen ..."
"Doch, Herr Brüske, das können Sie! Ein Aggressionstherapie wird Abhilfe leisten." Waldo stand auf und nahm sich seine Mütze, die er auf dem Tisch abgelegt hatte. "Wir stehen mit Frau Korkmaz in Kontakt. Wenn Sie die Therapie durchziehen, wird sie sich nicht mehr bei uns melden. Sollten Sie aber glauben, sich irgendwie aus der Sache herausmogeln zu können, erfahren wir es. Dann behalten wir uns weitere Schritte vor. Können wir uns darauf einigen?"
Brüske sah unsicher zu dem Polizeimeister. "Doch, natürlich, können wir. Ich mach die Therapie. Ich verspreche es!"
Waldo sah die Frau mit einem knappen Lächeln an. "Frau Teller, habe die Ehre!"
Damit drehten sich die Beamten um und verließen die Wohnung.

Draußen ging ein für Rügen typischer Dauerregen nieder und die Tropfen prasselten monoton gegen das Fenster des Büros, in dem Institutsleiter Prof. Franz Nitschke wie ein kleines Häufchen Elend hinter seinem Schreibtisch saß.
Vivian und Jens führten gemeinsam die Befragung durch. Michaela Terjong wohnte dem Verhör ebenfalls bei. Das hier war eine große Sache, die das Potential hatte, viel Staub aufzuwirbeln.
"Ich möchte die Geschichte hier gerne abkürzen", begann Vivian, "Sie schenken uns reinen Wein ein und versuchen dabei weder etwas zu beschönigen noch zu verschleiern."
"Ich bin die Oberstaatsanwältin für diesen Bezirk", klinkte sich Michaela Terjong kurz ein, "Dass Sie angeklagt werden, ist nach dem derzeitigen Stand der Dinge so gut wie sicher. Sie tragen eine Mitverantwortung dafür, dass in Bergen ein

Mann getötet und ein weiterer verletzt wurde. Wenn Sie jetzt kooperieren, wird sich das für Sie bei der Verhandlung positiv auswirken, das kann am Ende wertvoll sein."

Der Arzt zeigte durch ein Nicken sein Einverständnis. "Ich werde kooperieren. Sehen Sie, es ist ja nicht so gewesen, dass es in diesem Institut von Anfang an so war. Erst war die katholische Kirche Träger der Einrichtung. Später hat ein privates Konsortium die Anstalt gekauft. Dann fing es an, dass hier Leute eingeliefert wurden, die ihren Verwandten zur Last gefallen sind. Es wurde mir schnell klargemacht, dass diese Patienten bis auf Widerruf hierzubleiben hatten." Der Professor ergriff sein Handtuch und wischte sich einmal mehr den Schweiß von der Stirn. "Erst habe ich mich dagegen zur Wehr gesetzt, aber ich hatte bereits eine Patientin hier weggeschlossen, die ebenfalls von der Bildfläche verschwinden sollte, und so habe ich mich erpressbar gemacht. Irgendwann bin ich dann mit dem Strom geschwommen ..."

"Diese erste Patientin, die sie erwähnten, handelt es sich dabei um die Frau, die wir suchen?", fragte Jens.

"Ja, so ist es", gestand der Professor leise, "Ihr Name ist Asja Sommerfeld."

Der Kommissar beugte sich vor. "Könnte es sein, dass die Stützmanschette um Ihren Hals ihre Ursache nicht in dem Glatteis im vergangenen Januar hat, sondern im Zusammenhang mit der Flucht von Frau Sommerfeld steht?"

Nitschke atmete tief durch und öffnete dann die Manschette um sein Genick. "Gott sei Dank bin ich das Mistding endlich los ...", murmelte er und nahm die Kunststoffstütze ab. An seinem Hals waren nun ein Dutzend kleine, inzwischen gut vernarbte Einschnitte zu sehen. "Asja ist irgendwie an ein Messer gekommen. Sie hat es mir an die Kehle gehalten und mich gezwungen, sie nach draußen zu bringen, in die Freiheit. Dann ist sie einfach davongelaufen."

Vivian sah kurz zu Jens und musste nun erkennen, dass der Kollege die ganze Zeit recht gehabt hatte.

"Und Sie haben es nicht für nötig gehalten, die Polizei zu alarmieren?", wunderte sich die Staatsanwältin.

Franz Nitschke schaute düster. "Ich habe doch nicht gewusst, dass sie so eskalieren würde. Wie sollte ich das ahnen? Dass sie jemanden töten würde?"

"Aber als es dann passiert war, haben Sie das doch mitgekriegt", blieb Vivian am Ball, "Es war überall in den Nachrichten. Spätestens dann musste Ihnen klar sein, dass wir es mit einer gefährlichen Wahnsinnigen zu tun haben, oder nicht?"

"Doch natürlich! Ich mache mir selbst die größten Vorwürfe", räumte der Institutsarzt ein, "Die Wahrheit ist, dass ich zu feige war. Weil dann alles aufgeflogen wäre. Dass Asja Sommerfeld hier zehn Jahre ohne klaren medizinischen Befund festgehalten wurde, das hätte mir das Genick gebrochen."

"Das ist vergossene Milch", stellte Jens fest, "Und jetzt, Herr Professor, erzählen Sie uns bitte ausführlich, was es mit dieser Asja Sommerfeld auf sich hat ..."

Nitschke wischte sich abermals die Stirn trocken. Er zitterte am ganzen Leibe. "Natürlich, gerne ...", sagte er und begann mit seinem Bericht.

5. Rügen, im Jahre des Herrn 2016

Asja war vor einigen Tagen neun geworden. Oder war es einige Wochen her? Für Zeit hatte das Mädchen mit den Jahren jedes Gefühl verloren. In dem alten Reethäuschen am Meer war sie eine Gefangene. Ihre Mutter ging manchmal nach Bergen, einer der wenigen Ortsnamen, die Asja außer Breesen, Bessin und Samtens kannte. Wenn die alleinerziehende Mutter unterwegs war, kettete sie das Kind mit Handschellen an sein Lager. Blieb sie länger weg und Asja machte in ihrer Not ins Bett, schlug sie sie mit einem Lederriemen. Das Haus verlassen durfte das Mädchen nicht, bis auf eine Ausnahme. Manchmal weckte die Mutter Asja in der Nacht und dann liefen sie zur Bessiner Kapelle. Hier beteten sie den Rosenkranz, denn die "befleckte Seele" des jungen Mädchens bedurfte der Läuterung.

Asja wusste, dass ihre Mutter Brigitt verwirrt war. Die Frau mit dem verhärmten Gesicht kniete daheim oft Stunden vor dem Kreuz an der Wand und betete, während ihr Tränen über das Gesicht liefen. Dann vergaß sie, Essen zu machen oder dass die schmutzige Wäsche sich türmte. Asja übernahm diese Aufgaben früh. Die Mutter schaffte eine lange Hundekette mit einer Schelle an, damit ihre Tochter etwas Bewegungsfreiheit hatte. Ab da verbesserte sich die Situation etwas. Das Mädchen hielt die Kate mit den drei ärmlichen Zimmern viel sauberer, als Brigitt es je vermocht hatte.

Das Kind wusste nicht, wieso es nicht hinausdurfte, das, so hatte die Mutter ihm immer wieder eingeschärft, durfte niemals passieren. Wenn jemand ins Haus kam, ein Postbote, ein Handwerker oder der Stromableser, dann musste Asja in den Keller. Brigitt fesselte das Mädchen auch hier, meist an die Griffe einer schweren, müffelnden Truhe und klebte ihr dazu den Mund mit Gewebeband zu. Sie schärfte ihr ein, keinerlei Laut von sich zu geben.

Bis Gunther zu ihnen stieß, hatte Asja überhaupt nur einen Menschen außer ihrer Mutter gesehen, das war der völlig schwarz gekleidete Mann mit dem weißen Kragen, *der Vater*.

Er war nur dreimal da gewesen, soweit Asja wusste. Ihre Erinnerungen verschwammen aber immer recht schnell.

Brigitt sprach den schwarz Gekleideten stets respektvoll mit "Vater" an. Anders als ihre Mutter flößte der Vater Asja keine Angst ein. Er sprach leise und zeichnete ihr mit seinem Daumen ein Kreuz auf die Stirn. Seine Miene war freundlich und er betrachtete sie voller Wärme und Mitgefühl.

Als er das zweite Mal im Haus war, brachte er Asja ein Geschenk mit. Es war ein kleiner Kasten, den man aufklappen konnte, so dass ein kleines Fenster erschien, durch das man in eine andere Welt sehen konnte. In dem Kasten lag nämlich eine silberne Scheibe. Das war, wie der Vater erklärt hatte, ein Film. Von so etwas hörte Asja das erste Mal. Einen Fernseher besaß ihre Mutter nicht. Und das Radio schaltete sie nur selten ein. Denn draußen in der Welt gab es nichts Gutes. Dort waren nur "Bosheit und Verderbnis" beheimatet.

Der Vater zeigte dem Mädchen, wie man das wunderliche kleine Gerät startete. Er sagte, sie solle versuchen, in der Geschichte der Heiligen Johanna Trost zu finden. Damals hatte Asja gerade ihren sechsten Geburtstag begangen. Gefeiert wurde das nicht, es war für Mutter Brigitt eher der Jahrestag eines verhängnisvollen Unglücks.

Als Asja den Film, wieder allein, zum ersten Mal geschaut hatte, war sie völlig verstört gewesen. Die Kriegsbilder, die man da zu sehen bekam, waren von erschreckender Grausamkeit und die Frau, die Hauptfigur, die ihr sympathisch war, die mit den kurzen gelben Haaren, wurde am Ende auf einem Scheiterhaufen verbrannt.

Asja hatte ihrer Mutter gesagt, dass der Film ihr Angst machen würde. Brigitt war daraufhin zornig geworden und hatte sie geschlagen. Wenn der Vater dem Kind schon so ein großzügiges Geschenk machte, hatte es nicht mit Trotz und Widerworten zu reagieren. Die Mutter verfügte daraufhin, dass Asja *Johanna von Orleans* nun jeden Tag sehen musste.

Sehr bald jedoch schwanden die Schrecken des steten Schlachtengetümmels in dem Film. Und die Darstellung der frommen Johanna begann Asja zunehmend zu faszinieren.

Die Jungfrau von Orleans war allein in einer Welt, die feindselig war, und dennoch bestand die Waise, dank ihres Glaubens. Dass sie am Ende im Feuer starb, brachte Asja zum Weinen. Danach betete sie immer für die Märtyrerin.

Als sie ihre Mutter bat, beichten zu dürfen, etwas, was für Johanna von Orleans zentrale Bedeutung hatte, da reagierte Brigitt anfangs mit Unverständnis. Weil aber auch sie regelmäßig zur Beichte ging und um die Wichtigkeit des heiligen Sakraments wusste, bat sie den Vater, vorbeizukommen. Der folgte der Bitte auch, schärfte der Mutter aber ein, dass dies das letzte Mal sei, dass er kommen werde, denn bald schon würde er fortgehen, weit weg.

So geschah es, dass der Vater Asja die Beichte abnahm. Was dann kam, verwunderte den Geistlichen. Das kleine Mädchen gestand völlig unsinnige Dinge. Der Mann fragte sich, ob das Kind ihn foppen wollte. Doch Asja schüttelte wild den Kopf, schaltete den Film ein und zeigte die Szenen, in denen Johanna beichtete. Der Vater stutzte bei der Sequenz, spulte mittels der Kapitelsprünge irritiert vor und entdeckte blutigstes Schlachtengetümmel. "Asja!", rief er erschrocken, "Ich muss mich entschuldigen. Es ist der falsche Film. Ich habe *Johanna von Orleans* einmal gesehen, es war eine ganz andere Verfilmung, eine in Schwarzweiß, mit einer anderen Schauspielerin, ganz ohne all diese Grausamkeiten! Ich habe nicht richtig aufgepasst, als ich die DVD bestellt habe. Ich nehme den Film wieder mit."

"Nein! Nein!", schrie das Mädchen, "Nimm sie mir nicht weg! Ich liebe Johanna! Du darfst sie mir nicht wegnehmen!" Tränen der Verzweiflung schossen aus Asjas Augen.

Der Priester strich ihr dann über den Kopf. "Asja, diese ganze Gewalt, das ist nichts für die Augen eines Kindes!"

"Aber ich habe Johanna schon hundert Mal gesehen. Sie ist so eine tapfere und gute Frau, sie ist doch eine Heilige, nicht wahr? Ich wäre gerne wie sie! Bitte, ich möchte den Film behalten. Ich tue alles dafür."

Der Vater nahm die kleine silberne Scheibe nicht mit. Er segnete Asja und danach sah sie ihn niemals wieder.

Johanna von Orleans hatte von den himmlischen Mächten ein Schwert erhalten. So etwas gab es in Brigitts Kate nicht. Asja aber wollte kämpfen können wie die heilige Jungfrau. Vor dem Haus war ein Hackklotz, auf dem die Mutter die Holzscheite für den Ofen spaltete. Das Mädchen bat in der Folge, das Holz hacken zu dürfen. Brigitt wollte das nicht, denn dafür hätte sie ihre Tochter losketten müssen.

Als der nächste Winter über den Norden hereinbrach, und die Mutter ein ums andere Mal frieren musste, weil sie es in ihrer Verwirrtheit versäumt hatte, rechtzeitig Kaminholz zu machen, fuhr sie eines Tages mit dem Bus in die Hauptstadt. Sie brachte einen Eisenring mit, den sie vor dem Haus an die Holzwand schraubte. Auch eine längere Kette hatte sie besorgt. Auf diese Art konnte Asja sich um das Holz kümmern.

Brigitt hielt sich nicht damit auf, ihrer Tochter zu zeigen, wie man mit der Axt umging, und beinahe hätte das Kind sich bereits beim ersten Arbeitsgang in die Zehen gehackt. Dicht neben ihrem Fuß fuhr das Axtblatt in den Lehmboden. Es war Asja eine Warnung und sie ließ nun Vorsicht walten. Nach einiger Zeit aber entwickelte sie ein gewisses Geschick für die Arbeit. Leider waren ihre Körperkräfte so gar nicht für das Holzhacken geeignet. Doch das Mädchen wollte auf keinen Fall das Privileg verlieren, das kleine Reethaus verlassen zu dürfen, auch wenn es nur wenige Meter waren. Und so strengte es sich immer wieder an, schwang die schwere Axt manchmal bis zur völligen Erschöpfung und baute dabei allmählich etwas Muskulatur auf.

Asja Sommerfeld hatte kein Bewusstsein dafür, dass sie ein entsetzliches Leben führte. Ihre sprunghafte und verrückte Mutter war für sie die Normalität, sie kannte es nicht anders. Immer wenn sie aber in ihrem Zimmer war und den Film über Johanna anschaute, spürte sie, wie ein Hauch von Trost sie aus dem kleinen Fenster anwehte.

Dann kam der Tag, als sie im Nähkästchen eine kleine unscheinbare Schublade fand, in der einzelne Schlüssel lagen. Auch ein sehr kleiner war dabei. Als Asja ihn an ihrer Fußschelle ausprobierte, passte er und öffnete den Verschluss.

Wahrscheinlich hatte Brigitt keine Ahnung von der Existenz dieses Zweitexemplars; ihren Schlüssel trug sie an einem Bund in ihrer Schürze immer bei sich.

Asja verschwendete dennoch keinen Gedanken daran, ihr Gefängnis nun zu verlassen. Sie hatte all die Jahre verinnerlicht, dass sie auf keinen Fall mit der Außenwelt in Berührung kommen durfte, denn dann, so wusste es ihre Mutter ganz genau, würde *alles enden*.

In dem Moment, als sie sich mit dem Schlüssel befreit hatte, hörte sie zum ersten Mal die Stimme in ihrem Kopf. Es war die Jungfrau, die zu ihr sprach: "Nimm ihn an dich! Nimm den Schlüssel, Kind!"

Doch das Mädchen traute sich nicht und legte das kostbare Kleinod zurück in die Nähschatulle.

Alles hätte so bleiben können, ein Leben wie ein gleichmäßig dahintreibender, dämmriger Fluss. Es war ein schweres Dasein, aber es war machbar.

Doch eines Tages veränderte sich alles. Das war, als Gunther auf der Bildfläche erschien, ein großer, dicker Kerl mit Knollennase und Rauschebart, der furchtbar nach Tabak und Schweiß stank. Der fünfundfünfzigjährige Gunther war der ältere Bruder von Brigitt und er machte keinen Hehl daraus, dass er die letzten zehn Jahre im Zuchthaus verbracht hatte. Den Grund dafür sollte Asja umgehend erfahren: Gunther hatte, so seine Worte, einen "Pisser" erschlagen, einen "Dreckskerl", der es nicht anders verdient hatte. Der entlassene Sträfling war der Ansicht, dass er eher Anerkennung dafür verdient hatte, so eine "miese Kanaille" vom Angesicht der Erde getilgt zu haben.

Vor ihrer Mutter zeigte Asja Respekt. Die Schläge mit dem Lederriemen waren eine Strafe, die sie fürchtete. Doch das Mädchen lernte, seiner Mutter möglichst keinen Anlass für Ärger zu geben, und die Situationen, in denen Brigitt böse wurde und sie züchtigte, waren seltener geworden. Asja war es gelungen, eine gewisse Balance der Kräfte herzustellen und sich zunehmend aus Brigitts Schusslinie zu nehmen.

Gunther aber veränderte alles. Der rohe Kerl betrank sich täglich und wurde dann aggressiv. Es machte ihn besonders wütend, wenn Brigitt vor dem Kreuz kniete und den Rosenkranz betete. Er befahl ihr erzürnt aufzuhören, was sie aber nicht tat. Dann stand er oft auf und packte sie brutal an den Haaren, schleuderte sie durch das Zimmer und ließ seine Wut an ihr aus. Manchmal schlug er sie grün und blau.

Brigitt aber klagte nicht, sie versorgte danach nur stumm ihre Verletzungen und suchte niemals einen Arzt auf.

Asja fragte ihre Mutter, wieso sie sich das gefallen ließ. Die Frau zeigte auf das Kruzifix. "Ich opfere es auf für unseren Herrn, der am Kreuz für uns gestorben ist. Er musste weit Schlimmeres ertragen, aber hat er geklagt? Nein."

Die stoische Gleichmut, mit der die Frau die Launen ihres Bruders über sich ergehen ließ, reizte Gunther zusätzlich. Und so wurden die Ausfälle über die Wochen immer schlimmer. Gunther konnte wegen Bagatellen in Raserei geraten. Und jedes Mal war Brigitt der Blitzableiter für seine Wut.

In Asjas Brust schlug ihr Herz immer wie wild, wenn Gunther begann, laut zu werden, ihre Mutter anherrschte und irgendwann die haarige Hand zum ersten Schlag erhob.

Eines Tages traf der entlassene Sträfling Brigitt so hart, dass sie mit dem Kopf auf der Tischkante aufschlug, dann auf den Boden fiel und sich nicht mehr rührte. Gunther glotzte sie in seinem schweren Rausch schwankend an und merkte wohl, dass er zu weit gegangen war. Doch seine Schuldgefühle hielten nicht lange an. Er trank weiter und blickte dann zu Asja, die an der Wand auf dem Boden kauerte und heulte. Plötzlich hatte Gunther einen seltsamen Ausdruck im Gesicht. Er ging auf sie zu und befahl ihr, aufzustehen. Er packte sie am Genick und dirigierte sie in ihr Zimmer. Dort wies er die Neunjährige an, sich hinzusetzen. Dann grinste er widerlich, ergriff ihren Kopf und küsste sie plötzlich, während er sie gleichzeitig anfasste.

Es war nicht Asja, die reagierte, es war Johanna. Sie biss Gunter heftig in die Lippe. Der Mann heulte auf, während Blut aus der Wunde quoll. Im nächsten Moment holte er aus und schlug ihr mit seiner Hand so heftig gegen ihren Kopf, dass das Mädchen die Welt plötzlich doppelt sah.

Während sich alles drehte, bekam Asja mit, wie Gunther der ohnmächtigen Mutter Wasser ins Gesicht goss und sie rüttelte, damit sie wieder zu sich kam. Dann zwang er sie, seine blutende Bisswunde zu versorgen. Brigitt brauchte einen Moment, um sich zu orientieren, und sah sich dann die aufklaffende Lippe näher an. Sie sagte, dass sie genäht werden müsse, das könne nur im Krankenhaus anständig gemacht werden. Doch das kam für Gunther nicht in Frage, er verlangte, dass seine Schwester es selbst nähen sollte. Dann trank er einen halben Liter Wodka in einem Zug aus und wurde kurz darauf bewusstlos. Brigitt tat wie ihr geheißen und nähte die Lippe mit normalem Nähgarn zusammen.

Als Asja zu ihr kam und sagte, dass Gunther sie so geschlagen habe, dass jetzt der Kopf des Mädchens bei jeder Bewegung schmerzte, sah ihre Mutter sie verächtlich an. "Alles, was dir passiert, ist von Gott so gewollt! Er in seiner Weisheit weiß genau, was du unglückseliges Kind verdient hast!"

Gunther ging es ein paar Tage schlecht, er hatte Schmerzen und trank dagegen an. Doch dann überwand er sein Tief.

An einem Mittag, als die Mutter hinausgegangen war, um Holz zu holen, ging der Onkel zu seiner Nichte und grinste sie mit böser Freude an. "Du kommst auch noch an die Reihe, mein kleines Prinzesschen, da sei mal unbesorgt!"

Asja wusste nicht, was genau er von ihr wollte, aber sie spürte, dass sie in Gefahr war. Johanna war nun immer öfter in ihrem Kopf. "Lauf davon! Du weißt, wo der Schlüssel ist! Der Engländer wird dir sonst ein Leid antun!"

Daraufhin suchte Asja nach dem Nähkorb, doch der war nicht mehr an Ort und Stelle. Nachdem Brigitt Gunthers Lippe genäht hatte, musste sie ihn anderswo verstaut haben. Asja guckte in jeden Winkel, doch sie fand den Korb nicht.

Der Abend kam und Gunther entkorkte eine Weinflasche. Er begann immer mit Wein und wandte sich danach schärferen Sachen zu.

Asja ging zu ihrer Mutter, die gerade eine Kerze anzündete und sich zum Gebet bereitmachte. "Mama, ich würde mir gerne einen Knopf annähen bei meinem Hemd. Ich finde aber die Nähsachen nicht."

Normalerweise konnte Brigitt sehr ungeduldig werden, wenn man sie bei ihrer Einkehr störte, doch heute war sie unkonzentriert und fahrig. "Gunther hat den ganzen Nähkorb vollgeblutet mit seiner Lippe. Da hab ich ihn mit nach draußen genommen und mit Wasser ausgewaschen. Die Nadeln und das Garn sind in einem Beutel unter der Spüle."

"Danke!" Asja huschte davon. Wenig später hatte sie das Nähzeug gefunden. Der kleine Schlüssel jedoch war nicht da. Verzweiflung keimte in dem Mädchen auf. Doch dann sah es die kleine Schublade, die seine Mutter aus dem Nähkorb herausgenommen und in den hinteren Bereich des Unterschranks geschoben hatte. Asja fand ihren Schlüssel sofort und steckte ihn hastig ein.

Aber nun überkamen sie Zweifel. Wenn sie davonlief, wohin sollte sie sich wenden? Sie hatte die Kate niemals allein verlassen. Ganz sicher würde sie sich verirren. Ihre Mutter würde zornig werden und Gunther war ebenfalls noch da, er, der er eine weitaus größere Bedrohung darstellte.

Während ihre Mutter ihren Rosenkranz betete, was sie inzwischen lautlos tat, um ihren Bruder nicht zu provozieren, machte sich Gunther, der seine erste Weinflasche bereits geleert hatte, an der Spüle zu schaffen. Asja sah, wie er sich nach Brigitt umdrehte, ihr ein graues Pulver in ihre Kaffeetasse schüttete und dann schnell umrührte.

Das Mädchen zog sich fluchtartig in sein Zimmer zurück.

"Du weißt, was das ist!", warnte Johannas Stimme in ihrem Kopf, "Wenn deine Mutter das trinkt, dann fällt sie in einen tiefen Schlaf und du bist allein mit Gunther. Er wird kommen und dir wehtun!"

Eine halbe Stunde später hatte Brigitt ihren Rosenkranz beendet. Sie setzte sich zu Gunther an den groben Holztisch und nahm ihr Abendbrot ein. Dazu trank sie den schwarzen Kaffee, den ihr Bruder hinter ihrem Rücken präpariert hatte.

Gunther war bereits ziemlich angetrunken und löste Kreuzworträtsel, was er immer tat, wenn er sich langweilte.

"Sie hat den Kaffee getrunken!", raunte Johanna, "Bald, bald wird Brigitt betäubt sein. Es bleibt nicht mehr viel Zeit!"

"Aber was soll ich denn tun?", hauchte Asja.

"*Ich* werde es tun! Hab keine Angst! Ich werde den Engländer bestrafen! Hab Vertrauen! Gott wird uns helfen! Denn alles, was passiert, ist von Gott so gewollt!"

"Ja, ja, ist von Gott so gewollt!"

Das Mädchen wurde mit einem Mal ganz ruhig. Ihre Hand fuhr in die Tasche und holte den Schlüssel heraus. In ihrer Kammer öffnete sie die Schelle an ihrem rechten Fuß. Dann zog sie ihre Schuhe aus und stieg barfuß aus dem Fenster. Draußen hatte die Dämmerung eingesetzt.

Die heilige Jungfrau ging zum Hackklotz und ergriff die Axt, die dort feststeckte. Dann huschte sie wieder zu ihrem Fenster und kletterte lautlos zurück ins Haus. Die mageren Hände schraubten sich um den Griff der Axt und sie betete.

Dann betrat sie das Wohnzimmer. "Für Gott und Frankreich!" Sie ging auf den Tisch zu, wo ihre Mutter und Gunther mit dem Rücken zu ihr saßen, und hob die Axt über den Kopf. Dann schlug die Heilige Johanna zu. Es war ein perfekter, schräg geführter Hieb, das Ergebnis von unzähligen Stunden der Übung. Das geschärfte Blatt traf den Nacken Gunthers mittig und durchtrennte seine Wirbelsäule mit einem dumpfen Schnalzen. Asjas trunkener Onkel hatte keine Gelegenheit mehr zum Schreien, sein Kopf kippte, säuberlich vom Rumpf getrennt, nach vorne weg, knallte auf die Tischplatte und rollte dann polternd über die Kante. Er schlug auf dem Boden auf, kullerte, üppig Blutschleim ausquellend, noch ein kleines Stück weiter und blieb dann neben Brigitts linkem Schuh liegen. Die blickte herab und stierte verständnislos auf den Schädel ihres geköpften Bruders. Aber das betäubende Mittel, das sie mit ihrem Kaffee zu sich genommen hatte, verhinderte, dass sie noch irgendeinen klaren Gedanken fassen konnte. Die Tischplatte hob sich und prallte ihr mit unbarmherziger Härte ins Gesicht ...

Professor Nitschkes Handtuch war komplett durchgefeuchtet, nachdem er der Kriminalpolizei jetzt schon seit einer Dreiviertelstunde Rede und Antwort stand.

"Der Axtmord von Breesen, richtig!", erinnerte sich Jens, "Da war ich noch auf der Polizeischule, aber das war ja seinerzeit im ganzen Land das große Thema ..."

"Davon weiß ich auch noch einiges", sagte Michaela Terjong, "Aber wenn ich mich richtig erinnere, wurde damals Brigitt, die Schwester von Gunther Sommerfeld, verurteilt. Sie hat den Mord doch auch gestanden. War es nicht so?"

Der Institutsleiter bejahte die Frage. "Es war die einzige Lösung, um das Geheimnis bewahren zu können. Man hatte offenbar von Anfang an geplant, Asjas Existenz zu verschleiern. Nach Gunthers spektakulärem Dahinscheiden durch Köpfen wurden alle Kräfte mobilisiert, damit das so blieb."

Vivian sah den Professor fassungslos an. "Ein neunjähriges Mädchen! Das wird hier einfach weggesperrt, acht Jahre lang ... und das nach so einer Vorgeschichte! Das macht einen sprachlos ... das ist unmenschlich!"

Professor Nitschke stöhnte auf. "Verstehen Sie doch! Dieses Mädchen ist vollkommen wahnsinnig! Sie hält sich für Jean d'Arc! Sie glaubt, dass das hier England ist und dass man sie auf dem Scheiterhaufen verbrennen will. Und man darf nicht vergessen, dass sie einen Mann mit einer Axt enthauptet hat. Da war sie gerade mal neun! Nein, es besteht kein Zweifel, dass sie eine Gefahr für die Allgemeinheit ist. So oder so, sie wäre in einer geschlossenen Abteilung gelandet, da hätte kein Weg dran vorbeigeführt!"

"Da wäre ich mir nicht so sicher!", widersprach die Oberstaatsanwältin, "Wie Sie richtig sagten, sie war erst neun. Man hätte versuchen können, sie zu therapieren. Sie hätte diese Chance verdient gehabt. Aber Sie haben sie hier in diesem Institut einfach über fast ein Jahrzehnt an ein Bett gefesselt und mit Medikamenten ruhiggestellt." Michaela Terjong war ihre Empörung anzusehen.

"Herr Professor, habe ich das richtig verstanden?", schaltete sich Jens wieder in das Gespräch ein, "Asja wurde von einem katholischen Geistlichen an das Comenius Institut vermittelt, weil die Kirche ihre Existenz vertuschen wollte. Liegt dann nicht die Schlussfolgerung nahe, dass ein katholischer Priester ihr Vater ist?"

Nitschke machte eine hilflose Geste. "Einzelheiten wurden mir nicht mitgeteilt, aber so in etwa habe ich es mir auch zusammengereimt. Brigitt Sommerfeld bewegte sich selbst geistig in einem Grenzbereich, sie hatte sich in einen Religionswahn hineingesteigert. Der Prozess gegen sie ist dann auch wegen Schuldunfähigkeit eingestellt worden. Sie wurde nach dem Prozess in die Psychiatrie der Helios-Kliniken in Stralsund eingewiesen. Und da befindet sie sich, meines Wissens, heute noch."

Vivian zückte einen Kugelschreiber. "Wer war der Geistliche, der das Mädchen hier untergebracht hat?"

"Das war Pfarrer Anselm Zach", antwortete der Professor, "Aber Sie werden ihn nicht mehr befragen können. Er ist bereits vor einigen Jahren verstorben."

"Könnte er der Vater des Mädchens sein?", fragte Vivian.

"Nein. Dazu war er viel zu alt. Er kam als ein Mittelsmann des Erzbistums Berlin, ein Unterhändler, könnte man sagen. Er versprach, die Kirche werde für das Kind aufkommen."

"Ach! Die Kirche hat regelmäßig für Asja gezahlt?", erkundigte sich die Oberstaatsanwältin.

"Das weiß ich nicht sicher", gestand Nitschke, "Was Asja betrifft, gab es eine Sonderregelung. Wir bekommen monatlich eine Zahlung, die von einem Kurier in bar zugestellt wird. Wir konnten den Eingang also nie zurückverfolgen."

"Dann dürften diese Zuwendungen wohl kaum in ihrer Buchhaltung auftauchen ...", mutmaßte Michaela Terjong und bedachte den Professor mit einem forschenden Blick.

"Das ... entspricht den Tatsachen", gestand Nitschke den Sachverhalt mit dünner Stimme ein.

"Okay!", resümierte Jens, "Der durch Asja Sommerfeld entstandene Schaden ist leider nicht wieder gutzumachen.

Trotzdem müssen wir verhindern, dass weiterer angerichtet wird. Existiert ein aktuelles Foto von der Patientin?"

"Ja, natürlich", sagte der Professor, "Das habe ich ..."

"Eine letzte Frage ...", hub Jens noch einmal an, "Asja Sommerfeld ist in eine Bergener Apotheke eingebrochen. Sie hat die Schubladen dort nach Medikamenten durchwühlt. Wissen Sie, wonach sie gesucht haben könnte?"

"Wir haben ihr eine ganze Reihe von Medikamenten verabreicht", erklärte Nitschke, "Aber das, worum es ihr wahrscheinlich geht, ist *Ritrovil.* Das ist ein Benzodiazepin, ein überaus starkes Beruhigungsmittel ..."

"Benzodiazepine machen körperlich abhängig, wenn man sie über längere Zeit nimmt, ist das richtig?"

"Ja", bestätigte der Professor, "Sie bekommt das Mittel schon lange, und das mit einer Regelmäßigkeit, die für so ein starkes Präparat nicht empfohlen wird. Sie müsste inzwischen starke Entzugserscheinungen haben ..."

Als Waldo am kommenden Morgen zum Dienst erschien, immer noch grün und blau schillernd im Gesicht, saß sein Partner schon am Platz.

"Und? Wie geht es uns heute?", erkundigte sich Chris, nicht ganz ohne einen süffisanten Unterton.

Der angeschlagene Kollege setzte sich vorsichtig in seinen Stuhl. "Es geht uns miserabel." Waldo schloss die Augen. "Die Rippen tun weh, ich kann gar nicht flach liegen. Ich musste im Sitzen schlafen, mit vielen Kissen im Rücken. Und selbst der kleinste Huster tut schweineweh. Nicht auszudenken, wenn ich niesen muss. Gott, was habe ich mir bei dieser Sache eigentlich gedacht?"

"Wenig. Dein Verstand war bei dieser Aktion nicht beteiligt."

"Oh, danke, Sienkiewicz, wie du es wieder fühlst! Du hast so dermaßen den Durchblick, da kann sonst keiner mit." Waldo ließ den Kopf vorsichtig auf die Tischplatte sinken. "Oh, Mann! Alter, falls du zufällig irgendwo einen Müllbeutel rumliegen hast, sei doch bitte so nett und entsorg mich!"

"Warum meldest du dich nicht krank, Waldo? Mit einer Rippenprellung und einer Gehirnerschütterung kannst du doch gar nicht gescheit arbeiten."

Der andere hob den Kopf. "Ich weiß, man sieht es mir nicht an, aber ich bin ein verflucht zäher Bursche. By the way, hast du noch eine Kopfschmerztablette in deiner Schublade?"

Chris holte eine Schachtel Thomapyrin heraus und warf sie zu Waldo hinüber. Der bediente sich.

Der POM sah ihm zu, nicht ganz ohne Sympathie. "Weißt du, ich will es nicht leugnen, dass mir die Initiative mit deiner Schauspielerin und ihrem Schlägerfreund imponiert hat. Dann aber denke ich wieder, du hast deinen Auftrag als Polizist nicht richtig verstanden", überlegte Chris, "Für dich ist unser polizeiliches Regelwerk mehr so eine Anregung, eine unverbindliche Richtlinie, der man nach Gutdünken folgt."

"Genau das ist es!", schnaubte Waldo, "Es sind die dummen Regeln! Es verhält sich gerade so, als seien die Polizeibeamten unfähig, Sachverhalte richtig einzuschätzen und angemessen darauf zu reagieren. Jede Handbewegung wird einem vorgeschrieben und was man genau in welcher Lage zu tun hat! Dabei ist jede Situation anders und manchmal werden die Vorschriften einer komplexen Problematik nicht gerecht. Da kommt der Beamte dann ins Grübeln und wird so zum langsamen Polizisten. So wie du einer bist, Mann!"

"Ah! Und du bist ein schneller Polizist?"

"Das liegt ja wohl auf der Hand."

Chris verschränkte die Arme. "Also in meinen Augen bist du ein Comedian mit Schusswaffe, Waldo."

"Zum Glück weiß ich, wer mir das sagt", kam es gallig vom Polizeimeister mit der Nasenschiene.

Bert Rusnak erschien in der offenen Tür. "Männer, in einer halben Stunde gibt es ein Briefing bei mir ... " Er hielt inne und sah den ramponierten Waldo an. "Was ist los, Rafalski? Bist du die Kellertreppe runtergefallen?"

"Ich hab mir ein Longboard gekauft. Aber für die Halfpipe war es wohl doch etwas zu früh", fabulierte Waldo das erste Garn, was ihm in den Kopf kam.

"So können wir dich aber nicht auf die Menschheit loslassen. Du siehst aus, als hätte dich ein Lastwagen überfahren. Machst heute erst mal Innendienst!"
"Nee, Chef, echt jetzt?"
"Ja. Und in einer halben Stunde in meinem Büro!" Damit war der Hauptkommissar schon wieder verschwunden.

Yslei war in keiner besonders guten Laune, als sie an diesem Morgen das Gymnasium ansteuerte. Sie hatte überlegt, wegen des Vorfalls beim Judo mit ihren Eltern zu reden. Aber als sie Susanne beim Abendbrot gegenübergesessen hatte, war sie zu dem Schluss gekommen, ihre Geschichte lieber für sich zu behalten. Ihre Pflegemutter nahm sich solche Ereignisse immer viel zu sehr zu Herzen. Jens wäre der bessere Ansprechpartner gewesen, aber der war gerade intensiv in seinen neuen Fall eingebunden und unterwegs. Er hatte angerufen und mitgeteilt, dass es spät werden würde.
Yslei hatte Susanne aber gebeten, ihr das mit dem Stricken noch einmal zu zeigen. Das hatte ihre Stiefmutter getan, dabei große Geduld an den Tag gelegt, mit der Folge, dass Yslei bald in der Lage war, sich die Technik anzueignen. Sie freute sich darauf, Katzi ihre Fortschritte zu demonstrieren.
Dennoch beschäftigten die Ereignisse im Dojo unentwegt ihr Denken. Also hatte sie Katzi angerufen und sich mit ihr ausgetauscht. Das war ein wirklich gutes Gespräch gewesen.
Vor dem Einschlafen jedoch hatte sie den Kampf mit Simon immer wieder vor dem inneren Auge gehabt.

Als Yslei am nächsten Morgen wieder auf dem Weg zur Schule war, gab ihr Smartphone Laut. Das Mädchen zückte sein Samsung. Es war eine Nachricht von Katzi. Die meldete, dass sie sich den Magen verdorben hatte, nun flachlag und heute nicht würde zur Schule kommen können.
Yslei blieb stehen und tippte einen Wunsch zur guten Besserung ein. Im nächsten Moment bekam sie einen derben Stoß in den Rücken und stolperte nach vorne. Sie stürzte und das Handy flog ihr aus der Hand. Yslei rappelte sich auf.

Simon Graf York von Wartenburg ging einfach weiter, so als sei gar nichts gewesen. Aber es war klar, dass er ihr den Rempler von hinten versetzt haben musste.

Yslei war einen Moment kurz davor, sich auf den Mitschüler zu stürzen und ihm das Gesicht zu zerkratzen. Dann aber kämpfte sie ihren Zorn nieder und holte sich ihr Handy. Als sie versuchte, es zu aktivieren, reagierte es nicht, das Display blieb dunkel. "Der verdammte Idiot!", fluchte Yslei und sah Simon verbittert nach. "Ich hoffe, du fühlst dich jetzt besser."

Cora Bergstedt und ihr Partner Said Cetin waren im Besprechungsraum anwesend, Willie Olsen mit seinem neuen Kollegen Jürgen Overmars, sowie die Hauptkommissare Zellhöfer und Rusnak. Auch Chris und Waldo hatten sich zu dem Briefing eingefunden. Sie bekleideten die niedrigsten Ränge, waren inzwischen aber auch bei den Veteranen respektiert.

Bert Rusnak pinnte ein großes Foto an die Wand. Es zeigte eine junge blasse Frau, die von ihrer Optik her ein Illustrierten-Model hätte sein können.

"Donnerwetter! Die wird wegen Totschlags gesucht? Sieht aus wie eine Elbenkönigin, nur ohne spitze Ohren", meinte Waldo und handelte sich einen Ellbogenstoß von Chris ein.

Rusnak ging nicht auf den Kommentar ein. "Die Frau heißt Asja Sommerfeld, ist siebzehn Jahre und aus der Psychiatrie entflohen. Sie war es, die den Söldner Pierre Tobin getötet und einen Landarbeiter verletzt hat. Sie ist immer noch flüchtig und bewegt sich hier im Bergener Umfeld. Heute morgen wurde sie beim Edeka unten an der Putbuser Chaussee gesichtet. Sie hat sich dort etwas zum Essen gestohlen. Ein Verkäufer, der dachte, sie einfach stellen zu können, hat sich Schnittwunden durch ihr Messer eingehandelt, zum Glück waren es nur leichte Verletzungen." Rusnak blickte auf seine Akte und las sich kurz in das weitere Briefing ein. "Die Edeka-Leute beschreiben die junge Frau als verwirrt. Sie ist eindeutig gefährlich. Das bedeutet für uns: größte Vorsicht! Dieser Mann, den sie vor einer Woche hier getötet hat, war ein Nahkampfexperte, das hat ihm aber wenig genutzt.

Der ärztliche Befund sagt, dass Frau Sommerfeld unter einer dissoziativen Identitätsstörung leidet ..."

"Kann man hier irgendwo auch die Untertitel einstellen?", mäkelte Willie Olsen, denn medizinische Fachbegriffe waren nicht seine Stärke.

"Okay, auf Deutsch, sie hat eine Persönlichkeitsstörung. Sie hält sich für Jean d'Arc, die Jungfrau von Orleans ..."

Willie stöhnte. "Warum haben *wir* eigentlich all diese Bekloppten? Wahrscheinlich ist das ein geheimes Regierungsprogramm: Schafft die Meschuggenen alle nach Rügen!"

"Willie, das ist eine brillante Theorie!", ließ Dina Zellhöfer sich vernehmen. "Da könnte was dran sein. Und ich glaube, mit dir haben sie damals angefangen ..." Die Schichtleiterin hatte die Lacher auf ihrer Seite, wie meist, wenn sie Willie Olsen frotzelte.

"Contenance, Leute! Wir wollen hier zu Potte kommen", rief der Revierleiter die feixende Mannschaft zur Ordnung. "Asja Sommerfeld hat kein Geld, kein Essen und keine Unterkunft. Sie war ihr ganzes Leben eingesperrt. Dass sie frei sein will, ist verständlich. Man hat sie in der Psychiatrie unter starke Beruhigungsmittel gesetzt, was bedeutet, dass sie zu ihrer psychischen Ausnahmesituation noch unter einer akuten Entzugssymptomatik leidet. Wir haben es hier nicht mit einer rational denkenden Person zu tun. Deswegen lasst die Dienstwaffen stecken, sie darf sich nicht bedroht fühlen. Wenn ihr auf sie trefft, redet sanft mit ihr. Hörst du, Willie, *sanft*! Schlag das besser noch mal im Lexikon nach."

Diesmal musste sogar Olsen selber grinsen.

Waldo hob die Hand und Rusnak nickte ihm zu.

"Weiß man, wieso sie sich für Jean d'Arc hält?"

"Wen kratzt das denn, Rafalski?", stöhnte Cora Bergstedt, "Die hat eben ein Rad ab und fertig."

Rusnak sah in das Dossier in seiner Hand und las es kurz nach. "Kommissar Lackner hat nur geschrieben, dass *Johanna von Orleans* der einzige Film war, den Asja Sommerfeld in ihrer Kindheit gesehen hat. Dafür aber, so wie es aussieht, Hunderte von Malen. Zufrieden?"

Waldo nickte. "Kann ich das Dossier mal kurz einsehen?"
"Rafalski, du meldest dich jetzt krank und gehst heim!", reagierte Rusnak ungehalten, "Wenn ich dich weiter angucken muss, krieg ich noch eine Netzhautablösung ...!"
"Wie wäre es mit einem Kompromiss, Chef?", blieb Waldo hartnäckig, "Ich bekomme die Akte nur zwei Minuten und dann verschwinde ich schneller als der Schall."
Rusnak wollte etwas erwidern, dann aber resignierte er und reichte Waldo das Dossier.
Es klopfte und die Polizeimeisterin Bigalke steckte ihren Kopf herein. "Chef, hier ist ein Mann, der Sie sprechen will."
"Frau Kollegin, seh ich so aus, als hätte ich gerade nichts zu tun?", herrschte Rusnak die junge Frau an.
"Das natürlich nicht", stotterte die Polizistin schüchtern, "Aber der Herr sagte, es ginge um ihren Bruder Johnny ..."
"Was?" Der Revierleiter straffte sich und schaute in die Runde. "Wir sind hier sowieso fertig! An die Arbeit, Leute!"

Angus Dobbs war der letzte der acht Männer, den Johnny Rusnak kennenlernen sollte. Die Söldner hatten sich im Wohnraum der angemieteten Ferienwohnung versammelt. Soeben war die bestellte Lieferung mit dem Essen eingetroffen. Nun saßen alle beisammen und schlangen das Fastfood hinunter.
Johnny sah zu Dobbs hinüber, einem Zweimetermann, der angekommen war, als Toledo ihn noch mit den Waffen trainiert hatte. Es hatte den Rüganer verwundert, wie alt der riesige Brite bereits war. Er trug einen silbernen Zopf und musste klar jenseits der Sechzig eingeschätzt werden. Doch seine Muskeln waren beeindruckende Pakete, der Mann erschien sichtlich fit und strahlte dabei eine aggressive Präsenz aus, die Johnny die Nackenhaare aufstellte.
Fiete Geerdes kannte die beiden Prohaska-Brüder am längsten und deswegen hatte er bei ihnen angedockt, hing, so oft es ging, mit ihnen ab. Johnny sah, dass sein alter Kumpel sich bei den beiden schlicht gestrickten Alpenmännern lieb Kind machte. Wahrscheinlich nicht ganz ohne Grund.

Er und Johnny waren im Vergleich zu den anderen Söldnern eher Leichtgewichte, es machte Sinn, sich eine Seilschaft zu suchen, bei der man Rückhalt fand.

Der Capitano erschien als ein gewissenhafter, in sich gekehrter Mann. Johnny sah ihn ständig mit Planungen und Vorbereitungen beschäftigt. Anders als sein Team schob er keine ruhige Kugel. In manchen Thematiken, die genauer reflektiert werden mussten, stand ihm Angel zur Seite.

Angus Dobbs hatte, so wie es aussah, keine Bezugsperson, er redete nicht viel und sah auch nicht aus, als würde er Wert auf Tischgespräche legen. Als Johnny ihm vorhin begegnet war, hatte er dem Engländer die Hand gereicht. Dobbs hatte ihn kühl angesehen und dann mit unbewegter Miene eingeschlagen. Den Mund hatte er dabei nicht aufbekommen.

So blieb für Johnny nur noch Toledo als jemand übrig, an den er sich halten konnte. Und den Holländer störte die Gesellschaft des deutschen Greenhorns offenbar wenig, denn er verweigerte sich den Unterhaltungen mit ihm nicht.

Baptist Prohaska stellte am Radio Musik ein. Das war nachzuvollziehen, die Stimmung war mau hier im Ferienhaus, wo die Truppe zum Warten verdammt war und sich mächtig langweilte.

Obwohl die Prohaska-Brüder aus Österreich stammten, waren sie staatenlos, denn das Land hatte ihnen die Staatsangehörigkeit wegen schwerer Straftaten aberkannt.

Johnny beugte sich zu Toledo hin, weil er nicht wollte, dass der Engländer seine Worte mitbekam. "Sag mal, diesen Dobbs, kennst du den?"

"Nein. Aber gehört habe ich schon einiges."

"Und was?"

"Sie nennen ihn *One Man Army.* Er war an einigen sehr blutigen Militär-Operationen in Afrika beteiligt. Es gibt auch eine obskure Geschichte über die punktförmige Narbe über seinem Auge. Ist sie dir aufgefallen?"

Johnny sah unauffällig hinüber. Ja, da gab es eine Stelle, die man aber auch für einen Leberfleck hätte halten können. "Und was ist damit?"

"Das Gerücht besagt, dass diese Narbe von einem Kopfschuss stammt, den Dobbs sich im Kampf eingefangen hat. Angeblich hat der Bursche sich nur geschüttelt und dann weitergemacht. Die Kugel sei nie herausoperiert worden, sagt die Legende." Toledo schmunzelte bei seinen Worten. "Kurz gesagt, stör' dem Mann seine Kreise nicht! Es heißt, dass er niemals die Ruhe verliert, nicht mal, wenn er Leute massakriert. Und das erledigt er, den Gerüchten zufolge, am liebsten mit einem Klappspaten. Aber ob da wirklich was dran ist? Wer weiß, erzählt wird viel ..."

"Also ich glaube jedes Wort", gestand Johnny. "Trotzdem finde ich, der Mann passt nicht zum Rest der Truppe ..."

Toledo nickte. "Der Capitano wollte Dobbs auf gar keinen Fall mitnehmen. Intuitiv hatte er innerlich ein klares *No*."

Johnny stutzte. "Wieso ist der Mann dann trotzdem hier?"

"*Scaramouche* wollte ihn, unser spendabler Auftraggeber. Das Thema Dobbs war für unseren Strippenzieher im Hintergrund nicht verhandelbar. Der Capitano hat lange mit sich gerungen, aber so einen Jahrhundert-Sold wie den hier, den schlägst du nicht so einfach aus ..."

Eigentlich hatte Johnny innerlich etwas zur Ruhe kommen wollen, doch die Situation nährte seine Nervosität weiter. "Wieso ist eigentlich kein Bier im Kühlschrank?", murrte er, "Ich könnte wirklich eins vertragen."

"Der Kühlschrank ist leer, weil es jederzeit losgehen kann", gab Toledo Aufschluss, "Der Capitano rechnet in zwei, spätestens drei Tagen mit einem 'Go' von *Scaramouche*. Deswegen darf sich keiner mehr volllaufen lassen. Unser Anführer legt Wert auf Klarheit im Einsatz. Wobei die Alpen-Zwillinge schwere Alkoholiker sind. Die können nicht mehr ohne, die trinken heimlich. "

In diesem Moment zog Dobbs eine Flasche Scotch aus seiner Sporttasche, öffnete sie und trank ein paar Schlucke.

Als Angel, der nicht weit von ihm saß, ihn irritiert ansah, blickte Dobbs auf und fixierte den Blonden gereizt. "What?"

Auch der Capitano hatte den Vorfall mitbekommen. Dann aber vertiefte sich der Söldnerführer wieder in seine Pläne.

Offenbar versprach er sich nicht viel von dem Versuch, einen Angus Dobbs reglementieren zu wollen.

Angesichts dieser Lage lenkte auch Angel ein. Er hob seine Hände und grinste den alten Haudegen breit an. "Nothing, pal! Everything a-okay!" Danach widmete sich der Mann mit den blonden Locken wieder seinem Abendessen.

Obwohl es am Vortag bis in die Abendstunden gegangen war, hatte Jens seine Gleitzeit nicht dafür genutzt, um etwas später in der Stralsunder Polizei-Inspektion zu erscheinen.

Vivian war trotzdem wieder vor ihm da. Sie saß bewegungslos auf ihrem Platz und sah ins Nichts. Als ihr Partner hereintrat, wischte sie sich schnell ein verräterisches Glitzern aus dem Augenwinkel.

"Steht der Plan noch, Brigitt Sommerfeld aufzusuchen und zu befragen?", erkundigte sich Jens.

"Eher nicht", meinte Vivian, "Ich hab mit dem Stationsarzt telefoniert. Asjas Mutter ist inzwischen völlig umnachtet. Der Doktor sagt, dass sie nur noch in einem fort das *Ave Maria* betet. Sie ist seit Jahren nicht mehr ansprechbar."

Jens hängte seine Jacke auf und schloss die Tür. Dann setzte er sich Vivian gegenüber. Er sah sie aufmerksam an.

"Was ist?", reagierte Vivian gereizt, "Hängt mir was aus der Nase?"

"Das nicht", blieb Jens ganz ruhig, "Aber ich hatte gestern das Gefühl, dass dich das Schicksal von Asja Sommerfeld ziemlich mitgenommen hat. Ich kann mich täuschen, aber gerade im Moment sehe ich dich geschätzte zwei Meter neben dir stehen. Das war die Tage vorher noch nicht der Fall."

Vivian sagte eine ganze Weile nichts. "Genau!", ätzte sie dann, "Deswegen hat Catrin dich auf mich angesetzt. Weil du ja in den Leuten lesen kannst wie in einem Buch."

Jens merkte, dass etwas im Busch war. Aber weil er keine Lust auf sinnlosen Stress hatte, wollte er den Anfängen wehren und der Situation gleich auf den Grund gehen. "Vivian, erinnern wir uns: Du hast es prima drauf, mir Angst zu machen und mich zu verunsichern. Das passiert oft dann, wenn du mich nicht sehen lassen willst, was wirklich mit dir los ist. Dann hetzt du gerne mal innerlich die Hunde auf mich."

"Dass ich dir Angst mache, das sagst du aber jetzt nicht nur so, um mir zu schmeicheln?", fragte sie misstrauisch.

"Nein. Tu ich nicht. Wenn es dir mal nicht gut geht, willkommen im Club! Ist manchmal ein Scheißjob. Und wenn es dich beruhigt, Asja Sommerfeld geht mir auch an die Nieren. Aber du bist ein anderer Typ als ich. Und du kommst mir gereift vor seit unserer Soko letztes Jahr und viel stabiler, als ich ursprünglich angenommen hatte ..."

"Aber ...?"

"Nun, ich würde sagen, im Moment hast du mit deinen ganz persönlichen Dämonen zu kämpfen ..."

Vivian lehnte sich finster zurück. "Was du nicht sagst."

"Vielleicht weißt du es ja nicht: Meine Frau Susanne hat ihre Schwester Anneliese verloren. Die ist auch Opfer eines Gewaltverbrechens geworden. Das war vor über drei Jahren. Susanne ist genau wie du ein recht robuster Typ und steht normal mit beiden Beinen auf dem Boden. Aber wenn du jemanden verlierst, der dir wirklich nahesteht, dann ist das nie richtig abgehakt. Die Wunde ist da, innerlich, die schmerzt unentwegt und denkt gar nicht dran, zu heilen." Jens machte eine Pause und sah Vivian in die Augen. "Auch wenn es manchmal denkbar ungelegen kommt und du es in dem Moment partout nicht spüren willst, du kannst dem Schmerz nicht entfliehen. Du hast nur eine Chance, du musst jedes einzelne Mal mittendurch ... und es aushalten."

Vivian verarbeitete das Gesagte. Offenbar hatte sie keine Kraft mehr gegenzuhalten und schlug dann müde die Hände vor das Gesicht. "Nehmen wir an, du hast recht, und gerade ist wieder so ein Augenblick. Was mache ich dann jetzt, Mister Allwissend?"

"Geh nach Hause und schalte einfach ab, so gut es geht. Und wenn der Schmerz kommt, dann kommt er eben. Aber er geht auch wieder. Versprochen."

"Ich soll heimgehen?" Vivian grinste bemüht. "Du schaffst es hier doch gar nicht ohne mich."

"Das habe ich ja auch nie behauptet!", gab Jens zurück. "Aber dann könnte ich hinter deinem Rücken diesem Söldner nachspüren. Auch schön."

Vivian musste lachen und entspannte sich etwas.

Es klopfte und Kommissar Matthias Liebernickel schaute herein. "Ach prima! Ich dachte, Ihr wärt ausgeflogen ..."

"Was ist denn?", fragte Jens.

"Einbruch in Bergen, auf der Ringstraße! Der Antiquitätenladen. Ich dachte, das wird euch interessieren ..."

"Jetzt mach's mal nicht so spannend!", befahl Vivian.

"Eine Frau, die der Inhaber eindeutig als Asja Sommerfeld identifiziert hat, hat dort ein Schwert gestohlen."

Jens und Vivian sahen sich verblüfft an.

"Jean d'Arc hatte ebenfalls ein Schwert ...", rief die Oberkommissarin, "Na prima! Mit dem Brotmesser war dieses Mädchen ja auch noch nicht gefährlich genug ..."

Jens schaute zu Matthias. "Na komm, was wird das schon für eine Waffe gewesen sein? Bestimmt ein Schauspielrequisit oder eine billige Replik ..."

"Da liegst du falsch, Lackner. Es war ein Samurai-Schwert, und zwar ein echtes mit Zertifikat, aus einer japanischen Traditionsschmiede ...!"

Richard steckte in einem Dilemma. Dass Paula wieder schwanger werden würde, hatte niemand kommen sehen. Vor allen Dingen, weil sie sehr gewissenhaft die Pille nahm. Das Paar hatte kein weiteres Kind geplant. Doch nun, da die erneute Schwangerschaft feststand, kam für Paula eine Abtreibung nicht in Frage. Seit längerem hatte Richard seine Frau nicht mehr so strahlend sehen. Und es verbot sich von selbst, ihr jetzt Essig in den Wein zu schütten. Aber ewig würde die Euphorie nicht anhalten. Richard wollte seine eigenen Befindlichkeiten so lange hintenanstellen. Die Medikamente, die Dr. Grothe ihm verschrieben hatte, linderten seine Schmerzen besser als gedacht. Aber Paula war nicht blind. Über kurz oder lang würde ihr auffallen, dass mit ihrem Gatten etwas nicht stimmte.

Deswegen freute es Richard, dass Yslei vorbeigekommen war, um etwas mit Willie zu spielen. Aber der kleine, dicke Pascha schlief gerade und das syrische Mädchen hatte vorgeschlagen, eine Partie Schach zu wagen. So hatte man die Figuren aufgestellt und angefangen zu spielen.

An diesem Tag unterliefen Yslei ungewöhnlich viele Fehler. Ehe Richard es sich versah, hatte er den Teenager mattgesetzt. Yslei ärgerte sich nicht mal richtig, sie schien mit den Gedanken ganz woanders zu sein.

"Was ist denn heute mit dir los, Süße?", fragte der Alte.

Es war, als hätte das Mädchen nur auf die Frage gewartet. "Ach, na ja. Bei mir ist gerade der Wurm drin. An der Ernst-Moritz-Arndt gibt es einen neuen Mitschüler, der denkt, es wäre eine coole Sache, Ausländer zu mobben. Also, wie du dir wahrscheinlich denken kannst, geht es dabei um mich ..."

Richard sah das Mädchen eine Weile an. Es war ein sensibles Thema und er wollte nichts Falsches sagen. "Ich verstehe. Und dieser Mitschüler ... macht er dir Angst?"

"Angst?" Yslei lachte auf. "Der ist sechzehn! Den nehm ich gar nicht ernst. Aber er geht mir auf den Keks. Heute morgen hat er mich von hinten umgerempelt, so als wär' er ein blöder Sechsjähriger. Dann ist mir mein Handy aus der Hand gerutscht und jetzt ist es hin. Ich könnte wirklich heulen."

"Und wenn du ihn bei den Lehrern verpetzt?"

"Nein. Das hätte nur Sinn, wenn irgendjemand das mitgekriegt hätte. So steht doch wieder nur Aussage gegen Aussage und auf so eine Nummer hab ich gar keinen Bock."

Richard spitzte den Mund. "Und? Was machst du jetzt?"

"Ich werde die Sache einfach aus der Welt schaffen."

"Und wie genau?"

"Das lass mal ruhig meine Sorge sein, Onkel Richard!"

Der Alte lächelte. "Gut, das tue ich. Aber ich würde dir gerne ein kleines Geschenk machen, wenn ich darf ...!" Richard stand auf und ging in den Nebenraum. Wenig später kam er wieder und überreichte Yslei eine kleine Schachtel. "Ich will, dass du das bekommst. Ich hab keine Verwendung mehr dafür ..."

"Das Mädchen öffnete die Verpackung und dann rutschte ihr ein *Eredium Extreme*-Satellitentelefon in die Hand. "Ein Handy?", staunte Yslei, "Für mich?"

"Das hatte ich auf der *Kaiphas*, du wirst dich erinnern. Das Satellitentelefon war damals sehr hilfreich. Du wirst eine neue Prepaidkarte brauchen, aber die sponsere ich dir auch."

"Mensch, Onkel Richard!", freute sich Yslei, "Ich weiß gar nicht, was ich sagen soll ..."

"Alles gut. Und das Allerbeste ...", er strahlte sie an, "Wenn die anderen kein Netz haben, kannst du noch nach Herzenslust mit Kapstadt telefonieren, oder mit Rio."

Yslei umarmte den Alten spontan. Dann löste sie sich und warf ihm einen schwer zu deutenden Blick zu. "Du weißt aber, dass Undank der Welten Lohn ist, nicht wahr?"

"Weiß ich das?"

"Oh ja! Ich will nämlich eine Revanche im Schach! Und dieses Mal wirst du nicht so viel Glück haben, alter Mann!"

Chris fragte sich innerlich, was er eigentlich verbrochen hatte, dass er ausgerechnet Willie Olsen als Partner zugeteilt bekam. Dessen eigentlicher Co-Pilot Jürgen Overmars hatte einen Anruf bekommen, weil seine Frau in den Wehen lag, und Dina Zellhöfer hatte ihm kurzerhand erlaubt, ins Sana zu fahren, um seiner Partnerin bei der Geburt beizustehen.

Polizeihauptmeister Olsen überprüfte seine SFP9, die amtliche Dienstwaffe der Schutzpolizisten, und kontrollierte auch das Magazin, als Chris den Polizei-Porsche mit den blauen Streifen vom Hof des Reviers steuerte.

"Wieso dürft ihr zwei Grünschnäbel eigentlich so ein Edelauto fahren?", wunderte sich Olsen und ließ das Magazin der Pistole einrasten.

"Ist eine längere Geschichte. Jedenfalls länger als die Aufmerksamkeitsspanne, die man dir nachsagt, Willie."

"Werd' mal nicht frech, Lütter!"

Chris sah, wie sein Ersatzpartner seine Pistole durchlud. Das kam ihm ungewöhnlich vor, denn es war keine Gefahr im Verzug. "Du lädst durch? Was hast du denn vor?"

"Du kannst Fragen stellen! Wenn diese Psychopatin mit ihrem Samurai-Säbel um die Ecke kommt, dann werde ich vorbereitet sein. Da schieß ich bestimmt nicht erst, wenn ich schon ohne Kopf dastehe!"

Chris schloss die Augen. Er saß erst fünf Minuten mit Olsen im Auto und wünschte sich bereits jetzt Waldo zurück. "Willie, ist mein heiliger Ernst! Du wirst auf keinen Fall schießen. Das ist nur ein verwirrtes Kind, okay? Und jetzt steck deine blöde Pistole weg. Sonst kehren wir augenblicklich um und klären das mit dem Chef!", drohte er.

Olsen sah verunsichert aus. So scharfe Worte war er vom POM nicht gewohnt. "Krieg dich bloß wieder ein, Jungchen!"

"Willie! Da ist noch eine Patrone im Lauf!", blieb Chris unerbittlich.

Olsen repetierte seine Waffe genervt erneut, damit die Patrone aus dem Schacht sprang. "Zufrieden, Musterschüler?"

"Bin ich, Willie! So, und jetzt ein ganz anderes Thema ..."

"Und was, bitte, soll das für ein Thema sein?", fragte Olsen vergrätzt.

"Warum fahren wir nicht rüber zu *Mecces* und ich lade dich auf einen Kaffee und einen Schoko-Donut ein?"

Willie Olsen schaute sogleich ein wenig freundlicher. "Ja, warum eigentlich nicht?"

Vivian und Jens steuerten Bergen an.

"Ich versteh immer noch nicht, was der alte Rusnak von uns will", rätselte die Oberkommissarin, "Sein Bruder ist doch schon seit Ewigkeiten von der Bildfläche verschwunden. Und selbst wenn er nun doch aufgetaucht ist, warum müssen wir andackeln, gerade jetzt, wo wir eine Geisteskranke mit einem scharfen Schwert suchen?"

"Ich weiß nicht mehr als du, Vivian. Aber ich habe Bert ein wenig kennengelernt. Umsonst macht der nicht die Pferde scheu. Der bittet uns wohl kaum ohne triftigen Grund."

"Dein Wort in Gottes Ohr."

"Was hat Hauptkommissar Jung eigentlich zu deiner Idee mit einer großangelegten Suchaktion gesagt?"

Vivian zog ein Gesicht. "Er meint, es sei logistisch nicht durchführbar. Mit einer Hundertschaft Bergen zu durchkämmen, das ginge nur mit einigen Tagen Vorlauf. Da wir aber nicht wissen, ob Asja Sommerfeld überhaupt noch in der Gegend ist, hält er es für unverhältnismäßig."

Die Frau lenkte den Dienstwagen in die Wasserstraße.

"Unverhältnismäßig wäre, wenn noch jemand sterben muss, wegen dieses unglückseligen Teenagers", meinte Jens.

"Vollkommen richtig!", stimmte Vivian zu.

Bert Rusnak schloss die Tür. Er, der eher ein entspannter Typ war und kaum einmal die Ruhe verlor, sah ernster aus als sonst. Er bot den Stralsunder Kommissaren die Plätze vor seinem Schreibtisch an und drehte dann sein Computerterminal so, dass Vivian und Jens einen guten Blick darauf hatten. "Danke, dass Ihr so schnell gekommen seid. Verzeiht, wenn ich etwas überdreht wirke, aber die Ereignisse haben mich kalt erwischt." Er beugte sich über seine Tastatur und der Bildschirm wurde hell. Darauf war die Fotografie einer Hafenszenerie zu sehen. Das Bild zeigte drei Männer, die gerade von einem Kutter an Land gingen.

"Was ist das für ein Foto?", wollte Vivian wissen, die mit keinem der Personen auf dem Bild etwas anfangen konnte.

"Zur Einführung: Ich betreibe zwei Hobbys. Das eine ist die Fliegerei und zum anderen fotografiere in meiner Freizeit Vögel. Ich habe ein paar Freunde, die das auch machen. Einer von ihnen, Norbert Plesse, kam heute und meinte, er hätte im Hafen Altefähr meinen Bruder Johannes entdeckt. Er war sich nicht sicher, ob er es wirklich ist, weil er ihn lange nicht gesehen hat, aber da seine Kamera mit Teleobjektiv gerade zur Hand war, hat er ein paar Fotos geschossen ..."

Vivian überlegte. "Nach Johannes Rusnak wird gefahndet, wegen seines Ausbruchs aus der JVA Bützow, richtig?"

"So verhält es sich", bestätigte der Revierleiter.

"Gut, es ist sicher wichtig, ihn aus dem Verkehr zu ziehen. Aber hätte man das nicht telefonisch besprechen können?" Vivian zeigte nun Ungeduld.

"Es ist nicht so sehr Johnny, um den ich mir Sorgen mache. Es ist der Kontext ..." Bert Rusnak zoomte das Gesicht des schwarzhaarigen Mannes, der links neben seinem Bruder zu sehen war, heran. "Da Johnny großes Talent hat, sich in Schwierigkeiten zu bringen, und er oft Umgang mit lichtscheuen Elementen pflegt, habe ich den Begleiter mal durch die Gesichtserkennung laufen lassen. Und es war ein Volltreffer!" Der Hauptkommissar bewegte die Maus und klickte eine weitere Datei an, ein Fahndungsfoto von Interpol. "Das ist der Holländer Dries Wilders, genannt 'Toledo'. Er wird wegen mehrfachen Mordes gesucht, ist ein Auftragskiller, der lange für die kalabrische *Ndrangheta* gearbeitet hat. Er ist auch bei einigen Söldner-Einsätzen auffällig geworden ..."

Jens' ungutes Gefühl hatte sich bei diesen Ausführungen noch verstärkt. "Es ist noch schlimmer, als ich dachte ...!"

Vivian wandte sich ihm zu. "Habe ich was nicht mitgekriegt? Was genau ist denn so schlimm?"

"Das ist jetzt der zweite hochkarätige Söldner hier auf Rügen", stellte Jens fest, "Ich schätze, der Hauptkommissar denkt wie ich, dass das nur die Spitze eines Eisberges ist."

"Ja!", bekräftigte Rusnak, "Mein Bruder ist auf der Flucht. Um irgendwie an Geld zu kommen, muss er zwangsläufig Gesetze verletzen. Und dieses Mal hat er sich nicht irgendwelchen Kleinganoven angeschlossen wie in früheren Jahren, jetzt ist er mit Schwerstkriminellen unterwegs!"

Vivian starrte auf das Fahndungsbild. "Ihr geht also davon aus, dass diese Männer etwas auf der Insel vorhaben?"

"Schon beim Tod von Pierre Tobin hatte ich ein ganz mieses Gefühl", erinnerte ihr Partner.

"Wenn es um Söldner geht, dann ist die Bundespolizei zuständig, nicht die Kripo", wies Vivian auf ein Detail hin, das die Kollegen zu übersehen schienen.

"Deswegen habe ich euch hergebeten", nickte Rusnak, "Die Lage ist diffizil und die Zuständigkeit nicht eindeutig. Ich habe bereits mit Linda Todt von der Mukraner Dienststelle der Bundespolizei gesprochen. Und sie hält in dieser Angelegenheit eine Zusammenarbeit mit euch für eine gute Idee."

Er seufzte bekümmert. "Es geht hier um meinen Bruder und er ist mir nicht gleichgültig. Wenn es also eine Chance gibt, dass er unbeschadet aus dieser Angelegenheit herauskommt, wäre ich froh, wenn wir sie nutzen könnten ..."

Der Funkspruch von Schichtleiterin Zellhöfer war kurz vor Dienstschluss gekommen. Und nun standen Chris Sienkiewicz und Willie Olsen in der alten und heruntergekommenen Scheune der Kmiecikbrüder und sahen auf Torben, der, am Hals aufgeknüpft, leblos von einem Querbalken hing.

Michael Kmiecik stand mit tränennassen Augen neben den Beamten und haderte mit der Welt. "Wenn ich nur eine Minute eher dagewesen wäre! Ich hab noch gerufen, mach es nicht, Torben! Aber da hat er sich schon fallen lassen ..."

Willie Olsen spitzte den Mund, was er immer tat, wenn er kombinierte, und sah den Mann durchdringend an. "Ehm ... Sie sind nicht zufällig der Alleinerbe des Hofes, jetzt, wo Ihr Bruder ... 'Selbstmord' begangen hat?"

Michael Kmiecik sah den Polizeihauptmeister verständnislos an. "Alleinerbe? Hä? Wovon reden Sie? Mein Vater hat mir den Hof schon zu Lebzeiten überschrieben. Wenn es andersrum wäre und ich da oben hängen würde und Torben stünde hier unten, dann hätte Ihre Frage vielleicht eine Berechtigung. Davon mal abgesehen, stand ich immer bestens mit meinem Bruder und glauben Sie mir, der Lahmarsch hatte nicht den geringsten Ehrgeiz, hier der Chef zu sein."

Chris schaltete sich ein. "Selbstmord durch Erhängen. Hat sich das angekündigt? War er depressiv?"

"Nein!", rief Michael Kmiecik, "Torben war nicht die Bohne depressiv. Bis die Arschlöcher auf Schloss Lietzow ihn in der Mache hatten. Danach war er nicht mehr derselbe. Die haben was mit ihm gemacht, die Dreckschweine!"

Willie Olsen kam inhaltlich nicht mit, da er in die Vorgänge um Torben Kmieciks Verschwinden nicht involviert gewesen war. Chris verzichtete dennoch darauf, den Kollegen ins Bild zu setzen. Er trat vor. "Herr Kmiecik, wir haben Ihren Bruder befragt, nachdem wir ihn gefunden hatten.

Doch er hat nicht viel gesagt und so kam keine vernünftige Aussage zustande. Die Frage ist: Was hat er Ihnen erzählt?"

"Er hat schon was gesagt, aber ich bin aus dem Gestammel auch nicht schlau geworden", gestand Michael Kmiecik, "Ich dachte nur, so verändert, wie er war, haben die vielleicht 'ne Gehirnwäsche gemacht bei ihm ..."

"Wilde Spekulationen bringen hier niemanden weiter", schaltete sich Olsen ein, denn er hatte längst Feierabend und wollte sich nicht weiter mit einem hysterischen Hinterbliebenen und dessen Verschwörungstheorien rumärgern.

"Ich muss dem Kollegen zustimmen", sagte Chris, "Ich veranlasse, dass die Gerichtsmedizin kommen soll. Der Fall liegt auf der Hand: Tod durch Eigenverschulden."

"Wie bitte?", heulte der ältere Kmiecik auf, "Mein Bruder hat sich aufgehängt, weil die auf dem Schloss ihn fertiggemacht haben! Wieso werden die nicht zur Verantwortung gezogen, die Saukerle?"

Chris legte dem aufgewühlten Bauern die Hand auf die Schulter. "Herr Kmiecik, herzliches Beileid! Und seien Sie versichert, wir werden die Bande auf Schloss Lietzow genauer unter die Lupe nehmen! Aber alles zu seiner Zeit!" Damit holte Chris sein Telefon hervor, um die Gerichtsmedizinerin Almut Lange zu verständigen.

Waldo hatte bis zum Einbruch der Dunkelheit gut fünfhundert Flyer an die Bäume in und um Bergen getackert und war erschöpft, als er sich danach zu der Wohnung von Dr. Korkmaz aufmachte. Er hatte sich bei der Psychologin nicht ankündigen können, denn ihr Handy war unerreichbar gewesen. Das verwunderte Waldo wenig. Wenn Ebru mit ihren Patienten in Klausur war, ließ sie sich nicht gern stören. Jetzt um kurz nach neun war sie aber ganz bestimmt zu Hause.

Und so verhielt es sich. Ebru Korkmaz empfing ihn mit einem herzlichen Lächeln und führte ihn in ihr Arbeitszimmer. "Wenn du wissen willst, ob dein Freund Brüske da war, kann ich dich beruhigen. Er stand mit Frau Teller pünktlich vor meiner Tür und hat sich erstaunlich kooperativ gezeigt.

Aber das ist gar nicht so selten, dass die Leute mit Erleichterung reagieren, wenn sie sich endlich an ihr Eingemachtes heranwagen."

Waldo lächelte. "Schön. Aber das ist nicht der Grund für mein Hiersein. Ich bin wegen eines speziellen Gefallens da, den ich von Ihnen erbitten möchte. Es ist ein bisschen heikel, da es nicht ganz mit dem Gesetz im Einklang steht ..."

"Waldo, nach dem, wie du dich von Herrn Brüske hast zurichten lassen, um eine Frau vor weiteren Prügeln zu bewahren, werde ich mit meinen eventuellen Gewissensbissen schon fertig werden. Also, was kann ich für dich tun?"

Waldo war sich nicht sicher, wie dieser Vorstoß ausgehen würde. "Ich möchte, dass Sie mir ein verschreibungspflichtiges Rezept ausstellen ...!", sagte er dann.

Yslei hatte Susanne gebeten, sie etwas früher nach Bergen zu fahren, denn da war noch etwas auf ihrer Agenda, was sie erledigen wollte. Bald ging es nach Schweden und bis dahin musste dieser Programmpunkt von ihrem Aufgabenzettel verschwunden sein.

Susanne setzte sie vor dem *Netto* an der Friedensstraße ab und fuhr dann zum Großhandel nach Parchtitz weiter.

Yslei hatte ihrer Mutter gesagt, dass sie sich beim Netto noch etwas für die Schule besorgen wollte, doch in Wahrheit hatte sie andere Pläne. Sie schlenderte zum Bergener Bahnhof und wartete dort.

Das Mädchen hatte die Zeit recht gut abgepasst, nach fünf Minuten kam der Zug aus Stralsund. Simon war der einzige Schüler in ihrem Jahrgang, der das Gymnasium in Bergen besuchte, obwohl er in der Hansestadt am Sund wohnte. Man hörte, dass sein Vater es so verfügt hatte, weil er selbst einst an Bergens einziger Oberschule sein Abitur gemacht hatte.

Als Simon aus der Bahn stieg und sich mit den Händen in den Hosentaschen auf den Weg zum Gymnasium im Norden der Inselhauptstadt machte, hielt Yslei sich im Hintergrund. Erst als der Klassenkamerad etwa hundert Meter Vorsprung hatte, ging sie ihm nach.

In dem Moment, in dem der Junge in die Waldstraße einbog, die direkt zur Schule führte, schloss Yslei zu ihm auf. "Simon, können wir kurz reden?"

Der junge Graf blieb stehen und sah sie verdutzt an. Dann verfinsterte sich seine Miene. "Mädchen, hab ich dir nicht verboten, mich anzuquatschen?"

Yslei hob die offenen Hände. "Hör zu, ich will keinen Streit. Ich würde nur gerne die ganze Sache beilegen. Ich gehe dir zukünftig aus dem Weg, ich spreche dich nicht mehr an, was immer du willst, aber ich möchte gerne, dass wir uns auf einen Waffenstillstand einigen."

Der Junge lachte auf. "Wie kommst du auf die Idee, dass ich mit einer wie dir verhandele? Ich hab nichts mit dir zu schaffen." Nun trat er näher und baute sich vor ihr auf, "Aber eines noch: Lass dich ja nicht wieder beim Judo blicken! Ich hab keinen Bock auf Übungskämpfe, weil ich Zikadenfresser wie dich überhaupt nicht anfassen will, verstehst du das?"

Yslei schaute ihn einen Moment an und schüttelte dann betrübt den Kopf. "Oh Mann, du tust mir echt leid!"

"Was hast du gesagt?" Simon trat aggressiv vor und packte Yslei mit seiner rechten Faust am Kragen, "Wir werden gleich sehen, wer hier wem leidtut. Ich ..."

Doch weiter kam er nicht. Yslei hatte mit einer ebenso eleganten wie schnellen Bewegung seinen Handrücken gepackt und drehte ihn mit einer energischen Bewegung um hundertachtzig Grad. Durch den Hebel wurde Simon überrascht und gezwungen, unwillkürlich eine Verbeugung zu machen. Yslei griff mit der zweiten Hand ebenfalls zu, verstärkte so die Hebelwirkung auf das Handgelenk und zwang Simon mit einer kraftvollen Bewegung runter auf den Boden. Er lag nun auf dem Bauch, mit nach oben verdrehtem Arm, während das Mädchen über ihm war und seinen Fuß hart auf seine Schulter stellte. Der Junge ächzte vor Schmerz.

"So, jetzt noch mal ganz langsam", begann Yslei erneut, "Ich verhandele auch nicht mit dir. Ich mache dir jetzt einfach eine Ansage: Du lässt mich in Zukunft in Ruhe! Ich habe keine Angst vor dir, du bist nur ein dummer Junge für mich.

Aber weil du mich noch sehr wenig kennst und vielleicht nicht einschätzen kannst, wie ernst man mich nehmen sollte, will ich dir eine kleine Gedächtnishilfe geben." Sie packte zu und verdrehte den Arm so, dass Simon gellend aufschrie. "Also, mein Lieber, ich werde dir jetzt den Arm auskugeln. Das Sana-Krankenhaus ist gleich da vorne. Dort werden sie dir die Schulter wieder einrenken. Das wird dann sechs Wochen ziemlich wehtun, aber danach bist du wieder wie neu. Also, Digger, beiß die Zähne zusammen!"

"Nein! Nein!", schrie Simon in Panik, "Bitte! Tu's nicht!"

"Tu's nicht? Was soll das bedeuten? Ich denke, du verhandelst nicht mit 'Zikadenfressern'. Also was nun? Ich sage, wir bringen es jetzt hinter uns! Ich zähl bis drei ..."

"Entschuldige!", rief Simon in aufkeimender Panik, "Es tut mir leid! Ich bin ein Idiot ... Tu mir nichts! Bitte!"

"Ein Idiot bist du also. Hmm ...", sinnierte Yslei laut, "Auf der Basis könnte man vielleicht aufbauen ..."

"Lass mich los, bitte! Ich hab das alles ... nicht so gemeint!"

"So, so ... Nehmen wir an, ich lasse dich los. Denkst du dann, du kannst mich plattmachen, so im zweiten Anlauf?"

"Was? Wieso? Nein ...!"

Yslei beugt sich böse zu ihm herunter. "Beim Judo, mein Bester, da hast du mich überraschen können. Aber so was klappt kein zweites Mal. Ich hab das Kämpfen auf der Straße gelernt, nicht in einem Dojo, und glaub mir das mal, du armer Wicht bist kein Gegner für mich!"

Simon lag immer noch am Boden und keuchte, während seine Augen wild in ihren Höhlen rollten. "Ja, ja, alles klar! Ich mach nichts mehr! Ich verspreche es! Ich schwör's!"

Yslei ließ noch eine kleine Weile vergehen, dann nahm sie den Fuß von seiner Schulter und ließ ihn aufstehen.

Simon kam vom Boden hoch, sah sie eingeschüchtert an und in seinem Blick lag eine starke Verunsicherung.

"Ich denke, wir haben es dann. Wir sehen uns im Unterricht." Damit drehte Yslei sich um und ging in Richtung Gymnasium davon.

Es war für Catrin Hanfstaengl eine völlig neue Erfahrung, in der Zentrale der Bundespolizei in Potsdam zu arbeiten. Der gigantische Gebäude-Klotz, der die gut eintausendvierhundert Mitarbeiter der Dienststelle beherbergte, hatte etwas Einschüchterndes. Im Vergleich dazu war die Polizei-Inspektion in Stralsund nur ein Dorf.

Polizeidirektor Julius Skoff, der Leiter der Direktion 11 der Bundespolizei, auf dessen Angebot hin sie ihre Zelte an der Ostsee abgebrochen hatte, gab sich keine Blöße und ermöglichte ihr einen optimalen Einstand. Das gut zehnköpfige Team Skoffs bereitete ihr einen warmen Empfang, ohne dabei übertrieben herzlich zu werden.

Catrin bekam ein eigenes Büro, das nicht nur großzügig geschnitten war, sondern auch technisch modernsten Voraussetzungen entsprach.

Julius Skoff war lange Jahre bei der GSG 9 gewesen und hatte ihr am Ende als Kommandeur vorgestanden. Obwohl er nun auf die Sechzig zuging, wirkte er auf Catrin hellwach und dynamisch. Der körperlich top-trainierte Vorgesetzte war von durchschnittlicher Größe und sah nicht aus wie ein Heldenpolizist aus dem Fernsehen, doch wer ihm in die Augen schaute und mit ihm sprach, bekam schnell mit, dass er es mit einer charismatischen und hochintelligenten Persönlichkeit zu tun hatte.

Die Besprechungen, die Catrin in seinem Büro miterlebte, waren verblüffend kurz. Skoff kam gänzlich ohne Smalltalk aus und war allein an Fakten und Effektivität interessiert. Sein Team war gut darauf eingestellt und die Briefings gestalteten sich so kurz und knapp, wie es irgend möglich war.

Julius Skoff hatte seine Abteilung im Griff und seine Arbeitsphilosophie kam der von Catrin Hanfstaengl sehr nahe. Alles hätte sehr gut sein können, doch es gab ein Problem.

Nach kurzer Zeit hatte es sich eingebürgert, dass Skoff immer, wenn sein *schedule* es zuließ, mit ihr zum Essen ging. Anders als bei den von ihm geleiteten Besprechungen ließ er sich in den Pausen auf launigen Smalltalk ein, plauderte entspannt mit der Neuen und ließ es auch an Charme nicht fehlen. Schnell war man per Du.

Catrin aber konnte die Zeichen deuten und spürte bald, dass Julius Skoff bemüht war, sich ihr gegenüber von seiner besten Seite zu zeigen. Die Hauptkommissarin merkte in der Folge, dass sie dafür empfänglich war, sie fühlte sich zu dem Mann hingezogen. Doch das überschritt für sie innere rote Linien. Also legte sie den Finger in die Wunde, während man neuerlich beim Lunch zusammensaß. "Julius, wieso hast du mir den Job hier angeboten?", fragte sie, als sie beide beim Dessert angekommen waren.

Skoff sah sie an und zögerte. "Nun ... das habe ich nicht. Ich wurde von Direktor Pajor gefragt, ob ich bereit wäre, dich in meinem Team aufzunehmen. Er wusste, dass wir einen Mitarbeiter ersetzen mussten, der an MS erkrankt ist. Ich hab deine Akte gelesen und fand, dass du gut ins Team passen würdest. Also haben wir dir ein Angebot gemacht."

"Das verstehe ich aber nicht", wandte Catrin ein, "Wieso bringt dieser Direktor Pajor dich dazu, mich aus Stralsund abzuwerben? Und das unter völliger Umgehung üblicher Dienstwege. Zudem kenne ich Pajor gar nicht."

Skoff war in der Bredouille. "Was ich dir jetzt sage, sollte eigentlich geheim bleiben. Du hast das nicht von mir, okay?"

"Dann lass hören!"

"Pajor ist von einer Freundin aus Stralsund um eine Gefälligkeit gebeten worden. Deswegen hat er es gemacht ..."

"Diese 'Freundin' heißt nicht zufällig Marjorie Grewe?"

"Weiß ich nicht. Aber offenbar wollte diese Frau dich gerne aus Stralsund weghaben. War was zwischen euch?"

Catrin atmete tief durch. "Ich war die Geliebte ihres Mannes. Wie auch immer, das erklärt mir jetzt einiges ..."

Skoff zögerte, bevor er weitersprach. "Als du mich gerade gefragt hast, wieso ich dir diesen Job angeboten habe, hatte ich den Eindruck, es ging dir um etwas anderes ..."

Catrin nickte. "Stimmt. Ich frage mich, ob es reiner Zufall ist, dass wir beide jetzt so viel Zeit miteinander verbringen."

Julius schaute sie unbewegt an. "Ich verstehe nicht ganz."
"Doch, tust du. Ich kriege eine Menge mit, also sag mir einfach, ob du dich für mich interessierst. Denkst du an die Möglichkeit, dass wir zwei ein Paar werden könnten?"
Polizeidirektor Skoff pustete die Backen auf. "Hui! Du ... du bist ganz schön direkt ...! Ich meine, ich kenne dich kaum. Ist es nicht etwas zu früh, um sich über eine solche Thematik schon im Klaren zu sein?"
"Ist es das? Nun, ich kann sagen, dass ich deine Gegenwart schätze und mich bereits jetzt zu dir hingezogen fühle ..."
"Okay." Julius nahm einen Schluck von seinem Getränk. Im Moment war ihm die Souveränität, die er sonst wie einen gut geschnittenen Anzug trug, abhandengekommen. "Zwischen den Zeilen höre ich ein klares *Aber,* das auf eine unmittelbar bevorstehende Zurückweisung hindeuten könnte ..."
"Nun, dein Gehör trügt dich nicht. Ich möchte dir jedoch versichern, dass es, wenn ich mich, was das Private betrifft, von dir abgrenze, keine persönlichen Gründe hat."
Der Polizeidirektor lächelte salzig. "Und was hat es dann für Gründe?"
Catrin schob ihren halb gegessenen Nachtisch von sich weg. "Ich will mit offenen Karten spielen. In Stralsund habe ich mich mit Polizeirat Konstantin Grewe, der, wie wir wissen, verheiratet war, auf eine Beziehung eingelassen. Es ist nicht so, dass ich irgendetwas bereue, aber ich lerne aus meinen Fehlern. Berufliches und Privates sind nicht so einfach auseinanderzuhalten, wie ich anfangs glaubte. Früher oder später wird es kompliziert und dann artet es in eine Belastung aus, die man nur schwer kompensieren kann. Also bin ich für eine Beziehung am Arbeitsplatz nicht mehr offen."
Julius schaute sie an und lächelte dann. "Es gibt da einen Teil in mir, der deine Haltung bedauerlich findet. Aber rein verstandesgemäß begrüße ich deine klaren Worte und finde sie entlastend. Ich gehe mit dir konform. Halten wir unsere Beziehung auf einem professionellen Level!"
Catrin Hanfstaengl blickte ihm in die Augen. "Das reicht nicht, Julius. Wir dürfen auch keine Freunde werden."

"Ach, dürfen wir nicht?"
"Die Freundschaft zwischen Mann und Frau ist eine gefährliche Grauzone, die eine Sicherheit suggeriert, die zwischen den Geschlechtern meines Erachtens nicht existiert."
"Also keine gemeinsamen Mittagessen mehr?"
"Keine gemeinsamen Mittagessen. Kein Smalltalk und auch keine kleinen Präsente zum Geburtstag. Wir duzen uns nicht einmal mehr."
Julius Skoff dachte nach. "Was soll ich sagen? Akzeptiert, Frau Kollegin. Du bist ... Sie sind eine ungewöhnliche Frau!"
"So sagt man." Catrin lächelte und hob ihr Glas. "Also dann, auf gute Zusammenarbeit, Herr Polizeidirektor!"
"Ja, auf gute Zusammenarbeit, Frau Hauptkommissarin!"

Vivian und Jens standen mit der schlanken Oberkommissarin Linda Todt vor der Rügenkarte im Stralsunder Büro der Kripo und überlegten das weitere Vorgehen.
"Wir haben es mit einer unbekannten Anzahl von Söldnern zu tun und wissen nicht, was der Grund ihrer Anwesenheit sein könnte. Der Vizekanzler war auf Rügen zu Besuch. Der wäre für einen Anschlag oder eine Entführung in Frage gekommen, aber er ist wieder in Berlin, es befindet sich nur noch eine Arbeitsgruppe mit einem Staatssekretär vor Ort. Ansonsten wüsste ich nicht, welches Objekt auf Rügen den Einsatz einer Söldnergruppe rechtfertigen könnte", referierte die Bundespolizistin.
"Könnte es nicht einfach ein Veteranentreffen sein?", überlegte Vivian, "Saufen und in Erinnerungen schwelgen?"
Jens lachte. "Selbst, wenn es das ist, für 'Toledo' Dries Wilders und Johnny Rusnak liegen Haftbefehle vor. Die müssten wir selbst dann hochnehmen, wenn sie nur zusammensitzen und sich gemeinsam Fotoalben ansehen."
"Okay, okay!", lenkte Vivian ein, "Hab nur laut gedacht."
"So wie ich das sehe, warten sie auf etwas. Der getötete Söldner Pierre Tobin war mit beachtlichem Waffenarsenal bereits einige Tage in Bergen, als er Asja Sommerfeld über den Weg lief. Und Johnny und dieser Toledo fahren auf

einem Kutter herum, ganz so, als hätten sie Zeit totzuschlagen", führte Jens seine Überlegungen aus.

"Was ist mit dem dritten Mann auf den Fotos?", fragte die Bundespolizistin, "Konnte er nicht identifiziert werden?"

"Nein, Frau Todt, negativ. Bei der Eingabe in die Suchmaschine gab es keine Übereinstimmung. Ich habe dann die Parameter erweitert und daraufhin Hunderte von Ergebnissen bekommen. Der dritte Mann ist einfach zu sehr in der Unschärfe. Wie wissen also nicht, wer er ist", resümierte Vivian, "Es könnte sich auch um einen Einheimischen handeln ..."

Jens trat zur Karte und tippte auf den südwestlichen Teil der Insel. "Meine Theorie ist, dass die Söldnergruppe irgendwo in dieser Region um Altefähr Quartier bezogen hat. Sie warten auf den richtigen Moment, um loszuschlagen, was immer sie auch planen. Deswegen werden sie bestimmt nicht vor ihrer Ferienwohnung stehen und grillen, die werden sich irgendwo eingebuddelt haben."

"Und wie hilft uns das weiter?", fragte Vivian.

"Rügen ist eine Ferieninsel. Wer hierher kommt, unternimmt etwas. Ich will sagen, es fällt doch auf, wenn da eine Gruppe von Männern tagelang das Haus nicht verlässt. Ich würde sagen, wir telefonieren die ganzen Vermieter von Ferienhäusern in der fraglichen Region durch. Womöglich bekommen wir einen Hinweis", spekulierte der Kommissar.

"Okay, das leuchtet ein. Mir kommt da noch ein Gedanke", sagte Vivian, "Wie versorgen die Leute sich? Ich würde meinen, die bestellen sich Essen ins Haus. Warum also nicht bei den Lieferdiensten nachfragen?"

"Eine gute Idee!", stimmte Linda Todt zu. "Aber Altefähr liegt nahe bei Stralsund, da gibt es eine Unmenge von Restaurants, die ihr Essen auf Bestellung liefern lassen. Da haben Sie viel Arbeit vor sich."

"Wir probieren es", schlug Jens vor, "Wir könnten noch zusätzlich bei den Tankstellen die Überwachungsaufnahmen abgleichen. Wir haben die Gesichter von Pierre Tobin, von diesem Toledo und Johnny Rusnak. Ich gehe davon aus, dass sie Autos haben, also werden sie auch tanken müssen."

"Eines noch!" Linda Todt hatte die Hand gehoben. "Wenn wir einen Verdacht haben, wo sich ihr Nest befindet, dann müssen wir uns die Art des Zugriffs genau überlegen. Diese Söldner sind ein Kaliber, bei dem sich jeder Leichtsinn von selbst verbietet. Solchen Kriegsprofis werden wir nur mit dem ganz großen Besteck beikommen können."

"Okay. Wovon reden wir genau?", hakte Jens nach, "MEK?"

"Ich würde eher zur GSG 9 tendieren!"

"Mir nur recht!", sagte Vivian, "Ich habe nicht das geringste Interesse an einer direkten Konfrontation mit denen."

"Gut, dann gehen wir auf Schleichfahrt", sagte die Bundespolizistin mit einem Lächeln und schüttelte dem Kripo-Team die Hand. "Halten Sie mich auf dem Laufenden!"

"Das werden wir, Frau Kollegin!"

Die Nasenschiene war weg. Jetzt klebte nur noch ein unauffälliges Pflaster auf Waldos Nasenrücken. Nach dem kurzen Intermezzo mit Willie Olsen fuhr Chris wieder mit seinem angestammten Partner Streife.

"Ist die Rippenprellung besser?"

"Besser? Nein, nicht wirklich. Der Doc im Sana hat gesagt, das dauert so sechs Wochen. Aber solange ich nicht huste oder lache, ist es auszuhalten."

"Lachen tut weh?"

"Und wie. Ich wollte gestern Sträter gucken, aber irgendwann musste ich abschalten. Der Mann ist eine Waffe, das war dann einen Tacken zu schmerzhaft." Waldo strich bei diesen Worten selbstmitleidig über seine maladen Rippen.

"Warte! Das muss ich mir näher ansehen ...!" Chris fuhr den Polizei-Porsche rechts ran und hielt.

"Was muss du dir ansehen?" Waldo sah herum.

"Das da!" Chris deutete auf einen Alleebaum und stieg aus. Er ging hinüber und betrachtete einen Flyer, den jemand dort mit Metallkrampen am Baum befestigt hatte. Es war ein fotokopiertes Din-A4-Blatt, auf dem drei Fotos übereinander angeordnet waren. Das oberste Bild zeigte Milla Jovovich mit blondem Pagenschnitt in ihrer Filmrolle als Jean d'Arc.

Darunter war ein Pfeil, der auf die zweite Abbildung zeigte, eine Fotografie vom Ernst-Moritz-Arndt-Turm, einem in seiner Optik sehr eigenwilligen Bauwerk, das aber jeder auf Rügen als Wahrzeichen von Bergen einzuordnen vermochte. Ein weiterer Pfeil verwies auf das unterste Bild, die fotografische Abbildung einer Schachtel *Ritrovil*.

"Was soll das nur bedeuten?", rätselte Chris, als Waldo neben ihn trat. "Hat etwa Asja Sommerfeld das aufgehängt? Diese Flyer pinnen inzwischen nämlich überall in der Stadt."

"Natürlich war sie das nicht, du Genie!", tadelte Waldo seinen Kollegen, "Warum sollte sie das tun?"

Chris wandte sich um. "Warum sollte überhaupt irgendjemand das tun? Das ergibt keinen Sinn."

Waldo verdrehte die Augen. "Sienkiewicz, das ist doch ganz einfach: Hier oben, das ist die Johanna von Orleans, die *Sweet Asja* aus ihrer Kinderzeit kennt ..."

"Sweet Asja? So weit sind wir schon?", staunte der POM.

Waldo ließ sich nicht beirren. "Mit dem Film-Foto fühlt sich unsere Zielperson doch sofort angesprochen. Darunter ist der Ernst-Moritz-Arndt-Turm. Wenn Asja den Flyer nimmt und jemanden nach dem Bauwerk fragt, kann jeder hier ihr den Weg zeigen. Und genau auf den macht sie sich, denn, wenn man diesem Papier glauben darf, gibt es ja offenbar dort das Medikament, was sie so dringend braucht."

Chris starrte seinen Partner mit offenem Mund an. "Ich werd' nicht mehr! *Du* hast all diese Zettel aufgehängt?!"

Waldo seufzte schwer. "Super kombiniert, Herr Kollege. Deine nächste Beförderung wird ein Selbstläufer."

"Ich krieg's aber trotzdem nicht ganz zusammen. Willst du sie damit in die Falle locken?"

"Wenn du es so ausdrückst, klingt es verdammt negativ. Nein, ich will, ebenso wie ihr alle, Schlimmeres verhindern. Deswegen sollten wir beide uns nach Dienstschluss auf eine Bank beim Ernst-Moritz-Arndt-Turm setzen und warten, ob sie kommt."

Chris sah den Partner an und lachte amüsiert. "Ja, sicher, Waldo, so einfach wird es sein ...!"

Johnny hatte mit den anderen vom Team ein Crash-Training unter Leitung des Capitanos bekommen. Man hatte sich dafür ein einsames Fleckchen an der Küste gesucht. Bei den Team-Übungen ging es um das Vorrücken oder den Rückzug im Gefecht und den dabei unerlässlichen Feuerschutz. Es war nicht so schwer, wie Johnny feststellte. Während sich einer oder mehrere der eigenen Einheit bewegten, musste immer eine zweite Gruppe die feindliche Stellung unter Feuer halten. Man arbeitete dabei mit Schalldämpfern und Platzpatronen. Der Capitano legte ein besonderes Augenmerk auf Fiete und Johnny, doch beide hatten den Bogen schnell raus.

Auf dem Weg zurück stellte Johnny fest, dass eines seiner Magazine für die MP fehlte. Also kehrte er schnell um, denn es kam sicher nicht gut, wenn er der 'Generalität' meldete, dass er Bestandteile seiner Waffe verbummelt hatte.

Er war bereits außer Sichtweite der Kameraden, als er hinter einem Baum plötzlich Angel entdeckte. Der war gerade dabei, eine Nase Koks zu inhalieren. Als er Johnny sah, flog ein Ausdruck des Ertapptseins über sein Gesicht. Dann wallte Zorn in dem blonden Mann auf. "Was guckst du so blöd, Arschloch? Willst du eins aufs Maul?"

"Nein, nein!", beeilte sich Johnny mit der Antwort, denn er hatte nicht die geringste Lust auf Ärger. "Ich hab nur was vergessen. Ich bin schon weg!"

"Ja, Mann! Verpiss dich!"

Johnny hastete davon. Wahrscheinlich war Angel deswegen so sauer gewesen, weil er nicht wollte, dass die anderen etwas von seinem Kokainkonsum mitbekamen. Toledo hatte Johnny ja erzählt, welch großen Wert der Capitano darauf legte, dass seine Leute sich von Alkohol und Drogen fernhielten. Angus Dobbs nahm sich Sonderrechte heraus, aber das musste der Teamleader schlucken, weil der Brite nicht von ihm angeheuert worden war, sondern vom Mann im Hintergrund, *Scaramouche*. Angel hingegen gehörte zu den engeren Vertrauten des Capitanos und der wäre mit Sicherheit nicht einverstanden, wenn er wüsste, was sein Leutnant hinter seinem Rücken trieb.

Johnny konnte es gleich sein. Ihm war sofort klar, dass er sich auf keinen Fall die Finger verbrennen und die Sache weitertragen würde. Wenn Angel seinem Laster nicht abschwören konnte, war das allein seine Sache.

Wenig später fand Johnny sein Magazin im Gras, packte es erleichtert ein und machte sich auf den Rückweg.

Katzi stand auf dem Schulhof bei Yslei und hatte eine Liste in ihrer Hand, die sie Posten für Posten durchging. "Na gut. Ich habe die Kopfhörer, ein Reserveladekabel und meine Powerbank. Warte, Kopfschmerztabletten fehlen ..."

Yslei schaute die Freundin verständnislos an. "Kopfschmerztabletten? Wozu? Hast du einen Gehirntumor?"

Katzi aber lächelte verschmitzt. "Es ist eine Klassenfahrt! Von den Älteren weiß ich, dass da immer einer was zum Picheln organisiert. Und wenn so ein illegaler Saufabend stattfindet, will ich dabei sein. Dazu brauch ich Kopfschmerzmittel, weil ich Alkohol so schlecht vertrage." Katzi sah Yslei prüfend an. "Und du? Wärst du nicht auch mit dabei?"

"Ich bin Araberin", entgegnete Yslei, "Meine Eltern waren gläubige Sunniten. Bei uns gab es nie Alkohol. Mein Vater hat uns Schwestern einen heiligen Eid abgenommen, niemals was zu trinken, und meiner Mutter mussten wir zusätzlich versprechen, auch keine Drogen zu nehmen."

"Ach. Und du ...willst dich dein Leben lang daran halten?"

"Was denkst du, könnte ein heiliges Versprechen anderes bedeuten? Meine Eltern sind tot. Ich glaub, es war ihnen sehr wichtig, dass wir Kinder sauber bleiben, und als Letzte der Familie bin ich es ihnen auch schuldig, finde ich."

Katzi schaute die Freundin beeindruckt an. "Das ist so vorbildlich, Yslei! Meine Eltern hätten mir mal auch so ein Versprechen abnehmen sollen!" Sie lächelte warm. "Weißt du was? Sollen die anderen doch alleine süffeln! Ich halte es jetzt wie du: Nur noch Milka-Kekse und Erdbeershakes!"

Yslei musste herzlich lachen. Doch im nächsten Moment sah sie ihren Klassenkameraden Simon herankommen. Er hatte eine Flasche Wasser und eine Brotbox in der Hand.

"Hi, Simon!" Yslei hob die Hand und schaute freundlich.

Der Mitschüler blieb zögernd stehen. Es war ihm anzusehen, dass er nicht wusste, wie er sich nach alldem, was in jüngster Zeit passiert war, verhalten sollte.

"Kennst du Aurora schon?", fragte Yslei im Plauderton, "Sie ist aus der Parallelklasse, aus der 10c."

Simon gab sich einen Ruck und trat näher. Er schüttelte dem Mädchen mit dem neuen Haarschnitt etwas maskenhaft die Hand. "Freut mich, ich bin ... der Simon."

"Hi, Simon. Bist du wirklich ein Graf?", fragte Katzi keck.

"Nur noch dem Namen nach", sagte der Junge verlegen.

"Alles klar! Man sieht sich auf der Klassenfahrt!" Yslei deutete auf ihre Freundin. "Aurora und ich machen die Präsentation für das Wasa-Museum. Sehr informativ und mit einigen lustigen Gags. Solltest du nicht verpassen!"

"Nein, werd' ich nicht." Ein letztes nervöses Lächeln, dann ging Simon schnell weiter.

Katzi blickte ihm nach und wandte sich wieder an Yslei. "Du hast es ja wirklich hingekriegt. Jetzt ist er in der Zivilisation angekommen. Super!"

Richard hatte beim letzten Besuch von Dr. Grothe ein Rezept für Cannabis bekommen. Der Arzt war der Ansicht, dass es den Schmerzen und der Übelkeit, die den alten Lehrer immer öfter befielen, entgegenwirken könnte. Ein großer Alltags-Held war Richard nicht und er, der nur wenig Erfahrungen mit Haschisch gemacht hatte, war gerne bereit, dem verordneten Cannabis-Granulat eine Chance zu geben.

Gemeinsam mit Paula und Willie war er nach Bergen gefahren, denn der Knirps wuchs wie Unkraut und brauchte neue Schuhe und Hosen. Vor Ort war Richard dann seiner eigenen Wege gegangen, da er sowieso nicht wirklich gelitten war, wenn Paula etwas für den Knaben einkaufte.

Natürlich hätte Richard das Cannabis auch in der Löwen-Apotheke in Garz holen können, aber da er seine Erkrankung noch geheim halten wollte, war es besser, eine so ausgefallene Arznei im etwas anonymeren Bergen zu besorgen.

Und so betrat Richard die Rugard-Apotheke im Herzen der Inselhauptstadt kurz vor Ladenschluss. Zwei Kundinnen waren noch vor ihm, weswegen er sich in den Stuhl setzte, den man für Senioren und erkrankte Kunden bereitgestellt hatte. Eine ältere Frau ließ sich gerade etwas erklären und hörte nicht auf, immer weiter nachzufragen. Richard stellte sich vor, wie es wäre, die Alte ein klein wenig zu würgen.

Erneut öffnete sich die Tür und dann huschte eine schmale Gestalt herein. Sie trug eine über das Gesicht gezogene Kapuze. "Keiner bewegt sich!", rief sie laut und zog ein langes Schwert hervor. Sie packte sich eine Kundin, die hinter der älteren Frau wartete, und legte ihr die Klinge an den Hals.

"Um Gottes Willen! Bitte tun Sie nichts Unüberlegtes!", rief die Apothekerin mit schreckensgeweiteten Augen.

Richard sah hin und es wurde ihm schlagartig klar, dass es sich um die wahnsinnige Frau handeln musste, die die Polizei seit einigen Tagen überall suchte.

Asja Sommerfeld behielt ihre Geisel in enger Umklammerung und reichte der Apothekerin hektisch einen Flyer. "Dieses Medikament, das da drauf abgebildet ist, das brauch ich! Sofort! Und versuchen Sie nicht, mich zu täuschen, ich hab bereits mehrere Menschen getötet!"

Die Apothekerin nahm mit zitternder Hand den bereits zerknitterten Wisch, Waldos inzwischen überall aushängendes Flugblatt. "Ritrovil ...? Ich ... ich muss sehen, ob wir das noch auf Lager haben ..."

"Ja, ja! Beeilen Sie sich!"

Der bewegungslos in der Ecke sitzende Richard war der flüchtigen Psychiatriepatientin noch nicht aufgefallen oder sie schätzte den alten Mann nicht als Bedrohung ein. Richard zog mit einer unmerklichen Bewegung sein Handy heraus. Er überlegte. Er hatte seinen Computerexperten Chris Sienkiewicz auf Kurzwahl. Er rief den Kontakt auf und schrieb mit dem Daumen eine Textnachricht.

"Wenn überhaupt, haben wir Ritrovil unten im Lager", brachte die Apothekerin zitternd hervor. "Ich sehe es nicht im Computer, wir haben im Moment Lieferprobleme ..."

Die Kapuzenfrau holte aus und fegte mit einem Schwerthieb ein Display mit medizinischen Bonbons zur Seite.

"Holen Sie es, verdammt!", schrie Asja. Dann legte sie der Geisel wieder die Klinge an den Hals. "Und wehe, Sie schlagen Alarm! Dann fließt hier Blut!"

"Ich gehe schon! Bitte, bleiben Sie ruhig! Alles wird gut!" Die Apothekerin verschwand nach hinten.

"Da klebt ja schon wieder eines!" Chris marschierte neben seinem Partner den Joachimberg hinauf und hatte einen weiteren von Waldos Flyern an einem Laternenmast entdeckt.

Der Dienst der beiden Polizeibeamten war gerade zu Ende, beide hatten sich umgezogen und liefen nun in legerer Alltagsklamotte durch die Straßen. "Du solltest doch ausruhen, Mann, stattdessen ziehst du so eine Hirnschussaktion mit diesen Flyern ab!" Chris verstand seinen Partner nicht.

"Was ist denn daran eine Hirnschussaktion?", protestierte Waldo, "Ich zeige eben Einsatz. Ich würde diese verrückte Schönheit gerne finden, bevor ihr einer der übernervösen Kollegen einen finalen Rettungsschuss verpasst."

"Außer Olsen würde das bestimmt keinem einfallen."

"Aber einer ist mir schon zu viel", sah Waldo sich bestätigt. "Und was meine Aktivitäten betrifft, waren die Flyer nur der Anfang. Den Rest des Abends habe ich damit verbracht, mir den Film von Luc Besson anzuschauen."

"Welchen? *Das Fünfte Element*? Oder *Leon, der Profi*?"

"Weder noch! Was sollte das für einen Sinn machen?"

"Das habe ich mich schon bei deinen Flyern gefragt!"

Waldo blieb stehen. "Natürlich habe ich mir *Johanna von Orleans* angeguckt. Den Film, den Asja Sommerfeld hunderte von Malen gesehen hat."

"Ach, sag bloß!", staunte Chris, "Der ist von Luc Besson?"

"Ja, du Ahnungsloser, ist er! Und weil ich ihn mir den Streifen gleich zweimal hintereinander reingezogen habe, weiß ich nun in etwa, was dieser Frau im Kopf herumspukt."

"Okay, das ist wirklich nicht blöd", gab Chris zu, "Die Idee hätte ich eigentlich auch haben können."

"Wenn der Kleinen was passiert, das wär' ewig schade ...", bekundete Waldo, "Ich habe wirklich Mitgefühl mit ihr ..."

Chris griente säuerlich. "Mir drängt sich ja so allmählich der Verdacht auf, dass du besonders gerne Frauen zu Hilfe eilst, die optisch deine Kragenweite sind. Ich meine, jetzt mal ganz im Ernst: hast du schon mal einer gebeugten Greisin mit Nasenwarzen über die Straße geholfen?"

"Das ist unverschämt, Sienkiewicz!", empörte sich Waldo, "Ich helfe jedem, selbst männlichen Mitbürgern ..."

Chris angelte sein Smartphone heraus, das gerade Laut gegeben hatte. Er öffnete es mit seinem Fingerabdruck und schaute, wer ihm eine Nachricht gesandt hatte.

"Gut", erklärte sich Waldo, "Unsere Jean d'Arc von Bergen mag von ihrem Äußeren ja betörend sein, aber sie wirkt naiv und kindlich. Da möchte ich mir jede Unterstellung der Unredlichkeit verbitten. Ich denke nur ..."

"Scheiße, Alter!", fiel Chris ihm ins Wort, "Nachricht von Richard Dreifürst: *Schwertfrau in Rugard-Apotheke! Geiselnahme*!"

Waldo erstarrte. "Schwertfrau? Das ist Asja Sommerfeld! Wo ist die Rugard-Apotheke noch gleich?"

Chris zeigte nach Norden. "Gleich dahinten am Markt! Wenn wir rennen, sind wir in drei Minuten da!"

Waldo antwortete nicht, sondern war bereits losgespurtet.

Richard war aufgestanden und hatte die Wahnsinnige angesprochen. "Frau Sommerfeld! Bleiben Sie ruhig! Niemand tut Ihnen etwas! Lassen Sie die Frau los ... Sie brauchen Hilfe!"

"Schweig!" Die Frau stellte sich nun Richard entgegen. "Ich werde jeden töten, der sich mir in den Weg stellt! Jeden!"

Die Apothekerin kam aus dem Rückraum herangelaufen. Sie hielt eine Packung in der Hand. "Wir haben kein Ritrovil auf Lager. Aber ich habe *Midazolam* gefunden, das ist ähnlich, das können Sie auch nehmen!" Sie reichte der Kapuzenfrau die Packung.

Asja Sommerfeld fegte das Medikament wütend zur Seite. "Ich will dieses Mittel!" Sie tippte mit der freien Hand auf die

Ritrovil-Abbildung des Flyers. "Geben Sie es mir, oder ich töte die Frau!"

Dies war der Augenblick, in dem Waldo in die Apotheke stürzte. Asja Sommerfeld fuhr herum und hob das Schwert.

Im Kielwasser seines Partners hastete Chris in den Laden.

"Johanna! Heilige Jungfrau! Haltet ein mit Eurem Tun! Aulon schickt mich!", rief Waldo mit dramatischer Gestik.

Die Frau mit dem Schwert stutzte und sah ihn mit verwunderten Augen an. "Du ... du kennst Aulon? Wer bist du?"

"Mein Name ist Waldemar. Ich bin ein Vertrauter eures Gefolgsmannes Aulon! Und jetzt lasst bitte diese Frau los!"

Die Züge Asja Sommerfelds verhärteten sich. "Warum sollte ich dir vertrauen? Ich kenne dich nicht und die Engländer sind Meister der Täuschung und der Arglist!"

"Traut mir, weil ich auf Eurer Seite bin, heilige Jungfrau! Aulon lässt durch mich dieses Geschenk überbringen!" Damit zog Waldo etwas hervor und reicht es Asja vorsichtig. Es war eine Packung Ritrovil.

Der Frau mit dem Schwert stockte beim Anblick der Medizin einen Moment den Atem. "Gib es mir!"

Doch Waldo zog den Arm zurück. "Nein, Jungfer! Seid bitte so großmütig und gebt erst die Frau dort frei! Ich persönlich werde als Euer Unterpfand an ihre Stelle treten."

Chris trat zu seinem Partner. "Was hast du jetzt wieder vor, Mann? Das ist doch Irrsinn!"

Waldo stieß ihn mit der Hand theatralisch zurück. "Weiche von mir, Engländer!" Dann wandte er sich wieder an Asja. "Wir haben keine Zeit, Johanna, wir müssen fort hier! Lasst die Frau los und kommt mit mir!" Erneut köderte er sie mit dem Medikament, hielt es ihr direkt unter die Nase.

Es wirkte. Die geistig Verwirrte entließ die Kundin aus ihrer Umklammerung. Wimmernd sank die Frau zu Boden.

Waldo machte die Tür auf und winkte. "Kommt jetzt, ein Laden wie dieser hat einen Alarm! Die Engländer werden sicher bald hier sein!" Er übergab der Frau mit dem Schwert die Schachtel mit dem Retrovil und dann verschwanden beide zur Straße hinaus.

Hauptkommissarin Tanja Brandt hatte Vivian und Jens erwischt, als diese gerade zu ihren Ermittlungen vor Ort aufbrechen wollten. "Habt ihr eine Minute?"

"Aber wirklich nur eine!", sagte Vivian.

"Es geht um das Foto von Johnny Rusnak und den beiden anderen am Altefährer Hafen. Ich glaube, ich hab herausbekommen, wer dieser Kraftklotz im Hintergrund ist." Tanja Brandt überreichte den Kollegen eine Interpol-Akte.

Vivian ergriff die Mappe und klappte sie auf. "Baptist Prohaska ...", las die Oberkommissarin halblaut vor, "Ehemaliger Österreicher, geboren in Eisenstadt, jetzt aber staatenlos. Der hat ja eine enorme Anzahl an Vorstrafen ...!"

"Ein Haftbefehl von Interpol liegt auch vor. Verschiedene Delikte, überwiegend Waffenschmuggel", ergänzte Tanja.

"Hat er schon als Söldner gearbeitet?", fragte Vivian.

"Das ist unklar. Es gibt nur Hinweise. Aber in seiner Historie existieren viele weiße Flecken und Unschärfen."

Jens schaute in die Akte und musterte Tanja interessiert. "Wie hast du ihn identifizieren können?"

Die Hauptkommissarin grinste breit. "Ja, das hast du nicht gewusst, Lackner, aber ich war vor zwei Jahren kurz davor, 'Superrecognizerin' zu werden. Ich bin ziemlich gut darin, Gesichter zu erkennen und zuzuordnen."

"Das ist mir in der Tat neu", zeigte Jens sich beeindruckt, "Warum hast du dich nicht darauf spezialisiert?"

"Oh, bitte! Bei der Arbeit wirst du ja verrückt. Ab und wann ist es mal okay, aber doch nicht andauernd."

"Okay", kürzte Vivian die Sache ab, "Vielen Dank, das ist eine große Hilfe. Aber wir müssen los!"

"Einen hab ich noch!" Tanja zauberte ein weiteres Dossier unter ihrem Ellbogen hervor und gab es der Kollegin. Die klappte es auf und stutzte. "Was denn? Ist das nicht der gleiche Mann? Nur dass er hier Victor Prohaska heißt ..."

"Baptist und Victor sind Brüder", verriet Tanja, "Zwillinge, um genau zu sein, aber zweieiig. Die beiden machen alles zusammen, waren früh auf der schiefen Bahn, ausgesprochen gewaltbereit. Sogar ihre Gefängnisstrafen haben sie zu zweit abgesessen. Zusammengewachsen sind sie zwar nicht, aber sie haben etwas von siamesischen Zwillingen."

Vivian blickte besorgt auf. "Du meinst, wenn der eine hier ist, wird der andere vermutlich mit von der Partie sein ...?",

"Exakt!", bestätigte Tanja, "Damit steigt die Anzahl der Söldner, die ihr auf Rügen vermutet, also auf vier ...!"

"Und mit dem toten Pierre Tobin wären es sogar fünf gewesen", rechnete Jens, "Geben wir eine Gefahrenwarnung für alle heraus, auch für die Landespolizei. Die müssen vorbereitet sein: Panzerwesten, erweiterte Feuerkraft, keine Streife mit weniger als zwei Mann. Ich hab das Gefühl, dass da eine Bombe tickt, bei der die Uhr bald abläuft ...!"

Chris hatte den Revierleiter selten so wütend gesehen. "Was denkt Rafalski sich eigentlich? Hatten wir nicht klar gesagt, keine Alleingänge mehr? Dieser hirnverbrannte Chaot!"

"Also, es ist bestimmt nicht so, dass ich mit allem einverstanden bin, was Waldo tut, Chef, aber eines muss ich ihm lassen: er war der Einzige in der Rugard-Apotheke, der einen Plan hatte. Er hat die Situation deeskaliert, sich selbst gegen die Geisel ausgetauscht und die Verrückte vom Tatort weggebracht. Damit hat er seine Pflicht als Polizeibeamter vorbildlich getan. Er war so gut präpariert, dass er mit diesem kranken Mädchen sofort einen Kontakt herstellen konnte."

Rusnak stemmte die Fäuste in die Hüften. "Gut präpariert? Hä? Wie soll ich mir das bitte vorstellen?"

Chris zuckte gleichmütig die Achseln. "Er hat sich den Film angeschaut, den Asja Sommerfeld in ihrer Kindheit unentwegt gesehen hat: *Johanna von Orleans*. Waldo hat die Irre mit 'Heilige Jungfrau' angesprochen und ihr gesagt, dass 'Aulon' ihn schickt, das ist eine wichtige Figur aus dem Film, damit hatte er sofort ihre Aufmerksamkeit ..."

Der Revierleiter kratzte an seinem Schädel. "Hmm, das ist nicht ganz abwegig. Warum ist das mir nicht eingefallen?"

"Ja", seufzte Chris, "Es ist eine Frage, die man sich stellt. Dann hatte er noch einen Trumpf in petto, nämlich dieses starke Medikament 'Retrovil', von dem sie doch abhängig ist.

Keine Ahnung, woher das kommt, immerhin ist es verschreibungspflichtig, aber damit hatte er eine gute Verhandlungsgrundlage und die Wahnsinnige dazu gebracht, im Tausch die Geisel freizulassen. Also für mich war das großes Kino."

"Sagt ja auch keiner, dass Waldo auf den Kopf gefallen wäre." Rusnak machte eine unwillige Handbewegung. "Egal! Wo ist er jetzt mit ihr hin? Wieso meldet er sich nicht? Das ist ein siebzehnjähriges Mädchen in einer für sie völlig fremden Umgebung. Das sollte doch kein Problem sein, sie zu entwaffnen und unschädlich zu machen ..."

"Ich hab Asja Sommerfeld nur kurz gesehen", sagte Chris, "Die ist hochgradig verwirrt und wenn sie mit dem Rücken zur Wand steht, ist sie bestimmt nicht auf die leichte Schulter zu nehmen. Sie hatte ihr Schwert eng an Waldos Hals, als sie raus sind. Ich wäre vorsichtig mit der ...!"

"Aber was hat er vor denn, der Traumtänzer?", blaffte Rusnak, "Ihr zwei seid doch ganz dick miteinander, also wenn es jemand weiß, dann du ..."

Chris sah sich in die Enge gedrängt. "Ich kann nur raten: er hat wohl Mitleid mit ihr. Wenn Waldo Sympathie für jemanden entwickelt, macht er manchmal Dinge, um zu helfen, die ... nun ja, nicht jeder machen würde ... und die so auch nicht auf der Polizeischule gelehrt werden."

"Ich verstehe kein Wort, Chris! Werd' mal deutlicher!"

"Ich glaube, Waldo wird versuchen, sie dazu zu bringen, dass sie aus eigenen Stücken aufgibt. Dazu müsste er es allerdings schaffen, dass sie ihm vertraut."

Rusnak dauerte das alles zu lang. "Rafalski ist ausgebildeter Polizist, also wiederhole ich die Frage: warum überwältigt er sie nicht einfach?"

"Weil er viel weiterdenkt, Chef! Waldo will ihr helfen, und zwar auf längere Sicht. Ist doch klar, dass sie wieder in die Psychiatrie kommt, wenn das alles vorbei ist. Und sie hat absolut niemanden auf der Welt. Wenn er sie jetzt austrickst oder sie mit Gewalt entwaffnet, wird sie ihn für einen 'Engländer' halten und nie wieder mit ihm sprechen. Also kann er sie auf keinen Fall hintergehen, um ihr Vertrauen nicht aufs Spiel zu setzen. Ich denke, sie werden beide hier irgendwann vor der Tür stehen, weil er sie schlussendlich überzeugen kann ... Waldo tickt einfach so."

Der Hauptkommissar schloss geprüft die Augen. "Erbarmen! Das nächste Mal, wenn mir wieder jemand einen Polizisten aus Frankfurt schicken will, erschieß mich, Chris!"

"Kein Ding, Chef!"

Waldo hatte Nucki angerufen und ihn zur "Gartenanlage Freizeit" bestellt, mit dem Schlüssel seiner Familie für deren Häuschen im Schrebergarten. Der Polizeimeister hatte sich inzwischen das Vertrauen der Problemjugendlichen von Bergen erworben und erfüllte so etwas wie die Funktion eines Sozialarbeiters. Waldo hatte Niklas Goedereis, der in seiner Clique nur "Nucki" genannt wurde, zu einer Lehrstelle beim örtlichen Lidl verholfen. Daraufhin war er zu dem Laubenfest bei Nuckis achtzehntem Geburtstag eingeladen worden. Bei den Eltern des Jungen stand der Polizist durch seine Initiative in höchstem Ansehen.

Nucki war nach dem Anruf auch gleich zur Gartenanlage geeilt und hatte Polizeimeister Rafalski den Schlüssel für das Gartenhaus ausgehändigt.

"Zu keinem ein Wort, Kumpel, das ist wichtig!", schärfte Waldo dem Jugendlichen ein.

Nucki hatte mit Respekt auf die junge Frau geschaut, die mit einem langen Schwert hinter dem Beamten stand, genickt und sich dann schleunigst vom Acker gemacht.

Als es dunkel wurde, zauberte Waldo aus den Konserven im Schrank ein Essen. Asja hatte derweil auf der Couch gesessen und erschöpft die Augen geschlossen. Natürlich hätte der Polizist in dieser Zeit die Kollegen alarmieren können, wenn er sein Smartphone noch bei sich gehabt hätte. Doch nach dem Kontakt mit Nucki hatte er es in Chris' Briefkasten geworfen, einfach, weil dessen Wohnung auf ihrem Weg zur Gartenanlage lag. Dass man ihn und das Mädchen über sein Telefon orten konnte, wollte Waldo vermeiden.

Er brachte Asja von den Ravioli, die er warm gemacht hatte, und ging dabei leise, um sie nicht zu wecken.

"Du brauchst dich nicht anzuschleichen, ich bin wach", sagte Asja, ohne die Augen zu öffnen.

"Du musst essen! So richtig taufrisch siehst du nicht aus."

Nun klappten ihre Augen auf. "Ich will erst eine Tablette."

Waldo setzte sich. "Vorher wird gegessen. Und wenn du zu viel von dem Retrovil nimmst, macht dich das nur dösig."

Sie sagte nichts, beugte sie sich aber vor und nahm den Teller. Sie aß erst zögernd und löffelte das Gericht dann begeistert in sich hinein. Sie blickte Waldo erstaunt an. "Du bist ein sehr guter Koch! Das ist ganz vorzüglich!"

Er lächelte bescheiden. "Es ist nur Ravioli mit Ketchup. Es geht schnell und ... na ja, es schmeckt mir."

Sie stopfte sich die Backen voll. "Ja, mir auch."

Chris lehnte sich zurück und betrachtete sie. Sie war eine magere kleine Person und ihre Kleidung starrte vor Dreck. Dennoch hatte sie, wie auf dem Bild, auf dem Waldo sie zuerst gesehen hatte, eine Aura der Unschuld an sich. Biologisch mochte sie siebzehn sein, aber sie hatte keinesfalls die Reife einer jungen Erwachsenen. Auch wenn Waldo sie attraktiv fand und ihre unbeholfene Art ihn anrührte, fühlte er sich als ihr Beschützer, so wie es die fiktive Figur Aulon im Film Johanna gegenüber gewesen war. Asja hatte einen unfasslichen Leidensweg hinter sich und Waldo wünschte ihr sehr, dass es ab jetzt besser werden würde, selbst wenn sie den Rest ihres Lebens in einer Psychiatrie verbrachte.

Das Mädchen stellte den Teller weg. Sie hatte in kürzester Zeit das Mahl verschlungen, das der Helfer für sie bereitet hatte. Sie sah zufrieden aus.

"Noch etwas?", fragte Waldo.

"Nein. Es war genug."

"Dann ist es Zeit für deine Tablette." Er schob ihr das Glas Wasser hin, das sie noch nicht angerührt hatte, und drückte eine Ritrovil aus dem Streifen.

Sie nahm die Medizin und spülte sie mit Wasser hinunter. Dann saß sie einfach so da und starrte vor sich hin.

Schließlich blickte sie zu ihm auf, fast etwas scheu. "Wirst du mich ausliefern ... Waldemar?"

"Sag einfach Waldo. Nein. Wenn ich das wollte, hätte ich es längst tun können."

"Ja", sagte sie leise, "Ich weiß." Dann zuckten ihre Schultern und sie begann zu weinen.

Waldo wunderten ihre Tränen nicht, sie war völlig fertig. Er blieb aber auf seinem Stuhl sitzen. Sie in den Arm zu nehmen und zu trösten, erschien ihm in dieser Situation nicht angemessen. Er hatte auch nicht den Eindruck, dass sie das wünschte. Vielleicht kannte sie so etwas gar nicht. Stattdessen schob Waldo ihr eine Packung Taschentücher hinüber ...

Johnny Rusnak steckte in einem gewaltigen Zwiespalt. Sein Gefühl riet ihm, doch noch aus dieser Sache auszusteigen. Im Moment erschien es ihm sehr vernünftig, sich einfach der Polizei zu stellen und zurück nach Bützow zu gehen. Diese Mischung aus Galgenvögeln, Militaristen und gefühlten Maniacs hier im Altefährer Ferienhaus führten bei ihm zu tiefer Beunruhigung. Wenn er jetzt ausriss, riskierte er damit, dass der Capitano ihn im Gefängnis später vielleicht für diese Sünde büßen lassen würde. Andererseits hatte Toledo gemeint, dass in diesen Kreisen zwar schnell gedroht wurde, aber sich nicht jeder Söldner die Mühe machte, so eine aufwändige Bestrafungsaktion zu organisieren. Es konnte also am Ende durchaus glimpflich für Johnny ausgehen.

An diesem Tage schien sich für den Rüganer aber eine Alternative auftun. Ein Kurier hatte die falschen Pässe gebracht, die die Söldnergruppe nach ihrer Mission brauchte, um über die polnische Grenze zu kommen, wo der Hubschrauber wartete, der sie nach Weißrussland bringen sollte. Johnny hatte sich seinen Ausweis ansehen dürfen. Die ganze Truppe erhielt niederländische Reisepässe mit frei erfundenen Namen. Die Dokumente waren von einem versierten Fachmann angefertigt worden und sahen überzeugend aus.

Toledo, der neben ihm stand und seinen eigenen Pass anschaute, war nicht so begeistert. "Ich hab schon schlechtere

Arbeiten gesehen, trotzdem hoffe ich, dass wir damit nicht den falschen Zöllnern unter die Augen kommen."

"Aber wieso?", fragte Johnny nach, "Woran sollte man erkennen können, dass die Pässe nicht echt sind?"

Toledo legte den Finger auf das Hintergrundmuster des Dokumentenpapiers. "Siehst du diese Wellen hier? Schau, sie sind von oben bis unten einheitlich."

"Ja, ich sehe es. Und?"

"Die Leute vom Passamt sind auch nicht doof. Die haben im Original ganz unten eine Reihe, in der das Wellenmuster spiegelverkehrt ist. Unserem Fälscher ist das entgangen. Solche kleinen Fehler sind in vielen Pässen versteckt und die Beamten vom Zoll darauf trainiert, sie zu erkennen. Gut, vielleicht nicht alle, aber ich hab schon erlebt, dass in Grenznähe selbst niedrige Dienstränge Bescheid wussten."

Johnny klappte den roten Pass mit dem Goldwappen zu. "Wär' ja schon blöd, wenn wir wegen so was auffliegen."

"Mach dir keine Sorgen, wahrscheinlich läuft alles glatt. Und wenn nicht, können wir es sowieso nicht ändern."

Toledo ging sich einen Kaffee holen. Johnny schaute gedankenvoll auf den Pass in seiner Hand und überlegte, wie es wäre, abzuhauen und sich mit diesen Papieren vielleicht nach Polen abzusetzen. Das war nicht weit und sicher besser, als wieder in die Zelle nach Bützow zurückzukehren.

Doch da war der Capitano heran und nahm ihm den Ausweis aus der Hand. "Den gibt es später!" Dann sammelte er auch die anderen Reisepässe ein und klatschte in die Hände, wie er es immer tat, wenn er eine Ansage machen wollte.

Die Mannschaft stellte die Gespräche ein und sah zu ihm.

"Leute, es ist so weit!", begann der Capitano, "*Scaramouche* hat sich gemeldet. Wir haben die Freigabe, das 'Paket' zu holen. Morgen um elfhundert geht es los. Wir wecken um acht. Sorgt dafür, dass hier nichts zurückbleibt, was uns im Nachhinein noch belasten könnte. Wir verteilen uns auf zwei Fahrzeuge. Angel, Dobbs und Toledo fahren mit mir. Victor, Baptist und unsere Küstenjungs bilden die zweite Gruppe, die mit zwanzig Minuten Verzögerung nach uns aufbricht.

Jeder von euch sollte morgen in guter Verfassung sein, denn wenn wir *Ground Zero* erreicht haben, werden wir definitiv Feindberührung haben. Stellt euch darauf ein."

Toledo hob die Hand. "Ich überlege nur, Käpt'n. Wir haben Schalldämpfer, aber die Gegenseite vielleicht nicht. Das heißt, es dürfte eine Menge Radau geben, was wahrscheinlich die Polizei auf den Plan ruft. Hast du das einkalkuliert?"

"Das habe ich", entgegnete der Capitano, "Ein Hubschrauber wird uns bei Ground Zero abholen. Ein AS 350 B3 fliegt uns nach Glashütte, das ist direkt an der polnischen Grenze. Die Polizeitruppe hier auf Rügen ist unbedeutend und dürfte kein Problem werden. Sonst noch was?"

Ein verneinendes Gemurmel aus der Gruppe.

Der Capitano stand auf. "Haut euch aufs Ohr. Und damit meine ich: spielt nicht *Fortnite* oder *Fishdom*, sondern ruht euch verdammt noch mal aus!"

"Was bitte soll das sein?" Susanne stand im Zimmer ihrer Tochter und blickte entgeistert auf den schmalen Rucksack vor ihr, der auf dem Schreibtisch stand.

"Mein Gepäck. Wieso?" Yslei sah das Problem nicht.

"Du bist eine Woche weg! Und dann so ein Minibeutel. Hast du überhaupt einen Pyjama mit dabei?"

"Mutter! Bitte! Ich habe sieben Unterhosen eingepackt, meine Zahnbürste und ein Sweatshirt. Du solltest mich kennen. Ich bin eher so der Typ, der mit kleinem Gepäck reist."

Susanne hielt inne und seufzte. "Herrgott, was tue ich hier eigentlich? Es ist nicht zu fassen ..."

"Was meinst du?"

"Na, dass ich genauso geworden bin wie meine Mutter. Die ist mir früher auch immer so auf den Sender gegangen ..."

Yslei lachte belustigt. "Wirklich?"

"Was denkst du denn? Hör zu, Yslei, ich weiß, dass du sehr selbstständig bist. Aber darf ich dir einen mütterlichen Rat geben, einen Rat, den alle Mütter ihren Kindern geben, obwohl keines darauf hört?"

"Ja", sagte Yslei, "Warum nicht?"

"Nimm einen Satz Thermounterwäsche mit. Sonst erkältest du dich. Du fährst nach Skandinavien! Die Menge der Leute, die von da mit einem Sonnenbrand zurückgekommen sind, ist überschaubar."

Yslei grinste amüsiert. "Mutter, ich werde dich vermissen!"

Sie umarmten sich.

"Störe ich?" Jens war in der offenen Tür erschienen.

"Bullen-Jens! Nein, überhaupt nicht! Komm nur rein!", rief Yslei aufgekratzt. "Hier läuft gerade die melodramatische Abschiedsrunde. Es darf auch geheult werden."

Der Kommissar trat lächelnd herein. "Ich habe hier ein Geschenk für dich." Er reichte ihr ein bauchiges Etui.

"Was ist das?"

"Das ist ein Survival-Kit", erklärte Jens nicht ohne Stolz, "Eines aus alten Tagen. Als ich sechzehn war, habe ich ein halbes Jahr darauf gespart. Wenn du also in Schweden verloren gehst, ist da alles drin, was du zum Überleben brauchst. Ein Schweizer Messer, eine Überlebensdecke, eine Seilsäge, eine Taschenlampe und ein Kompass."

Yslei schaute gequält auf das Etui. Dann sah sie zu Jens. "Und wie oft bist du in deinem Leben verloren gegangen?"

"Nicht so oft. Das Survival-Kit ist noch originalverpackt."

Yslei stand auf und umarmte auch ihn. "Sei mir nicht böse. Aber das Geraffel nehme ich nicht mit, okay? Ich packe jetzt Mutter zuliebe schon einen Extra-Satz Unterwäsche ein. Und das öde Strickzeug muss ich auch noch unterbringen, sonst denkt Aurora, ich identifiziere mich nicht mit ihr."

Jens stand mit seinem Survival-Kit nun da, wie bestellt und nicht abgeholt. Er war enttäuscht. "Also gut", resignierte er, "Dann heul aber nicht, wenn du von Wölfen umzingelt bist und kein Messer hast zur Verteidigung."

"Versprochen! So, und jetzt macht bitte beide die Biege! Ich muss noch mit dem Katzenmädchen telefonieren."

Jens und Susanne bedachten ihre Ziehtochter mit einem liebevollen Blick und ließen sie dann allein.

"Gott im Himmel!", seufzte Yslei kopfschüttelnd, "Lass mich bitte nie so werden wie die!"

Chris hatte Dienstschluss und wollte gerade gehen, als er eine laute Stimme aus dem Eingangsbereich hörte, wo Schichtleiterin Dina Zellhöfer saß und die Polizeipräsenz auf der Insel koordinierte. Vorne am Eingang vor dem Sicherheitsglas stand ein aufgeregter Mann und randalierte.

"Bert, ich könnte hier unten etwas Unterstützung gebrauchen", setzte Dina gerade einen Hilferuf ab, "Ein Betrunkener macht vor der Scheibe Rabatz ..."

"Warte, Dina! Ich kenn den Mann!", ging Chris dazwischen, "Ich kümmere mich drum. Lass mich mal raus ...!"

Die Frau an den Bildschirmen drückte auf den Türöffner.

Der POM ging hinaus. Im Vorraum taumelte Michael Kmiecik herum, der gewaltig einen in der Krone hatte.

"Herr Kmiecik! Jetzt beruhigen Sie sich mal!"

"Beruhigen?", heulte der Betrunkene. "Wie oft habe ich angerufen bei euch? Die haben meinen Bruder in den Tod getrieben! Das war Gehirnwäsche! Und was tut Ihr? Habt Ihr jemanden verhaftet? Warum sagt mir keiner was ...?"

"Weil es nichts Neues gibt", sagte Chris, "Die Kollegen waren zweimal vor Ort, aber im Schloss meldet sich keiner. Es ist vielleicht bereits verlassen. Und für eine Durchsuchung sieht die Oberstaatsanwältin keinen ausreichenden Grund."

"Keinen Grund!", brüllte Kmiecik, "Das ist doch das Allerletzte! So viel ist also ein Menschenleben hier wert. Das ist Staatswillkür! Und das nennt ihr Gerechtigkeit ...?"

Chris nahm den Mann am Arm und zog ihn zur Tür hinaus. "So, Herr Kmiecik, ich verstehe ja Ihre Wut. Aber entweder Sie gehen jetzt, oder ich stecke Sie in unsere Ausnüchterungszelle, die ist da drinnen gleich um die Ecke. Kleiner Tipp: Es würde Ihnen nicht gefallen. Sie haben die Wahl."

"Das war mein Bruder!", schluchzte der Mann mit dem Bierbauch, "Der war verdammt noch mal alles, was ich hatte. Jetzt ist er tot. Einfach so! Und es interessiert kein Aas! Soll es das jetzt gewesen sein? Soll ich sagen 'Egal!' und so tun, als ob nichts passiert wäre? Nein, wenn Ihr die Schweine nicht drankriegt, dann mach ich es selber! Die werden bezahlen, so oder so, das schwör ich!"

Chris packte den Volltrunkenen hart am Kragen. "Und Selbstjustiz ist auch strafbar! Gehen Sie auf der Stelle oder ich verhafte Sie, verbunden mit einer Anzeige! Ist das klar?"

In Michael Kmieciks Hirn kamen die Worte des POMs allmählich an. Er drehte sich verbittert um und wankte davon.

Chris sah ihm kopfschüttelnd nach.

Asja saß in eine Decke eingekuschelt auf dem Sofa. Sie schaute mit grauem Gesicht ins Nichts.

Waldo hatte sich, während sie geweint hatte, nicht aus seinem Sessel wegbewegt. "Heilige Jungfrau, alles klar?"

"Nein, keine Jungfrau ...", sagte das Mädchen. "Sie ist weg."

Der Polizeimeister runzelte die Stirn. "Weg? Wer ist weg?"

"Johanna. Sie kommt nur, wenn ich in Gefahr bin ..."

Waldo beugte sich vor. "Also dann spreche ich mit ... Asja?"

Die junge Frau lächelte verlegen. "Ja."

"Es ist schön, dich kennenzulernen. Ich bin Waldo."

"Waldo!" Sie sah ihn an. "Ich weiß nicht, wieso, aber ich habe keine Angst vor dir. Dabei habe ich vor jedem Angst ..."

"Vielleicht spürst du ja, dass ich dir helfen will."

Sie sah ihn fragend an. "Aber warum ...?"

Das überraschte den Beamten. "Warum ich dir helfe? Nun, so sollte es sein: Die Stärkeren helfen den Schwächeren."

Asja Sommerfeld sortierte ihre Gedanken. "Ich habe immer davon geträumt, frei zu sein. Einfach draußen, unter freiem Himmel. Johanna hat mir geholfen, damit ich fliehen kann. Aber jetzt ist alles schlimmer geworden ..."

"Wie meinst du das?"

"Ich habe wieder getötet. Gut, es war Johanna, aber irgendwie gehören wir doch zusammen. Und ich sehe, dass ich in der Freiheit nicht zurechtkomme. Ich weiß nicht einmal, wohin. Irgendwann werden sie mich fangen. Dann sperren sie mich wieder ein. Und dieses Mal für immer."

Waldo wählte seine Worte sorgfältig. "Asja, ich weiß nicht, was kommen wird, aber du hast es nicht verdient, eingesperrt zu werden. Du solltest genauso leben können wie jeder andere Mensch auch."

Das Mädchen zeigte ein Lächeln voller Bitterkeit. "Vielleicht gilt das für andere, aber nicht für mich. Es wird nicht lange dauern und sie haben mich. Dann schnallen sie mich an das Bett und geben mir Spritzen, die mich betäuben, die mit mir machen, dass ich tot sein will."

Waldo spürte ihre Verzweiflung und ihre Trauer. Und er litt ein Stück mit ihr, weil solche Gefühle ihm vertraut waren. "Das kenne ich, das Gefühl, dass man gerne tot wäre."

Asja sah verblüfft auf. "Du wolltest schon einmal tot sein?"

"Es ist vorgekommen. Obwohl ich weiß, dass es falsch ist. Die Leute sagen immer, dass das Leben ein Geschenk ist. Kommt aber auf das Leben an ...!"

Das Mädchen zog seine Decke enger um sich. "Seit ich denken kann, träume ich von der Freiheit. Und ich dachte mir schon, dass es vielleicht nicht einfach sein würde. Genauso kam es. Mir haben die Medikamente gefehlt. Aber es war trotzdem besser, im Freien zu schlafen, als im Institut zu sein, ans Bett geschnallt. Ich will dorthin nicht zurück!"

"Was, wenn es doch passiert, Asja? Sie werden dich in eine andere Einrichtung bringen, eine, die nicht so schlimm ist wie die, in der du bis jetzt warst ..."

"Ich kann aber nicht mehr gefangen sein, Waldo. Johanna denkt, wir werden am Ende verbrannt. Aber ich weiß, es liegt allein in meiner Hand, was passiert ..."

"Wie ... wie meinst du das?"

"Ich will so nicht leben. Ich werde mein Leben beenden, wenn sie mich wieder einsperren. Das ist mein fester Entschluss!"

"Aber Asja! Was redest du da?", echauffierte sich Waldo, "Wie willst du das überhaupt anstellen? Sie pumpen dich wieder mit Medikamenten voll und stellen dich ruhig ..."

Die junge Frau lächelte, als sie Waldo in die Augen sah. "Eine andere Patientin hat es mir verraten: Wenn ich wirklich sterben will, wird es zwar sehr wehtun, aber ich kann mir einfach die Zunge abbeißen ... dann, so sagte sie, ist es schnell vorbei ..."

8. Feindberührung

Paula war sehr interessiert an der Episode, die Richard in der Apotheke erlebt hatte. "Ich möchte mir gar nicht vorstellen, dass so ein junges Mädchen tatsächlich gefährlich sein kann. Was denkst du, Dickie, hätte sie wirklich jemand verletzt in der Rugard-Apotheke?"

"Vergiss nicht, sie hat bereits getötet. Sie hat uns angesehen, als wären wir ihre Todfeinde. Da war so viel Angst und Gehetztsein in ihr, so viel Verzweiflung, ich glaube, sie hätte alles getan, um da durchzukommen ..."

"Wie furchtbar." Paula strich sich über den Bauch, der sich noch nicht sonderlich gewölbt hatte. Aber da sie nun sicher wusste, dass sie einen Bewohner beherbergte, war es wie ein Reflex. "Mir tut sie leid, die Arme."

Richard drehte sich zu ihr und sah sie an. "Paula, ich muss dir etwas sagen ... Eigentlich ist es schon länger fällig ..."

"Was willst du sagen ...? Dass du sehr krank bist ...?"

Er schaute verdattert. "Wie? Du weißt es ...?"

"Wissen ist zu viel gesagt. Aber ich kenne dich. Du hast so einen Heldenkomplex. Du willst mich schonen ... und deswegen hältst du es geheim."

Die Tränen schossen aus Richards Augen. Eine Last fiel von ihm ab und er konnte plötzlich alles loslassen.

Paula rutschte neben ihn und schloss ihn in die Arme.

"Es tut mir leid ...", schluchzte Richard, "Ich mache mir Vorwürfe ..."

"Wieso denkst du, du hättest etwas falsch gemacht? Hast du nicht." Ihre Stimme war sanft und beruhigend.

"Ich habe mich nicht getraut, dir etwas zu sagen, ausgerechnet jetzt, wo du wieder schwanger bist ..."

"Was genau hast du?"

"Krebs. Bauchspeicheldrüse. Es ist schon im Endstadium. Ich habe es die ganze Zeit nicht bemerkt ..."

"Und wie lange bleibt dir noch?"

Er blickte sie an und musste unwillkürlich lachen, "Zur Geburt werde ich es wohl nicht mehr einrichten können ..."

Dann übermannte ihn wieder die Trauer. "Dann bist du auf dich allein gestellt ..."

Sie drückte ihn behutsam an sich. "Richard, du musst dir keine Gedanken machen. Ich wusste, dieser Moment würde kommen. Ich hab das längst mit mir abgemacht. Der Kopf hat damals *nein* gesagt, aber intuitiv habe ich gespürt, dass es für mich das Richtige ist. Ich werde deine Kinder aufziehen und für mich ist es gut so. Weil ich dich liebe."

"Danke, Paula. Danke für alles."

"Ich habe zu danken."

Er sah sie an und küsste sie. "Da jetzt alles raus ist, kann ich dir ja endlich die Wahrheit sagen. Ich fühle mich vollkommen zerschlagen, ich möchte schlafen gehen ..."

"Schon. Aber erst räumst du bitte noch die Küche auf!"

Richard schaute verwirrt.

"War ein Spaß, Dickie! Ich weiß, ganz schlechter Humor. Komm, ich bringe dich rüber ..." Paula half ihm auf die Beine und geleitete ihn in sein Schlafzimmer.

"Du wirkst so abwesend. Woran denkst du? An unsere Jean d'Arc?" Vivian sah Jens von der Seite an, während sie den Dienstwagen steuerte.

"Nein. Im Moment dachte ich eher an unsere Tochter Yslei. Sie geht heute auf Klassenfahrt. Sie ist sehr eigensinnig und gleichzeitig so reif für ihr Alter. Aber wenn ich sie vor mir stehen sehe, so dünn und zierlich, dann mache ich mir immer Gedanken um sie, weil ich sehe, wie verletzlich sie im Grunde ist."

"Ich dachte, sie wäre eher so das Mündel deiner Frau. Hat nicht in erster Linie sie das betrieben, dass ihr das Mädchen adoptiert habt?"

Jens lachte. "Das kannst du laut sagen. Aber trotzdem: Yslei lässt mich seit langem nicht mehr kalt. Ich könnte nicht sagen, wieviel mehr ich für sie fühlen würde, wenn sie meine leibliche Tochter wäre. Und komischerweise hängt sie inzwischen sogar an mir. Hat zwar etwas gedauert, aber irgendwann ist sie eben auch beim Papa angekommen."

"Freut mich für dich." Vivian überlegte einen Moment und rang sich dann zu einem Statement durch, das ihr auf der Seele brannte. "Ich wollte mich noch bei dir bedanken. Wegen dem, was du letztens zu mir gesagt hast."

Der Kommissar war auf dem falschen Fuß erwischt und schaute ratlos. "Auf welchen meiner vielen wertvollen Kommentare spielst du an?"

"Wegen Justina. Du hast recht; zu versuchen, sie und ihren Tod aus meiner Arbeit auszublenden, funktioniert nicht. Sie ist immer noch so lebendig in mir. Also habe ich beschlossen, die Gedanken an sie auch bei meiner Arbeit zu akzeptieren. Und so merkwürdig es klingt, es entlastet mich."

"Oh! Das freut mich zu hören", sagte der Kollege.

"Ich verrate dir was, Jens: Bis zu dem Moment, in dem Justina vom *Laternenfisch* ermordet wurde, war ich ein Kind. Danach hatte ich die Wahl: Entweder einzugehen wie eine Primel oder erwachsen zu werden. Und dazu habe ich mich dann entschieden."

"Ja", gab Jens zurück, "Es ist nicht zu übersehen. Und es steht dir weiß Gott nicht schlecht."

"Danke. So, genug der Artigkeiten. Gehen wir zurück an die Arbeit?"

"Sicher!" Jens setzte sich etwas gerader hin. "Zum Thema: Altefähr. Ich habe deine Liste und wir klappern einfach der Reihe nach die Ferienwohnungen ab. Wie viele von den Besitzern hast du erreicht?"

"Es gibt hier in der Gegend über zwei Dutzend Wohnungen", berichte Vivian, "Die ganz kleinen habe ich mal abgezogen, weil die für eine größere Gruppe von Männern nicht in Frage kommen. Ich habe bis auf vier alle Eigentümer erreicht. Drei davon besitzen größere Häuser mit mehreren Apartments. Vier Anbieter haben Einheiten für sechs bis acht Personen."

"Und denen ist niemand verdächtig erschienen? Eine Gruppe von so vielen Männern müsste doch auffallen!"

"Nein. Keinem ist etwas komisch vorgekommen. Aber gut, unsere Söldner-Freunde werden sich die Hausschlüssel nicht mit dem MG über der Schulter abgeholt haben. Und ich ..." Vivian brach ab. Ein ungutes Geräusch wurde lauter und der Wagen fing plötzlich an zu hoppeln.

"Was ist?" Jens blickte irritiert herum.

"Das ist jetzt nicht wahr. Mist!" Vivian hielt an. "Wir haben eine Panne."

Die Kommissare stiegen aus und betrachteten den Plattfuß beim linken hinteren Reifen.

"Schöner Mist!", machte Vivian aus ihrem Herzen keine Mördergrube.

"Na komm, wir haben ein Reserverad", blieb Jens positiv, "Wir tauschen den Reifen."

"Nicht wir. Das übernehme *ich*." Vivian öffnete den Kofferraum ...

Chris verließ seine Wohnung, um mit Butch, der kleinen Promenadenmischung, die Tabea und er aus dem Tierheim geholt hatten, Gassi zu gehen. Er wandte sich in Richtung Osten, denn dort begann der Grüngürtel von Bergen.

"Sienkiewicz ... Gott zum Gruße!"

Der POM drehte sich überrascht um. Waldo kam heran. Chris blickte herum, in der Erwartung, Asja Sommerfeld irgendwo zu entdecken. "Waldo! Wo in aller Welt kommst du her? Und wo ist das Mädchen?"

"Entspann dich, Alter! Sie ist an einem sicheren Platz. Und glaub mir, ich kümmere mich gut um sie ...! Aber ich brauche deine Hilfe!"

"Meine Hilfe brauchst du? War so klar!", regte Chris sich auf, "Du Wahnsinniger, wir kommen beide in Teufels Küche! Der Alte tobt, der ist dicht davor, dir ein Disziplinarverfahren anzuhängen und dich hochkant rauszuschmeißen."

Waldo packte seinen Partner hart am Arm. "Schluss damit! Für Moralpredigten habe ich keine Zeit. Dieses Mädchen ist am Ende. Die hat da draußen mehrere Tage gelebt wie ein Tier. Außerdem ist sie auf Entzug von diesem Teufelszeug Retrovil, mit dem man sie ohne Ende vollgepumpt hat. Die braucht jetzt mal eine Pause von all dem Irrsinn!"

Chris machte sich los. "Versteh ich alles. Trotzdem frage ich dich, warum du sie nicht in ein Krankenhaus bringst, anstatt sie vor der Welt zu verstecken. Pausenlos eckst du an, weil du dich jedem Protokoll verweigerst!"

Waldo schloss resignierend die Augen. "Du hast recht. Meine Einstellung steht mir im Weg. Aber du kennst mich. Ich kann echte Gefahr ziemlich gut einschätzen. Bei diesem Mädchen verhält es sich anders. Sie ist nur ein gehetztes Tier und versucht irgendwie aus ihrem Labyrinth auszubrechen. Sie ist für keinen eine Bedrohung, der sie nicht angreift."

"Die braucht trotzdem professionelle Hilfe, Waldo! Das kannst du nicht allein mit deiner Gutmütigkeit regeln ..."

"Gut, dann sag ich dir, was passieren wird", nahm Chris' Partner einen neuen Anlauf, "Sie werden sie im Krankenhaus wieder aufpäppeln. Vielleicht kommen auch bessere Psychologen des Weges als im Institut Comenius. Aber dann stehen neben ihrem Onkel, den sie mit neun enthauptet hat, immer noch ein Totschlag zu Buche, schwere Körperverletzung und die Geiselnahme in der Rugard-Apotheke. Als wäre das noch nicht belastend genug, kommt noch eine dissoziative Persönlichkeitsstörung dazu: sie hält sich für Jean d'Arc. Was also, denkst du, wird im allerbesten Falle passieren?"

Der POM schaute nachdenklich. "Sie werden sie so schnell nicht wieder auf die Menschheit loslassen."

"Das sehe ich genauso", stimmte Waldo zu, "Du vergisst nur, dass dieses Mädchen bereits sein ganzes Leben eingesperrt war. Nun hat Asja an der Freiheit geschnuppert und mir gesagt, sie geht nicht mehr zurück in eine Zelle. Sie meint, sie bringt sich um. Und ich glaube ihr."

Chris bückte sich und sammelte mit einer Hundetüte ein Häufchen ein, das Butch auf ein Grünstück hatte fallen lassen. Er sah seinen Partner dann grübelnd an.

"Ist ja nicht so, dass mir deine Worte nicht einleuchten, Waldo, aber wo kommen wir hin, wenn wir uns für alles und jeden persönlich verantwortlich fühlen?"

"Ich denke, es ist nicht falsch, zu versuchen, die Welt ein kleines bisschen besser zu machen."

"Oh Mann, du bist echt auf einer Mission", stöhnte Chris, "Okay, sei's drum. Was erwartest du jetzt von mir?"

Waldo drückte ihm einen Zettel in die Hand. "Das ist eine Liste von Dingen, die du mir besorgen musst. Ganz wichtig: Ich brauche fünf, besser sechs Prepaid-Handys! Ich komme heute Abend nach Sonnenuntergang vorbei und klingle bei dir. Dann musst du alles beisammenhaben!"

"Nicht so schnell! Und was sage ich jetzt dem Chef?"

"Gar nichts sagst du dem. Ich rufe ihn an und rede selbst mit ihm." Damit drehte sich Waldo um und rannte davon.

Die Prohaska-Brüder, Johnny und Fiete hatten den dunklen Opel Astra Kombi mit ihrem Gepäck beladen. Baptist und Victor inspizierten in einem letzten Gang noch mal das Haus. Der zweite Wagen mit dem Capitano und den anderen drei Söldnern hatte sich bereits auf den Weg gemacht.

Johnny war schon den ganzen Morgen unruhig gewesen. Er hatte auf einen günstigen Moment gewartet, auf eine Chance, sich heimlich von der Gruppe absetzen zu können. Doch eine solche Gelegenheit hatte sich nicht ergeben. Nun trat er zu Fiete, da sie beide allein waren und unbeobachtet. "Hör mal, Kumpel, wie gut kennst du den Capitano und die anderen Männer wirklich?"

"Den Capitano gar nicht. Ich kenne nur die Prohaskas. Ich war mal mit denen zusammen im Knast. Dann haben wir ein Ding zusammen gedreht, was eins a gelaufen ist. Also haben sie beim Capitano für mich gebürgt. Wieso fragst du?"

Johnny schaute sich noch einmal um, bevor er weitersprach. "Fiete, hast du dir diese Leute mal angeguckt? Das sind durch die Bank Profikiller mit jeder Menge Berufserfahrung. Die radieren Menschenleben aus, wie andere sich am Sack kratzen! Wer sagt dir, dass die uns am Leben lassen, wenn die mit ihrem Job fertig sind?"

Fiete sah ihn an, als wäre er nicht bei Verstand. "Was redest du für eine Scheiße, Mann? Der Capitano hat schließlich auch einen Ruf zu verlieren. Mach dir mal nicht ins Hemd!" Er klopfte dem Freund beruhigend auf die Schulter.

Johnny aber wischte die Hand des anderen unwillig weg. "Der Capitano hat gesagt, ein Hubschrauber holt uns ab. Das hast du doch mitgekriegt ..."

"Ja, hab ich. Und?"

"Er hat gesagt, es wird ein AS 350 B3 sein. Ich kenne das Modell, denn mein älterer Bruder hat einen Pilotenschein. Der AS 350-Heli ist weit verbreitet, deshalb weiß ich über diesen Typ zufällig sehr genau Bescheid ..."

"Warum zum Teufel erzählst du mir das alles?"

"Kann ich dir sagen: Weil dieser Hubschrauber außer dem Piloten nur fünf weitere Leute mitnehmen kann ...!"

Fiete Geerdes starrte verdutzt. "Und was heißt das?"

"Na, rechnen kannst du doch. Wir sind acht. Das heißt, drei von uns werden am Ende nicht mitfliegen können. Und was denkst du denn, wer aus unserer illustren Gruppe das wohl sein wird? Oder glaubst du, dieses Kommando wird schlussendlich Streichhölzer ziehen für die kostbaren Plätze im Heli? Wohl kaum! Daher wage ich mal die Prognose, dass wir beide zu den Entbehrlichen gehören werden ..."

Vivian hatte den platten Reifen in die Mulde im Heck des Audis gelegt und machte sich daran, das Reserverad zu montieren. Da die Fahrbahn schmal war, regelte Jens den Verkehr, wenn Autos aus beiden Richtungen kamen. Das war jetzt wieder der Fall. Ein großer Fendt-Traktor rollte auf den Dienstwagen der Kommissare zu. Jens ging auf die andere Seite und hob die Hand, um einen anthrazitfarbenen Opel Astra anzuhalten, der auch verlangsamte. Doch dann stutzte Jens. Ein bulliger Mann steuerte den Astra, ein Mann, der dem Kommissar bekannt vorkam. Neben ihm saß jedoch jemand, den Jens augenblicklich einordnen konnte: das war Johnny Rusnak. Und seiner erschrockenen Miene nach hatte er Jens Lackner ebenfalls erkannt.

"Vivian! Die Söldner!", brüllte der Kommissar.

Im nächsten Moment sprang Victor Prohaska aus dem Astra und eröffnet das Feuer aus einer Uzi-Maschinenpistole. Jens, der seine Waffe gezogen hatte, spürte mehrere

Einschläge auf seiner schusssicheren Weste, wurde davon herumgerissen und rutschte die Böschung herunter. In genau diesem Augenblick war der Fendt-Traktor genau zwischen die beiden PKW und unterbrach den Sichtkontakt zwischen den Söldnern und den Polizisten. Als der Bauer auf dem Nutzfahrzeug die Schießerei mitbekam, gab er Vollgas, um schnell aus der Gefahrenzone herauszukommen.

Baptist Prohaska war nun ebenfalls aus dem Astra gestiegen und die staatenlosen Brüder rückten, ihre Uzis im Anschlag, schießend auf den Wagen der Kommissare vor.

Da federte Vivian hinter dem geöffneten Kofferraum des Dienstwagens hervor und feuerte aus ihrer Heckler & Koch-Maschinenpistole. Jens rappelte sich auf und schoss aus der Deckung des Grabens heraus ebenfalls auf die Söldner.

Die beiden Österreicher fanden sich nun im Kreuzfeuer wieder, reagierten und traten hastig den Rückzug an, denn sie waren auf dem Präsentierteller, während die Zivilbeamten relativ gute Deckung hatten. Nach hinten feuernd liefen die Brüder zurück zum Astra und stiegen wieder ein.

Baptist Prohaska startete den Motor, während sein Bruder von der Rückbank aus durch das offene Seitenfenster schoss. Der Motor des Kombis heulte auf und der Wagen schleuderte vorwärts. Auch Baptist streckte nun den Arm mit der Uzi aus dem geöffneten Seitenfenster und schickte kurze Feuerstöße in Vivians Richtung. Die Kommissarin schaffte es in diesem Augenblick nicht mehr, in Deckung zu gehen. Als der Kombi an ihr vorbeifuhr, erwischten Victor und Baptist sie mit gezielten Garben aus ihren Maschinenwaffen.

Jens lief heran und feuerte hinter dem Astra her, aber der Kombi beschleunigte und die Geschosse richteten nichts mehr aus.

"Scheiße ...!", stöhnte Vivian, die sich am Boden krümmte und aus mehreren Treffern am linken Oberschenkel blutete.

Jens ergriff sein Telefon, wählte den Notruf und alarmierte die Rettung. Er kniete sich neben die Kollegin und versuchte ihr beizustehen, aber es hatte sie ordentlich erwischt. Ihre Oberschenkel waren blutüberströmt ...

Johnny hätte sich ohrfeigen können. Als er Jens Lackner erkannt hatte, war ihm die Warnung herausgerutscht, dass es sich bei den zwei Personen auf der anderen Straßenseite um Polizisten handelte. Das hätten die Söldner sicher nicht bemerkt, da die Beamten in Zivil unterwegs gewesen waren. Dass die Prohaskas daraufhin sofort das Feuer eröffnen würden, hatte Johnny nicht kommen sehen. Aber selbst, wenn er den Mund gehalten hätte, wäre es wohl dennoch zu einer Eskalation gekommen, denn Lackner hatte ihn erkannt und war in der Pflicht gewesen, ihn festzunehmen.

Jetzt war eine Kriminalpolizistin über den Haufen geschossen worden und wenn es schlecht lief, hatte Johnny damit eine weitere Straftat auf seinem Konto: Beihilfe zum Mord.

In der Hektik war es den Söldnern entgangen, dass es Fiete erwischt hatte. Erst als Victor an dem Reglosen rüttelte, war der sich stetig vergrößernde Blutfleck unter seinem Schlüsselbein zu sehen, halb von seiner Jacke verdeckt.

Der Astra raste auf Rambin zu. Ursprünglich hatte man auf der Schnellstraße nach Norden fahren wollen, doch nach der Schießerei war eine Großfahndung zu erwarten. Victor und Baptist mussten den Wagen loswerden. Bei der Rambiner *Pommernkate* hielten sie auf dem großen Parkplatz. Victor nahm seine Werkzeugtasche und lief los, seine Schirmmütze tief im Gesicht. Baptist räumte derweil den Astra aus.

"Ich brauche einen Scheißarzt, Leute!", jammerte der inzwischen zu Bewusstsein gekommene Fiete, "Ich blute wie ein Schwein und es tut weh wie Sau!"

"Reiß dich zusammen!", fuhr Baptist ihn an. "Wir können nicht mal eben zur Notaufnahme, das ist dir wohl klar!"

"Ich brauch was gegen die Schmerzen, Leute! Die Schmerzen sind der Wahnsinn ...!" Der Angeschossene schluchzte.

Doch sie konnten nichts für ihn tun. Johnny wusste, dass Toledo ein Medi-Pack mit sich führte und derjenige im Kommando war, der im Falle eines Falles die Rolle des Sanitäters übernehmen sollte.

Dann bremste ein klappriger gelber Passat neben ihnen, ein Auto, das Victor in Rekordzeit geknackt haben musste.

Schnell luden die Söldner ihr Gepäck in diesen Wagen. Zum Schluss hievten sie den winselnden Fiete hinüber, dem jede Bewegung höllische Pein bereitete.

Baptist setzte sich ans Steuer und sie fuhren wieder los.

Victor wühlte in seiner Tasche und förderte einen Joint zutage. "Hier, Fiete, nimm! Was Besseres habe ich nicht."

Der angeschossene Kamerad griff hastig nach dem Stick und der Österreicher gab ihm Feuer. Der Verletzte sog gierig an der Selbstgedrehten.

"Wir brauchen eine andere Route, Johnny!", rief Baptist, "Da, wo die Bullen uns nicht suchen! Du kennst dich hier am besten aus."

"Fahren wir über Gingst", antwortete Johnny nach kurzer Überlegung, "Auf der Schnellstraße nach Bergen werden sie zuallererst nach uns gucken."

Baptist schaltete und gab Gas.

Nicht dass er es nicht schon früher geahnt hatte, doch spätestens jetzt wusste Johnny Rusnak, dass der Ausbruch aus der JVA Bützow der größte Fehler seines Lebens gewesen war. Und der richtige Ärger lag erst noch vor ihm ...

Die Ringalarmfahndung lief auf Hochtouren und mit zusätzlichen Kräften von der Bundespolizei und der Stralsunder Inspektion suchte man nun nach dem dunklen Ford Astra.

Jens war mit Vivian auf dem Weg ins Krankenhaus. Der Notarzt verabreichte der Kommissarin ein Sedativ, denn sie hatte große Schmerzen. "Scheiße, das ging so schnell!", stieß sie hervor, "Das ging alles so verflucht schnell ..."

"Du kannst von Glück sagen, ohne Weste wärst du jetzt nicht mehr hier, genau wie ich", versuchte Jens eine positive Sicht auf die Dinge.

"Und du?", fragte Vivian, "Hast du gar nichts abgekriegt?"

"Nicht mal einen Kratzer. Nur ein paar Blutergüsse von den Treffern auf der Weste. Aber die ist jetzt total hinüber ..." Jens pellte sich aus seiner mit Projektilen übersäten Panzerung, deren Klettverschlüsse an der Seite vom Beschuss in Fetzen hingen.

Vivian runzelte die Stirn. "Wo hattest du eigentlich deine Maschinenpistole? Du hast doch allen die erweiterte Ausstattung eingeschärft ..."

Jens machte ein zerknirschtes Gesicht. "Nicht, dass ich sie nicht mitgenommen hätte. Aber sie lag im Koffer auf dem Rücksitz vom Wagen. Als es losging mit dem Budenzauber, war da null Chance, irgendwie noch dranzukommen. Tut mir echt leid!"

Vivian lächelte bitter. "Komm, Jens, das ist kein Vorwurf. Ich bin nur so verdammt sauer! Mental habe ich mich immer auf so einen Moment vorbereitet und jetzt haben die uns so kalt erwischt. Das war eine Pleite auf der ganzen Linie."

"Das sehe ich anders", entgegnete Jens, "Ich hatte das Gefühl, dass du einen von denen getroffen hast. Ich hab gesehen, dass da jemandem im Auto die Waffe weggeflogen ist. Okay, das war nur eine Momentaufnahme, aber doch, ich bin sicher: Einen hast du wohl erwischt ...!"

"Gut!", ächzte Vivian, "Hoffentlich stimmt das ..."

Im Polizeihauptrevier in Bergen ging es rund. Bert Rusnak stand im Kontakt mit Stralsund und der Bundespolizei. Nach dem Feuergefecht vor Altefähr hatte man die Dienststelle in Neustadt informiert, die ihrerseits Kontakt mit der Potsdamer Zentrale aufnahm. Es wurde verfügt, dass sich eine Einsatzeinheit der GSG 9 nach Rügen auf den Weg machte. Die jedoch würde erst in einigen Stunden eintreffen.

Der Hauptkommissar hasste es, wie jetzt, mit leeren Händen dastehen zu müssen, wenn die Spezialkräfte kamen, denn die Söldner waren wie vom Erdboden verschluckt.

Chris kam auf Rusnak zu. "Chef, ich hab Waldo am Rohr!"

"Gib her!", erwiderte der Revierleiter grob und ergriff Chris' Telefon. "Rafalski! Wo zum Teufel steckst du?"

"Verzeihen Sie, dass ich mich so spät erst melde, Herr Hauptkommissar! Durch die Vorfälle in der Rugard-Apotheke stehe ich unter Schock und bin nicht einsatzfähig. Frau Dr. Korkmaz hat mich für den Rest der Woche krankgeschrieben."

Bert Rusnak glaubte, sich verhört zu haben. "Schock? Wovon, verdammt, redest du da? Bist du übergeschnappt? Wo ist die Verrückte mit dem Samurai-Schwert?"

"Ja, richtig. Ich bin völlig durcheinander. Durch den emotionalen Stress kann ich mich nicht mehr richtig an die Abläufe erinnern. Immerhin hatte ich zwanzig Minuten eine scharfe Klinge an meiner Kehle. Aber diese geistig Verwirrte hat mich irgendwann laufen lassen. Meine Erinnerung an den gestrigen Tag ist lückenhaft. Ich weiß nur, dass ich irgendwann, völlig neben der Spur, zu Hause saß, und dann habe ich in meiner Not Frau Dr. Korkmaz angerufen."

"Bert! Neuigkeiten!" Dina Zellhöfer kam heran.

"Wir sprechen uns noch, Rafalski!", bellte Rusnak ins Smartphone und warf es genervt zu Chris hinüber, der froh war, es mit einem abenteuerlichen Reflex fangen zu können.

"Dina, was gibt's?"

"Bei Rambin in der Nähe der Insel-Brauerei wurde der Ford Astra gefunden, nach dem wir fahnden", berichtete die Kollegin, "Der Wagen war leer, hatte aber frische Blutspuren auf der Rückbank. Das würde zu Kommissar Lackners Bericht passen. Er hat angegeben, dass Oberkommissarin Tennstedt möglicherweise einen der Söldner angeschossen hat."

Rusnak schaut grimmig. "Die Brüder haben die Fahrzeuge getauscht. Das bedeutet, dass auf dem Gelände dort irgendein anderer Wagen fehlen muss. Wir müssen wissen, was das für einer ist. Schick noch mehr Leute hin, die sollen mit Hochdruck daran arbeiten! Und wir fahnden nun nach Autos, die mit vier Männern besetzt sind!"

Hauptkommissarin Zellhöfer sah ihn geduldig an, "Kannst du mir vielleicht noch irgendeine Anweisung geben, die ich nicht schon längst ausgeführt habe?"

An diesem Tag konnte Bert Rusnak über den Flachs nicht lachen. "Dina, du weißt, dass Jens in dem Wagen der Söldner meinen Bruder gesehen hat. Johnny ist mit denen im Bunde und ich habe eine Scheißangst, was noch alles passieren wird." Der Revierleiter ließ die Kollegin stehen und eilte zurück in sein Büro.

Die beiden Busse, die die drei zehnten Klassen zur Fähre bringen sollten, standen vor dem Schulgelände bereit und die ersten Schüler stiegen ein.

Frau Kampermann hatte Simon Graf Yorck zu Wartenburg beiseite genommen und wartete mit ihm abseits der Reisegruppe. Eine Kollegin führt Yslei heran, nickte der Klassenlehrerin der 10b zu und entfernte sich wieder.

"Bevor wir uns auf die Reise machen, möchte ich noch etwas klären", begann Frau Kampermann und hatte dabei einen ihrer strengeren Gesichtsausdrücke aufgesetzt. "Yslei hat ja kürzlich den Vorwurf erhoben, dass sie von einem Mitschüler fremdenfeindlich gemobbt wurde."

"Das ist doch Schnee von gestern", warf das Mädchen ein.

"Da bin ich mir nicht so sicher", hielt die Pädagogin dagegen. "Vorhin kam eine Schülerin zu mir, die beobachtet haben will, dass du, Simon, die Yslei gestern vor der Schule von hinten rüde angerempelt hast, und zwar so, dass sie gestürzt ist. Und dann, so die Aussage dieser Schülerin, seist du einfach weitergegangen, als wäre gar nichts gewesen."

Simon war unfähig, der Lehrerin in die Augen zu blicken.

"Möchtest du dich nicht dazu äußern?" Frau Kampermann war nicht gewillt, den Jungen vom Haken zu lassen.

"Also wirklich, wenn es so gewesen wäre, würde ich es doch wissen!", schaltete Yslei sich ein. "Ich bin auf den Boden geknallt, weil ich auf ein Steinchen getreten und umgeknickt bin. Und dabei habe ich mein Handy geschrottet."

"Aber war Simon nicht ganz nah bei dir?"

Die Schülerin machte eine ratlose Geste. "Was weiß ich? Ich hab ihn jedenfalls nicht gesehen. Außerdem haben Sie mir noch vor einem Jahr die Leviten gelesen, weil ich dem Dennis eins auf die Nase gegeben habe, als er mich provozieren wollte. Dass ich zu schnell rotsehen würde und dann unkontrollierbar werde. Hätte mich wirklich jemand angerempelt, hätte ich zurückgerempelt, aber mit Karacho. So gut sollten Sie mich doch inzwischen kennen."

Frau Kampermann verzog das Gesicht und sah Simon an. "Kannst du das bestätigen?"

Der junge Graf schaute unbewegt. "Ich hab nichts von einem Sturz mitgekriegt. Wenn, dann hätte ich Yslei ganz sicher aufgeholfen."

"Also gut", gab sich die Klassenlehrerin zufrieden, "Dann war das offenbar ein Missverständnis. Packt eure Sachen in den Bus und es kann losgehen."

Mike Kramer betrat das Zimmer des Gastes, der im Laufe der Nacht im Lietzower Schloss eingetroffen war. Der schlanke Mann im Seidenanzug war erst dreißig, ging aber bereits am Stock. René Sutter war der Privatsekretär des Tycoons Willem de Kerck, dem Eigner von De-Kerck-Industries. Den hatte Mike noch niemals persönlich zu Gesicht bekommen. Aber der Sekretär war schon wiederholt dagewesen. Sutter hatte ein vernarbtes Gesicht, was auf im Kindesalter aufgekratzte Windpocken hindeutete. Der Privatsekretär war ein freudlos wirkender Mann mit düsterer Miene. Die verkniffenen Züge um seine Mundwinkel machten ihn nicht sympathischer. Aber das war nur einer der Gründe, wieso Mike den Schweizer nicht mochte. Sutter hatte bei seinen Aufenthalten selten zu guter Laune beigetragen. Er war ein verdrossener und ungnädiger Zeitgenosse, der immer von vier handverlesenen Bodyguards umringt war und fast rund um die Uhr von seiner Arbeit am Laptop vereinnahmt wurde. Unter den Augen des Mannes lagen dunkle Ringe, die dem Schlafmangel und seinem schlechten Kreislauf geschuldet waren. Der Privatsekretär war bereits zweimal einfach zusammengeklappt und regulierte solche Ausfälle mit starken Medikamenten, die er nicht zu knapp mit sich führte. Das, was Mike aber am sonderbarsten vorkam, war, dass der Schweizer stets eine Fußfessel mit rot blinkender Diode trug, und das, obwohl er kein Strafgefangener war.

"Es ist kalt hier, Kramer!", monierte Sutter, "Soll ich mir eine Lungenentzündung holen? Sorgen Sie dafür, dass die Heizung höher gedreht wird, aber zügig, wenn's geht!"

Mike nickte gleichmütig. "Natürlich, Herr Sutter. Kann ich sonst noch etwas für Sie tun?"

"Ich lasse es Sie wissen", war die knappe Antwort, begleitet von einer wedelnden Handbewegung, die dem Sicherheitschef bedeutete, dass er sich entfernen sollte.

Mike schloss die Tür von außen. Die ungeduldige Art des Chefsekretärs brachte ihn nicht aus der Ruhe. Seine Stellung als Sicherheitschef von Schloss Lietzow war gut und das Salär ordentlich. Das war das Einzige, was für den Ex-Polizisten zählte. Seine Frau Vero gewährte ihm zwar Zugang zu ihren Bankkonten und hatte kein Problem, ihr großes Vermögen mit ihm zu teilen, aber Mike war ein altmodischer Mann, dem es gegen die Ehre ging, sich von einer Partnerin aushalten zu lassen. Er schob zwar gerne eine ruhige Kugel, aber so ganz ohne Aufgabe würde er einfach verrückt werden.

Der schlaksige Rufus Bieker kam auf ihn zugelaufen, einer der Security-Leute, die der ehemalige Polizist Kramer befehligte. Bieker war keine Intelligenzbestie, aber zuverlässig. Er salutierte vor dem Sicherheitschef, wie er es gelernt hatte. "Wir haben einen Eindringlings-Alarm auf der Nordseite! Soll ich ein Team rausschicken?"

Schloss Lietzow verfügte über ein festes Sicherheitsteam von zehn Mann, Mike Kramer war da nicht mitgerechnet. Jetzt kamen dazu noch die vier Gorillas von Privatsekretär Sutter. Da die unglückliche Geschichte mit dem festgehaltenen Torben Kmiecik unnötig viel Staub aufgewirbelt hatte, wollte der Sicherheitschef nicht denselben Fehler zweimal begehen. Mike hatte die Befragung des Bauern nämlich seinem Vertreter Boris Sikorsky überlassen. Der, ein verkappter Sadist, war weit über das Ziel hinausgeschossen und auf den Einfall gekommen, Kmiecik eine ganze Nacht lang in einer Kiste im Verließ einsperren zu lassen. Dies war in der Absicht geschehen, den widerspenstigen Mann einzuschüchtern und so weichzukochen. Mike hatte das zu spät mitbekommen und als er die Anweisung gab, den Lietzower Bauern zu befreien, war das Malheur schon passiert: Torben Kmiecik war von seinem Lebendig-begraben-sein über eine Dauer von neun Stunden in undurchdringlicher Schwärze und absoluter Stille nachhaltig traumatisiert worden. Am ganzen Leibe zitternd und mit vollen Hosen hatte man den Mann aus der Kiste geholt. Dabei hatte es sich bei Kmiecik nur um einen harmlosen Bauern gehandelt.

Dass der Unglücksrabe sich einige Tage später aufgehängt hatte, war auch im Schloss bald offenkundig geworden. Mike hatte Sikorsky gefeuert und die übrige Mannschaft lautstark zusammengefaltet. Derartig unnötige Auswüchse wollte ihr Auftraggeber hier in Lietzow auf keinen Fall sehen.

Doch damit war die Milch vergossen und die Uhr zurückdrehen konnte Mike nicht. Er sah Bieker nachdenklich an. "Eindringlings-Alarm sagst du? Ich werde mich selber darum kümmern. Du gehst in den Keller und wirfst die Heizung an. Unserem Eidgenossen Sutter friert's an den Eiern."

"Natürlich, Boss! Wird gemacht."

Mike begab sich zu einem schmucken Jugendstil-Schrank und holte dort seine *XPR Stealth*-Winchester heraus. Dann machte er sich auf den Weg zum nördlichen Zaun, dorthin, wo der Eindringling gesichtet worden war ...

Waldo klopfte vorsichtig in einem vereinbarten Rhythmus an das Gartenhaus. Asja öffnete erst nach einer Weile. Der Polizeimeister trat mit einem vollen Rucksack ein.

"Verzeih, ich bin wieder eingeschlafen", rechtfertigte sich das Mädchen, "Ich fühle mich so schwach. Und die Tabletten setzen mir zusätzlich zu ..."

"Mach dir keine Gedanken. Ich hab dir etwas zum Anziehen besorgt. Ist alles von unserem Secondhandladen hier. Damit du mal aus deinen Anstaltsklamotten rauskommst." Waldo packte einige Jeans, Blusen und Röcke aus.

"Kommst du denn nicht in Schwierigkeiten, wenn du mich versteckst?" Asja sah besorgt aus.

"Ich hab mich krankgemeldet", winkte der Beamte ab, "Ich war in meiner ganzen Zeit hier noch nie krank, so what?"

Die junge Frau ging zum Sessel und ließ sich dort nieder. "Wie soll es nur weitergehen?", grübelte sie, "Das Gartenhaus ist gut, aber das ist doch keine Lösung für länger. Und es gibt keinen anderen Ort, wo ich hinkann ..."

Waldo ging zu ihr und lächelte aufmunternd. "Asja, ruhig Blut! Ich habe dir doch von Frau Dr. Korkmaz erzählt, der Psychologin. Anfangs konnte ich sie nicht ausstehen und ich glaube, sie mich auch nicht, aber inzwischen haben wir uns angefreundet. Sie könnte dafür sorgen, dass du in eine Einrichtung kommst, in der man sich deutlich besser um dich kümmert als das, was du bisher erlebt hast."

Asja blickte ihn ruhig an: "Nein. Ich habe dir gesagt, dass ich mich nicht mehr einsperren lasse. Jetzt nicht mehr."

Der Polizeimeister zog eine Grimasse. "Versteh ich. Dann müssen wir uns einen guten Plan B einfallen lassen."

Asja schaute groß. "Hast du denn eine Idee, Waldo?"

"Absolut ... nicht", lachte der Beamte und zog eine große Schachtel heraus. "Aber mit leerem Magen wird uns auch nichts einfallen. Also schlagen wir uns jetzt erst einmal mit schweineleckerem Sushi die Bäuche voll ..."

Voller Ungeduld hatten der Capitano, Angel und Dobbs im Wald in der Nähe des Schlosses auf Johnny und die Prohaska-Brüder gewartet. Jetzt waren sie endlich eingetroffen.

Dass eine Schießerei mit der Kriminalpolizei stattgefunden hatte und Fiete Geerdes dabei angeschossen worden war, ärgerte den Teamführer gewaltig. Er sah auf seine Uhr. "Wir sind weit hinter dem Zeitplan. Der Heli wird in einer halben Stunde da sein."

"Bitte, ich brauch einen Arzt, Leute!", jammerte Fiete aus dem Auto heraus. "Ich will was gegen die Schmerzen, ich halt's nicht mehr aus! Bitte ...!"

"Wo ist Toledo?", wollte Johnny wissen, "Er hat mir gesagt, dass er Morphium in seinem Medi-Pack hat."

"Er ist unser bester Scharfschütze. Er hat schon seine Position bezogen", klärte der Capitano seinen Landsmann auf.

"Bitte!", greinte Fiete, "Ihr müsst Toledo holen! Jetzt!"

"Okay, boy! I'll take care of it!", ließ Angus Dobbs sich mit gleichmütiger Stimme vernehmen. Er zog seine Glock aus dem Schulterhalfter und schraubte einen Schalldämpfer auf deren Nase.

Fietes Augen wurden groß. "Nein, Mann! Nein, das geht nicht! Leute, bitte!"

Der Capitano trat vor. "Dobbs! No! Don't you dare ...!"

Aber der Brite ignorierte den Leader und legte an.

"Neeeinnn!", brüllte Johnnys alter Freund.

Dann beendete ein trockenes Husten aus Dobbs schallgedämpfter Pistole Fietes Dasein auf dieser Erde.

Johnny war fassungslos.

Der Capitano trat vor und schlug die Waffenhand des Hünen wütend zur Seite. "Fuck you, man!"

Dobbs drehte sein kantiges Haupt zum Anführer. Dann richtete er seine klobige Glock auf den Kopf des Capitanos.

Doch der zuckte nicht mal mit der Wimper. Er war wahrscheinlich der einzige Mann im Kommando, der keine Angst vor Dobbs hatte.

Der Brite nahm die Waffe herunter und steckte sie zurück in den Holster. Dann tätschelte er mit einem Ausdruck in seinem Gesicht, der entfernt an ein Lächeln erinnerte, die Wange des Capitanos. Darauf drehte er sich einfach weg.

Dem Anführer ging Dobbs Auftreten sichtlich gegen den Strich, doch der Brite war *Scaramouches* Mann. Ändern konnte man jetzt nichts mehr, also sah der Capitano auf seine Uhr und ging weiter nach Plan vor. "Wie ich schon sagte, die Zeit drängt. Wir müssen schnell zuschlagen! Wir gehen rein, holen *das Paket* und ziehen wieder ab! Also Schalldämpfer drauf und los geht's!" Er sah böse zu dem riesigen Engländer. "Die *One-Man-Army* macht die Vorhut!"

In Dobbs Gesicht war keine Regung zu sehen. Er hängte ein großkalibriges Präzisionsgewehr um und lud seine Maschinenpistole durch. Dann ging er nach vorne.

Obwohl Johnny sich noch im Schockzustand befand, versah er seine eigene Waffe hastig mit einem *Silencer*.

Dobbs trat zu der Stelle am Zaun, in die Angel bereits eine Öffnung geschnitten hatte. Er zwängte sich durch und übernahm die Spitze.

Der Capitano und Angel schlossen sich ihm an. Die beiden Prohaskas und Johnny Rusnak folgten den Anführern ...

Mike Kramer bewegte sich lautlos durch das Gebüsch. Er war einige hundert Meter vom Schloss entfernt. Inzwischen kannte er das Lietzower Areal im Schlaf. In Briefings durch belgische Sicherheitsexperten waren Mike und seine Mannschaft immer wieder davor gewarnt worden, dass Industriespione, Saboteure oder sonstige feindlich gesinnte Kräfte diesen De-Kerck-Standort attackieren könnten. Dafür hatte es bisher nicht den geringsten Anhaltspunkt gegeben, dennoch wollte Mike nichts dem Zufall überlassen. Wahrscheinlich war es wieder ein blinder Alarm, wie immer, wenn irgendwelche "Insulaner" hier über den neuen Zaun stiegen.

Mike sah eine Bewegung hinter den Büschen. Entschlossen rückte er vor und stand dann plötzlich einem mit einem Gewehr bewaffneten Mann gegenüber, den er noch nie gesehen hatte. Der Kerl hatte speckige Haare, einen Bierbauch und rotunterlaufene Augen. Er stand unsicher und hatte offensichtlich einige Drinks intus. Als er den Sicherheitschef sah, hob er ungelenk seine Schrotflinte, legte an und drückte ab.

Mike hechtete gedankenschnell nach links ins Unterholz. Die Ladung aus dem doppelläufigen Hinterlader des Mannes verfehlte ihn knapp. Und dann, mit einem Male, war ihm klar, mit wem er es zu tun hatte. Das musste der Bruder von Torben Kmiecik sein, die Ähnlichkeit war unverkennbar ...

Mike hätte den Trunkenbold leicht mit seiner Winchester erledigen können, aber das verbot sich von selbst. Der Einheimische stellte mit seinem Schrotgewehr zwar eine Gefahr dar, war aber im Grunde nur ein Wirrkopf. Man würde ihn unschädlich machen können, auch ohne ihn zu verletzen.

In diesem Moment drang ein Geräusch zu Mike herüber, das sich wie ein entferntes Prasseln anhörte. Der Ex-Polizist fuhr mit entgeisterter Miene herum. Das war eindeutig eine Maschinenpistole. Dann donnerten da in der Ferne weitere Schüsse, Schüsse, die von mehreren verschiedenen Waffen stammten. Mike brauchte einen Augenblick, um zu realisieren, was dahinten vor sich ging, das war der Ernstfall! Das Schloss wurde angegriffen. Kramer riss sein Gewehr von der Schulter und rannte los ...

"Es war klar, dass das eines Tages passieren würde!", rief Urs Wessinghage, der Major Domus, den restlichen sieben Männern der Wachmannschaft zu, zu denen sich jetzt zwei der Sutter-Bodyguards gesellt hatten. Innerlich fluchte er, weil Mike Kramer nicht zu greifen war, der die Verteidigung des Schlosses hätte koordinieren müssen.

Draußen erstarb der Schusswechsel. Das konnte nur bedeuten, dass die Securitys, die draußen die erste Verteidigungslinie gebildet hatten, ausgeschaltet waren.

Aus dem Hintergrund kam René Sutter herangehinkt, auf seinen Stock gestützt, während sich die beiden anderen Leibwächter in seinem Kielwasser hielten. "Was ist los?"

"Ein massiver Angriff!", rief Wessinghage erregt, "Gehen Sie auf Ihr Zimmer! Ich werde die Polizei alarmieren!"

"Polizei? Auf gar keinen Fall!", zeterte Sutter, "Wir klären das hier mit unseren eigenen Leuten, verstanden?"

"Natürlich!", versicherte der Major Domus schnell, "Aber jetzt ziehen Sie sich zurück! Sofort!"

Es lag nicht im Naturell des Schweizers, Befehlen von Untergebenen Folge zu leisten, doch als er weitere Schüsse von draußen hörte, machte er kehrt und humpelte zurück in sein Büro, von seinen beiden Personenschützern begleitet.

Urs Wessinghage war überfordert, hatte eine Situation wie diese noch nie erlebt. Da Kramer abwesend war, musste er die Führung übernehmen. Er baute sich vor seinen Wachleuten auf. "Geht da raus und setzt ein Statement! Fragt nicht, sondern schießt im Zweifelsfall! Das ist unsere Hoheit hier! Lasst es sie bereuen, hier eingedrungen zu sein!"

Die Wachleute stammten von einem seriösen Sicherheitsdienstleister in Schwerin, waren ordentlich ausgebildet, aber keiner von diesen Werkschützern hatte Kampferfahrung.

Doch die zwei Bodyguards, die mit Sutter gekommen waren, waren von anderem Schlag. Sie übernahmen nun das Kommando. Die kleine De-Kerck-Armee lud nervös ihre Waffen durch und machte sich für den Ausfall bereit ...

"Los!", brüllte Wessinghage, "Raus da und keine Gnade!"

Die Männer rissen die Tür auf und stürmten hinaus ...

"Okay, Leute! Herhören!" Dina Zellhöfer stand vor den beiden Streifen-Teams von Cora Bergstedt und Said Cetin, sowie Chris Sienkiewicz und Willie Olsen. "Auf der Bundesstraße sechsundneunzig, Höhe Jarnitz, ist vor einer halben Stunde ein gelber Passat mit vier Insassen gesehen worden. Die waren mit hoher Geschwindigkeit nach Norden unterwegs. Die steuern entweder Ralswiek an oder vielleicht Sassnitz. Macht euch sofort auf den Weg!"

"Sekunde!", rief Chris. "Ich glaub viel eher, die wollen nach Lietzow, zu dem schwer bewachten Schloss! Da, wo Mike Kramer Sicherheitschef ist. Ich hatte die ganze Zeit den Eindruck, dass bei denen was faul ist."

"Gut!", überlegte Dina kurz. "Dann fahrt ihr, du und Willie, zum Schloss. Cora und Said, ihr positioniert euch an der Ortseinfahrt Sagard. Bis auf Widerruf!"

Die beiden Team signalisierten, verstanden zu haben, und verließen eilig das Hauptrevier.

Die Verteidiger des Schlosses wurden draußen bereits erwartet. Angus Dobbs stand zehn Meter vor der Außentür, mit seinem Großwildgewehr im Anschlag, als die De-Kerck-Männer aus der Schlosstür stürmten. Der erste Verteidiger brach getroffen zusammen, nachdem ein Schuss abgegeben worden war, der nicht aus der sechsköpfigen Gruppe um den Capitano stammte.

Johnny schaute hoch, wo Toledo, der zweite Scharfschütze, irgendwo in einem Baum positioniert war.

Die Wachmannschaft des Lietzower Schloss rückte tapfer vor und feuerte mit allem, was sie hatte, doch ihr Ausfall war zu unkoordiniert, so dass sie zum leichten Ziel wurde.

Dobbs stand provozierend offen da, mit einer für seine Größe spezialangefertigten Panzerweste und erwartete die Gegner mit gezielten Schüssen aus seiner großkalibrigen Jagdwaffe. Er gab kurz hintereinander mehrere Schüsse ab und tötete mit fast jedem einen Gegner.

Auch das Sniper-Gewehr des unsichtbaren Toledo brachte aus der Höhe Tod und Verderben für die Wachleute.

Johnny schoss ebenfalls, aber er zielte irgendwo in die Botanik, denn er wollte keinen Anteil an diesem Gemetzel haben. Er hoffte, dass das niemand der anderen mitbekam.

Dann war es vorbei. Die letzten drei Wachleute warfen ihre Waffen weg, hoben die Hände und ergaben sich.

Angus Dobbs zog seine Glock und sah zum Teamleder.

Der Mund des Capitanos war ein Strich, als er durch ein knappes Nicken dem Briten seine Zustimmung signalisierte.

Angus Dobbs ging auf die drei Männer zu, die mit hoch in die Luft gestreckten Armen dastanden und ihm unsicher entgegenblickten. Der Riese mit dem Zopf hob seine Pistole und erschoss die Männer mit drei präzisen Schüssen. Als der Pulverdampf sich verzogen hätte, schüttelte er verächtlich den Kopf. "Bloody fools!"

Der Capitano lief mit gezogener Waffe an ihm vorbei, gefolgt von Angel und den Prohaskas. Die Arbeit war noch nicht getan. Die Söldner drangen in das Gebäude ein ...

Mike hatte das Schloss erreicht. Das zweite Feuergefecht, das zu vernehmen gewesen war, hatte schnell ein Ende gefunden. Der Sicherheitschef zweifelte daran, dass die Verteidiger diese Auseinandersetzung für sich entschieden hatten. Mike wollte gerade, das Gewehr im Anschlag, nach vorne zum Haupteingang zu laufen, als er eine Stimme hörte.

"Kramer! Mensch! Da sind Sie ja! Wo, zum Henker, waren Sie denn?" Aus dem Gebüsch schälte sich die dünne Gestalt des Major Domus. Wessinghage lief winkend auf Mike zu. "Die bringen alle um, Herr Kramer, ich weiß nicht, wer die Schweine sind, aber ist mir auch scheißegal ...! Ich für meinen Teil werde jetzt abhauen und ..."

Doch dann, ohne dass Kramer einen Laut gehört hatte, platzte dem Major Domus der Kopf an der linken Schläfe auf und eine Blutfontäne spritzte heraus. Die Brille des Mannes rotierte zur Seite und er stürzte tot zu Boden.

Mike wich zurück. Der Schuss war von schräg oben gekommen, lautlos, also saß da irgendwo ein Scharfschütze mit einer schallgedämpften Waffe in erhöhter Position.

Mike pantherte zur Seite, rollte über den Boden und fand Deckung hinter einem Stein. Als erneut eine lautlose Kugel einschlug und Steinsplitter in alle Richtungen fetzte, beschloss der Sicherheitschef, sich endgültig zurückzuziehen. Er orientierte sich nach links und erreichte einen Baum, hinter dem er sich aus dem Schussfeld wähnte. Er verhielt sich nun vollkommen ruhig. Der Sniper konnte ihn hier wohl nicht treffen, sonst hätte er bestimmt längst geschossen.

Vom Schloss her waren wieder Schüsse zu hören, es klang ganz so, als würde jetzt innerhalb des Gebäudes gekämpft. Mike konnte sich diese Eskalation nicht erklären. Das De-Kerck-Areal war schwer bewacht und dennoch hatten die Angreifer die Gegenwehr schnell zum Erliegen gebracht. Das sagte einiges über deren Kampfkraft aus. Doch worum ging es hier? Darauf wusste der ehemalige Polizist keine Antwort.

Nachdem er sich einige Minuten in seiner Deckung still verhalten hatte, tauchten mehrere Männer in Mikes Blickfeld auf. Es waren vier bis an die Zähne bewaffnete Kämpfer. Sie hatten den Schweizer René Sutter gepackt und bugsierten den stolpernden Mann in nördliche Richtung. Mike fiel gleich auf, dass die ewig blinkende Fußfessel des lahmen Sekretärs nun fehlte. Jemand musste sie entfernt haben.

Mike hätte mit seiner Winchester womöglich ein, zwei guten Schüsse anbringen können, aber dann wäre seine Position verraten gewesen. Die erfahrenen Angreifer hätten ihm schnell den Garaus gemacht.

Im nächsten Moment war das Knattern eines Hubschrauberrotors zu hören. Das Geräusch war schon länger irgendwo im Hintergrund gewesen, doch Mike nahm es erst jetzt bewusst wahr. Damit lag es auf der Hand: die Bewaffneten, die sich den gehbehinderten Privatsekretär geholt hatten, wollten auf dem Luftweg entkommen.

Mike Kramer rang mit sich. Er allein würde René Sutter da nicht raushauen können. Und er hing zu sehr am Leben, um aus reinem Pflichtbewusstsein Selbstmord zu begehen. Nein, das war der Punkt, an dem er seinem Dienstherrn Willem de Kerck innerlich die Kündigung aussprach.

"Na, Kamerad, hast du dich verlaufen?"

Kramer fuhr herum.

Vor ihm stand ein blonder Mann mit einem Gewehr in der Hand. "Lass die Waffe fallen, Junge!"

Die Winchester des Sicherheitschefs landete im Laub.

"Und jetzt dreh dich um, mein Freund", ordnete Angel an.

Mike folgte der Anweisung und seine Magenwände zogen sich zusammen, als er dem Söldner den Rücken zuwandte. Der Kerl würde ihn alle machen, so wie die anderen, das war so sicher wie das Amen in der Kirche.

"Weißt du, Kamerad", sprach der Blonde im Plauderton, "Ich bin kein Kopfschussfanatiker. Das ist fad. Viel interessanter ist ein Nierenschuss. Da hat der Kandidat wenigstens noch etwas davon."

"Renn, Alter!", zuckte es durch Kramers Hirn. Doch dann fuhr eine gleißende Lanze von hinten in seinen Körper ...

Der Hubschrauber vom Typ AS 350 B3 landete auf einer Schneise etwa achthundert Meter vom Schloss entfernt. Der weißrussische Pilot hatte Funkverbindung zu der Einheit des Capitanos. Dessen Trupp befand sich im Anmarsch, war aber noch nicht in Sichtweite. Der Pilot stieg aus dem Heli, zog seine Zigaretten heraus und zündete sich eine davon an.

"He, du Dreckschwein! Du gehörst auch zu denen, oder?"

Der Weißrusse fuhr herum und sah einen Mann mit Schrotflinte auf sich zu torkeln. Er hatte keine Ahnung, wer der Kerl war, aber er hätte jede Wette gehalten, dass dieser Suffkopf nicht zu den Söldnern gehörte, die er hier abholen sollte. Reflexartig zog der Hubschraubermann seine Pistole aus dem Holster und legte sie auf den Fremden an. Doch dann donnerte die Flinte des Einheimischen, der Pilot wurde auf kurze Distanz mittig von der Schrotladung erfasst und gegen die AS 350 geschleudert.

Michael Kmiecik stolperte heran und sah auf sein zu Boden gegangenes Opfer, das noch lebte. "Das ist für meinen Bruder, du verdammtes Arschloch!" Er hob die Flinte, zielte auf den Kopf des Piloten und nahm den Druckpunkt ...

Chris bekam den Funkspruch aus der Zentrale, als er und Willie Olsen die Abzweigung nach Ralswiek passiert hatten, wo die Bundestraße sechsundneunzig sich zur Europastraße 251 wandelte.

"Sieht aus, als hättest du den richtigen Riecher gehabt, Chris!", meldete sich Dina über Funk, "Wir haben Anrufer, die Schusswechsel beim Lietzower Schloss gemeldet haben!"

"Sind schon auf dem Weg!", rief Chris.

"Negativ!", korrigierte die Schichtleiterin, "Ihr bleibt da auf jeden Fall weg, Jungs! Das sind kriegserprobte Söldner, die überlasst Ihr mal schön der Bundespolizei. Die angeforderte Einheit der GSG 9 müsste in Kürze eintreffen."

"Was?", brüllte Willie Olsen, "Wir lassen die abhauen?"

"Absolut nicht! Hinter der Zufahrt *Unter den Linden* errichtet ihr mit Cora und Said eine Straßensperre. Verschanzt euch und macht eure Maschinenpistolen klar. Wenn sie versuchen, durchzubrechen, habt ihr Feuererlaubnis. Aber nur dann! Ihr kriegt in fünf Minuten Verstärkung von den Kollegen aus Stralsund. Verstanden? Kommen!"

"Hier Strela zweivier, verstanden! Over!", gab Willie der Vorgesetzten die verlangte Rückmeldung.

Toledo hatte seine Scharfschützenposition verlassen und war inzwischen wieder zu der Kommandoeinheit gestoßen.

Johnny sah ihn an, doch der schwarzhaarige Holländer war gerade nicht für Blickkontakt zu haben.

Die Gruppe erreichte den Hubschrauberlandeplatz und Johnny schnürte die Angst die Brust zu. Jetzt würde der Moment der Wahrheit kommen, wenn der Capitano und seine Leutnants sich angesichts der begrenzten Plätze im Heli von den überflüssigen Männern des Teams trennen würden.

Doch es sollte anders kommen. Der Leader und seine Truppe standen vor der Leiche des Piloten, eine durch Schrotbeschuss fast bis zur Unkenntlichkeit entstellte Gestalt, die neben den Landekufen reglos in ihrem Blut lag.

Der Capitano fluchte, sah auf den Toten und kratzte sich am Kopf.

Johnny wagte einen Blick in das Innere des Hubschraubers und war überrascht. Der Passagierraum wies keine Bestuhlung auf. Es sah aus, als sei die freigebaute Fläche durchaus geeignet, sie alle aufzunehmen und auszufliegen.

Für die Söldner ergab sich nun jedoch ein Dilemma. Keiner aus dem Kommando konnte einen Hubschrauber fliegen. Toledo war wohl mit der Steuerung kleiner Flugzeuge wie einer Cessna oder etwa einer Piper vertraut, hatte aber mit Helikoptern keine Erfahrung.

Der Capitano sah sich gezwungen, umzudisponieren. Johnny bemerkte die Anspannung des Anführers, der nun kurzerhand befahl, zu den Autos zurückzukehren. Hastig machte sich die Gruppe auf den Rückweg.

Als das Kommando wenig später auf der Höhe des Schlosses war, hörte Johnny linker Hand ein Ächzen. Er schaute genauer hin und erblickte Mike Kramer auf dem Boden liegen. Um ihn herum hatte sich bereits eine Blutlache gebildet. Der Mann war noch am Leben, aber das würde nicht mehr lang so bleiben. Johnny konnte seinem Impuls, dem Mann zu helfen, nicht nachgeben, denn die Gruppe hetzte weiter.

Wenig später meldete sich Angel zu Wort. Er hatte neben seinem Gewehr einen Funkempfänger in einer Tasche umhängen. Dem Stellvertreter des Teamleaders oblag es auch, den Rügener Polizeifunk abzuhören. "Käpt'n!", rief er dem Anführer zu, "Die Bullen errichten Straßensperren auf mehreren Routen in Richtung Süden. Und die GSG 9 ist auch im Anmarsch. Das Eintreffen dieser Einheit steht unmittelbar bevor ..."

"Merde!", fluchte der Capitano und sah hinüber. "Na gut. Sei's drum. Aber es ist noch nicht aller Tage Abend. Sollen sie nur kommen, da hab ich schon ganz anderen Schlamassel überstanden! Jetzt lernen die mich erst richtig kennen!"

Katzi stand in entspannter Haltung da, gut gestimmt und umringt von ihren neuen Freundinnen.

Yslei war sich nicht ganz sicher, ob sie die Clique nicht in Ruhe lassen sollte, die sich im Terminal gesammelt hatte, von wo aus man sich bald auf dem Weg zum Baltic Jet machen würde.

"Yslei! Hallo!" Katzi hatte ihre Freundin entdeckt und winkte aufgeregt herüber. Es blieb dem syrischen Mädchen also nicht viel anderes übrig, als sich zu den Mitschülerinnen zu gesellen, wenn es nicht sonderbar wirken wollte.

"Was geht, Ladys?", fragte Yslei, um Lockerheit bemüht, und stellte sich dazu, als wäre es das Normalste der Welt. Es war ungewohnt für sie, plötzlich mit dazuzugehören.

Die Mädchen schwatzten aufgeregt.

Wenig später tauchte Frau Kampermann auf und stellte mittels ihrer Liste sicher, dass auch alle Angemeldeten anwesend waren.

Es dauerte nicht lange und die Schüler-Karawane des Ernst-Moritz-Arndt-Gymnasiums machte sich auf den Weg in den Zubringer zur Fähre. Es ging die vielen Treppen vom Terminal zum Steg hinunter, wo sich die Klasse noch einmal sammeln musste.

"Fällt dir was auf?", fragte die aufgedonnerte Katzi vergnügt. Sie hatte inzwischen Gefallen daran gefunden hatte, sich auffällig zu stylen und zu schminken.

Yslei war nicht ganz sicher, was ihre Freundin auf Probe hören wollte. "Bist ganz schön aufgekratzt, Catwoman. Hast du jetzt doch vom Likör deines Alten genascht?"

"So ein Quatsch! Ich habe ein neues Parfüm. Wie findest du es?" Sie kam näher, damit Yslei schnuppern konnte.

"Also 'dezent' wäre nicht die erste Vokabel, die mir einfiele. Wieviel von dem Zeug hast du denn genommen?"

Katzi zog einen Flunsch. Dann griff sie in ihren Rucksack und zückte einen Zerstäuber mit burgunderfarbener Druckbirne, dessen große Zeit sicher hundert Jahre zurücklag.

"Guck nicht so! Das ist Art déco! Hab ich von meiner Oma gekriegt. Willst du einen Hauch?"

Yslei wich zurück. "Aurora!", rief sie streng, "Ich warn dich! Ich bin nicht der Parfüm-Typ. Gar nicht!" Trotz dieser Kabbeleien hatte Yslei die Schülerin aus der Parallelklasse längst ins Herz geschlossen, das musste sie sich eingestehen. Tatsächlich hätte sie sich den Schulalltag nicht mehr ohne den täglichen Schwatz mit der neuen Vertrauten vorstellen können. Und dass sie jetzt bei den Mädchen der 10b integriert war, fühlte sich auch erstaunlich gut an. Trotzdem wollte sie nicht riechen wie ein Gewächshaus voller Orchideen.

"He, Yslei!"

Die Fünfzehnjährige drehte sich um und reagierte etwas verunsichert, als Simon direkt hinter ihr stand. Doch sie verbarg ihre Nervosität und lächelte knapp. "Hi! Alles klar?"

Der Mitschüler hob die Hand und reichte ihr ihre Pudelmütze. "Hier! Ist dir im Treppenhaus aus deinem Rucksack gefallen."

"Oh, Mensch, gar nicht gemerkt." Yslei nahm die Mütze. "Danke! Nicht dass ich besonders an dem Ding hänge, aber meine Mutter hat sie mir geschenkt."

Simon nickte mit knappem Lächeln, drehte sich dann um und ging zu seinen Kumpels.

Katzi schob sich nach vorne und schaute dem jungen Grafen baff hinterher. "Das ist jetzt nicht wirklich passiert, oder? Du hast dem Ekel das Apportieren beigebracht! Yslei, du bist der Wahnsinn!"

"Ja, krieg dich wieder ein, Süße. Ich hab dir doch gesagt, ich klär es." Sie blickte zu Simon hinüber. "Dass es allerdings so gut funktionieren würde, hatte ich nicht erwartet. Fühlt sich fast wie Frieden an ..."

"Na, vielleicht wird es ja doch noch was mit euch beiden", scherzte Katzi.

Yslei sah die andere an und verzog geschmerzt das Gesicht. "Ich befürchte nur, der junge Edelmann nimmt keine Bürgerliche ..."

Dann lachten sie beide.

Dina Zellhöfer meldete sich über Funk bei Chris. "Zentrale an Strela vierundzwanzig, kommen!"

"Hier Strela zweivier, kommen!"

"Neue Meldung! Die Söldner haben das Schloss verlassen. Bewegen sich mit zwei Autos in Richtung Sagard! Sieht aus, als wollten sie über die L29 nach Süden. Aber da gehen sie uns genauso ins Netz."

"Gut!"

"Chris, du und Willie steigt in eure Streife und fahrt jetzt direkt zum Schloss!"

"Zum Schloss Lietzow? Wieso? Ist da denn überhaupt noch jemand?", fragte der POM verwirrt.

"Hier ist ein Anruf von Mike Kramer eingegangen. Er meldet, angeschossen worden zu sein und ist wohl schwerer verletzt. Er sagt, die Söldner hätten einen Schweizer namens René Sutter gekidnappt, der für De-Kerck-Industries arbeitet. Mehr hat er nicht gewusst. Ich habe schon einen Notarzt alarmiert. Mike liegt irgendwo linkerhand vom Schloss im Gebüsch, er hat während des Gesprächs das Bewusstsein verloren. Beeilt euch und weist die Sanis dann ein!"

"Verstanden, Zentrale. Wir sind unterwegs!"

Tanja Brandt und Markus Reiter hatten den Kollegen Lackner aufgelesen und rasten nun mit ihm nach Norden.

Hauptkommissar Rainer Jung hatte anfangs darauf bestehen wollen, dass Jens sich im Helios-Krankenhaus durchchecken ließ, denn Feuergefechte mit Söldnern unter Einsatz von Kriegswaffen waren auf der Ostseeinsel keinesfalls alltäglich. Doch der Kommissar wollte im Spiel zu bleiben. Für Vivian war gesorgt. Nach Ansicht der Ärzte im Helios war bei der Schießerei ihr Oberschenkelknochen nicht in Mitleidenschaft gezogen worden. Die Kripokommissarin hatte nur Fleischwunden und würde bald wieder okay sein.

"Die Fahrzeuge mit den Söldnern werden am Strandabschnitt Prora von der GSG 9 erwartet. Wir haben dort auf der Höhe der Feuersteinfelder eine weitere Straßensperre errichtet", brachte Tanja den Kollegen auf den neuesten Stand.

"Dann sind sie erledigt", stellte Jens mit Erleichterung fest.

"Ist nicht sicher", entgegnete die Kollegin, "Laut der Informationen aus Bergen haben sie in Lietzow den Privatsekretär von Willem de Kerck entführt und damit eine Geisel. Die Spezialeinheit wird also nicht einfach draufgehen können."

"Na klar!", seufzte Jens, "Wär' ja auch zu schön gewesen."

"Wie auch immer. Die Söldner haben schlechte Karten. Ich glaube, das wissen sie auch. Früher oder später schmeißen die das Handtuch, jede Wette!"

"Wenn du es sagst, Tanja ..."

Yslei wurde auf der Fähre kurz von einer Bekannten begrüßt, die sie vor einiger Zeit durch ihr Berufspraktikum auf dem Baltic Jet begleitet hatte. Dann führte sie Katzi über eine enge Treppe auf das Freideck über dem Heck des Katamarans hinauf, der an der Seite den Namen *Sea Wasp* trug.

"Du kennst dich ja echt hier aus!", sagte Katzi bewundernd.

"Kunststück", entgegnete Yslei, "Ich musste oft am Ende der Tour einen Rundgang machen und den Müll von den Passagieren aufklauben. Berufspraktikum heißt im Grunde, du machst die Arbeiten, auf die der Staff keinen Bock hat."

Es war Zufall, dass die Mädchen auf der Heckplattform erneut Simon begegneten, der allein hier oben stand und zusah, wie die Autos in einem fast endlos scheinenden Korso in den Bauch des Baltic Jets rollten. Man sah sich, nickte sich zu, orientierte sich aber nicht zueinander hin.

Die Mädchen schauten dem geschäftigen Treiben unten am Pier eine Zeit lang zu.

"Sei mir nicht bös!", meldete sich Katzi, "Das ist mir ein bisschen zu frisch hier. Ich geh mal zu meinem Platz, okay?"

"Oh, sind noch ein paar Mädels übrig, denen du deinen Zerstäuber noch nicht vorgeführt hast?", spöttelte Yslei.

"Hab dich auch lieb! Bis dann!" Katzi sprang davon.

Yslei lehnte sich auf das Geländer und sah auf die lange Schlange der Autos, die alle mitfahren wollten. Der Baltic Jet fasste gut zweihundert Pkw und bot weit mehr Passagieren Platz für die Überfahrt ins schwedische Trelleborg.

Simon kam herüber. "Kann ich dich kurz was fragen?"
Yslei drehte sich zu ihm. "Na klar!"
"Die anderen sagen, du hast schon auf so einer Fähre gearbeitet und kennst dich aus."
"Ja, so ein bisschen."
"Meine Eltern haben mir Scopolamin mitgegeben, gegen Seekrankheit; ich reagiere nämlich empfindlich auf Wellen. Denkst du, ich sollte es besser jetzt nehmen?"
"Mach nur. Was soll schon sein?", sagte Yslei, "Im Moment sieht es zwar nicht nach einer stürmischen Passage aus, aber im Baltikum kann sich die Wetterlage schnell ändern. Und wenn es erst mal losgeht mit der Übelkeit, ist es zu spät, dann nutzt das Mittel so gut wie nichts mehr."
"Okay, danke für den Tipp!"
"Nicht dafür!"
In diesem Moment geschah es. Ein schrilles Quietschen von Bremsen erweckte die Aufmerksamkeit der beiden Schüler auf dem Freideck. Sie sahen nach unten. Ein dunkler Wagen raste in hohem Tempo an der Autoschlange der Reisenden vorbei und steuerte genau auf einen Mann der *Baltic Jet Company* zu, der die Fahrzeuge einwies. Der Mitarbeiter der Fährencrew rettete sich in letzter Sekunde durch einen Sprung zur Seite. Der dunkle Kombi stellte sich auf der Rampe quer und kam zum Stehen.
"Was ist denn das für ein Wahnsinniger?", entfuhr es dem entgeisterten Simon.
Doch bevor Yslei, die von dem Zwischenfall ebenfalls völlig überrascht war, antworten konnte, kam mit hohem Tempo ein zweiter Wagen angeschossen, ein gelber Passat. Und diesem Auto folgte noch ein Fahrzeug, ein Einsatzwagen der Bundespolizei mit eingeschaltetem Blaulicht auf dem Dach.
Der ersten Limousine entsprangen nun mehrere Männer, die mit Maschinenpistolen bewaffnet waren. Sie alle trugen Skimasken mit großen Augenschlitzen.
"Oh Scheiße ...", rief Yslei, "Was zum Teufel ...?"
Als unten einer der Maskierten eine Salve aus seiner Waffe über die Köpfe der wütend anrückenden Mitarbeiter abgab,

brach Panik aus. Passagiere und Schiffscrew liefen schreiend davon und versuchten, sich in Sicherheit zu bringen.

Der zweite Wagen, der gelbe Passat, fuhr die Rampe zur Fähre hoch. Als das Einsatzfahrzeug der Bundespolizei folgen wollte, richteten zwei der Maskenmänner ihre MPs auf den Wagen und eröffneten das Feuer. Die Frontscheibe barst in tausend Stücke. Die Beamten im Dienstwagen hatten keine Chance und wurden getroffen. Dem Fahrer gelang es aber noch, den Gang einzulegen und zurückzusetzen. Der blaue Streifenwagen raste vom Pier weg und kam erst außer Schussweite zum Stehen.

"Das ist krank! Was passiert da?", schrie Simon verstört.

"Die kapern das Schiff!" Yslei starrte mit brennenden Augen darauf, wie die Maskierten die Fähre enterten und ausschwärmten. Zwei der Männer liefen mit ihren Waffen im Anschlag in das Innere des Baltic Jets.

Yslei musste die in ihr aufkeimende Panik niederkämpfen. "Wenn sie erst im Passagierbereich sind, schneiden sie uns jeden Fluchtweg ab. Wir müssen hier weg." Sie wartete nicht auf die Reaktion ihres Mitschülers, sondern rannte davon.

Simon brauchte nicht lange, um sich von seiner Überraschung zu erholen, er folgte seinem Instinkt und rannte ihr hinterher.

"Verflucht! Verflucht noch mal!" Oberkommissarin Linda Todt starrte hinüber zu dem Chaos an der Fähre, die keine dreihundert Meter entfernt von der Dienststelle der Bundespolizei am Pier lag. Lautes Geschrei einer in Panik geratenen Menschenmenge scholl herüber.

Polizeirat Fritz Helmer tauchte neben Linda auf. Der Sechzigjährige war der Dienststellenleiter in Neu Mukran. "Was geht da vor sich? Ich meine, was in aller Welt haben die vor?" Der hochrangige Beamte wirkte konfus, während drüben vom Pier weitere Schüsse zu hören waren.

In Linda Todts Kopf jagten sich die Gedanken. "Das ist die Söldnergruppe, nach der wir fahnden! Sie haben uns überrumpelt. Wir dachten, sie versuchen über die Binzer Route von der Insel zu kommen. Aber sie müssen ihre Pläne geändert haben! Und jetzt holen sie sich die Fähre!"

In diesem Moment kamen die ersten Einsatzfahrzeuge der GSG 9 mit Blaulicht herangejagt.

"Ihr Ziel ist die Fähre?", stammelte Fritz Helmer, "Wissen die nicht, dass sie sich damit in die Höhle des Löwen begeben? Die Bundespolizei kontrolliert den Mukraner Hafen!"

"Das sieht gerade nicht danach aus", bemerkte Linda Todt.

In diesem Moment röhrten die Turbinen des Baltic Jet auf.

"Sie legen ab!", rief Fritz Helmer.

"Sie entführen die Fähre!", stieß Linda hervor, "Und sie haben jede Menge Geiseln!"

"Das ist Piraterie! Wir müssen sofort Warnemünde informieren!", rief Fritz Helmer.

"Ja, unverzüglich!"

Yslei hetzte die Treppe hinunter, als sie eine Hand an der Schulter herumriss. Es war Simon. "Yslei, was hast du vor, verdammt noch mal?"

"Ich kenn mich hier aus, wie ich schon sagte, und ich weiß, wo ein Schlüsselset für den Notfall liegt. Das hole ich mir."

"Warte! Ich komme mit!"

Das Mädchen sah ihn wenig begeistert an.

In diesem Moment peitschte ein Schuss in nächster Nähe.

Yslei zog Simon um die Ecke. Sie riskierte einen Blick und sah einen Mann von ungewöhnlicher Körpergröße und mit weißem Haardutt, der einige Passagiere und Crewmitglieder vor sich hertrieb, während er in die Luft schoss.

Da der Hüne sich auf die Passagiere konzentrierte, nutzte Yslei die Gelegenheit und huschte hinter seinem Rücken zur Treppe, die nach unten führte. Simon folgte ihr kopflos.

Yslei drehte sich zu ihm. "Wir wollen denen nicht in die Hände fallen. Tu also, was ich dir sage!"

"Ach! Und wieso bestimmst du hier jetzt?", sträubte sich Simon, "Nur weil du schon mal auf dieser Fähre warst?"

"Nein! Weil ich schon in gefährlichen Situationen gewesen bin. Und jetzt halt die Klappe und komm!"

Für Johnny Rusnak fühlte sich alles unwirklich an. Mit seiner Maschinenpistole in der Hand sicherte er Baptist Prohaska ab, der den gehbehinderten René Sutter in den Passagierbereich der Fähre geleitete. In der Mitte des mehrgeschossigen Raumes stand Dobbs wie ein schreckliches Mahnmal und hielt ein klobiges MG in seinen Fäusten. Die Passagiere, die bereits eingecheckt hatten, das waren überwiegend die Oberschüler des Ernst-Moritz-Arndt-Gymnasiums, kauerten mit angstvoll verzerrten Gesichtern auf dem Boden.

Der Capitano und Toledo hatten als erstes die Brücke unter ihre Kontrolle gebracht. Die Triebwerke der Fähre grollten und wurden schnell auf hohe Touren gebracht. Es stand außer Zweifel, der Baltic Jet würde jeden Moment ablegen.

Angel und Victor Prohaska waren draußen geblieben, um zu verhindern, dass es vorwitzigen Bundespolizisten gelang, noch auf die Fähre zu springen. Außerdem beaufsichtigten sie die Schiffscrew, denn es waren einige Handgriffe des Fachpersonals vonnöten, damit die Fähre vom Pier losgemacht werden und in See stechen konnte.

Baptist bugsierte Sutter, in dessen Gesicht große Furcht geschrieben stand, in den Erste-Klasse-Bereich und stieß ihn in einen Sitz am Fenster. Dann nahm er seine Uzi von der Schulter und lud sie durch. Er schaute Johnny grantig in die Augen. "Ich gehe jetzt zu Angel und meinem Bruder nach draußen. Wir müssen die Leute zusammentreiben, die hier noch überall auf dem Schiff versprengt sind. Und du passt auf unser 'Paket' auf." Er deutete auf Sutter. "Wenn dem was passiert, sind wir alle tot!"

"Geht klar, Mann!" Die Coolness, die Johnny nach außen hin demonstrierte, entsprach nicht dem Gefühlschaos, das in ihm tobte. Sein Blick kreuzte den von René Sutter, der ihn hilflos anstarrte. "Glotz woanders hin!", fuhr er den Mann gereizt an. Dann trat er einen Schritt vor und versuchte, sich einen Überblick zu verschaffen. Wie viele Mitarbeiter zählte die Crew des Baltic Jets? Er wusste es nicht. Hier im zweistöckigen Passagierbereich mit der Bar, dem Duty-Free-Verkauf und dem Restaurant, hatten sich inzwischen vielleicht fünfzig, meist jugendliche Passagiere versammelt, kreidebleich und von Panik gezeichnet. Im Bauch der Fähre befanden sich sicherlich noch einmal so viele Leute, diejenigen, die zum Zeitpunkt der Kaperung der *Sea Wasp* auf dem Weg zu ihren Autostellplätzen innerhalb des Baltic Jets gewesen waren. Dass etwas Schlimmes passiert sein musste, konnte niemandem verborgen geblieben sein. Die armen Leute versuchten jetzt wahrscheinlich, sich in ihren Fahrzeugen zu verkriechen.

Johnny verstand das alles nicht. Was ging nur im Kopf des Capitanos vor sich? Die Kaperung dieser Fähre war Wahnsinn. Sie zählten nur sieben Mann und mussten gut hundert Leute in Schach halten. Und all die Polizeikräfte, die sie hinter sich an der Anlegestelle der *Sea Wasp* zurückgelassen hatten, würden auf Dauer auch nicht untätig bleiben. Die ganze Unternehmung war völlig aus dem Ruder gelaufen ...

Catrin Hanfstaengl brauchte eine Weile, bis sie den Polizeidirektor gefunden hatte. Julius Skoff war beim Schießtraining, hatte seinen Schallschutz aufgehabt und dabei die Versuche, ihn anzupiepen, überhört. Als seine Mitarbeiterin ihn über die Vorgänge in Neu Mukran auf den Laufenden brachte, verlor er nicht viel Zeit.

Gemeinsam lief er mit Catrin zurück zu seinem Büro.

"Sind sie schon in See gestochen?", fragte Skoff.

"Ja! Die Söldnergruppe hat vor wenigen Minuten abgelegt und steuert nun die offene See an."

"Ein Fall für ATLAS. Kontaktieren Sie die Dänen und die Schweden. Und die Polen natürlich. Das entführte Schiff betrifft sie auch. Wir richten einen Krisenstab direkt in unserer Mukraner Dienststelle ein. Sagen Sie allen Alliierten, dass ich ihre Kommandeure dort erwarte. Wir werden keine Zeit verlieren, sie sollten das auch nicht."

"Ich habe bereits einen Hubschrauber für Sie angefordert, Herr Skoff, Sie können jederzeit starten."

"Sehr gut, Catrin. Und Sie werden auch mitkommen!"

Die Hauptkommissarin war überrascht. "Aber Roger Kallwitz ist doch Ihr direkter Assistent. Ich dachte ..."

Skoff schüttelte den Kopf. "Sind Sie nicht von der Insel, Catrin? Sie kennen sich doch da aus wie eine Eins, oder?"

"Das kann man so sagen, ja."

"Dann, Frau Kollegin, haben Sie genau zwanzig Minuten."

Yslei und Simon hatten sich zur Bordküche der *Sea Wasp* vorgearbeitet. Die Hijacker der Fähre waren durch die vielen Menschen, die sie nun in ihrer Gewalt hatten, gebunden und konnten nicht in jedem Bereich des Schiffes Präsenz zeigen. Yslei huschte in die nächste Kabine, den Aufenthaltsraum für die Schiffsbesatzung und die Catering-Crew. Hier war ein verschlossener Kasten mit einer Tastatur an der Wand angebracht. Das Mädchen tippte eine Ziffernfolge ein, doch die Verschlussklappe öffnete sich nicht. "Der alte Code stimmt nicht mehr. Oder ich erinnere mich falsch. Mist!" Yslei sah sich um. Dann erblickte sie den Werkzeugkasten hinten auf den Spinden. Sie zerrte ihn resolut herunter und öffnete ihn. Sie entnahm dem Behältnis einen schweren *Draper Expert 600 mm* und packte den unterarmgroßen, verstellbaren Schraubenschlüssel mit beiden Fäusten. Unter Simons irritierten Blicken schlug sie damit gegen den Kasten. Beim zweiten Versuch brach der Behälter von der Wand weg und öffnete sich, als er zu Boden prallte. Yslei schnappte sich den großen Schlüsselbund, der zutage gekommen war.

Dann ließen hysterische Schreie in der Nähe die Teenager herumfahren. Das Mädchen packte Simon am Arm. "Wir müssen zu den Parkdecks!", rief sie, "Komm!"

Susanne war bei Paula Dreifürst, als Jens' Anruf sie erreichte. Sie brauchte einen Moment, um die Bedeutung seiner Worte zu erfassen. "Was sagst du da? Die Fähre mit Ysleis Klasse ist von Terroristen gekapert worden? Aber ... warum?"

Jens erklärte ihr, dass sich eine Söldnergruppe hier auf Rügen so in die Klemme gebracht hatte, dass das Hijacken der *Sea Wasp* offenbar ihre letzte Flucht-Option gewesen war.

"Aber was passiert denn jetzt?", rief Susanne angstvoll, "Was wirst du unternehmen?"

Jens lachte bitter. "Ich? Du verkennst die Lage. Die Fähre hat Mukran verlassen und steuert internationale Gewässer an. Und ab hier greift das ATLAS-Protokoll."

"ATLAS-Protokoll? Was heißt das denn?"

"Die ATLAS ist ein Zusammenschluss der Polizeieinheiten der EU-Staaten. Bei terroristischen Bedrohungen arbeiten die Spezialkräfte der Anrainerstaaten zusammen und bekämpfen den Feind, in diesem Fall die Piraten, gemeinsam."

"Jens, du machst mir gerade eine Heidenangst!"

"Glaub mir, Sanni, die habe ich auch. Ich muss jetzt aufhören. Sobald es etwas Neues gibt, melde ich mich wieder."

Jens hatte das Gespräch beendet und Susanne versuchte, einen klaren Gedanken zu fassen.

In diesem Moment hörte sie Paula nebenan schreien.

"Was ist?" Susanne lief in das Wohnzimmer.

Hier kniete Paula neben Richard, der lang ausgestreckt auf dem Boden lag und offensichtlich bewusstlos war ...

Polizeirat Fritz Helmer hatte Linda Todt beauftragt, die Vorbereitungen für die Arbeit des internationalen Krisenrates zu koordinieren. Die Oberkommissarin war eine seiner tüchtigsten Mitarbeiterinnen. Mit ihrem wachen Geist und ihrer Übersicht trieb sie die Kollegen in der von ihr als Hauptquartier ausgewählten Räumlichkeit zu größerer Eile an, während sie sich gleichzeitig mit den drei ATLAS-Dienststellen in Kopenhagen, Stockholm und Warschau vernetzte. Bis alle Entscheidungsträger vor Ort waren, würde es nur eine Frage von wenigen Stunden sein.

Die Schiffe der Küstenwache waren ebenfalls alarmiert worden und hatten Kurs auf die Position der *Sea Wasp* gesetzt. Das schnelle Streifenboot *Granitz* war bereits auf der gleichen Höhe mit der Fähre und meldete Sichtkontakt.

"Frau Oberkommissarin!" Ein Kollege lief auf Linda zu. "Da ist ein Staatssekretär des Verteidigungsministeriums! Er will zu Ihnen."

Linda Todt schaute verwundert. "Gut. Ich komme!"
Die beiden Bundespolizisten gingen in den Vorraum und trafen auf einen kahlen Mittfünfziger im feinen Zwirn, der sie mit steiler Falte auf der Stirn erwartete.
"Linda Todt, Bundespolizei! Was kann ich für Sie tun?"
Der Mann reichte ihr kühl lächelnd die Hand. "Sehr erfreut! Staatssekretär Iffland vom Verteidigungsministerium. Ich bin wegen des Binzer Gas-Terminals hier und stehe einer diesbezüglichen Arbeitsgruppe vor, heißt, ich war zufällig vor Ort. Der Herr Außenminister hat mich angewiesen, die Leitung des Krisenstabes zu übernehmen! Stellen Sie mir ein Dossier mit allen Informationen zusammen und richten Sie mir zeitnah einen Sprechkanal zu den Entführern ein!"
Die Oberkommissarin, die sonst eher zu den schnelleren Umschaltern in Krisensituationen zählte, starrte den Politiker konsterniert an. Sie brauchte einen Moment, sich auf die neue Situation einzustellen. "Bitte verzeihen Sie! Aber die Leitung des Krisenstabes obliegt der Bundespolizei! Direktor Skoff befindet sich bereits auf dem Weg hierher ..."
"Frau Oberkommissarin", antwortete Iffland nicht ohne Schärfe, "Wollen Sie mir und dem Minister für Verteidigung Nachhilfe in Sachen Krisenintervention geben? Es ist Gefahr im Verzug! Da draußen sind gut hundert Geiseln in den Händen von Terroristen, während sich hier in Neu Mukran ein Machtvakuum auftut! Deswegen übernehme ich im Auftrag der Bundesregierung. Wenn das jetzt so weit klar wäre, kontaktieren Sie bitte umgehend die Marine-Basis Eckernförde! Wir brauchen hier so schnell als möglich eine Brigade des *Kommandos Spezialkräfte*. Möglicherweise werden wir die Fähre stürmen müssen."
Linda Todt war sprachlos. Dass der Staatssekretär hier übernahm, entsprach nicht den Richtlinien, die sie kannte. Doch wenn der Mann von der Bundesregierung autorisiert worden war, stand es ihr nicht zu, dagegen zu opponieren. Linda lenkte also ein. "Verstanden, Herr Staatssekretär!"
"Und eines noch, junge Dame! Organisieren Sie mir doch bitte umgehend eine Kanne mit starkem Kaffee!"

Chris Sienkiewicz und Willie Olsen dachten, auf das Schlachtfeld bei Schloss Lietzow vorbereitet zu sein. Doch sie waren es nicht. In und um das Schloss lagen fünfzehn Leichen. Die Getöteten wiesen eine Vielzahl von Schusswunden auf. Die Angreifer hatten offenbar massive Feuerkraft eingesetzt, waren mit beispielloser Härte vorgegangen und hatten niemanden am Leben gelassen.

Chris musste einen dicken Kloß herunterschlucken, als er all die leblosen Körper sah. Auch Olsen hatte an diesem Anblick zu knabbern, selbst wenn er es nicht zugeben wollte.

"Ich gehe mal und sichere den Hubschrauber", tat Willie kund. Er wollte offensichtlich erst mal nur weg von diesem Ort des Schreckens. "Versuch du, Mike Kramer zu finden!"

Chris signalisierte seine Zustimmung und lief los.

Die Männer des Capitanos checkten systematisch das ganze Schiff und trieben die Leute zusammen, die sich in den Autos versteckten, in Arbeitsräumen oder sonstigen Nischen der *Sea Wasp*. Sie alle wurden gefunden.

Das traf jedoch nicht auf Yslei und Simon zu. Die Schüler waren ständig in Bewegung und rochierten dank Ysleis Kenntnisse der Fähre von einer Deckung zur nächsten. Da ständig fünf Söldner gebraucht wurden, um den Passagierbereich des Schiffes und dessen Brücke zu überwachen, waren die restlichen zwei Männer nicht in der Lage, die vielen anderen Areale der *Sea Wasp* systematisch abzusuchen.

"Ich denke, du kennst ein sicheres Versteck", drang Simon in seine Klassenkameradin, "Wieso begeben wir uns nicht dorthin und verbarrikadieren uns mit deinem Schlüssel?"

"Das ist zu früh!", gab Yslei zurück, "Lass sie erst ihre Säuberung abgeschlossen haben. Ein paar von denen schnüffeln immer noch herum. Wenn sie jetzt eine abgeschlossene Tür finden, kommen sie wieder. Und glaub mir, die haben schon Mittel und Wege, so etwas aufzubrechen. Erst wenn sie denken, dass sie alle kassiert haben, schließen wir uns ein." Sie zog Simon aus der Deckung und peilte die Treppe an, die nach oben führte. Sie wollte zurück auf das Freideck ...

Johnny merkte auf, als der Capitano mit dem Kommandanten der *Sea Wasp* von der Brücke kam. Der Söldnerchef hielt seine Pistole lässig in der Hand und ließ die Mündung auf den Boden zeigen. Er musste die Waffe nicht auf den Kapitän der Fähre richten, es reichte, dass er sie sehen ließ.

Inzwischen war die Durchsuchung des Schiffes abgeschlossen und alle Geiseln in den Reisebereich der Passagiere getrieben worden. Während sich in der Galerie-Ebene die Sitze der Business Class und das *Nemo-Café* befanden, waren die Plätze der Economy unten. Beide Bereiche verband eine Treppe genau in der Mitte des Reisekomplexes.

Es handelte sich um fast hundert Personen, die zu Opfern dieser Geiselnahme geworden waren. Während die Schulklassen nun in der oberen Business Class festgehalten wurden, drängelten sich die restlichen Reisenden und die Teile der Crew, die nicht unmittelbar zum Steuern der Fähre gebraucht wurden, im unteren Bereich des Passagier-Moduls.

"Alle herhören! Bitte bewahren Sie Ruhe, dann geschieht auch niemandem etwas!", rief der Skipper der *Sea Wasp*, ein dunkelhäutiger Mann mit kurzen grauen Haaren, in einem Tonfall, der bemüht beruhigend klang. "Jeder, der sich im Economy-Bereich der Fähre befindet, folgt mir nach unten zum Anlegekomplex. Wir werden dort in Rettungsinseln steigen und auf See ausgesetzt. Es folgen uns Schiffe der Küstenwache, die alle aufnehmen werden!"

Das war überraschend und Unruhe entstand. Aber dass den meisten Menschen an Bord in Aussicht gestellt wurde, die gekaperte Fähre zu verlassen, ließ Hoffnung aufkeimen.

Johnny blickte aus dem Fenster. Das Festland war kaum noch zu sehen. Er hatte die klare Anweisung erhalten, bei René Sutter zu bleiben und konnte nur zusehen, wie der Kapitän des Baltic Jet die Gruppe derjenigen, die die Fähre verlassen sollten, aus dem Reisebereich führte. Der Capitano hatte natürlich erkannt, dass zu viele Menschen an Bord waren, Menschen, die man auf Dauer nicht würde in Schach halten können. Zudem hatten die Söldner kein Interesse daran, sich im Falle eines Falles mit selbsternannten Helden herumzuschlagen. Deswegen fanden sich alle erwachsenen Männer bei den Aussortierten wieder, bis auf zwei Personen, die die Hijacker zum Betrieb der Fähre benötigten, den Steuermann und einen Bordtechniker.

Die etwa dreißig Schüler und Schülerinnen, zu denen noch drei weibliche Lehrkräfte kamen, behielt man jedoch, als wertvolle und leicht zu kontrollierende Geiseln.

Toledo trat heran und musterte Johnny. "Na, alles klar?"

"Ähm, sicher, alles im grünen Bereich. Wieso fragst du?"

"Der Capitano ist der Ansicht, unser kleines Scharmützel vorhin beim Schloss könnte vielleicht etwas viel für dich gewesen sein. Du warst danach wohl recht blass um die Nase. Er will sichergehen, dass du nicht plötzlich schlapp machst." Toledo lächelte unverfänglich, doch Johnny war überzeugt, dass dieser Mann ihm, trotz seiner vertraulichen Art, ohne zu zögern das Licht ausknipsen würde, wenn die Situation es erforderte.

"Ich mach nicht schlapp. Ich muss allerdings sagen, dass ich nicht mit so einem drastischen Vorgehen gerechnet habe", gab Johnny zu und sah zu Dobbs hinüber, der wie eine Statue an seinem Platz stand und ihm allein durch seinen Anblick jedes Mal eine Gänsehaut verpasste.

"Ich kann dich beruhigen, Mann", gab Toledo zurück, "Das hier ist nicht die Art, wie wir normalerweise vorgehen. Der Capitano lehnt unnötiges Blutvergießen ab ..."

"Ach, wirklich?" Johnnys Lachen war voller Sarkasmus. "Die letzten Wachleute beim Schloss hatten sich bereits ergeben, aber Dobbs musste sie ja trotzdem alle umlegen ...!"

"Das war eine direkte Order von *Scaramouche,*" erklärte Toledo, "Er hat verfügt, dass keine Zeugen übrigbleiben. Tja, und Schande über uns, wir haben schon zu tief dringesteckt, um noch auszusteigen. Oder besser, wir wollten die märchenhafte Besoldung nicht verlieren, das ist nämlich Geld, das uns alle zu freien Männern machen wird."

"Und das Ganze nur wegen dem einen Typen ...?" Johnny sah zu René Sutter, der grübelnd da drüben am Fenster saß.

"Zerbrich dir mal nicht zu sehr den Kopf, Johnny! Ich bin auch nicht stolz auf den heutigen Tag, aber es ist, wie es ist. Und es endet bald. Wir werden einen Hubschrauber verlangen, und dann verschwinden wir von hier." Damit drehte Toledo sich um und ging zurück auf die Brücke.

Chris hatte Mike Kramer nach einigem Suchen endlich gefunden. Der ehemalige Polizist war noch am Leben, aber bewusstlos. Der POM schnappt sich den Funk von der Brust. "Strela zweivier, kommen!"

"Zentrale hier, ich höre, Strela vierundzwanzig, kommen!" Das war wieder Dina Zellhöfers Stimme.

"Schwerverletzter beim Schloss, Südseite. Es ist Mike Kramer, er hat einen Durchschuss abgekriegt. Kommen!"

"Verstanden, Chris, ich leite das Sanitätsteam zu dir ..." Die Hauptkommissarin schaute auf ihren Rügen-Bildschirm, wo sie die Standorte der Einsatzfahrzeuge im Blick hatte. "Das wird fünf Minuten dauern. Kommen!"

"Verstanden! Strela zweivier, over and out."

In diesem Moment fühlte Chris eine Hand an seiner Uniformjacke. Mike war aus seiner Ohnmacht erwacht.

"Habt euch ja echt Zeit gelassen ..." Die Stimme des Angeschossenen war ein schwer verständliches Krächzen.

"Hilfe ist unterwegs. Ich denke ..."

"Klappe halten, Sienkiewicz. Hör zu ...!" Der Ex-Polizist krallte sich in Chris' Arm und sah ihn durchdringend an. "Geh ins Schloss ... in den ersten Stock, das letzte Zimmer links ... da ist ein Schrank mit ...", der Schwerverletzte hustete Blut, " ... mit einem doppelten Boden. Da liegt ein Koffer drin. Den holst du! Der gehört mir, okay?" Erneutes Husten.

Chris sah den Mann verständnislos an. "Ein Schrank mit einem doppelten Boden? Und was für ein Koffer?"

Kramer verzog grinsend das Gesicht. "Mein Boss gehört zu den ... reichsten Leuten der Welt, der macht in Geldwäsche und stinkt nur so vor Kohle. Und ich ... ich hab mir über die Monate immer mal was abgezweigt, okay? Stell den verfluchten Koffer sicher! Mehr verlange ich nicht von dir ..."

"Ist das dein Ernst, Kramer?", fragte Chris empört, "Das ist doch wieder ein ganz krummes Ding! Genau wie damals, als du das mit dem Schutzgeld abgezogen hast! Ich werde dir nicht bei deinen Gaunereien helfen! Auf gar keinen Fall ...!"

Wenn Chris eine Antwort erwartet hatte, wurde er enttäuscht. Mike Kramer war wieder bewusstlos ...

Wenige Minuten später kamen zwei Sanitäter und ein Notarzt herangestürmt. Sie kümmerten sich um Kramer, der eine erstaunliche Zähigkeit an den Tag legte. Es gelang den Ersthelfern, Mike für den Moment zu stabilisieren, aber der Notarzt machte Chris wenig Hoffnung. Das Leben des angeschossenen Ex-Polizisten stand auf der Kippe ...

Jens Lackner und die Kollegen Markus Reiter und Tanja Brandt standen an der Mukraner Anlegestelle der Fähre und sahen hinaus zum Horizont, obwohl der Baltic Jet längst aus ihrem Sichtfeld verschwunden war.

Tanja legte dem Kommissar die Hand auf die Schulter. "Komm, Mann, hier rumzustehen bringt nichts! Wir sind überflüssig. Lass uns abziehen!"

Jens resignierte. Er ging mit Tanja und Markus zurück zu dem Auto, mit dem sie gekommen waren. Gerade als sie einsteigen wollten, klingelte sein Handy. Jens ignorierte es.

"Willst du nicht rangehen?", erkundigte sich Tanja.

"Ich bin gerade wirklich nicht in der Verfassung fürs Quatschen", erwiderte der Kommissar geschafft.

"Aber es könnte wichtig sein", klinkte sich Markus Reiter ein. "Ich meine, du bist Polizist und im Dienst, oder?"

Jens stöhnte, gab aber seinen Widerstand auf. Er zückte das Smartphone und ließ das Display aufflammen. Er las den Namen 'Dreifürst'. "Es ist nur ein alter Freund. Das kann warten ..." Dann hielt er inne. Es war so gar nicht Richards Art, sich zu melden, wenn Jens arbeitete. Also dachte er um und nahm das Gespräch doch an. "Lackner hier, hallo!"

"Papa, hier ist Yslei! Onkel Richard hat mir sein Telefon gegeben, weil meines doch kaputt ist!", erklang die aufgeregte Stimme von Jens' Mündel.

Eisiger Schrecken erfasste den Kommissar. "Es ist meine Tochter!", rief er den Kollegen zu. Er stellte das Gespräch auf Mithören. "Yslei! Wie geht es dir? Bist du auf der Fähre?"

"Ja. Wir verstecken uns in einem Maschinenraum des Baltic Jets, ein Mitschüler und ich", erklang Ysleis Stimme, "Ich habe mir einen Satz Schlüssel besorgt, und wir können uns da von innen einschließen."

Tanja und Markus waren herangetreten und hörten mit.

"Alles klar!", rief Jens, "Das ist eine prima Idee! Schließt euch ein! Bleibt, wo ihr seid, und rührt euch da nicht weg!"

"Das geht aber nicht!", erwiderte seine Tochter, "Im Maschinenraum sitzen wir auf Dauer in der Falle. Und ich hab da auch kein Netz. Wenn ich telefonieren will, muss ich auf das Freideck. Anfangs gab es hier auf der Fähre noch Netz. Aber das müssen sie gerade abgestellt haben. Ich kann nur mit dir reden, weil das Ding hier über Satellit funktioniert."

"Yslei, ihr könnt da nicht einfach auf dem Schiff rumrennen", befand Jens, "Das ist zu riskant. Bleibt im Versteck!"

Das Mädchen war wenig begeistert. "Und was, wenn sie nach uns suchen? Wenn die unsere Lehrer und Mitschüler ausquetschen, finden sie doch raus, dass zwei fehlen. An der Stelle der Entführer würde ich sichergehen, dass ich alle einfange. So groß ist das Schiff auch wieder nicht und irgendwann werden sie uns schnappen."

Der Kommissar zwang sich zur Ruhe. "Yslei, hör mir zu: Es ist jetzt zwölf. Um genau dreizehn Uhr rufe ich wieder an! Ich leg mir eine Strategie zurecht, okay? Bis dahin gehst du in den Maschinenraum zurück. Wieviel Akku hast du noch?"

"Jede Menge. Ist doch Onkel Richards Wunderhandy."

"Halte durch, Süße! Wir holen euch da raus!"

Linda Todt hatte alle Hände voll zu tun. Obwohl Staatssekretär Iffland vom Verteidigungsministerium keinerlei Weisungsbefugnis hatte, war sie von ihm kurzerhand zu seinem "Verbindungsoffizier" bestimmt worden. Und die Oberkommissarin versuchte nach Kräften, den Politiker zufriedenzustellen, was allerdings nicht bedeutete, dass sie seinen Kaffee mit dem italienischen Siebträger in ihrem Büro zubereitete, so weit ging die Liebe nicht.

Es war ihr und ihren Leuten nicht gelungen, eine Verbindung mit der Fähre herzustellen. Sie hatten mehrfach die Brücke der *Sea Wasp* angerufen, doch dort hatte niemand reagiert.

In einem kurzen Moment der Windstille war Linda zu Polizeirat Helmer geeilt und hatte ihn informiert, dass ein aus dem Nichts aufgetauchter Staatssekretär die Leitung des Krisenstabes an sich gerissen hatte. Helmer versprach, sich sofort mit Polizeidirektor Skoff in Verbindung zu setzen.

Auf dem Weg zurück in den Konferenzraum 5, in dem das Hauptquartier für das Krisenmanagement eingerichtet wurde, begegnete Linda auf der Treppe unerwartet Jens Lackner. Sie blieb stehen. "Herr Kommissar! Ich bin etwas überrascht, Sie hier zu sehen ... Leider habe ich gerade überhaupt keine Zeit für Sie ..."

"Meine Ziehtochter Yslei ist auf der entführten Fähre ..."

Lindas Gesicht drückte ihr Bedauern aus. "Sie gehört zu einer der Schulklassen, die als Geiseln genommen wurde?"

Jens bestätigte das und setzte die Oberkommissarin dann in knappen Worten davon in Kenntnis, dass Yslei anders als ihre Mitschüler noch nicht in die Gewalt der Hijacker geraten war und sich frei auf dem Schiff bewegte. Und er berichtete der Bundespolizistin, dass er telefonischen Kontakt zu seiner Tochter hatte.

Linda Todt überlegte kurz. "Kommissar Lackner, ich werde Sie dem Krisenstab vorstellen. Der Kontakt zu den Leuten auf der Fähre ist abgerissen. Wenn wir jemanden mit einem Satellitenhandy an Bord haben, der nicht in der Gewalt der Terroristen ist, sollten unsere Verantwortlichen das wissen. Das könnte ein wertvoller Vorteil sein. Kommen Sie!"

"Natürlich!" Jens folgte der Bundespolizistin.

Der Capitano war sich bewusst, dass der Baltic Jet auch Ziel eines Unterwasserangriffes werden konnte und prüfte die diesbezügliche Verwundbarkeit des rotweißen Katamarans.

Im Heckbereich der Fähre gab es eine Schwachstelle. Hier bestand für Kampfschwimmer die Möglichkeit, ins Innere des Schiffes zu gelangen. Bei der aktuellen Situation und der Anzahl ihrer Geiseln hielt der Anführer eine solche Attacke der Gegenseite derzeitig aber für unwahrscheinlich. Dennoch wollte er auf alle Eventualitäten vorbereitet sein. Und so gab er Angus Dobbs die Anweisung, den kompletten Passagierbereich mit Plastik-Sprengstoff zu präparieren ...

Inzwischen war im Kielwasser der Fähre ein weiterer Verfolger der Küstenwache aufgetaucht, die *Bamberg*. Dies war eines der größeren Schiffe der Bundespolizei, ein Modell der *Potsdam-Klasse*, das über eine Kanone, kleinere Geschütze und eine Hubschrauber-Basis verfügte. Kurz nachdem die *Bamberg* im Sichtfeld aufgetaucht war, hatte der Capitano mit dem Fernglas beobachten können, wie ein *Super Puma*-Hubschrauber auf dem Landedeck der *Bamberg* aufsetzte. Man brauchte nur Eins und Eins zusammenzuzählen, um zu wissen, dass damit nun Spezialeinheiten vor Ort waren. Die Antiterrorkräfte gegenüber standen im Begriff, sich für einen bevorstehenden Kampf zu wappnen.

Der Söldnerführer glaubte aber nicht, dass ein Angriff unmittelbar bevorstand. Das würde erst stattfinden, wenn der Krisenstab das Heft des Handelns in die Hand nahm. So wie der Capitano es einschätzte, hatte die Gegenseite sich noch nicht komplett in Stellung gebracht.

Die Evakuierung der *Sea Wasp* lief. Ein Großteil der Geiseln war bereits auf Rettungsinseln ausgesetzt worden. Ein sensibler Moment, bei dem die Polizeikräfte gut beraten waren, passiv zu bleiben, wenn sie nicht wollten, dass die Menschen auf den schaukelnden Flößen in Gefahr gerieten ...

Yslei hatte Simon zu einem Hohlraum gelotst, der sich auf der untersten Ebene, im Tragflächenbereich des Katamarans befand und als Gerätelager genutzt wurde. Sitzgelegenheiten gab es in diesem Verschlag nicht, aber eine Arbeitsleuchte war vorhanden, die ein funzliges Licht verbreitete.

Die beiden Teenager sprachen nicht, denn das, was sie gesehen hatten, war beiden gehörig in die Knochen gefahren. Besonders Simon musste das alles erst einmal verdauen.

"Diese Leute da in dem Streifenwagen ... die Polizisten ... denkst du, die sind tot?", fragte Simon nach einer Weile.

"Weiß nicht", gab Yslei zurück, "Kommt drauf an, ob sie Westen getragen haben oder nicht. Kann sein, dass sie Glück hatten. Sehr optimistisch wäre ich da aber nicht."

Simon sah sie von der Seite an. "Du hast wirklich auf alles eine Antwort. Wieso? Bist du ein Spezialist, oder was?"

"Zufällig bin ich das, ja!", zickte Yslei zurück, "Mein Vater ist Kriminalkommissar in Stralsund. Wenn der mal ins Quatschen kommt, bleibt das ein oder andere hängen. Außerdem haben wir 'Ölaugen' auf der Flucht aus unserer Heimat nicht nur Zuckerwatte geschleckt. Und um die Träume, die ich jede Nacht habe, beneidest du mich garantiert nicht."

Simon hatte sein trotziges Gesicht aufgesetzt. "Es ist dir aber schon klar, dass Ihr Flüchtlinge dieses Land destabilisiert. Ihr kriegt eure Probleme nicht geregelt und bringt euer Elend zu uns. Und jetzt sollen wir für euch ..."

"Zikadenfresser ...", half Yslei weiter.

"Sollen wir Deutsche für euch Heimatlose also einfach unseren Kopf hinhalten?"

Yslei seufzte. "Dieser Zug ist schon vor ganz langer Zeit abgefahren. Aber ich geb dir einen Rat fürs Leben, Simon: Kauf dir einen Helm!"

Richards Bewusstlosigkeit hatte ihre Ursache in seiner schlechten gesundheitlichen Verfassung. Paula war mit ihm in das Sana-Klinikum gefahren, wo die Ärzte ihn genau untersuchten. Bald jedoch konnten sie Entwarnung geben. Der Kreislauf des alten Mannes war eben schwach und sein Blutdruck ganz unten. Die Mediziner stellten es Richard frei, wieder nach Hause zurückzukehren, vertraten aber die Ansicht, dass es besser war, wenn er einen Tag im Krankenhaus blieb, damit man einen genaueren Blick auf seinen Zustand werfen konnte. Richard hätte seine Zelte am liebsten sofort wieder abgebrochen, aber Paula legte Einspruch ein. In ihrem schwangeren Zustand fühlte sie sich eventuellen Krisen, die im Zusammenhang mit Richards Krebserkrankung standen, nicht gewachsen. Das sah auch er schließlich ein und so verließ Paula ihn, um nach Garz zurückzukehren, wo Susanne auf den kleinen Willie aufpasste.

Da man die Poggenburgstraße recht überstürzt verlassen hatte, fehlten Richard einige Hygieneartikel. Deswegen verließ er seine Station und fuhr mit dem Fahrstuhl hinunter in das Foyer des Sana, wo es einen Kiosk gab, in dem man sich mit dem Notwendigsten versorgen konnte.

Wie so oft stand hier eine lange Schlange an und Richard stellte sich ans Ende der Reihe. Schnell merkte er, dass sein Zustand es nicht zuließ, lange zu stehen. Vielleicht war es besser, jemand anderes zu bitten, eine Zahnbürste und ein paar Illustrierte für ihn zu kaufen.

Auf dem Weg zurück zum Fahrstuhl kam ihm eine Person entgegen, die er kannte. Es war Vero Hoogestraat, Mike Kramers Ehefrau. Sie hatte gerötete Augen und war sichtlich aufgelöst.

"Vero?"

Die Frau blickte auf und starrte ihn einen Moment orientierungslos an. Dann holte sie von irgendwo das Rudiment eines Lächelns hervor. "Herr Dreifürst! Wie nett, Sie zu sehen ..." Sie reichte ihm die Hand.

Er ergriff sie und registrierte, wie durcheinander die Frau war. "Was ist denn passiert ...?"

Sie versuchte ihre Tränen zurückzuhalten, vergeblich. "Mike! Er ist angeschossen worden ... Er hat viel Blut verloren und ... und es steht nicht gut um ihn ..."

"Das ist ja furchtbar! Kann ich irgendetwas tun?"

Sie blickte ihn verzweifelt an. "Die Sache ist die, meine Hunde müssen versorgt werden. Deswegen muss ich kurz weg. Ich werde aber in spätestens einer Stunde wieder zurück sein. Könnten Sie so lange nach Mike sehen? Er ist bewusstlos, aber wenn er aufwacht, wäre es schön, wenn jemand bei ihm ist, den er kennt!"

Richard drückte ihre Hand. "Natürlich mache ich das! Sogar sehr gerne. Sie können sich auf mich verlassen!"
Vero zog ihn mit sich. "Kommen Sie, ich werde auf der Intensiv Bescheid geben, damit die sich nicht querstellen ..."

Jens Lackner war von Linda Todt Staatsekretär Iffland vorgestellt worden, zu dem sich inzwischen die schwedische und die polnische Delegation des ATLAS-Zusammenschlusses gesellt hatten. Der Politiker schätzte den Kontakt zu einem Informanten auf dem Schiff ebenfalls als wertvoll ein.
"Ich würde gerne sofort mit Ihrer Tochter sprechen!", forderte der Staatssekretär.
"Das geht nicht so einfach", wandte Jens ein, "Sie hält sich mit einem anderen Jungen aus ihrer Klasse in einem kleinen Raum versteckt. Dort hat sie keinen Empfang. Aber ich kann sie um dreizehn Uhr wieder anrufen."
"Also gut! Halten Sie sich in meiner Nähe!" Iffland wandte sich zu Linda Todt. "Gibt es einen neuen Statusbericht von dem Kommando Spezialkräfte?"
"Sie schiffen sich in Warnemünde ein und laufen um fünfzehnhundert aus. Ich möchte aber hinzufügen, dass bereits zwei Kampf-Einheiten der GSG 9 mit Hubschraubern auf der *Bamberg* gelandet und somit schon vor Ort sind."
Der Staatssekretär winkte ab. "Wir haben es hier mit einer ausgekochten Söldnerbande zu tun. Das ist Krieg und da gehören keine Polizisten hin, sondern richtige Soldaten!"
Ein Kommissar trat eilig heran und Linda nickte ihm zu.
"Offenbar lassen die Entführer die Geiseln frei", berichtete der Kollege, "Die *Granitz* meldet, dass vier Rettungsinseln im Einsatz sind und die Evakuierung der Leute an Bord läuft."
Der Staatssekretär schaute überrascht. "Sie lassen die Geiseln gehen! Das sind gute Nachrichten."
"Sie werden nicht alle gehen lassen", schüttete Linda Essig in den Wein, "Sie müssen ein paar behalten, sonst haben sie kein Faustpfand mehr und wären ein leichtes Ziel für uns."
Iffland schaute die Frau an und ließ ein Nicken folgen. "Natürlich, das ergibt Sinn. Also dann, weitermachen!"

Inzwischen kreiste ein Super Puma-Helikopter der Bundespolizei über der Fähre. Die Elitekräfte an Bord aber beließen es dabei, die Evakuierung der Passagiere in die treibenden Rettungsinseln vorerst nur zu beobachten.

Nachdem der komplette Passagierbereich mit Plastik-Sprengstoff und Funkzündern versehen worden war, hatte der Capitano Dobbs und Toledo auf das Dach der *Sea Wasp* geschickt, wo sich eine Landefläche für Helis befand. Sie bauten dort eine Lafette auf und montierten ein MG darauf, dies als klares Signal für den über ihnen kreisenden Hubschrauber, dass man sich gegen einen Enterversuch von Einsatzkräften aus der Luft zu wehren wusste.

Die Botschaft wurde verstanden und kurz darauf zog sich der Super Puma aus der unmittelbaren Nähe der *Sea Wasp* zurück.

Yslei sah auf ihre Uhr. "Es ist Zeit. Ich muss raus."

"Bist du verrückt?", protestierte Simon heftig, "Hier ist es doch sicher und du hast selber gesagt, die haben zu wenig Leute, um das ganze Schiff zu durchkämmen."

"Ich habe versprochen, dass ich um eins für meinen Vater erreichbar bin und das halte ich ein."

"Ohne mich! Ich bleibe hier. Gib mir den Schlüssel!"

Yslei ging zur Luke und schloss auf. Dann nestelte sie den Schlüssel für den Hohlraum ab und warf ihn Simon zu. "Ich klopfe viermal kurz, wenn ich zurück bin, klar?"

Simons hatte verstanden, doch seine Miene zeigte deutlich, was er von ihrem Vorhaben hielt, nämlich gar nichts.

Yslei ignorierte ihn jedoch und huschte hinaus.

Johnny stand in der Hierarchie des Söldner-Kommandos ganz unten, deshalb hatten die anderen ihm die Aufgabe mit der wenigsten Verantwortung übertragen. Er war der Aufpasser von René Sutter, der in stiller Agonie in seinem Sitz kauerte und auf den Boden starrte.

"Soll ich Ihnen was zu trinken holen?" Johnny hielt eine halbwegs zivilisierte Umgangsform für angebracht.

Sutter schüttelte den Kopf. "Ich habe keinen Durst." Der Schweizer sah bitter hinüber zu Angel und Dobbs, die mit ihren Waffen inzwischen wieder an der Treppe standen, die die Galerie mit dem Unterdeck verband. Sie hatten hier einen guten Überblick über die Schüler und ihre drei Lehrerinnen, die nun alle unten in der ersten Ebene zusammengepfercht waren. Viele der Teenageraugen waren rotgeweint, die Angst um ihre nackte Existenz hatte sie alle fest im Griff.

Die Evakuierung der aussortierten Geiseln war abgeschlossen. Die vollbesetzten Rettungsinseln trieben nun frei im Wasser. Durch das Fenster konnte Johnny das Küstenwachschiff *Bamberg* sehen, das begann, die Ausgesetzten an Bord zu nehmen.

Toledo kam nun von der Brücke her, sprach kurz mit Angel und deutete auf die Gruppe der Ernst-Moritz-Arndt-Schüler, die zusammengekauert unten an der Treppe ausharrte.

Angel blickte zu den Geiseln und zog seine Pistole aus dem Gürtelholster an seiner Hüfte. Dann trabte er die Stufen hinunter, packte sich Jona, die zufällig am nächsten zur Treppe saß und zog sie aus dem Sitz hoch. Das Mädchen stieß einen angstvollen Schrei aus und sträubte sich, doch sie hatte den Kräften Angels nichts entgegenzusetzen.

Doch da erhob sich Ulla Kampermann, die Klassenlehrerin, und stellte sich dem blondgelockten Söldner in den Weg. "Was tun Sie da? Lassen Sie sofort das Kind los!"

"Reg dich ab, Alte! Du setzt dich jetzt mal brav wieder hin, dann gibt's auch keinen Ärger!" Er schaute sie finster an.

Doch die Pädagogin wich nicht zurück. "Natürlich gibt es keinen Ärger. Sie lassen einfach das Mädchen hier und nehmen stattdessen mich!"

"Schnauze jetzt! Das ist hier kein Debattierclub!" blaffte Angel, sichtlich genervt von der widerspenstigen Pädagogin.

Aber Frau Kampermann ließ sich nicht einschüchtern. "Jona wird nicht mitkommen. Das lass ich nicht zu. Als Klassenlehrerin trage ich die Verantwortung für meine Schüler!"

Angel stöhnte und richtete seine Pistole auf den Kopf der Frau. "Du setzt dich jetzt sofort hin, du blöde Schlampe!"

Ulla Kampermann handelte aus einem Reflex heraus und versetzte dem Mann vor ihr eine schallende Ohrfeige.

Angel blickte sie verdattert an.

"Benehmen Sie sich gefälligst! Sie stehen hier nicht vor Ihresgleichen", versetzte die Lehrerin schwer atmend.

Der Söldner starrte sie mit brennenden Augen an, während seine Lippen zitterten. "Du hast es nicht kapiert, Schwester, ich bin hier Gott!" Er steckte die Pistole ein, packte die Frau am Kragen und schlug ihr mit der Faust hart ins Gesicht.

Die Lehrerin starrte ihn geschockt an, während er sie gepackt hielt und ihr aus ihrer zerschmetterten Nase Blut über die Wange strömte. Die Pädagogin brauchte einen Moment, um ihre Fassung wiederzuerlangen, dann verzerrte sich ihre Miene und sie spuckte Angel ins Gesicht.

Der Söldner sah sie keuchend an und stieß sie zu Boden. "Niemand .... niemand spuckt mich an!" Er zog seine Pistole und richtete sie auf den Kopf der Lehrerin. Dann drückte er ab. Der Schuss war ohrenbetäubend laut. Völlig außer sich schoss Angel wieder und wieder, bis das Magazin leer war und sein Opfer in einem Meer aus Blut lag.

In der Kabine brach Chaos aus ...

Yslei war zum Freideck hochgestiegen, als sie die Schüsse hörte. Danach setzte hysterisches Geschrei ein, aus vielen Kehlen gespeist. Der Lärm schwoll an und kam näher.

Das syrische Mädchen drückte sich schnell um die Ecke, denn was immer passiert war, der Schwerpunkt der Ereignisse war, dem Geräuschpegel nach, im Begriff, sich nach hierher zu verlagern.

Im nächsten Moment sah sie Mehmet, ihren Klassenkameraden, atemlos auf das Freideck hetzen. Er sprang über das Geländer und verschwand aus Ysleis Gesichtsfeld.

Dem Mädchen stockte der Atem. Der Mitschüler war einfach in die See gesprungen. Dann kam ein weiteres Mädchen angelaufen. Das war Jona, die dem Vorbild Mehmets kopflos folgte, das Freideckgeländer des Baltic Jets überwand und in die Tiefe sprang.

Nun erschien eine dritte Schülerin. Als Yslei sie sah, stockte ihr der Atem. Es war Katzi, panisch und in Todesangst. Sie schickte sich ebenfalls an, die Reling zu übersteigen.

"Aurora! Warte! Was tust du?", schrie ihre Freundin.

Der Kopf der Mitschülerin fuhr herum. Sie erkannte Yslei. "Sie haben Frau Kampermann erschossen!"

"Hold it, Brat!", donnerte eine Männerstimme und schwere Schritte näherten sich.

Katzi sah sich gehetzt um und sprang dann, ohne weiter nachzudenken, auch in die Tiefe, wo die brodelnde Gischt sie verschluckte.

Yslei drückte sich schnell um die Ecke, damit der bullige Riesensöldner, der eben auf das Freideck gestürmt war, sie nicht entdeckte. Das Mädchen konnte kaum noch atmen, so sehr hatte das Grauen es gepackt ...

Linda Todt vermeldete, dass die *Bamberg* zweiundsiebzig Geiseln von den Rettungsinseln hatte bergen können. Demnach blieben gut dreißig Menschen in der Gewalt der Hijacker. So wie es aussah, waren dies in überwiegender Zahl die Schüler und Lehrkräfte der Ernst-Moritz-Arndt-Schule.

Staatssekretär Iffland reagierte wütend: "Diese Schweine! Verstecken sich hinter Kindern! Das ist das Letzte!"

"Vielleicht sollten wir einen Angriff der GSG 9 in Erwägung ziehen", gab Linda Todt zu bedenken, "Die Kommandeure vor Ort schätzen die Erfolgschancen als sehr gut ein, weil die Söldner nur wenige sind."

Der Staatssekretär schüttelte den Kopf. "Auch wenn es nur ein paar sind, handelt es sich um hartgesottene und kriegserprobte Kombattanten. Wenn da überhaupt einer angreift, dann unser Kommando Spezialkräfte!

"Warten Sie!" Jens Lackner kam heran und blickte von seinem Handy erschüttert in die Runde. "Meine Tochter hat mir gerade eine Nachricht geschickt. Die Entführer haben ihre Klassenlehrerin erschossen, Ulla Kampermann! Und danach sind wohl drei von ihren Mitschülern in Panik geraten und in die Ostsee gesprungen ..."

Einen Moment war entsetztes Schweigen, dann redeten alle Mitglieder des Krisenstabs durcheinander ...

Der Capitano hatte Angel gepackt und schäumte: "Bist du irre, Mann? Was hast du getan?"

Angel konnte nur stammeln. "Dieses verfluchte Drecksweib ... Die Alte hat mich provoziert ... die hat mir ins Gesicht gespuckt! Ich hab dann plötzlich rot gesehen ... sorry, ich weiß, dass das scheiße war ...!"

Der Capitano stieß seinen Mitstreiter von sich. "Du bist komplett durchgedreht, Angel, du hast dich nicht im Griff! Das ist dieses Teufelszeug, von dem du nicht die Finger lassen kannst! Du hast gesagt, dass du mit der Kokserei aufhörst. Das war meine Bedingung, wenn ich dich mitnehme!"

"Hör zu, Schramme, es tut mir leid ... wirklich!"

"Schnauze, Mann! Wir haben eine Frau erschossen und drei von den Kindern sind ins Wasser gesprungen. Du weißt genau, was passiert, wenn Geiseln getötet werden. In so einem Fall greift jede Polizei der Welt an! Ich muss mit denen reden, bevor sie zur Attacke blasen! Und du bau bloß keinen Mist mehr!" Der Capitano lief zurück zur Brücke.

"Wenn sie wirklich jemanden getötet haben, müssen wir losschlagen!", insistierte Linda Todt und funkelte den Staatssekretär provozierend an.

"Ist das denn verifiziert?", fragte Iffland skeptisch, "Sie haben bisher noch keine Forderungen gestellt, warum sollten sie dann Geiseln umbringen?"

"Wir wissen doch gar nicht, was auf dem Schiff los ist. Wollen wir das einfach so laufen lassen?"

"Wir warten auf die Spezialkräfte!", entschied Iffland.

Ein Bundespolizist schob sich zwischen die Oberkommissarin und den Staatsekretär. "Wir haben jetzt telefonische Verbindung mit den Geiselnehmern. Der Anführer der Söldner will denjenigen sprechen, der hier das Sagen hat ..."

Iffland lächelte spröde. "Der soll warten ..."

Linda schnappte nach Luft. "Er soll warten? Wieso?"

"Lektion Nummer eins, junge Dame, wenn so ein Abschaum 'Spring!' sagt, dann springe ich noch lange nicht. Es muss gleich klar sein, dass ich hier nicht deren Trollo bin!"

"Blödsinn! Dann rede ich mit denen!" Die Oberkommissarin ließ den verdutzten Politiker einfach stehen.

Der Staatssekretär schaute verdattert. Aber dann kam Bewegung in ihn. "Warten Sie! Ich komme ...!"

Die Stimme des Capitano war auf Außenlautsprecher gestellt, als Iffland mit ihm telefonierte. "Ich wiederhole, das war keine Hinrichtung! Es hat eine Panik unter den Geiseln gegeben und während unserer Bemühungen, alle zu beruhigen, ist es zu einem Handgemenge gekommen, woraufhin sich ein Schuss gelöst hat. Dass dabei die Lehrerin Ulla

Kampermann zu Tode gekommen ist, war ein Unfall. Er liegt selbstverständlich in unserer Verantwortung, aber wir haben keinerlei Interesse, dass hier weitere Menschen zu Schaden kommen!"

"Sie müssen alle Geiseln auf der Stelle freilassen!", forderte der Staatssekretär, "Sonst übergebe ich die Angelegenheit der *KSK*, den Spezialeinheiten unserer Armee und glauben Sie mir, das ist das Letzte, was Sie wollen."

Jens stand blass hinter Linda Todt, Iffland und den anderen Mitgliedern des Krisenrats und kämpfte mit seiner Angst. Wie nahe er seiner Adoptivtochter in der Zwischenzeit stand, begriff er erst jetzt, als die Sorge um Yslei ihm die Brust einschnürte.

"Wir lassen die Geiseln frei, wenn wir einen Hubschrauber bekommen!", war nun erneut die Stimme des Capitanos zu vernehmen, "Er muss groß genug sein für zwölf Personen. Ich will eine Pilotin, eine Zivilistin. Sie haben dafür eine Stunde Zeit. Wir wollen kein Geld und keine Gefangenen freipressen, also überlegen Sie es sich. Schicken Sie den Hubschrauber und in einer Stunde ist all das hier Geschichte!"

"Einen so großen Hubschrauber in einer Stunde bereitzustellen, dazu noch mit einer Zivilistin als Pilotin, das ist ein Ding der Unmöglichkeit!", protestierte Iffland, "Wir brauchen mehr Zeit!"

"Wenn Sie es jetzt schon geschafft haben, direkt vor unserer Nase Elite-Kräfte auf dem Küstenwachschiff abzusetzen, das uns folgt, dann werden sie das mit einem Flucht-Heli ebenfalls hinkriegen. Eines noch: Versuchen Sie nicht, uns anzugreifen! Weder aus der Luft noch vom Wasser aus! Schicken Sie auch keine Taucher! Wir haben den kompletten Innenraum der Fähre mit Sprengstoff versehen. Jede Aktion würde von uns bemerkt und die sofortige Zündung der Sprengladungen nach sich ziehen. Dann sterben alle Geiseln auf einmal! Aber so muss es nicht enden. Wenn alle vernünftig bleiben, bringen wir dieses Kapitel ohne weitere Zwischenfälle zu Ende! Das war es von uns! Ihre Zeit läuft ab jetzt!" Damit beendete der Capitano das Gespräch.

Der zur Bundespolizei gehörige Hubschrauber mit Julius Skoff und Catrin Hanfstaengl war bereits eine Weile in der Luft. Während sich der Polizeidirektor auf seinem Computer ein Bild von den Fakten machte, telefonierte die Hauptkommissarin neben ihm. Als sie mit dem Gespräch fertig war, sah sie beunruhigt auf.

"War das Mukran?", fragte Skoff, der die Sorgen seiner Mitarbeiterin spürte, ohne von seinem Laptop hochzuschauen.

"Es gibt ein Problem", meldete Catrin, "Direktor Fritz Helmer hat mir gerade mitgeteilt, dass ein Staatssekretär Iffland sich eingeschaltet und die Leitung des ATLAS-Krisenstabes übernommen hat. Offenbar mit Rückendeckung des Verteidigungsministeriums."

"Iffland? Na, danke!", schüttelte Skoff den Kopf, "Dieser Wichtigtuer hat uns gerade noch gefehlt."

"Aber in solch einer Krisenlage sind doch eindeutig wir zuständig, oder gibt es da eine Grauzone?"

"Natürlich nicht. Aber ich möchte einem sinnlosen Scharmützel mit dem Verteidigungsministerium aus dem Weg gehen, deswegen lassen wir den Mann gewähren, bis wir vor Ort sind, um ihn dann zügig hinauszukomplimentieren."

Catrin sah nicht überzeugt aus. "Wir erreichen Neu Mukran aber erst in vierzig Minuten. Ist das nicht riskant?"

"Wir halten das Risiko klein. Nehmen Sie gleich Kontakt mit Bauer und Kwart auf, das sind die Kommandeure unserer GSG 9-Einheiten vor Ort. Geben Sie denen die Anweisung: Es werden keine Einsätze gefahren, die nicht mit mir abgestimmt sind. Das gilt auch für Helmer und seine Leute."

"Ja, natürlich. Verstanden!" Catrin griff zu ihrem Diensttelefon und wählte eine Nummer.

Waldo hatte Asja eine Mütze und eine getönte Brille besorgt. Dadurch, dass die junge Frau nun ein gestreiftes Kleid und einen Mantel mit Hahnentrittmuster trug, erinnerte fast nichts mehr an die Patientin, die vor einigen Tagen aus der Psychiatrie ausgebrochen war. Waldo, der seine Uniform zu Hause gelassen hatte, ging mit Asja auf die alte Villa zu, in der Dr. Ebru Korkmaz ihre psychiatrische Praxis betrieb. Waldo klingelte und wenig später surrte der Türöffner.

Das Paar drückte die Tür auf, stieg die Treppe hoch und betrat kurz darauf die Räumlichkeiten im ersten Stock, die nicht nur die Praxis beherbergten, sondern auch die Privatwohnung der Psychologin.

Asja zitterte vor Aufregung, was Waldo nicht entging. "Bleib ruhig. Ebru Korkmaz ist eine gute Freundin. Du hast nichts vor ihr zu befürchten. Komm, wir setzen uns erst einmal und du entspannst dich!"

In diesem Moment öffnete sich unvermittelt die Tür zum Arbeitszimmer der Therapeutin und Arnold Brüske trat heraus, gefolgt von Anna Maria Teller. Der Regisseur sah Waldo überrascht an, und auch der Polizist hatte nicht mit dieser Begegnung gerechnet.

Brüske fing sich schnell, trat dann auf Waldo zu und reichte ihm die Hand. "Herr Rafalski! Schön, Sie zu sehen!"

"Herr Brüske!"

Der Regisseur lächelte knapp und ging weiter zur Tür. Die Schauspielerin folgte ihm, doch dann blieb sie stehen. Sie drehte sich um und ging zu Waldo zurück. "Herr Rafalski, ich habe mich noch nicht bedankt. Was Sie getan haben, war sehr ehrenhaft. Ich habe das zuerst nicht erkannt. Ich stehe tief in Ihrer Schuld. Danke!" Sie trat auf Waldo zu und umarmte ihn. Dann drehte sie sich um und schloss zu Arnold Brüske auf, der an der Tür geduldig auf sie gewartet hatte. Im nächsten Moment hatte das Paar die Praxis verlassen.

Asja sah Waldo staunend an.

Der bemerkte ihren Blick. "Was?"

"Nichts", erwiderte die junge Frau, "Ich bin nur beeindruckt. Du musst ein großer Wohltäter für all die Menschen hier sein ...!"

"Ich könnte mehr tun", gab Waldo bescheiden zurück.

Dann erschien Dr. Korkmaz auf der Bildfläche. Sie ging mit einem warmen Lächeln auf Asja zu und gab ihr die Hand. "Frau Sommerfeld, ich freue mich sehr, Sie endlich kennenzulernen."

Yslei saß im Versteck neben Simon und hatte die Augen geschlossen. Die Tränen liefen ihr über das Gesicht. Die Bilder ihrer Klassenkameraden, die einer nach dem anderen in die aufgewühlte See gesprungen waren, ließen sie nicht los und sie zweifelte auch nicht an Katzis Worten, dass Frau Kampermann tot war. Nicht, dass Yslei ein großer Fan der rigiden Lehrerin gewesen war, aber die Frau hatte niemandem etwas getan, hatte jeden ihrer Schüler fair behandelt. Für die störrische Yslei war sie mehr als einmal im Kollegium eingetreten und hatte sich vor sie gestellt, wenn andere Lehrer der Meinung gewesen waren, dass der schwierigen Jugendlichen deutlich mehr Grenzen gesetzt werden müssten. Wenn man über eine Lehrkraft sagen konnte, dass er oder sie fair war, dann bedeutete das in Ysleis Augen viel. Doch das war nun vorbei, beendet durch einen feigen Mord und es tat weh.

Und was war mit Katzi? Konnte sie den Sprung ins Wasser überlebt haben? Yslei wusste von ihrer Praktikumszeit, dass die Fähre keine Schiffsschrauben besaß, sondern sich durch vier Wasserstrahlantriebe vorwärtsbewegte. Aber viel Hoffnung hatte das Mädchen nicht. Als es mit den Augen die Wasseroberfläche hinter dem Jet abgesucht hatte, waren da keine Köpfe gewesen, die auf schwimmende Menschen hätten rückschließen lassen. Nein, Yslei machte sich nichts vor, Aurora Katz hatte ihre Flucht mit dem Leben bezahlt.

Eine Hand legte sich auf die Schulter des Mädchens. "Alles klar bei dir?", fragte Simon.

Yslei schob die Hand weg. "Nichts ist klar! Lass mich!"

Staatssekretär Iffland dachte nicht daran, die Forderung der Geiselnehmer zu erfüllen, sondern erläuterte Linda Todt seine Strategie, die Hijacker hinzuhalten, bis die KSK-Soldaten vom Marinestützpunkt eingetroffen waren.

Danach nahm der Politiker Jens Lackner beiseite und zog sich mit ihm aus dem Konferenzraum zurück. Draußen auf dem Flur ließ er sich von dem Kommissar erklären, wie Yslei sich auf dem Baltic Jet bewegte. "Das müssen Sie mir genauer erklären: Ihre Tochter versteckt sich auf dem Schiff und spielt Katz und Maus mit den Entführern?", fragte er den Kommissar, "Was ist denn das für eine Geschichte?"

"Sie spielt nicht Katz und Maus mit denen", korrigierte Jens, "Yslei stand hinten auf dem Freideck, als die Terroristen die *Sea Wasp* gekapert haben. Sie kennt sich auf der Fähre aus und hat sich in einem Raum versteckt, zu dem sie Schlüssel hat. Wenn ich es richtig verstanden habe, hält sie sich mit einem gleichaltrigen Mitschüler dort auf."

Der Staatsekretär schüttelte den Kopf. "Das gefällt mir nicht. Wenn unsere Elitesoldaten die Fähre entern, verkompliziert das alles nur. Ich will mit Ihrer Tochter sprechen!"

"Sicher", antwortete Jens, "Es ist nur so, dass wir noch etwas warten müssen. Wir haben in ..." Jens sah auf seine Uhr, "... zehn Minuten einen Telefontermin."

"Einen Telefontermin?", rief Iffland, "Sagen Sie mal, wollen Sie mich veralbern?"

"Wie ich schon sagte: Yslei hat nicht überall Empfang. Sie muss zum Telefonieren aus ihrem Versteck kommen."

"Was für ein Irrsinn!", urteilte Iffland.

"Wenn sie wieder in die Psychiatrie muss, bringt sie sich um. Das hat sie mir gesagt. Und bei ihrer Geschichte glaube ich ihr das auch. Wir müssen ihr irgendwie helfen!"

Waldo saß Ebru Korkmaz in ihrem Arbeitszimmer gegenüber. Asja war bei diesem Gespräch nicht zugegen.

"Ich verstehe deine Sorge, aber der Fall ist schwierig", entgegnete die Psychologin, "Asja leidet unter einer dissoziativen Persönlichkeitsstörung, ihre Wahrnehmung ist vollkommen verschoben. Natürlich, wenn sie sich nicht bedroht fühlt, ist ihr eigentliches Wesen harmlos. Aber ich erkenne bei ihr nicht die geringste Resilienz für Stresssituationen. Selbst eine banale Fahrkartenkontrolle im Bus könnte bei ihr ein auslösender Stressor sein, zu einer fatalen Fehleinschätzung der Lage führen und einen Amoklauf auslösen. Wenn sie keine Bedrohung für ihre Umwelt darstellen soll, muss sie zwingend zurück in die Psychiatrie, da gibt es keine zwei Meinungen."

Waldo blickte unglücklich auf die Tischplatte vor sich. "Kann man denn gar nichts für sie tun?"

Ebru lächelte milde. "Waldo, du fühlst etwas für dieses Mädchen, oder liege ich da falsch?"

"Bitte?", begehrte der Polizeimeister auf, "Sie denken also auch, dass ich Asja nur klarmachen will? Falsch! Nichts könnte von der Wahrheit weiter entfernt sein. Ich habe Mitgefühl mit ihr! Die Gesellschaft und die Menschen um sie herum haben sich einen Scheißdreck um sie geschert, die haben ihr die Hölle auf Erden bereitet. Im Gegensatz zu allen anderen fühle ich mich als ihr Mitmensch für sie mitverantwortlich! Sie ist verletzlich und in einer ganz schwachen Position. Wenigstens einen Menschen sollte dieses Mädchen haben, dem sie nicht völlig am Arsch vorbeigeht."

"Ich wollte dir nichts unterstellen, Waldo, verzeih, wenn es sich so angehört hat. Asja ist in deiner Obhut und obwohl ich mich bereits jetzt strafbar gemacht habe und mit meinem Handeln Vorschub zu einer Straftat leiste, werde ich die Behörden nicht informieren. Aber es könnte vielleicht einen Weg für Asja Sommerfeld geben, wenn wir den Menschen ausfindig machen könnten, der ihr wirklich helfen kann!"

Waldo blickte auf. "Und wer soll das bitte sein?"

"Ihr Vater. Der Priester, der ihr den Film geschenkt hat. So wie ich die Lage sehe, war er wahrscheinlich wirklich ein Geistlicher, der einen Fehltritt vertuschen wollte ..."

Waldo nahm sich einen Moment, um darüber nachzudenken. "Selbst wenn es so wäre, wie soll ich den denn finden? Der feine Herr ist doch schon seit einem Jahrzehnt verschwunden und hat sich auch nie mehr gemeldet."

Ebru Korkmaz beugte sich vor. "Sagtest du nicht, dass jedes Jahr anonyme Zahlungen an das Institut Comenius geleistet werden? Und all das wurde eingefädelt von einem katholischen Pfarrer ..."

"Schon, aber kommen Sie mal zur Pointe, Frau Korkmaz!"

"Ich glaube, dass hinter allem ein größerer Skandal steckt, als uns allen bewusst ist. Ein katholischer Priester ist Asjas biologischer Vater und offiziell existiert sie überhaupt nicht.

Ihre Mutter hat sie heimlich zur Welt gebracht. Es gibt keine Geburtsurkunde, sie ist komplett unter dem Radar geblieben. Man hat sie weggesperrt und nur der Priester kam ein paar Male, um nach ihr zu sehen."

Waldo nahm den Gedanken auf. "Gut. Nehmen wir an, da ist was dran. Ein katholischer Priester zeugt ein Kind und möchte nicht, dass irgendjemand es erfährt. Und es fließt eine Menge Geld, um das zu vertuschen ... aber warum?"

"Was, wenn der Vater nicht nur irgendein Pfarrer ist, sondern einer, der große Ambitionen gehabt hat? Einer, dessen Karriere auf dem Spiel stünde, wenn die Existenz eines leiblichen Kindes ans Tageslicht käme."

Der Polizeimeister überlegte. "Ich verstehe. Sie denken an ein größeres Kaliber, oder? So etwas wie einen Bischof ..."

"Es halte das jedenfalls für möglich. Wir sollten versuchen, herauszufinden, welche Priester hier in der Region vor zehn Jahren gearbeitet haben und dann irgendwann auf Nimmerwiedersehen verschwunden sind ..."

"... um dann groß Karriere beim Klerus zu machen ..."

"Und wer könnte so einen Sachverhalt besser recherchieren als ein Polizeibeamter, der nahezu unbeschränkten Zugang zu allen Datenbanken hat ...?"

Yslei hatte mehrere Minuten still dagesessen. Sie verarbeitete den soeben erlebten Schock, oder zumindest versuchte sie es. Dann sah sie auf die Uhr. Sie stand auf.

"Was ist jetzt?", fragte Simon nervös.

"Ich muss raus. Mit meinem Vater telefonieren."

"Yslei! Spinnst du? Nach all dem, was gerade passiert ist? Was, wenn sie dich erwischen?"

"Simon! Halt die Klappe!" Sie zeigte wütend mit dem Finger auf ihn und ihr entschlossener Gesichtsausdruck verunsicherte ihn. "Du machst erst auf unser Klopfzeichen wieder auf, klar?"

"Ja, okay, Mann! Beruhige dich!"

Yslei öffnete und huscht auf den Gang hinaus. Sie schloss die Tür hinter sich und sah sich um. Ein paar Schritte weiter hatte sie zwar Netz, aber keinen guten Überblick. Wenn sie telefonierte, und jemand blieb hinter der Ecke stehen, konnte er ihrem Gespräch zuhören. Die beste Stelle, um zu sprechen, war das Freideck. Yslei lief los ...

Waldo hatte Asja zurück in die Gartenlaube gebracht. Der jungen Frau ging es nicht gut, das war ihr anzusehen. Der kleine Ausflug war eine weitere psychische Belastung gewesen, die ihr zu schaffen machte. Sie saß unglücklich und verloren in ihrem Sessel und starrte ins Leere. Als Waldo den Schlüssel vom Tisch nahm und zur Tür ging, hob sie den Kopf. "Was tust du?", fragte sie alarmiert.

"Ich muss weg! Nur kurz! Ich habe etwas zu erledigen!"

Sie sprang auf und hielt ihn am Arm. "Nein. Lass mich nicht allein! Bitte!"

Waldo sah sie an und lächelte beruhigend: "Ich bin bald wieder da. Aber wenn wir etwas für dich erreichen wollen, muss ich los. Du kannst dich nicht ewig hier verstecken! Also vertrau mir!" Er wollte sie umarmen. Als er aber merkte, wie sie sich versteifte, brach er die Vertraulichkeit ab und lächelte nur aufmunternd. "Versuch ein wenig zu schlafen, Asja, du brauchst jetzt vor allem Ruhe, okay?"

Die junge Frau nickte und Waldo verließ das Gartenhaus.

Yslei lief durch die Gänge des Baltic Jets, vorsichtig, um nur ja nicht zufällig irgendeinem der Terroristen in die Arme zu laufen. Wenn dieser Fall eintrat, würde sie sich verteidigen. Sie führte den großen Draper-Schraubenschlüssel in ihrem Rucksack mit sich, eine Schlagwaffe, die immerhin drei Kilo wog.

Es war fast dreizehn Uhr und Yslei rannte hoch zur hinteren Aussichtsplattform. Als sie um die Ecke spähte, prallte sie zurück. Einer der Söldner stand an der Mitte der Reling. Der Mann hatte hier offenbar Posten bezogen, damit sich die Vorgänge von vorhin nicht wiederholten. Die Hijacker hatten kein Interesse an weiteren Schülern, die in ihrer Panik über Bord sprangen.

Yslei überlegte. Wenn sie jetzt telefonierte und der Kerl mit der MP patrouillierte, konnte er sie entdecken. Erneut lugte sie um die Ecke. Dieser Söldner war ein bulliger Mann, er lehnte rauchend am Geländer und blickte in die Gischt, die der Baltic Jet hinter sich ließ. Dabei trank er lange Schlucke aus einer Ein-Liter-Wodka-Flasche, die er sich im bordeigenen Duty-Free-Laden organisiert haben musste.

Als sie den Mann so dastehen sah, stieg in Yslei unvermittelt Wut auf. Was hatten sie diesen Barbaren getan, dass sie einfach so das Leben einer Frau auslöschten, die ihren Beitrag zur Gesellschaft leistete, indem sie als Lehrerin arbeitete, als eine Pädagogin, die sich für ihre Schützlinge engagierte? Und was war mit Katzi? Sie war so ein feiner Mensch gewesen und hatte ihr ganzes Leben noch vor sich gehabt ...

Plötzlich war da die eisige innere Wand in Yslei, die massive Mauer, die sie von früher kannte, dann nämlich, wenn sie sich von ihren Gefühlen abschnitt und innerlich in einen Überlebensmodus wechselte. Jetzt wurde Yslei ganz ruhig. Sie spähte einmal mehr zu dem Wachposten an der Reling. Wieder setzte der Kerl den Wodka an und schluckte begierig das scharfe Nass. Seine Bewegungen waren unkoordiniert, er hatte dem Schnaps wohl schon einige Zeit zugesprochen.

Yslei taxierte den Mann mit der Maschinenpistole und setzte sich in Bewegung. In einem explosiven Spurt rannte sie auf den Söldner zu, der sich keiner Gefahr bewusst war. Im nächsten Moment hatte das Mädchen den Posten erreicht und stieß, mit aller Kraft, die sie hatte, ihre Hände in seinen Rücken. Der Oberkörper des Söldners wurde so nach vorne gezwungen und seine Hand griff nach dem Geländer, während sein rechtes Bein hinter ihm hochschwang, um die Balance zu halten. Yslei packte das Bein mit beiden Händen und wuchtete es kraftvoll weiter hoch. Dadurch verlagerte sich der Schwerpunkt des Bewaffneten nach vorne und er kippte wie ein Mehlsack über die Reling. Der Schrei des fallenden Mannes wurde vom Getöse der Triebwerke und dem brodelnden Wasser übertönt und dann verschluckte ihn die See, wie die drei Klassenkameraden Ysleis zuvor ...

Schwer atmend starrte das Mädchen nach unten. Der Söldner kam nicht wieder hoch. Oder wenn er es tat, dann verhinderte die schäumende Gischt, die der Antrieb der Fähre hinter sich ließ, dass man es sah.

Kalte Genugtuung machte sich in Yslei breit. Wenigstens einer der Männer hatte für den Tod von Frau Kampermann und von Katzi bezahlt. Das Mädchen spähte sichernd in den Passagierbereich. Das war einfach gewesen. Yslei konnte sich des Gedankens nicht erwehren: Was einmal geklappt hatte, funktionierte vielleicht auch ein zweites Mal ...!

Richard fühlte sich hundsmiserabel. Er saß im Intensivzimmer am Bett von Mike Kramer, der künstlich beatmet wurde und an gespenstisch vielen Schläuchen hing. Der alte Lehrer litt nicht nur an der eigenen schlechten Verfassung, der Anblick von Mike Kramer, der zwischen Leben und Tod schwebte, war fast noch schlimmer.

Richard dachte an die erste Zeit, in denen sie sich spinnefeind gewesen waren. Über sechs Jahre war das her. In der Zwischenzeit hatte sich viel ereignet und aus einer tiefen gegenseitigen Abneigung der Männer hatte sich eine Freundschaft entwickelt. Inzwischen verband Richard und Mike viel mehr als die Sträuße, die sie einmal miteinander ausgefochten hatten. Und so tat es weh, den noch recht jungen Mann so hilflos an der Schwelle des Todes zu sehen.

"Dreifürst?" Kramer war wach, seine Stimme dünn.

"Mike, wie geht es dir? Vero ist kurz weg, sie wird gleich wieder da sein. Sie hat mich gebeten, so lange auf dich aufzupassen ..."

Das Gesicht des ehemaligen Polizisten verzog sich zu einem Lächeln. "Könnte mir schlechtere Aufpasser vorstellen, du alter Zausel ..."

"Jetzt halt durch! Die tun hier alles für dich ..."

Mike sagte nichts und musterte ihn fragend. "Nichts für ungut, aber du siehst scheiße aus, Richard! Und dann sitzt du hier auch noch im Bademantel ... was hast du denn?"

"Ach ... ist doch unwichtig."

"So schlimm?", fragte Mike, "Sag nicht, dass es Krebs ist ..."
Richard seufzte. "Im Endstadium. Aber ich bin auch steinalt. Ich hatte mein Leben. Dich brauchen wir noch ..."
"Ja, sicher", kam es stockend von dem Freund, "Wollen wir wetten, dass zu deiner Beerdigung hundertmal so viele kommen wie zu meiner?"
"Ja, da könntest du recht haben", lächelte Richard, "Du bist ein gefallener Engel, ich dagegen komme, was den Fame auf Rügen angeht, direkt hinter Störtebeker ..."
Mike musste lachen, bereute das aber, weil es ihm große Schmerzen bereitete. Dann ergriff er Richards Hand. "Ich bin verdammt froh, dass du da bist, Dreifürst!"
"Ja, Mike, ich auch."

Endlich klingelte das Handy. Yslei holte das Telefon heraus. "Papa? Ich bin's"
"Yslei! Alles klar bei dir?"
Sie atmete schwer. "Klar? Ich bin mir nicht sicher ... ich hab gerade eines von den Schweinen über Bord geworfen!"
Jens stockte der Atem. "Was hast du? Sag das noch mal!"
"Ich habe einen von ihnen ins Wasser gestoßen. Sie haben meine Lehrerin umgebracht und danach sind Aurora und zwei andere über Bord gesprungen ..." Ein Schluchzer entrang sich der Brust des überforderten Mädchens.
Am anderen Ende war Schweigen. Dann räusperte sich Jens: "Yslei, bleib ganz ruhig, okay! Atme mal tief durch!"
Yslei folgte der Aufforderung, doch sie war in einer emotionalen Ausnahmesituation. Sie hatte wahrscheinlich gerade einen Menschen getötet. Es war nicht das erste Mal, dass das passiert war, aber es wühlte sie dennoch bis in ihr Innerstes auf.
"Hör zu, hier will dich jemand sprechen. Es ist ein Staatssekretär vom Außenministerium. Im Moment ist er der Leiter des Krisenstabs ..."
Das Mädchen verstand gerade kein Wort. Aber dann hörte es eine Stimme, die es nicht kannte.
"Du heißt Yslei?"

"Ja, das stimmt ...", antwortete der Teenager mechanisch.

"Gut, ich bin Staatssekretär Iffland vom Amt für Verteidigung. Ich möchte, dass du mir jetzt gut zuhörst! Du wirst nun Folgendes tun: Du und der andere Schüler, der sich mit dir versteckt hat, ihr geht zu den Geiselnehmern und ergebt euch denen. Wir werden dafür sorgen, dass ihr alle zusammen da rauskommt. Aber dafür darf keiner querschießen. Für diese Verhandlungen müssen die Geiseln komplett zusammen sein. Hast du das verstanden?"

"Ja, habe ich."

"Gut! Du setzt dich jetzt sofort in Bewegung und holst deinen Kameraden, okay?"

"Nein", sagte das Mädchen, "Das ist nicht okay."

Der Staatssekretär reagierte verdutzt. "Was heißt 'nein'?"

Yslei runzelte unwillig die Stirn. "Das heißt, dass ich das nicht mache. Ich werde mich denen nicht stellen. Ich habe gerade einen von ihnen ausgeschaltet."

"Wie bitte?" Iffland schaute entgeistert. "Du hast was?"

"Die sind nicht unverwundbar, diese Typen! Ich werde mich denen keinesfalls ergeben. Ganz bestimmt nicht!"

"So, jetzt mach aber einen Punkt! Weißt du überhaupt, mit wem du hier sprichst? Ich bin ein Staatssekretär, der direkt dem Verteidigungsminister verantwortlich ist! Wenn ich etwas anordne, dann ist das bindend! Ist das jetzt klar?"

"Mir ist es völlig egal, was Sie anordnen. Und jetzt will ich sofort wieder mit meinem Vater sprechen!"

"Wie bitte? Also, da hört sich doch alles auf ...!"

"Geh endlich aus der Leitung, du Penner!", platzte es aus Yslei heraus.

"Aber ... aber ..."

Ein Handgemenge entstand am anderen Ende. "Yslei? Ich bin es, Jens. Ich hab mitgehört, du willst dich nicht stellen. Aber was genau hast du denn jetzt vor?"

"Die Kapuzenmänner sind nur noch zu sechst. Und es ist ein großes Schiff. Die kennen sich hier nicht aus, aber ich."

Jens zwang sich, ruhig zu bleiben. "Süße, ich weiß, du bist gut, aber du kannst es nicht mit Profikillern aufnehmen!

Bitte, halt dich zurück! Und denk auch mal an deine Mutter, die macht sich allergrößte Sorgen. Also konservative Aktionen! Du weißt, dass das meine Maxime ist! Allergrößte Sicherheit, minimales Risiko!"

"Ist auch meine Maxime, Papa! Und jetzt sag mir mal, was diese Kerle überhaupt hier an Bord dieses Schiffes wollen ..."

"Die Söldner verlangen einen Hubschrauber. Sie haben jemanden entführt und wollen sich absetzen, nachdem ihnen der Fluchtweg über Land abgeschnitten worden ist."

"Und?", hakte Yslei nach, "Kriegen sie den Hubschrauber?"

"Bis jetzt hat der Staatssekretär noch nicht darüber entschieden. Keine Ahnung, ob er es überhaupt tut."

"Aber wenn sie das Ding haben, könnten sie doch damit abschwirren. Dann wären wir sie hier los, oder?"

Jens schüttelte den Kopf. "So einfach ist das nicht. Wenn sie ohne Geiseln mit einem Hubschrauber abfliegen, werden sie mit einer Lenkwaffe vom Himmel geholt, das wissen sie. Sie werden also mindestens eine oder zwei Geiseln mit in den Heli nehmen müssen ..."

Yslei sagte nichts und starrte schwer atmend ins Leere.

"Was ist, Kind? Sag etwas!"

"Die werden hier keinen mehr umbringen! Das kannst du dem Idioten von gerade erzählen. Ich spiel da nicht mit!"

"Yslei, warte mal ..."

Doch das Mädchen hatte das Gespräch bereits beendet.

Es war etwas Zeit nötig gewesen, aber dann hatte René Sutter doch so weit Vertrauen zu Johnny gefasst, dass er mit ihm redete.

"Was habt ihr mit mir vor?", fragte er mit einer Miene, die nicht erwartete, dass die Antwort erfreulich sein würde.

"Keinen blassen Schimmer", gab Johnny zurück, "Ich bin hier im Orchester nur die Querflöte. Der Capitano hat einen Hubschrauber gefordert für zwölf Personen. Das heißt, er will das ganze Team, Sie und wahrscheinlich noch ein paar Geiseln, mitnehmen."

"Ja. So wird es wohl sein."

Johnny stellte die Frage, die ihn am meisten beschäftigte. "Wir haben einen ziemlichen Aufstand angezettelt und eine Menge Leute getötet und das nur, um Sie zu entführen. Warum? Was macht Sie so wertvoll?"

Sutter rieb müde sein Gesicht. "Willem de Kerck hat mich vor einigen Jahren durch seine Headhunter gefunden. Ich hab als Programmierer gearbeitet. Das hat mir aber nicht gereicht. Ich war ehrgeizig, ich wollte etwas machen aus meinem Leben. So habe ich an Quizshows teilgenommen. Und ich war gut, denn ich habe ein eidetisches Gedächtnis. Ich merke mir alles. Als de Kerck auf mich aufmerksam geworden war, hat er mir ein Angebot gemacht, das ich nicht ablehnen konnte. Ich sollte sein Privatsekretär werden, für ein fürstliches Gehalt." Sutter unterbrach und schüttelte gequält seinen Kopf. "Und dann musste ich mir seine Geheimnisse einprägen. Ich habe alles abgespeichert, was er mir vorlegte, Bankverbindungen, Passworte, chemische Formeln aus seiner Forschung. Das war für mich ein Kinderspiel. Der Haken ist nur, dass ich jetzt detailliert informiert bin über De-Kerck-Industries." Er gab ein gequältes Ächzen von sich. "Sie werden mich foltern und ich werde sagen, was ich weiß ..." Tränen liefen über das Gesicht des Schweizers.

Johnnys Aufmerksamkeit wurde abgelenkt, als eine Unruhe unter den Söldnern entstand. Angel und Toledo redeten aufgeregt miteinander. Dann stürmte Angel in Richtung Brücke davon.

Johnny lief zu Toledo, der beunruhigt aussah. "Was ist denn los, Mann?"

"Einer der Prohaska-Brüder meldet sich nicht mehr über Funk", sagte der Niederländer. "Oder um genauer zu sein: Er hat sich gewissermaßen in Luft aufgelöst ...!"

Mike hatte noch einmal seine Augen geöffnet, aber sagen konnte er nichts mehr. Seine Hand schloss sich fast schmerzhaft um die Richards, er kämpfte seinen letzten Kampf. Gerade, als der alte Lehrer eine Schwester holen wollte, ging die Kardioanzeige auf Nulllinie.

"Mike?", rief Richard hilflos und hörte im gleichen Augenblick den durchgehenden Piepton. Kramers Herz hatte aufgehört zu schlagen. Es war ein Moment absoluter Leere.

Kurz darauf kamen eine Schwester und der Stationsarzt, von der elektronischen Überwachung im Kontrollraum alarmiert, und verscheuchten den Besucher, der sich kurz darauf auf dem Flur wiederfand.

"Richard!" Vero lief auf Dreifürst zu und blickte zum Intensivzimmer. "Wieso sind Sie nicht bei ihm?"

Er sah sie niedergeschlagen an. "Mikes Herz ist stehengeblieben. Sie versuchen gerade, ihn zu reanimieren."

Die Frau stand da und die Kräfte verließen sie augenblicklich. Richard trat heran und stützte die Wankende.

"Ich konnte nicht schneller zurück sein. Schneller ging es nicht ..." In seinen Armen ließ sie ihren Tränen freien Lauf.

Simon blickte Yslei verständnislos an. "Das kann nicht dein Ernst sein! Du willst nicht wirklich gegen diese Terroristen in den Kampf ziehen?"

"Wieso nicht?", hielt das Mädchen dagegen, "Einen habe ich gerade gekillt. Und sie rechnen nicht mit einem Angriff."

"Oh mein Gott! Du bist ja vollkommen übergeschnappt!"

"Nein. Ich weigere mich nur, mich einfach meinem Schicksal zu ergeben. Ich glaube nämlich nicht, dass der Krisenstab den Hubschrauber schickt. Und dann werden diese Ratten bald weitere Geiseln töten. Vier von uns mussten schon dran glauben. Ich werde denen in die Suppe spucken, Simon! Die Frage ist nur, hilfst du mir, oder muss ich es allein tun?"

Der Mitschüler rang seine Hände. "Mann, Yslei, weißt du überhaupt, was für eine Scheißangst ich habe? Wirklich, ich steh kurz davor, mir in die Hosen zu machen. Ich bin doch gar kein Gegner für solche Leute ...!"

"Gut", kürzte Yslei die Diskussion verächtlich ab, "Dann wird die 'Zikadenfresserin' wenigstens dazu gut sein, dir die Windeln zu wechseln, wenn sie für dich die Kastanien aus dem Feuer geholt hat."

Er sah sie mit zusammengepressten Lippen an.

"Wenn du schon nicht kämpfen willst, Simon, hilf mir wenigstens mit deinem Grips! Du bist zwar ein unreifer Idiot, aber nicht ganz dumm."

"Und was soll das jetzt schon wieder heißen?", fragte Simon pikiert.

"Jungen denken anders Mädchen. Also, was können wir gegen diese Mörder als Waffen einsetzen?"

"Als Waffen? Wie?"

"Wir sind auf einem Schiff", erklärte Yslei mit mühsam aufgebrachter Geduld, "Welche Gegenstände, die wir hier zur Verfügung haben, könnten wir zweckentfremden und für einen Angriff nutzen?"

Chris traf seinen Partner auf dem Famila-Parkplatz in Bergens Westen. Waldo sah gerädert aus, so als hätte er länger keinen Schlaf bekommen.

"Alles klar, Mann?", fragte der POM, "Wie geht es der heiligen Jungfrau?"

"Hör auf, hier rumzuwitzeln", fuhr Waldo ihn an, "Ist alles überhaupt nicht lustig."

"Sorry, war nicht so gemeint. Ich wollte eigentlich aufmunternd wirken", entschuldigte sich Chris.

"Schön, dass du es wenigstens versucht hast."

"Waldo, was ist jetzt mit dem Mädchen? Wie lange willst du das noch weitermachen? Ist doch abzusehen, dass das nicht gut ausgeht ..."

"Kann sein, dass du recht hast, aber Schwarzmalerei ist jetzt nicht zielführend. Ich brauche deine Hilfe!" Waldo erklärte seinem Partner den Sachverhalt und bat den POM dann, zu recherchieren, wer der leibliche Vater von Asja Sommerfeld gewesen sein könnte. "Sollte dieser Priester wirklich ein hoher Würdenträger sein, steht es vielleicht in seiner Macht, seiner Tochter zu helfen ..."

Chris stöhnte. "Das ist dein letzter Pfeil im Köcher? Ein mysteriöser Bischof, der im Herbst seines Lebens zu dem Fehltritt in jungen Jahren steht und seine Flügel über die verleugnete Tochter ausbreitet? Das ist doch hanebüchen ...!"

Waldo stieß Chris hart vor die Brust. "Ist es nicht, Mann! Für dieses Mädchen geht es um seine Existenz! Du hast eine Freundin und einen Hund, du gehst deinem Wunsch-Beruf nach und hast die Freiheiten, alles zu tun, was immer dir auch beliebt ..." Der Polizeimeister zeigte hinter sich, "Sie, Asja, sie hat nichts davon! Sie ist emotional kaputt, ihr drohen Psychiatrie, harte Medikamente und lebenslange Fixierung. Und das, obwohl sie nicht das Geringste für ihr Schicksal kann! Also, hilfst du uns oder hilfst du uns nicht?"

"Jetzt!", donnert Staatssekretär Iffland, "Sie verschwinden augenblicklich von hier! Ich will Sie nicht mehr sehen!"

Jens verzog das Gesicht. "Wieso? Weil meine Tochter Sie einen 'Penner' genannt hat? Kommen Sie darüber hinweg! Sie werden mich hier brauchen. Yslei ist nicht irgendein Mädchen. Wenn sie die Guerilla auf dem Baltic Jet ist, brauchen Sie mich, falls Sie Einfluss auf sie nehmen wollen ..."

Linda Todt stellte sich an Jens' Seite. "Ich denke wie Kommissar Lackner. Es ist nicht gut, wenn wir einen Trumpf aus der Hand geben. Und ich kenne die Schülerin. Yslei Lackner-Schröder eine sehr entschlossene junge Frau, die als Kind aus Syrien flüchten musste und in der Vergangenheit extreme Gefahrenlagen überstanden hat. Sie operiert aus dem Untergrund gegen die Hijacker? Dann hat sie einen nicht zu unterschätzenden strategischen Vorteil. Wenn sie noch mehr Söldner aus dem Spiel nehmen kann, würden die bei schwindender Zahl einem Sturmangriff von unserer Seite nicht mehr viel entgegenzusetzen haben."

"Aber sie lässt sich nicht lenken!", polterte Iffland, "Wir werden doch das Schicksal der Geiseln nicht in die Hände einer renitenten Göre geben. Der da ...", er deutete anklagend auf Jens, " ... der soll sie zur Raison bringen! Bevor alles in einer Katastrophe mündet!"

"Die Katastrophe haben wir längst!", stellte Linda Todt trocken fest, "Es ist bereits eine halbe Stunde des Ultimatums vergangen, und Sie haben den Hubschrauber, den die verlangen, immer noch nicht angefordert."

Iffland war wieder einmal in seiner Ehre gekränkt. "Bei uns im Verteidigungsministerium fahren wir eine Politik der Besonnenheit! Bei uns gibt es keine Schnellschüsse, nur weil Extremisten Druck machen. Die Experten bei uns beraten eben noch!"

"Und wie lange etwa werden die brauchen?", erkundigte sich Jens, dessen Geduld gerade arg strapaziert wurde.

"Es dauert, solange es dauert! Gut Ding will Weile haben."

In diesem Moment öffnete sich die Tür zum Konferenzraum und Polizeidirektor Julius Skoff betrat in Begleitung von Hauptkommissarin Catrin Hanfstaengl den Raum. Er erblickte Iffland und steuerte direkt auf ihn zu. "Herr Staatssekretär! Ich habe schon gehört, dass Sie hier einstweilen eingesprungen sind. Das war sehr freundlich! Vielen Dank! Ab jetzt übernehme ich!"

Iffland schaute böse. "Bitte? Wer sind Sie überhaupt?"

"Polizeidirektor Skoff, ich leite die Direktion 11 der Bundespolizei in Potsdam! So, und jetzt wäre es nett, wenn Sie mich meine Arbeit machen lassen ..."

"Also warten Sie ... äh ... Herr Skoff! So geht's ja nicht! Das Verteidigungsministerium hat hier alles unter Kontrolle ..."

Skoff wandte sich an Catrin. "Schaffen Sie mir den Clown vom Hals!" Damit ging er an dem Politiker vorbei und begrüßte die ATLAS-Teams aus den Anrainerstaaten.

"Na, hören Sie mal ...!", begehrte Iffland auf, doch da legte Catrin Hanfstaengl ihm bereits die Hand auf die Schulter. "Herr Staatssekretär, kommen Sie bitte mit mir. Das Notfallprotokoll für Piraterie sieht Herrn Skoff als Leiter des Krisenstabes vor. Ihre Anwesenheit ist nicht länger vonnöten!"

"Nicht länger vonnöten? Nein, so haben wir nicht gewettet. Ich sage Ihnen ..."

Catrin verstärkte ihren Griff an der Schulter Ifflands. "Sie sagen jetzt kein Wort mehr! Die Diskussion ist nämlich beendet. Sie können einfach so mit mir hinausgehen, oder gerne auch mit einem auf den Rücken gedrehten Arm. Was ist Ihnen lieber?"

Chris saß an seinem Computer und kam Waldos Bitte nach, den Vater von Asja Sommerfeld ausfindig zu machen. Die Recherche gestaltete sich schwieriger als erwartet. Die elektronischen Aufzeichnungen der katholische Kirche in den neuen Bundesländern waren sehr lückenhaft, besonders in den ländlichen Gemeinden. Es gab im Bistum Berlin viele Geistliche, die in der Hierarchie aufgestiegen waren, welcher von ihnen aber als Vater für Asja in Frage kam, blieb unklar. Chris fand niemanden, der sich aufdrängte. Die Seelsorger waren entweder zu alt, von ihrer Herkunft nicht in der Küstenregion zu verorten oder ihre Laufbahn hatte keinen Charakter, den man auch nur im Ansatz als überdurchschnittlich erfolgreich bezeichnen konnte. Nach über zwei Stunden vor dem Terminal resignierte der POM. So einfach am Computer würde sich das Problem wohl nicht lösen lassen.

"Was ist denn das?" Tabea war mit dem schnuppernden Butch vom Gassigang zurückgekommen und stand mit ihm vor einem bauchigen Aktenkoffer aus Metall, der direkt neben der Wohnzimmertür auf dem Boden stand.

Chris drehte sich im Bürostuhl herum. Er schaute zum Koffer und grinste. "Was das ist? Nun, das ist der Teufel, der mich in Versuchung führt ...!"

Tabea, eine attraktive junge Frau, der das Selbstbewusstsein ins Gesicht geschrieben stand, sah ihn ratlos an. "Wenn das ein Witz ist, verstehe ich ihn nicht ..."

"Mach den Kameraden einfach mal auf, Schatz!"

Tabea nahm den Koffer vom Boden und trug ihn zur Couch. Sie öffnete die Verschlüsse und klappte ihn auf. Ihre Gesichtszüge entgleisten. In dem Behältnis waren Banknoten aus aller Herren Länder. Es gab etliche Bündel mit Fünfzig-Euro-Scheinen, manche der Banknoten waren von fernöstlicher Herkunft, es gab Schweizer Franken, Kronen aus Schweden und britische Pfund. Den Löwenanteil jedoch machten fette Bündel mit Fünfzig-Dollar-Scheinen aus.

"Ist das Falschgeld?", fragte Tabea geplättet.

"Ganz und gar nicht!", versicherte Chris, "Das ist alles echt. Weit über eine Million, so roundabout."

"Und wie kommt der Koffer in unsere Wohnung?"

"Du weißt doch, wer Mike Kramer ist?"

"Mike Kramer ...? Du hast den Namen mal erwähnt, aber ich hab vergessen, in welchem Zusammenhang ..."

"Der war mal ein Kollege. Hat vor ein paar Jahren mit Jens Lackner die Station in Putbus geführt. Er wurde wegen einer Schutzgeldaffäre aus dem Polizeidienst entfernt."

"Ah, jetzt weiß ich wieder. Klar, der war auch bei der Taufe vom kleinen Willie Dreifürst dabei. Und was ist mit dem?"

"Er war Sicherheitschef auf Schloss Lietzow. Dort ist er heute angeschossen worden ..."

Tabea setzte sich. "Oh richtig, das war in den Nachrichten. Das muss ein schreckliches Blutbad gewesen sein ..."

"Genau!", bestätigte ihr Freund, "Ich war als Erster vor Ort und hab Kramer gefunden. Mike hat von mir verlangt, dass ich diesen Koffer da aus einem Versteck holen soll. Er sagte, er hätte bei seinem Auftraggeber Geld abgezweigt ..."

"Er hat was?"

"Diese Firma, für die er arbeitet, hat, wenn ich meinen Recherchen trauen darf, ihre Hände in großem Stil in Geldwäschegeschäften, weltweit. Kramer muss da Wege gefunden haben, einiges von der Marie abzuschöpfen."

Tabea schüttelte den Kopf. "Auweia! Hat der denn gar nichts dazugelernt? Aber wenn es unterschlagenes Geld ist, wieso bringst du den Koffer zu uns?"

"Ich habe vor einer Stunde einen Anruf von Richard Dreifürst bekommen. Mikes Verletzungen waren zu schwer. Er ist gestorben ..." Chris sah Tabea mit unergründlicher Miene an. "Tja, und jetzt, da Mike nicht mehr am Leben ist ... was soll ich sagen, da bin ich ins Nachdenken gekommen ..."

Sie schaute zum Inhalt des Koffers und dann wieder zu ihrem Partner. "Du willst doch das Geld nicht behalten ...!"

Er seufzte. "Eigentlich nicht. Aber bevor ich diesen Schatz zur Staatsanwaltschaft bringe, wollte ich wenigstens über alles nachdenken. Und hören, was deine Meinung dazu ist ..."

Tabea hob die Brauen. Sie nahm ein Bündel Dollars aus dem Koffer und blätterte die Enden der Banknoten durch. "Ich frag mal ganz dumm: Wer weiß denn alles von diesem Koffer?"

"Das ist der springende Punkt: Kramer wusste davon. Und dann noch ich. Und mit dir wären wir jetzt zu dritt, wenn der gute Mike noch leben würde."

Die junge Frau machte große Augen und pustete Luft aus. "Das ist ja ein Ding. Du willst mir also sagen: wenn wir es behalten würden, wüsste keiner davon?"

"So ist es. Es würde niemanden jucken. Außer vielleicht die Buchhalter bei De-Kerck. Vielleicht finden die raus, dass die Spur des verschollenen Geldes zum Schloss Lietzow führt."

"Aber Mike Kramer ist nicht mehr da."

"Oh, da gäbe es sicher noch einige andere Verdächtige, die jetzt aber auch alle tot sind. Aber selbst, wenn sie auf Mike kommen, gibt es keine Verbindung zu mir. Er und ich sind uns höchstens zufällig mal begegnet."

Tabea schwieg lange. Sie lief im Zimmer auf und ab und betrachtete das viele Geld in dem Koffer. Dann aber setzte sie sich, sah Chris an und nickte bedächtig. "Du hast recht, Schatz, bevor du den Koffer zur Staatsanwaltschaft bringst, sollten wir die Sache gründlich bedenken ..."

Yslei huschte im Halbdunkel zwischen den im Inneren der Fähre geparkten Autos hindurch. Simon hatte, was potenzielle Waffen betraf, einen recht guten Gedanken ausgespuckt. Nun probierte das Mädchen, wahllos die Türen der abgestellten Fahrzeuge zu öffnen. Immer wieder fand sie Vehikel, die nicht abgeschlossen waren. Das hatte sicher damit zu tun, dass die Besitzer von den Söldnern alle zusammengetrieben worden waren und wohl nicht jeder die Gelegenheit gehabt hatte, seinen Wagen abzuschließen.

In einem BMW fand Yslei den Fahrzeugschlüssel in Form eines Elektronikmoduls. Das Mädchen setzte sich in den Pkw und schloss die Tür. Dann dachte es nach und legte sich in seinem Kopf einen Plan zurecht ...

Gleichzeitig mit Susanne war auch Hauptkommissar Bert Rusnak bei der Bundespolizei in Mukran eingetroffen. Jens erwartete die beiden vor der Tür und erstattete Bericht. Seit Polizeidirektor Skoff die Leitung des Krisenstabes übernommen hatte, wehte hier ein anderer Wind. Der Leiter der Direktion 11 hatte den von den Hijackern gewünschten Hubschrauber angefordert und stimmte mit den Anti-Terror-Spezialisten der anderen ATLAS-Staaten das Vorgehen ab.

Linda Todt hatte die Aufgabe bekommen, sich um die etwa fünfzig Eltern und Angehörigen der entführten Schüler zu kümmern, für die man im Nebengebäude ein eigenes Krisenzentrum mit psychologischer Betreuung eingerichtet hatte.

"Vielleicht sollte ich auch dorthin gehen", überlegte Susanne, "Ich glaube nicht, dass ich Trost brauche, aber vielleicht kann ich die ein oder andere Mutter stabilisieren, deren Kinder da draußen auf der Fähre sind." Sie brach ab und blickte zu Boden. "Wem mache ich etwas vor? Die Angst um Yslei setzt mir zu. Vor allem jetzt, wo sie völlig den Verstand verloren hat und gegen all diese Männer kämpfen will ..."

"Sanni, ich habe wirklich versucht, Einfluss auf sie zu nehmen, und sie zur Zurückhaltung gemahnt", versicherte Jens seiner Frau, "Aber du weißt, wie wenig empfänglich sie für Machtworte ist."

"Ich gehe mal zu dem Krisenzentrum für die Eltern", rang Susanne sich zu einer Entscheidung durch, "Dort wird man informiert, wenn sich etwas auf dem Schiff tut, oder?"

"Ja, sie halten die Leute einigermaßen auf dem Laufenden. Doch bestimmte, etwa klassifizierte Sachverhalte, werden sie im Falle eines Falles zurückhalten, aber dann schicke ich dir einfach eine SMS", versprach der Kommissar.

Susanne gab ihm einen flüchtigen Kuss, nickte Bert Rusnak zu und begab sich ins Haus.

Der Bergener Revierleiter war ganz froh, dass er nun unter vier Augen mit Jens Lackner sprechen konnte. "Hast du das von Kramer gehört?"

"Ja. Richard hat mich angerufen. Heute kommt alles zusammen. Ist ein schwarzer Tag."

"Ich dachte, ich biete mich dem Krisenstab als Unterhändler an", ging Rusnak zu seinem eigentlichen Anliegen über, "Mein Bruder ist bei den Söldnern. Könnten die Verhandler darin eventuell einen Vorteil erkennen? Wie siehst du das?"

Jens schaute den Kollegen an. "Du meinst, dass du Johnny durch eine persönliche Vermittlungstätigkeit vielleicht erreichen könntest? Du willst ihn beeinflussen?"

Rusnak kratzte sich am Schädel. "Ist wahrscheinlich eine blöde Idee. Nur kenne ich Johnny. Er blickt selten über den Tellerrand, aber über eine gewisse Schläue verfügt er schon. Ein eiskalter Killer wie die anderen ist er jedenfalls nicht. Ich sage dir, der ist ganz unglücklich in diese Sache reingeraten. Ich bin mir sicher, dass er die Entführung der *Sea Wasp* nicht wirklich unterstützt. Vielleicht, wenn er meine Stimme hört, löst es was bei Johnny aus ..."

Jens' Miene konnte dem Kollegen keinen Mut machen. "Das wird nicht laufen, Bert. Bisher hat in diesem Krisenstab ein ziemliches Chaos geherrscht. Da war ein Staatssekretär vom Verteidigungsministerium zugange, der die Entführung der Fähre als Chance gesehen hat, sich zu profilieren, so war jedenfalls mein Eindruck. Jetzt sind die Spezialisten dran. Die haben klare Strategien und festgelegte Abläufe, die experimentieren nicht, da bin ich sicher ..."

Bert wollte etwas sagen, als plötzlich eine schwarze Limousine vorfuhr. Vier Herren in Maßanzügen stiegen aus und eilten in die Mukraner Dienststelle der Bundespolizei.

"Und was ist das jetzt für ein Ministerium?", fragte Rusnak.

"Ist kein Ministerium", stellte Jens Lackner fest, "Schau! Gelbe Autokennzeichen. Das sind Holländer ...!"

Julius Skoff hatte Kontakt mit dem Capitano aufgenommen und ihn davon informiert, dass die Leitung des Krisenstabes gewechselt und man der Forderung der Entführer nach einem Hubschrauber entsprochen habe. Er bat um etwas Geduld, da man das nicht in der verbleibenden Zeit des Ultimatums bewerkstelligen konnte, und schlug so dreißig weitere Minuten heraus.

Nun stand der Polizeidirektor mit Catrin Hanfstaengl vor dem soeben eingetroffenen vierköpfigen Anwaltsteam um Mark Maes aus den Niederlanden, das ihm ein ungewöhnliches Angebot unterbreitet hatte.

"Herr Maes, ich weiß Ihre Initiative zu schätzen", versicherte Skoff, "Aber wir können Sie auf gar keinen Fall mit den Entführern verhandeln lassen!"

Mark Maes, ein asketisch wirkender Fünfziger mit weißen Haaren, trat ruhig und selbstbewusst auf. "Überlegen Sie sich das. Unsere Kanzlei vertritt Willem de Kerck exklusiv und wir haben von unserem Auftraggeber die Vollmacht, den Entführern jede Summe zu zahlen, die sie verlangen. Und mit 'jede Summe' meinen wir jede!"

Skoff blieb bei seiner ablehnenden Haltung. "Diese Männer verlangen aber kein Geld! Sie wollen einen Hubschrauber. Sie haben allein den Plan, Land zu gewinnen ..."

"Sie irren!", konterte Maes, "Letztendlich geht es immer um Geld. Jemand hat diese Söldner dafür bezahlt, den persönlichen Assistenten von Willem de Kerck, Herrn René Sutter, zu entführen. Dieser Mann hat Kenntnisse über fast jede Transaktion von De-Kerck-Industries, über Konten, Passworte und vertrauliche Geschäftsverbindungen. Wer immer hinter der Verschleppung unseres Mitarbeiters steckt, hat den Entführern eine große Summe dafür in Aussicht gestellt. Wenn wir diese Summe überbieten, und die Größe unseres Konzerns erlaubt uns solche Zahlungen, können wir die Geiselnahme mit an Sicherheit grenzender Wahrscheinlichkeit in kürzester Zeit beenden."

"So einfach ist das nicht, Herr Maes. Nehmen wir an, die Entführer der Fähre willigen ein und akzeptieren das Geld; wenn sie daraufhin alle Geiseln freigeben, wären sie uns ausgeliefert. Darauf können die sich nicht einlassen."

"Außer Sie genehmigen einem Hubschrauber aus Weißrussland mit Diplomatenstatus die Landung auf dem Baltic Jet. Damit wüssten die Söldner, dass ein sicherer Abzug gewährleistet wäre ... Und zufällig kann ich Ihnen versichern, dass genau dieser Hubschrauber schon bereitsteht!"

Skoff lachte freudlos. "Ein Hubschrauber aus Weißrussland? Noch abenteuerlicher geht es wohl kaum. Nein, daraus wird nichts. Und jetzt entschuldigen Sie mich!"

"Wir bleiben hier, Herr Polizeidirektor", lächelte der Niederländer, "... für den Fall, dass Sie Ihre Meinung ändern."

Julius Skoff bedeutete Catrin, mit ihm zu kommen. Als sie außer Hörweite der Anwälte waren, sah er sie an. "Was halten Sie davon?"

"Ich denke die ganze Zeit an die Schulkinder und den Plastiksprengstoff, auf dem sie sitzen. Wenn wir die Fähre stürmen, gibt es eine Katastrophe. Ich würde gerne jedes Angebot annehmen, um die Kids da heil rauszubekommen. Und na ja, Söldnern geht es wirklich in erster Linie um ihre Bezahlung", überlegte Katrin, "Wenn wir die Geiseln mit dem De-Kerck-Geld freibekommen könnten, wieso nicht?"

"Ich verstehe Sie, Catrin, aber mir gefällt das nicht ... Bei diesen Anwälten habe ich ein ganz merkwürdiges Gefühl ..."

"Was hätten wir denn zu verlieren? Wenn *wir* den Entführern einen Hubschrauber liefern, werden sie ein paar Geiseln behalten, selbst wenn wir den Großteil freibekommen. Bei der Version der Holländer fliegen die Söldner ohne eine einzige Geisel davon, mit einer staatlichen Maschine aus Weißrussland. Hört sich für mich wie das kleinere Übel an ..."

Yslei hatte sich gut vorbereitet. Ihr Plan war einfach. Sie musste die Söldner anlocken und in die Falle gehen lassen. Sobald das Risiko ihr zu hoch erschien, würde sie abbrechen. Das wäre dann der Fall, wenn mehrere von den Hijackern auftauchen würden. Aber damit rechnete sie nicht. Sie wog den Draper Expert-Schraubenschlüssel in ihrer Hand. Das Werkzeug war sehr schwer, aber für das, was sie vorhatte, eignete es sich wie kein anderes. Sie ergriff den Zinnkelch, den sie im Gepäck des offenen BMWs gefunden hatte, vorsichtig, damit sie nichts von der Flüssigkeit darin verschüttete. Yslei ging etwas weiter nach hinten, wo die Möglichkeit bestand, zwei Fluchtrichtungen einschlagen zu können. Natürlich hatte sie Angst und das Herz schlug ihr bis zum Hals.

Aber noch stärker war der Zorn in ihr, der Zorn auf diese Menschen, die das Leben anderer nach Gutdünken zerstörten und es weiter tun würden, wenn niemand sie aufhielt. Yslei stellte den gut gefüllten Kelch auf das Autodach eines Fiats und atmete tief durch. Dann trat sie zum nächsten Wagen und schlug mit dem Schraubenschlüssel das Seitenfenster ein. Das Glas splitterte in winzige Fragmente, doch sonst passierte nichts, es wurde kein Alarm ausgelöst. Yslei trat zurück und schaute nachdenklich. Möglicherweise war das Modell zu alt. Sie ging ein paar Schritte weiter zu einem Mercedes, der recht neu aussah. Abermals holte sie aus und schlug mit dem Schraubenschlüssel zu. Das Seitenfenster barst und im gleichen Moment heulte die Alarmanlage los.

"Na bitte!", murmelte sie, "Geht doch!" Sie lief zum nächsten Auto und wiederholte die Aktion. Jetzt lärmten bereits zwei Sirenen durch das düstere Parkareal. Yslei ging weiter und setzte ihre zerstörerische Aktivität fort ...

Die *Sea Wasp* war inzwischen von einer Vielzahl von Schiffen eingekreist. Zu der *Bamberg* hatte sich nun auch die *Neustadt* gesellt, ein weiteres Schiff der imposanten Potsdam-Klasse. Als weitere Verstärkung war die deutsche Marine-Korvette *Erfurt* am Horizont aufgetaucht, nicht weit davon ankerte eine Korvette der schwedischen Seeaufklärung.

Trotz dieser Einkesselung blieb der Capitano ruhig. Mit Säbelrasseln war er nicht aus dem Konzept zu bringen. Nachdem Baptist Prohaska verschwunden war, hatte der Söldnerführer die Truppe zusammengerufen. Auch Johnny war dabei mit von der Partie. Es war zwar vorgesehen gewesen, dass er René Sutter fest zugeteilt bleiben sollte, doch der verängstigte Sekretär würde sich kaum vom Fleck rühren. Damit der Gefangene jedoch nicht die Hand gegen sich selbst erhob, war er gefesselt worden. Victor Prohaska war der Einzige, der bei der Lagebesprechung fehlte. Der Capitano hatte ihm befohlen, die Wache auf der Brücke zu übernehmen. Der mutmaßliche Tod seines Bruders hatte Victor in einen emotionalen Ausnahmezustand versetzt. So war er keine Hilfe.

"Was ist mit Baptist passiert? Ich habe so eine Situation noch niemals erlebt. Kein Mann geht einfach so verloren ..." Der Capitano hatte an diesem Mysterium zu knabbern.

"Ich hab auf dem Freideck eine leere Flasche Wodka gefunden. Und wir wissen doch, dass die Prohaskas saufen wie die Löcher", ätzte Angel, "Der hat sich auf dem Freideck das Gemüt zugelötet und ist dann einfach über Bord gegangen."

Toledo war nicht dieser Meinung. "Guck dir doch das Geländer an, Angel! Das ist nicht so niedrig. Selbst wenn du stockbetrunken bist, kippst du da nicht einfach drüber ..."

Der Capitano sah den Scharfschützen an. "Du denkst, jemand hat nachgeholfen?"

"Diese Fähre ist durch die spezielle Bauweise und die vielen geparkten Autos nicht gerade übersichtlich", führte Toledo aus, "Gut möglich, dass wir nicht jeden gefunden haben, als wir den Kahn durchkämmt haben. Wenn es so ist, könnte da draußen noch jemand sein, der denkt, er müsste uns als 'Guerilla' die Tour vermasseln ..."

"Also gut", resümierte der Anführer, "Selbst wenn da einer sein sollte, kann er da draußen nicht viel ausrichten, denn wir haben immer noch die Geiseln. Unser Ultimatum läuft ab. Die andere Seite schindet Zeit, wie zu erwarten. Der Hubschrauber wird nicht rechtzeitig kommen ..."

"Sagtest du nicht, der neue Verhandler, dieser Skoff, hätte auf dich vernünftiger gewirkt?", vergewisserte sich Toledo.

"Der war hundert Mal seriöser als der Affe vor ihm. So was rieche ich. Aber warten wir erst einmal ab."

"Abwarten?", protestierte Angel, "Wir sollten eine Geisel abknallen, dann machen wir denen schon Beine."

Der Capitano drehte ärgerlich seinen Kopf zum Blonden. "Ich hab es dir schon einmal gesagt. Wenn wir anfangen, hier Geiseln zu töten, war es das! Guck mal raus, wer alles da ist! Sobald hier der erste Schuss fällt, schicken Sie uns alles rüber, was sie haben, inklusive der polnischen, dänischen und schwedischen Spezialkräfte ...!"

Dobbs hob unvermittelt die Hand und schaute nach hinten. "Listen, folks!"

Die Gruppe hielt inne und nun war es zu hören. Von irgendwo ertönte ein schauriges Konzert von Alarmanlagen.

"Das kommt vom Parkdeck! Da ist also doch jemand, der uns Ärger machen will!" Toledo zog seine Automatik.

"Nein!", griff der Capitano ein, "Angel und Johnny! Ihr beiden geht! Toledo, du steigst aufs Dach und behältst die verfluchten Kanonenboote da draußen im Blick! Und den Himmel! Dobbs bleibt bei den Geiseln. Los jetzt!"

Angel zog seine Pistole und sah Johnny an. "Was ist, Kleiner? Du hast den Capitano doch gehört, oder?"

Der Deutsche nickte und lud seine umhängende Maschinenpistole durch. Als er Angel folgen wollte, stieß der ihn derbe zurück. "Wir gehen nicht zusammen, du Spacken! Was, wenn unser Phantom da draußen ein Schießeisen hat? Dann sind wir zu zweit ein einfaches Ziel. Du gehst über das Freideck nach unten und startest von der Einfahrtsschleuse aus. Ich komme dir von oben entgegen. Wir nehmen den Wichser da draußen in die Zange, alles klar?"

"Sicher!", bestätigte Johnny nervös und lief zur Treppe, die hinunter zum Economy-Bereich führte ...

Chris lag im Bett, hatte bereits die Augen geschlossen und war gerade im Begriff, wegzudämmern, als plötzlich jemand ruppig an seiner Schulter rüttelte.

"Du hast doch noch nicht geschlafen, Schatz?", erkundigte sich Tabea mit frechem Grinsen.

"Doch! Hab ich, verdammt!"

"Komm mit! Ich muss dir was zeigen!" Sie zog so entschieden an seinem Arm, dass er fast aus dem Bett gefallen wäre. Der POM kam mühsam auf die Füße, folgte ihr und ließ sich von Tabea in seinen Computerstuhl bugsieren.

"Sachte, sachte!", rief Chris, noch nicht ganz wach.

"Ist dir überhaupt klar, wie klug ich bin?", fragte Tabea und sah ihn mit verschränkten Armen an.

"Ich ... äh ... ja, selbstverständlich ist mir das klar!", sagte er, denn es war klar, dass jede andere Antwort ihn gerade in gefährliches Gewässer manövrieren könnte.

"Also, du hast doch diesen katholischen Geistlichen gesucht, der der Vater von der Durchgeknallten sein könnte ..."

"Ja, aber ich bin nicht fündig geworden. Die Netz-Historie des norddeutschen Klerus ist überaus lückenhaft ... Wieso?"

Tabea lächelte. "Weil ich, die Nicht-Polizistin, den Kerl aufgespürt hat! Hier bitte: Kardinal Bertram Spener! Der ist es!" Sie drückte auf eine Taste und das Bild eines älteren Würdenträgers in lilafarbener Soutane erschien.

Chris staunte. "Warte mal! Wie hast du das gemacht?"

"Ich habe den Burschen auf eigene Faust gesucht, nur andersrum angefangen. Ich habe geguckt, wer alles im Vatikan deutsche Wurzeln hat. Da gibt es zwar nicht wenige, aber sie alle sind im Netz mit ihren jeweiligen Portraits. Kardinal Bertram Spener war eine Zeitlang Pfarrer in der Gemeinde St. Otto auf dem Festland, das ist in Greifswald. Dieser Spener war seinerzeit sehr umtriebig und hat jährliche Pilgerfahrten nach Lourdes organisiert. Für diese Reisen hat er damals auch auf Rügen die Werbetrommel gerührt."

Chris überlegte. "Du hast aber keine direkte Verbindung zu den Sommerfelds gefunden, oder etwa doch?"

"Das habe ich nicht. Aber da gibt es etwas anderes. Spener ist ein Sprachgenie, er beherrscht zwölf Sprachen. Das ist dem Vatikan nicht verborgen geblieben. Scheint jedenfalls, dass sie Verwendung für ihn hatten. Und deswegen beriefen sie ihn im Jahre 2016 nach Rom. Kardinal Bertram Spener hat dann einen kometenhaften Aufstieg hingelegt und war sogar schon als möglicher nächster Papst im Gespräch ..."

"Wow!", zeigte Chris sich beeindruckt, "Das klingt gut. Dennoch können wir nicht ausschließen, dass er der falsche Mann ist, oder? Wie bekommen wir Gewissheit?"

Tabea beugte sich zu ihm herunter, wie eine Kindergärtnerin zu einem begriffsstutzigen Schützling. "Ob er es ist oder nicht, lässt sich doch kinderleicht verifizieren, nicht wahr?"

"Kinderleicht verifizieren ...? Ach ja?"

"Druck das Bild von dem Kardinal aus und lass es Waldo dem Mädchen zeigen. Wenn sie ihn wiedererkennt, dann ist es auch ihr Vater!"

Angel ging mit gezogener Pistole zwischen den Autos hindurch. Mit dem starken Lichtkegel seiner *Maglite* leuchtete er gewissenhaft die Abstände zwischen den Wagen aus. Es waren bestimmt ein Dutzend Alarmanlagen, die hier durcheinanderheulten. Der Söldner sah sich die eingeschlagenen Scheiben an. Er drehte sich in kurzen Abständen um seine Achse, da er auf keinen Fall von hinten überrascht werden wollte. Dann plötzlich war da eine Bewegung.

"Halt! Stehenbleiben!" Er richtete seine Pistole auf die magere Gestalt vor ihm. Es war ein schlankes Mädchen von südländischem Aussehen, das ihn mit verschreckten Augen anschaute. Mit seinen dünnen Armen umklammerte es mehrere Packungen mit Toastbrot, Keksen und Chipstüten. Es lag klar auf der Hand, dass das Kind die Autoscheiben eingeschlagen hatte, um sich mit Nahrung zu versorgen.

"Du! Komm her! Sofort!", befahl Angel scharf.

Das magere Mädchen trippelte ängstlich näher. "Nicht schießen! Nicht mich schießen! Hab ich nichts gemacht!"

Der Söldner leuchtete ihr ins Gesicht und sah sie sich genauer an. Dann hatte er die Gewissheit: dieses zitternde Gespenst war für niemanden eine Bedrohung. "Mitkommen!"

Sie wankte näher. "Kann Essen ich mitnehmen? Bitte!"

"Den Scheiß brauchst du nicht. Schmeiß das weg!"

Yslei ließ Stück für Stück ihre Päckchen fallen, bis sie nur noch den Zinnkelch in der Hand hielt.

"Was ist das?", fragte Angel.

"Das ...? Das ist Batteriesäure!", sagte Yslei und schüttete dem Mann die Flüssigkeit ansatzlos ins Gesicht.

Angel war so perplex, dass er erst keine Reaktion zeigte. Doch als sich die Säure in seine Augäpfel fraß, begann er zu brüllen. Seine Pistole fiel zu Boden, während seine Hände hektisch versuchten, die ätzende Flüssigkeit aus den Augen zu reiben.

Yslei sah auf Angel, der in die Knie gebrochen war, mit den Händen im Gesicht fuhrwerkte und nun nach Wasser schrie.

"Warst du es, der meine Lehrerin erschossen hat?" wollte sie mit einem bösen Zug um die Mundwinkel wissen.

Doch Angel konnte nicht antworten, er kreischte wie am Spieß, während er erblindete.

Yslei starrte ihn an. Dann fiel ihr Blick auf seine Pistole. Sie bückte sich danach. Doch als sie die Waffe eben aufheben wollte, fühlte sie etwas Kaltes im Genick. Sie drehte den Kopf und blickte in die Mündung einer Maschinenpistole ...

Es war Jens' alte Partnerin Catrin Hanfstaengl, die bei ihrer Wiederbegegnung in der Niederlassung der Bundespolizei in Mukran die Tatsache durchsickern ließ, dass eine weitere Partei aufgetaucht war, die die Absicht hatte, den Hijackern der *Sea Wasp* ein Lösegeld in jeder gewünschten Höhe zu bezahlen. Jens leitete die Neuigkeit als Textnachricht gleich an Susannes Handy weiter.

Die befand sich zu diesem Zeitpunkt im Terminal, in dem sich die Eltern der entführten Ernst-Moritz-Arndt-Schüler aufhielten und bang abwarteten, wie sich die Lage entwickeln würde. Vor einer Stunde war die Nachricht gekommen, dass die *Granitz* zwei Jugendliche lebend aus der Ostsee gefischt hatte. Es waren Ysleis Mitschüler Jona und Mehmet gewesen. Von Aurora Katz gab es jedoch keine Spur, was bei ihrer Mutter zu einem Zusammenbruch geführt hatte. Susanne, die wusste, dass das Mädchen seit neuestem mit Yslei befreundet war, kümmerte sich um die verzweifelte Frau und sprach ihr gut zu. Amelie Katz war alleinerziehend und musste diese Tragödie ohne Partner durchstehen, deswegen konnte sie jeden Zuspruch gebrauchen.

Als Susanne vom Angebot der De-Kerck-Anwälte hörte, wusste sie, dass sie aktiv werden musste. Deswegen bat sie bei den anderen Eltern um Gehör und teilte diesen mit, dass der Krisenstab einem möglichen Deal der niederländischen Juristen mit den Entführern ablehnend gegenüberstand. Es bedurfte nicht vieler Worte, um die etwa fünfzig Menschen im Terminal in helle Empörung zu versetzen. Unter Susannes Führung marschierten die Eltern hinüber in das Gebäude, in dem der Krisenstab seine Arbeit verrichtete. Sie machten Julius Skoff ausfindig und verlangten kategorisch, dass das Leben der Schüler an erster Stelle stehen musste und es keine Argumente verhandlungstechnischer Art geben durfte, die einer Befreiung der Geiseln entgegenstand.

Für die Journalisten, die inzwischen in großer Zahl vor Ort waren, die Dienststelle förmlich belagerten und bisher von dem Angebot der De-Kerck-Fraktion nicht in Kenntnis gesetzt worden waren, zeichnete sich ein neuer Skandal ab.

Skoff war nicht erfreut vom Aufstand der Eltern. Doch auch innerhalb des ATLAS-Zusammenschlusses waren die Auffassungen unterschiedlich. Während einige der Funktionäre alles ablehnten, was ihrer Ansicht nach vom Protokoll abwich, votierten die schwedischen Sicherheitsexperten genau wie Catrin Hanfstaengl dafür, eine direkte Verhandlung der holländischen Anwälte mit den Entführern zuzulassen.

Als dann auch noch das Verteidigungsministerium anrief, um wegen der "Ausbootung" Staatsekretär Ifflands mit dem Polizeidirektor Schlitten zu fahren, platzte Skoff der Kragen. Es war das erste Mal in seiner Karriere, dass er bei einem Dienstgespräch in sein Telefon brüllte und dem Anrufer mitteilte, er könne ihn "kreuzweise". Dann drehte er sich zu Catrin. "Dieser Iffland hat hier ab sofort Hausverbot! Und jetzt hol schon die verfluchten De-Kerck-Anwälte her!"

Yslei war das Herz in die Hose gerutscht, als sie in die Mündung der Maschinenpistole geblickt hatte. Doch dieser Söldner benahm sich seltsam. Er hatte den Finger auf die Lippen gelegt und dem Mädchen bedeutet, still zu sein. Dann zeigte er auf Angel, der sich wimmernd auf dem Boden krümmte. Yslei verstand. Der Bewaffnete vor ihr wollte nicht, dass der verletzte Kumpan etwas von seiner Anwesenheit mitbekam. Johnny bedeutete dem Teenager mit lautlosem Handzeichen, zu verschwinden. Yslei zögerte nicht. Sie wusste nicht, welchem Umstand sie ihr Glück zu verdanken hatte, doch sie stellte keine Fragen. So schnell sie ihre Beine trugen, entfernte sie sich von der Stelle des Geschehens. Als sie sich noch einmal umdrehte, sah sie, wie der Mann mit der MP sich zu dem Geblendeten herunterbeugte und ihn ansprach.

Der zweite Söldner hatte das Mädchen mit der Batteriesäure ungestraft davonkommen lassen und offenbar vermeiden wollen, dass der Kumpan dieses mitbekam.

Yslei setzte ihre Flucht fort. Jetzt wollte sie nur zu Simon in das Versteck und durchatmen.

Als Johnny den greinenden Angel zurück in den Passagierbereich führte, sah er Toledo und den Capitano am Fenster der Premium Business Class stehen und zu den Schiffen hinausschauen, die sie eingekreist hatten.

"Toledo, du musst uns mit dem Medi-Pack helfen!", rief Johnny, "Es hat Angel erwischt. Es sind seine Augen ...! Sieht aus, als hätte er heftige Schmerzen!"

Toledo löste sich von der Fensterfront, holte seine Tasche und kam herüber. "Was ist passiert?"

"Diese kleine Drecksblage, sie hat mir Säure ins Gesicht geschüttet", heulte Angel, "Es brennt wie die Hölle ..."

"Ich geb dir Morphium", kündigte Toledo an und machte sich daran, eine Ampulle auf eine Spritze aufzuziehen. "Danach muss ich dir die Augen auswaschen. Aber durch die Betäubung wirst du davon nichts merken."

Johnny sah, wie Angus Dobbs sich näherte.

"Es tut so scheiße weh, Leute!", klagte Angel, der mit seinen Nerven am Ende war, "Mach bloß schnell, Toledo!"

Dobbs zog seine Pistole und richtete sie auf Angels Kopf. Toledo schaute erschrocken auf und wich instinktiv zurück.

"Hold it!" rief der Capitano scharf und sprang heran. Er brachte blitzschnell seine automatische Pistole in Anschlag und legte auf Angus Dobbs an. "Put the gun down, man!"

Der große Engländer sah zum Anführer, von dessen Waffe offenbar wenig beeindruckt. "He's of no use anymore! Let's get rid of him!"

"I wouldn't shoot if I were you!" Die Stimme war eisig und das kalte Gesicht des Capitanos verriet seine Entschlossenheit, den hünenhaften Briten dieses Mal aufzuhalten.

Toledo zog mit einer flüssigen Bewegung nun ebenfalls seine Waffe und zielte seinerseits auf den Kopf von Dobbs.

Johnny zog sich einige Schritte nach hinten zurück. Wenn es jetzt zu einer Eskalation kam, dann war jeder gefährdet, der in Angels Nähe stand.

Die drei Männer starrten sich an. Da der Capitano keinerlei Furcht vor Dobbs zeigte und zudem die Unterstützung von Toledo hatte, nahm der Riese seine Glock schließlich herunter, gab einen verächtlichen Laut von sich und wandte sich zum Gehen.

"Scheiße, was ist los, Leute?" Angels Kopf drehte sich hektisch.

"Alles gut, Angel! Entspann dich!" Der Capitano tätschelte ihm die Schulter und sah dem massigen Engländer hinterher, der in diesem Moment wieder seinen Posten einnahm. "Toledo kümmert sich um dich. Alles wird gut!"

Waldo stand Werner Lukoschek das erste Mal gegenüber. Er war unangekündigt und in Zivil vor der Haustür des Vorbestraften aufgetaucht und hatte erst einmal Sturm geklingelt. Der Schutzpolizist hatte lange warten müssen, bis ein Mann mit künstlicher Fußprothese ihm öffnete. Das musste Lukoschek sein. Der Versehrte musterte ihn unfreundlich.

"Waldo Rafalski. Ich bin Polizeimeister hier in Bergen. Bitte verzeihen Sie die Störung, aber es ist dringend ..."

Lukoschek gab einen verächtlichen Laut von sich. "Immer wenn bei mir ein Polizist vor der Tür steht, kommt Ärger auf mich zu. Aber mit so etwas bin ich durch, okay? Sucht euch, für was auch immer, einen anderen Dummen!"

"Ich brauche einen Pass!", rief Waldo, denn Werner Lukoschek stand bereits im Begriff, die Tür wieder zu schließen.

"Bitte?" Der Mann mit dem künstlichen Fuß hielt inne und drehte sich um.

"Ich bin nicht als Polizist hier", sprudelte es aus Waldo heraus, "Das hab ich nur gesagt, weil ich die Karten auf den Tisch legen wollte. Ich spreche in einer privaten Angelegenheit vor. Ich brauche falsche Papiere für eine junge Frau, die offiziell gar nicht existiert. Was immer es kostet, ich bin bereit, es zu bezahlen. Aber bitte, bitte helfen Sie mir!"

"Ich steck hier nicht die Hände in die Taschen und guck einfach nur zu!", kam es grollend von Bert Rusnak, während er am Kai stand und in die einsetzende Dämmerung starrte.

Jens verstand die Aussage nicht. "Und was wäre die Alternative?"

Der Hauptkommissar machte schmale Lippen. "Johnny war immer meine Familie. Ich hab niemanden außer ihn. Verheiratet war ich nur mit meiner Arbeit. Und jetzt? Der Gedanke, zuzusehen, wie der Kleine vor die Hunde geht, ist unerträglich. Nein, ich werde was unternehmen."

Jens hielt den Kollegen am Arm, als dieser sich wegdrehte. "Warte, Bert! Du willst doch nicht etwa auf das Schiff?"

"Und wieso nicht?"

"Moment mal! Wie soll das gehen? Die sehen doch vom Baltic Jet aus, wenn jemand kommt, und dazu haben die Scharfschützen. Von der Seeblockade der internationalen ATLAS-Flotte drumherum mal ganz abgesehen."

"Aber bald ist es dunkel und das ändert alles! Ich bitte einen Freund, mich mit dem Kutter rauszubringen, und fahre mit dem Jetski zur *Sea Wasp*. Und wenn es schiefgeht, geht es eben schief. Das macht den Kohl auch nicht mehr fett ..." Damit ging der Revierleiter davon.

Jens stand da und sah auf die See hinaus. Es waren gut zwanzig Seemeilen bis zur Fähre. Er dachte an Yslei und den Kampf, den sie an Bord führte. Warum konnte er nicht so mutig sein wie sie? Nach langen Momenten gab er sich einen Ruck. Dann lief er Bert Rusnak nach ...

"Wenn ich mich darauf einlasse, dann muss es sich lohnen. Für Kleingeld lehne ich mich nicht mehr aus dem Fenster", sagte Werner Lukoschek und zündete sich eine Zigarette an.

"He, Glimmstengel aus, Werner!", fuhr die hochschwangere Ginger ihren Partner böse an, "Oder willst du am Ende einen Sohn, der so blöd ist im Kopf wie du?"

Lukoschek sah zu der Frau hinüber und hob beschwichtigend die Hand. "Verzeihung! Ich war in Gedanken!" Er nahm noch einen Zug und drückte die Kippe im Aschenbecher aus.

Waldo hatte sich verstohlen umgesehen. Von Chris wusste er, dass Werner Lukoschek und Dagmar "Ginger" Kleinknecht in einer regelrechten Räuberhöhle hausten. Doch diese Ankündigung bestätigte sich nicht. Im Gegenteil, es war sauber und aufgeräumt in der Wohnung. Offenbar hatte man sogar die Wände frisch gestrichen. An einigen Stellen klebte noch das Kreppband zum Abdecken. Ginger hatte auch keine grellbunt gefärbten Haare mehr, etwas, das, nach Chris' Schilderung, früher ihr Markenzeichen gewesen war. Die beiden werdenden Eltern wirkten fast wie ein ganz normales Pärchen.

"Also, was würde es kosten?", erkundigte sich Waldo, "Ich meine, das muss schon eine richtig gute Arbeit sein! Ich will nicht an der ersten Grenze auffliegen."

Lukoschek machte sich Gedanken über den Sachverhalt. "Die Frau ist nirgendwo registriert? Es gibt keinerlei Geburtsnachweise, keine sonstigen Urkunden, nichts?"

"Nein. Sie ist komplett durchs Raster gefallen ..."

"Tja, das macht es nicht leichter. Wir müssen eine Person finden, die es im Personenregister der Ämter wirklich gibt, und die vom Aussehen einigermaßen passt. Das ist nicht unmöglich, aber es erschwert den Arbeitsprozess erheblich ..."

Waldo stellte die entscheidende Frage. "Was würde das kosten?"

"Hmm ...", ließ Lukoschek sich die Sache durch den Kopf gehen, "Fünfzigtausend Mäuse."

Der Polizeimeister atmete bestürzt durch. "So viel werde ich nicht zusammenkriegen. Wenn ich meine Lebensversicherung verkaufe und mein Erspartes nehme, komme ich vielleicht auf dreißigtausend, im allerbesten Falle ..."

"Das ist bedauerlich. Versteh mich nicht falsch, Kollege, aber mein Kontakt, der drüben in Polen die Papiere fälscht, ruft schon zwanzig für eine wirklich gute Arbeit auf. Und natürlich kann auch nicht leer ausgehen, denn ich hänge am Ende mit drin ..."

"Besorg vierzigtausend, Junge, und wir sind im Geschäft!", ließ Ginger sich vernehmen, "Ist unser letztes Wort!"

Werner Lukoschek sah verwundert zu seiner Partnerin hinüber und blickte sie fragend an.

"Was?", schnappte sie zurück, "Hast du ein Problem?"

Lukoschek lächelte. "Nein, Schatz, nicht im Geringsten."

Waldo rang sich zu einer Entscheidung durch, obwohl er wusste, dass es Wahnsinn war. "Okay! Der Deal gilt!"

Lukoschek war's zufrieden. "Bis morgen zwölf will ich zwanzig Riesen sehen, im Voraus! Und einen Satz Passfotos von der Süßen brauchen wir auch! Den Rest von der Kohle will ich dann bei der Übergabe!"

"Ja!", sagte Waldo, "Alles klar!"

Polizeidirektor Skoff hatte den Saal räumen lassen. Nach Rücksprache mit seinem Berliner Stellvertreter Tobias Arlt, einem weiteren ehemaligen Kommandeur der GSG 9, hatte man sich nun doch dafür entschieden, Anwalt Maes in den Dialog mit den Entführern der Fähre einzuschalten.

Der Druck der Eltern, die in Susanne Lackner-Schröder eine leidenschaftliche Sprecherin hatten, war ebenfalls ein ausschlaggebender Faktor gewesen. Nicht zuletzt gab es die Bilder vom Baltic Jet, die der Anführer der Hijacker übermittelt hatte. Sie belegten die Behauptung, dass das Areal, in dem die Schüler und Schülerinnen sich aufhielten, mit einem guten Dutzend Sprengstoffladungen präpariert war. Eine gewaltsame Befreiung der Geiseln war damit hochriskant geworden.

Also sei das alles noch nicht schwierig genug, tat die Meute der Journalisten, die das Areal vor der Dienststelle der Bundespolizei in Mukran belagerte, ein Übriges. Was immer der Krisenstab hier entschied, landete in Echtzeit bei den Fernsehzuschauern, die bundesweit die Liveübertragung der Geiselnahme verfolgen konnten. Man befand sich also keinesfalls im luftleeren Raum. Eine ganze Nation sah dem Krisenmanagement auf die Finger.

Nicht zuletzt deswegen war die Vorbereitung für das Gespräch der De-Kerck-Anwälte mit dem Anführer der Söldnertruppe auf der *Sea Wasp* fast abgeschlossen ...

Johnny war auf der Brücke der Fähre dabei, als der Capitano mit Mark Maes, dem Anwalt von De-Kerck-Industries, via *Facetime* verhandelte. Auch Toledo befand sich im Raum, neben dem Steuermann der *Sea Wasp*, der blass am Ruder stand. Die Söldner trugen zu ihrer Tarnung Skimasken.

"Sie kennen unseren Sold nicht. Wie können Sie dann sagen, dass Sie die Summe verdoppeln?", erkundigte sich der Capitano gerade.

Der Jurist Maes lächelte vom Smartphone. "Angenommen, Sie erhalten für Ihre Aktion zwei Millionen Euro pro Nase, und ich denke, damit greife ich schon ins oberste Regal, so bin ich ermächtigt, Ihnen vier Millionen zu bieten, für jedes einzelne Mitglied Ihres Kommandos; wenn Sie René Sutter herausgeben ... und die Geiseln freilassen. Wir sorgen im Gegenzug für einen Hubschrauber mit Diplomatenstatus aus Weißrussland und einen freien Abzug."

Toledo stieß den Capitano auffordernd an.

Der zuckte nicht einmal mit der Wimper. "Herr Maes, danke für Ihr Angebot, aber ich habe kein Interesse. Selbst wenn Sie das Zehnfache bieten würden, es widerspricht meinen geschäftlichen Prinzipien. Ich habe einen Vertrag mit einem anderen Auftraggeber, den ich als bindend ansehe. Teilen Sie das Herrn De Kerck bitte mit und sparen Sie sich jede weitere Kontaktaufnahme!" Damit drückte der Capitano das Gespräch weg.

Toledo schaute perplex. "Bist du verrückt? Geschäftliche Prinzipien? Ich hab mich wohl verhört! Es geht um unseren Arsch, Mann! Nur für den Fall, dass es dir entgangen ist, wir stehen ganz dicht am Abgrund! Und das wäre ein gefahrloser Ausweg! Mit doppeltem Geld!"

"Du kannst gerne andere Entscheidungen treffen, wenn du der Kommandant bist. Ich werde den Deal mit *Scaramouche* einhalten! Gibt es ein Problem damit, Toledo?"

Der schwarzhaarige Söldner sah zu Johnny, dessen Stimme allerdings in dieser Angelegenheit kein Gewicht hatte. Dann jedoch entspannte sich der Scharfschütze. "Okay, Käpt'n, sei's drum!" Mit diesen Worten ging Toledo von der Brücke.

Als Tabea mit Butch vom Gassigehen kam, erwartete Chris sie bereits mit Neuigkeiten. "Du hattest recht, Schatz!"

"Ach ja? Womit?"

"Asja Sommerfeld hat Kardinal Spener wiedererkannt. Er war der Geistliche, der ihr damals den Film mit Jean d'Arc geschenkt hat. Waldo hat es mir gerade durchgegeben."

Die junge Frau lächelte. "Lag ich also gar nicht so falsch. Du kannst mich ja zum Dank zum Essen einladen ...!"

"Das ist das Mindeste!", versicherte ihr Freund und wandte sich wieder seinem Computer zu.

"Schatz ...!"

Er drehte sich um.

Tabea sah auf ihre Hände und druckste etwas. "Hör mal, was den Koffer betrifft ... da habe ich noch mal drüber nachgedacht ... Ich weiß, wir wollten ehrlich sein und alles zurückgeben, aber jetzt, bei ganz genauer Betrachtung ..."

"Du sprichst vom Geldkoffer?", unterbrach der POM, "Was immer du sagen willst, es kommt zu spät. Ich habe das Geld vorhin zu Michaela Terjong gebracht. Die kleine 'Schatzkiste' ist jetzt das Problem der Staatsanwaltschaft ..."

Tabea starrte Chris mit großen Augen an. Mit dieser Entwicklung der Dinge hatte sie offensichtlich nicht gerechnet.

Er schaute nun verunsichert. "Waren wir uns nicht einig gewesen, dass wir nicht korrumpierbar sein wollten, anständig? Ich meine, das war doch unsere Position, oder?"

Tabea sah ihn an und tat dann einen tiefen Seufzer. "Chris Sienkiewicz, weißt du eigentlich, dass ich dich liebe?"

"Oh, nein ... ähm ... wusste ich nicht. Und wieso gleich?"

"Weil du anständig bist! Ich habe mir immer einen Partner gewünscht, der einen ... tadellosen Charakter hat. Du hast das Geld zurückgegeben ... Wahnsinn! Das hätten die Wenigsten getan. Ich ziehe meinen Hut vor dir!"

Chris war nun verlegen. "Jetzt übertreib mal nicht, Schatz!"

"Tu ich nicht! Ich bin nämlich nicht so integer wie du. Ich hatte in der Zwischenzeit meine Meinung geändert und wollte den Koffer doch behalten." Sie schüttelte schamvoll den Kopf. "Oh Gott, wie schnell man doch bereit ist, seine

Prinzipien über Bord zu werfen, wenn die Summe nur groß genug ist ... Wie konnte ich mich nur hinreißen lassen?"

"Denk nicht, dass ich nicht auch in Versuchung war ..."

Sie umarmte ihn. "Ja, in Versuchung warst du vielleicht, aber du bist nicht schwach geworden. Anders als ich ...!"

"So toll bin ich auch wieder nicht. Ich hab dir vorhin dein letztes Nogger Choc aus dem Eisfach weggefuttert ..."

"Das darfst du!", strahlte sie ihn an, "Denn du bist für mich ein Mann von Ehre, zu dem ich aufschauen kann!"

"Was ist das?", fragte Simon, als er sah, wie Yslei sich an einer medizinischen Apparatur zu schaffen machte.

"Ich habe bei gut zwanzig Autos die Scheiben eingeschlagen. Einer der Wägen gehört wohl einem Arzt. In seiner Notfallausrüstung habe ich diesen Defibrillator gefunden ..."

Simon kam heran und hockte sich neben seine Klassenkameradin. "Wozu brauchst du das? Damit kann man nur jemandem helfen, der einen Herzinfarkt hatte ..."

"Darum geht es mir nicht", erklärte sich Yslei, "Aber wenn man einer Person einen Stromstoß verpasst, die keine Herzprobleme hat, kann man die damit ausknocken, oder?"

Simon schüttelte den Kopf. "Die Dinger funktionieren nur bei direktem Hautkontakt. Und wenn ich das richtig in Erinnerung habe, nehmen die Ärzte zusätzlich noch Gel, damit es optimal leitet. Wie willst du denn auf die Art einen von denen ausschalten? Willst du ihn etwa vorher eincremen?"

Yslei stöhnte. "Wenn du eine bessere Idee hast, lass hören!"

"Ja, die hab ich! Wir ziehen die Köpfe, die Arme und die Beine ein wie die Schildkröten. Einer von den Brüdern ist vom Schiff gefallen. Und jetzt hast du einem zweiten Batteriesäure in die Augen geschüttet. Die Söldner wissen also nun, dass jemand gegen sie kämpft. Gib dich damit zufrieden, dass du zwei von ihnen eliminiert hast. Ganz ehrlich, ich hätte nie gedacht, dass du das hinkriegst. Aber jetzt sollten wir unser Glück nicht überstrapazieren ...!"

Yslei widersprach: "Die halten noch dreiundzwanzig Klassenkameraden von uns fest und drohen, weitere zu töten.

Dazu kommt, dass einer von den Söldnern irgendwie anders tickt, der Typ, der mich hat laufen lassen. Ich habe das Gefühl, dass der nicht richtig dazugehört. Der spielt sein eigenes Spiel. Und wenn ich damit recht habe, dann besteht die Gruppe der Männer, die es wirklich ernst meinen, nur noch aus vier Leuten. Nein, wir haben den Moment und ich werde diese verfluchten Dreckskerle weiter unter Stress setzen!"

Simon sah sie finster an. "Okay, ich habe dich falsch eingeschätzt, Yslei Lackner-Schröder, das gebe ich zu. Aber eines steht auch fest: Du bist absolut geisteskrank!"

Susanne stand vor der Mukraner Dienststelle der Bundespolizei und sah der schwarzen Limousine mit den gelben Nummernschildern nach, die gerade den Mukraner Hafen verließ. Ysleis Pflegemutter konnte es nicht fassen, dass die Hijacker der *Sea Wasp* das Angebot der holländischen Anwälte abgelehnt hatten. Offenbar war Willem de Kerck bereit gewesen, jede Summe für die Freilassung seines Privatsekretärs zu zahlen. Und nun ging das Bangen um Yslei weiter.

Susannes Smartphone klingelte. Sie zog es heraus und schaute auf das Display. Es war ihr Mann.

"Jens! Wo steckst du denn bloß?"

"Sanni, das willst du nicht wissen. Es muss reichen, wenn ich dir sage, dass wir einen Versuchsballon starten ..."

"Einen Versuchsballon? Wie bitte? Und wer ist *wir*?"

"Ich werde Yslei da auf dem Schiff nicht im Stich lassen ..."

"Warte!" Susanne schwante plötzlich Böses. "Du hast dich doch nicht mit Bert Rusnak zusammengetan, oder?"

"Das ist doch egal. Ich muss tun, was ich tun muss!"

"Das ist nicht dein Ernst, Jens! Bitte! Ich verbiete dir das!"

"Susanne, ich lege jetzt auf. Ich liebe dich. Und ich werde versuchen, dir Yslei gesund und munter zurückzubringen ..."

"Nein!", hauchte seine Frau tonlos. "Nein!" Doch da war Jens bereits weg. Susanne schossen Tränen in die Augen.

"Alles in Ordnung, Frau Lackner-Schröder?" Das war die Stimme von Linda Todt, die den Konferenzraum mit den versammelten Geiseleltern kurz verlassen hatte.

Susanne sah die Oberkommissarin an und wischte sich hastig die Feuchtigkeit aus dem Gesicht. Dann schaffte sie es tatsächlich, ein Lächeln zustande zu bringen. "Na ja, so in Ordnung, wie es eben sein kann, wenn sich die eigene Tochter in den Händen von Geiselnehmern befindet ..."

"Ja", sagte Linda, "Da hat man jedes Recht, etwas neben der Spur zu sein. Kommen Sie mit rein, ich organisiere Ihnen einen starken Kaffee." Damit legte sie fürsorglich den Arm um Susanne und zog sie mit sich.

Waldo hatte den Laptop aufgeklappt und startete den Bildanruf. Er spürte die junge Frau neben sich zittern. "Was ist?"

Asja biss sich auf die Lippen. "Wenn dieser Kardinal wirklich mein Vater ist, sich aber nie um mich gekümmert hat, warum sollte er heute damit anfangen?"

"Weil er dir jetzt gleich direkt in die Augen sehen muss."

Auf dem Monitor wurde ein Mann mittleren Alters sichtbar. Er trug einen Maßanzug, saß hinter einem wuchtigen Schreibtisch und sah nicht aus wie ein Geistlicher. "Mein Name ist Matteo Gotti, ich bin Anwalt", begann der Mann in flüssigem Deutsch. "Seine Eminenz, Kardinal Spener, hat mich davon in Kenntnis gesetzt, dass eine vermeintliche Tochter Kontakt mit ihm aufnehmen will. Es muss sich dabei aber um ein Missverständnis oder eine Verwechslung handeln. Der Kardinal hat sich sein Leben lang der Askese verpflichtet. Wir möchten Sie also bitten, davon Abstand zu nehmen, seine Eminenz weiter zu bedrängen, andernfalls sehen wir uns genötigt, die Polizei einzuschalten!"

Waldo hob die Hand und winkte Asja heran, die sich nun neben ihn setzte. "Herr Gotti, bitte machen Sie eine Bildschirmaufnahme von Frau Sommerfeld und zeigen Sie sie dem Kardinal. Wir wollen keinen Skandal heraufbeschwören, aber Asja ist in großer Not und benötigt Hilfe ..."

"Wie ich schon sagte", unterbrach der Jurist, "Wir werden diese Unterhaltung nicht weiter führen ..."

"Oh, das werden Sie!", fiel Waldo dem Mann scharf ins Wort, "Denn wir können mit diesem Sachverhalt auch an die

Öffentlichkeit gehen und ein Vaterschaftstest ist sicherlich das letzte, was der Kardinal möchte. Wir wollen nur, dass er mit Asja spricht. Und zwar innerhalb der nächsten Stunde. Sonst geht ein vorbereitetes Dossier an alle großen Nachrichtenagenturen. Das ist unser letztes Wort!" Damit schaltete Waldo die Verbindung ab.

Asja schaute ihn bleich an. "Und was, wenn der Kardinal sich nicht meldet?"

"Er weiß, dass er eine Tochter hat. Er kann nicht riskieren, dass das publik wird. Würde ich mal sagen."

Johnny brachte René Sutter ein Tablett mit einem Sandwich und Orangensaft. "Hier! Sie sollten etwas essen!"

"Ich will nichts. Ich habe keinen Hunger." Sutter starrte ins Leere. "Was für ein Narr ich doch bin! Ich hätte mich nie auf diesen Job einlassen sollen. Ich war so gierig danach, auch ein Stück vom Kuchen zu bekommen kann, dass ich überhaupt nicht über die Konsequenzen meines Tuns nachgedacht habe. Und jetzt? Jetzt bin ich ein USB-Stick auf zwei Beinen und werde verschachert! Und am Ende werden sie mich foltern! Ja genau, tagelang foltern werden sie mich!"

"Warum sollten die Sie foltern? Sie haben gesagt, Sie werden sowieso auspacken ..."

"Auch wenn du die Wahrheit sagt, sie foltern dich, weil sie sicher sein wollen. Und wenn sie alles wissen, bringen sie dich um." Sutter blickte zu seinem Bewacher auf. "Geben Sie mir eine Pistole, lassen Sie es mich selbst beenden!"

Johnny konnte den Mann sogar verstehen, aber natürlich gab es nicht die geringste Möglichkeit, dem Privatsekretär seinen Wunsch zu erfüllen.

Toledo kam zu ihnen herüber. "Wieso isst du nicht?", fragte er Sutter und deutete auf das unberührte Tablett.

"Ich habe es schon gesagt, ich mag nichts haben."

Der schwarzhaarige Niederländer beugte sich kalt vor. "Iss, Junge! Ich sage es nicht zweimal!"

René Sutter blickte auf, sichtlich eingeschüchtert. Er griff nach dem Sandwich, wickelte es aus und begann zu essen.

Yslei hatte sich weit vorgewagt. Über das Freideck war sie in den Passagierbereich eingedrungen. Um den Feind bekämpfen zu können, brauchte sie eine Eins-zu-Eins-Konstellation. Die Söldner wussten spätestens seit ihrer Attacke auf Angel, dass sich jemand auf der Fähre befand, der ihnen feindlich gesonnen war. Yslei überlegte, wieso die Hijacker nicht Jagd auf sie machten. Aber dazu fehlten ihnen wohl die Leute.

Das Handy vibrierte. Yslei verließ den Businessbereich und wich auf das Freideck zurück. Auf dem Display wurde ein unbekannter Anrufer angezeigt. Das Mädchen war verwirrt. Wer konnte das sein? Einer von Richard Dreifürsts Freunden? Sie beschloss, das Gespräch anzunehmen.

"Na, Mädchen, wie geht's?", tönte eine männliche Stimme mit breitem österreichischem Akzent aus dem Smartphone, "Wir sollten uns treffen, was denkst du, Zuckermäuschen?"

Ysleis Nackenhärchen stellten sich auf. "Wer sind Sie?"

"Jemand, der dich unbedingt kennenlernen will. Und hier ist ein Freund von dir, der will auch noch was sagen ..."

Dann war Simons gehetzte Stimme zu vernehmen. "Yslei, tut mir leid, ich bin dir nach, weil ich dachte, ich helfe dir doch ... und da bin ich in einen von denen reingerannt ..."

Dann war da wieder die andere Stimme. "So, Mädchen, komm zu den geparkten Autos! Da, wo der Transfer zum Passagierbereich ist. Und gib Gas, sonst schlitz ich Simon die Kehle auf. In drei Minuten bist du hier, verstanden?"

Damit war das Gespräch beendet. Yslei atmete bestürzt durch. Jäh hatte sich das Blatt gewendet. Und sie war nicht vorbereitet. Was sollte sie tun? Simon war alles andere als ein Freund, im Gegenteil, ein ganz übler Kotzbrocken. Aber es ging nicht an, dass er für etwas büßen musste, was sie getan hatte. Drei Minuten, das war eine verflucht kurze Zeitspanne! Yslei aber hastete nicht los. Sie nahm sich etwas Zeit zum Überlegen. Der Söldner wollte seine Rache, er würde Simon nicht gleich töten, nur weil sie sich etwas verspätete. Sie musste sich etwas einfallen lassen, sonst würde der Mann sie beide umbringen, wenn sie sich ihm stellte.

Nach einer kleinen Weile setzte Yslei sich in Bewegung ...

Thilo Rasmussen war einer der wenigen Seeleute, die auf Rügen noch zum Fischfang hinausfuhren. Nachdem Bert Rusnak ihn kontaktiert hatte, hatte der alte Seemann nicht gezögert und alles vorbereitet. Als die Dunkelheit hereingebrochen war, kamen der Bergener Revierleiter und sein Stralsunder Kollege an Bord des Kutters *Jasmin*. Viel geredet wurde nicht. Rasmussen startete die Maschine und dann fuhren sie aus dem Sassnitzer Hafen hinaus. Der Kurs war Nordnordost und wenn alles gut lief, würden sie den Baltic Jet innerhalb von neunzig Minuten erreicht haben ...

Ysleis Herz schlug schnell, als sie den Auto-Hangar betrat. Sie ging tapfer voran, weil sie dem Söldner, der Simon in seiner Gewalt hatte, keinen Anlass geben wollte, ihm ein Leid zuzufügen. Doch als sie die beiden sah, erschrak sie. Ihr Mitschüler hatte bereits ordentlich Prügel bezogen, seine Lippe war dick und das linke Auge zugeschwollen.

"Komm ruhig näher, Mädchen!" Victor Prohaska hielt Simon eine Waffe an den Kopf und sein Blick war ohne jede Wärme. "Du hast also meinen Bruder verschwinden lassen. Sag schon, wie hast du halbe Portion das angestellt?"

"Er stand an der Reling und war stockbesoffen", bekannte Yslei, "Da hab ich ihn einfach runtergestoßen ..." Das Mädchen war sich nicht sicher, aber sie hatte auch bei dem zweiten Prohaska-Bruder den Eindruck, dass er in diesem Moment alles andere als nüchtern war.

Victor stieß Simon grob von sich weg. Der Junge stolperte, prallte mit dem Kopf gegen einen parkenden Tesla und sank benommen zu Boden.

Der Söldner trat vor und packte Yslei mit seiner Hand am Hals. "Mein Bruder war ein dummes Arschloch, glaub mir, ich muss es wissen. Aber als beruflicher Partner war er super, darauf konnte ich mich immer verlassen. Du hast ihn plattgemacht. Glückwunsch! Aber jetzt zahlst du den Preis: ich zerquetsch dich, du Dreckstück!" Damit drückte der Söldner zu und Yslei bekam augenblicklich keine Luft mehr. "Na, Sterben ist scheiße, oder?", triumphierte er hohnlachend.

Das war der Moment, in dem Ysleis rechter Arm nach oben schoss. Mit aller Wucht, zu der sie in diesem Moment fähig war, rammte sie die beiden Stricknadeln in ihrer Faust von unten durch den Kiefer des Österreichers. Die Kunststoffspieße fuhren fast widerstandslos nach oben bis zur Schädeldecke. Augenblicklich schoss Blut aus der Nase des erstaunten Mannes. Der Söldner hob mit einer abgehackten Bewegung seine Pistole. Aber er schoss nicht, er zuckte unkoordiniert und schlug dann mit der Waffe zu. Er traf Yslei hart und empfindlich am linken Ohr. Sie schrie und prallte unsanft zu Boden. Victor Prohaska versuchte sich hektisch und in Krämpfen die Stricknadeln aus seinem Kopf zu ziehen. Endlich gelang es ihm und er schleuderte die blutigen Stäbe zu Boden. Ächzend drehte er sich zu Yslei und wollte erneut auf den Teenager losgehen, als seine Glieder ihm den Dienst versagten und er Blut spuckend in die Knie brach.

Simon rappelte sich hoch und sah, wie seine Mitschülerin sich handlungsunfähig auf dem Boden krümmte. Er sprang zu ihr und zog sie von dem Angreifer weg. Obwohl Yslei benommen war, ließ sie sich von Simon auf die Beine helfen. Die Jugendlichen stolperten davon. Als sie in einem sicheren Abstand waren, drehte Simon sich um und blickte zurück. Victor Prohaska fiel gerade zitternd auf dem Rücken und seine linke Hand zuckte unkontrolliert vor und zurück ...

"Was ist nur passiert? Wo bin ich denn ...?", kam es von der verwirrten Yslei, der nun Blut aus dem linken Ohr lief.

Simon aber reagierte nicht auf das Mädchen. Er sah zu dem Söldner, dessen Bewegungen allmählich erstarben. Irgendwann hörten die Zuckungen auf. Der Mann lag nun still und rührte sich nicht mehr. Auch der Brustkorb zeigte keinerlei Bewegung. Die Atmung des Mannes hatte aufgehört.

Yslei verdrehte in diesem Moment die Augen und sackte in sich zusammen. Simon fing sie und zog sie wieder hoch. "Komm! Mach jetzt bloß nicht schlapp!" Er nahm ihren Arm über die Schulter und schleppte sie mit sich. Die Angst verlieh ihm zusätzliche Kräfte. Nun wollte er diesen apokalyptischen Ort nur noch verlassen, so schnell es irgend ging ...

Es war eine Stunde vergangen. Draußen hatte die Dunkelheit eingesetzt. Als Waldo schon der Mut sinken wollte, meldete sich der Kardinal endlich über Facetime. Der Mann war mit einer Soutane angetan und saß in einem opulent wirkenden Büro mit dunklem Gründerzeit-Mobiliar und einer imposanten Bücherwand. Der Geistliche mochte sechzig sein, trug ein lila Scheitelkäppchen und hatte eine wenig freundliche Miene aufgesetzt. Doch er stellte sich der Situation.

"Eure Eminenz, mein Name ist Waldemar Rafalski, ich bin Polizeibeamter auf Rügen. Da die augenblickliche Lebenssituation für Asja Sommerfeld, Ihre Tochter, hier sehr prekär ist, bin ich auf der Suche nach Unterstützung für sie."

"Sie irren sich, Herr Rafalski,", unterbrach Kardinal Spener in einwandfreiem Deutsch, "Ich habe keine Tochter. Ich spreche nur deswegen mit Ihnen, weil ich Ihnen nahelegen möchte, mit dieser frei erfundenen Geschichte nicht an die Öffentlichkeit zu gehen. Sie sollten die juristischen Möglichkeiten der Kurie in Rom nicht unterschätzen. So manch einer, der dachte, uns einfach so erpressen zu können, hat nachher eine bittere Quittung bekommen ..."

Asja schob sich vor. "Erkennen Sie mich nicht wieder, Eminenz? Sie haben mich damals besucht, im Haus meiner Mutter. Ich erkenne Sie jedenfalls wieder. Sie haben mir den Film geschenkt: *Die Jungfrau von Orleans.* Und dazu einen Rosenkranz ... den habe ich bis heute behalten."

Der Kardinal blickte die junge Frau ohne erkennbare Regung an. "Sie versuchen, die Tatsachen in Ihrem Sinne zu verdrehen. Ich habe in meinem Leben Fehler gemacht, Sünden auf mein Haupt geladen, doch fleischlichen Verlockungen habe ich immer widerstanden und ein keusches Leben gelebt. Man mag mir vielleicht manche Charakterschwäche vorwerfen, diese eine jedoch nicht ...!"

Waldo lachte bitter. "Sie wollen ein Christ sein und verleugnen Ihre eigene Tochter? Und sehen zu, wie ihr Leben zu einem einzigen Unglück gerät? Im Ernst?"

Der Kardinal ließ einen Moment vergehen. "Es geht hier nicht um mich, es geht um das Heilige Amt, das zu schützen ich verpflichtet bin. Ich werde verhindern, dass eine neue Schmutzkampagne die Institution der katholischen Kirche untergräbt oder beschädigt. Und Ihnen, Frau Sommerfeld, rate ich, folgen Sie nicht dem Beispiel der Jean d'Arc, es sei denn, Sie wollen einen ähnlichen Niedergang erleben. Eines jedoch will ich versprechen: Ich werde für Ihre Seele beten!" Der Kleriker beugte sich vor und beendete die Verbindung.

Asja saß stumm da und hatte nun Tränen in den Augen. "Kann dieser Mann überhaupt mein Vater sein, so wie er sich mir gegenüber verhält? Wie niederträchtig muss ein Mensch sein, seinem eigenen Kind so etwas anzutun?"

Waldo schloss enttäuscht den Laptop. "Ich wette, dass ein Vaterschaftstest beweisen würde, dass er lügt."

Asja machte eine unwillige Handbewegung. "Kein Vaterschaftstest! Er soll seiner Wege gehen. Ich will mich nicht weiter mit ihm beschäftigen. Und ich werde auch nicht versuchen, gegen ihn zu kämpfen. Ich hatte nie einen Vater, und dabei wird es auch in Zukunft bleiben ..."

Waldo stand auf. "Ich hätte mir einen anderen Ausgang dieser Angelegenheit gewünscht, Asja, wirklich!" Er warf sich seine Jacke über.

"Wo willst du hin, Waldo?"

"Ich muss zu Dr. Korkmaz. Ich will sie überreden, mir das Geld zu leihen, das mir noch zu deinen Papieren fehlt. Das ist leider gar nicht wenig, aber vielleicht klappt es ja."

"Du lässt mich wieder zurück? Ich fühle mich deutlich besser, wenn du hier bist, das ist mir inzwischen bewusst geworden. Ich kann es nicht erklären, aber ich bin so klar in deiner Gegenwart. Ich habe Angst, dass ich wieder ganz verrückt und durcheinander werde, wenn ich allein bin ..."

Der Polizist legte ihr vorsichtig die Hand auf die Schulter, da sie auf körperliche Berührungen empfindlich reagierte. "Ich bin in einer Stunde wieder da. Heiliges Versprechen!"

Nach einem Moment des Zögerns nickte Asja und rang sich ein tapferes Lächeln ab.

Waldo verließ die Schrebergartenanlage und bestieg sein Auto. Er startete und fuhr los, ganz in Gedanken. Und so entging es ihm in der Dunkelheit, dass vier Uniformierte unter der Leitung von Kommissarin Cora Bergstedt in die Gartenanlage *Freizeit* eindrangen und auf den Unterschlupf von Asja Sommerfeld vorrückten ...

Es war wie ein schlechter Witz. Auch Victor Prohaska meldete sich nun nicht mehr, wenn man ihn über Funk rief. Der Capitano hatte zum ersten Mal seit langer Zeit das Gefühl, dass ihm alles unter den Fingern zerrann. Doch damit war es noch nicht genug der schlechten Nachrichten, denn Polizeidirektor Skoff meldete sich über das Telefon.

"Wir warten auf den versprochenen Hubschrauber!", knurrte der Capitano, bevor der Bundespolizist am anderen Ende der Leitung etwas sagen konnte.

"Darum geht es", redete Skoff gleich Klartext, "Wir haben ein Problem. Und das hat jetzt nichts damit zu tun, dass ich Zeit schinden möchte. Im Gegenteil, mir wäre es am liebsten, unser Problem schnellstmöglich zu lösen!"

"Über was für ein Problem reden wir?", fragte der Söldnerführer ungeduldig.

"Sie haben einen Zivilisten verlangt, eine Frau, die den Flucht-Heli steuert. Aber nach dem Massaker, dass Sie und Ihre Leute am Lietzower Schloss angerichtet haben, finden wir keine Freiwillige. Auch keinen Mann. Jeder Pilot, den wir angesprochen haben, befürchtet, dass es ein Flug ohne Wiederkehr wird. Deswegen wäre es schön, wenn Sie es akzeptieren könnten, dass ein Polizist den Hubschrauber fliegt ..."

Der Capitano sagte erst einmal nichts und lief ein paar Schritte mit dem Handy am Ohr. "Das ist mir zu riskant. Wir wären dieser Person komplett ausgeliefert."

"Hören Sie auf!", rief Skoff ärgerlich, "Sie haben René Sutter, den Mann, um denen es Ihnen bei der ganzen Aktion doch gegangen ist. Der hat sich nichts zuschulden kommen lassen. Außer dass er Insider-Informationen über De-Kerck-Industries im Kopf hat, kann man ihm nichts vorwerfen.

Keiner von unseren Leuten würde seinen Tod billigend in Kauf nehmen, nur um Sie und Ihre Leute zur Strecke zu bringen. Ihre Situation ist erbärmlich genug, das wissen wir beide. Geben Sie jetzt einfach Ihr Einverständnis, Mann!"

Der Capitano schloss einen Moment die Augen. Dann hatte er sich entschieden. "Also gut! Wir machen es so. Aber verlieren Sie keine weitere Zeit. Unsere Situation mag *erbärmlich* sein, aber das trifft genauso für die vielen Schüler zu, die hier in unserer Hand sind. Vergessen Sie das nicht!"

"Ist verstanden", gab Skoff zurück, "Sie hören von uns." Der Polizeidirektor beendete das Gespräch und wandte sich an Catrin, die die ganze Zeit an seiner Seite gewesen war. "Wir sind im Geschäft. Finden wir also einen mutigen Piloten ...!"

Susanne war von den anderen Eltern der Schüler-Geiseln zur Sprecherin gewählt worden. Nachdem das Angebot der holländischen Anwälte abgelehnt worden war, hatten sich auch die Hoffnungen der Eltern zerschlagen. Wieder machten sich Ungewissheit und Angst bei den Anwesenden breit.

Susanne Lackner-Schröder ging hinaus und sprach mit den Journalisten, die live aus Mukran berichteten. Die Forderung der Eltern wurde neu formuliert: Man erwarte, dass der Krisenstab den Geiselnehmern den verlangten Hubschrauber schicke, damit die vielen Jugendlichen und ihre Lehrerinnen endlich aus ihrer verzweifelten Situation befreit würden.

Susanne war äußerlich ruhig, während sie mit den Pressevertretern sprach, auch wenn sie die Sorge um Yslei und Jens inwendig fast um den Verstand brachte.

Gerade als sie das dritte Interview gegeben hatte und zurückgehen wollte, hörte sie das Getöse. Und dann sah sie einen großen Mannschaftshubschrauber mit schwedischem Hoheitszeichen, der in niedriger Höhe über die Hafenanlage Neu Mukran hinwegdonnerte und auf die See hinausflog.

Susanne schaute herum. Sie suchte nach Oberkommissarin Todt, die eben noch ganz in der Nähe gewesen war. Dann entdeckte sie die Frau. Die Beamtin sah dem Hubschrauber ebenfalls nach, während ihr die Irritation anzusehen war.

"Haben Sie das gewusst?", fragte Susanne die Bundespolizistin fassungslos, "Sie schicken jetzt ja doch einen Hubschrauber zum Baltic Jet! Warum haben die uns das denn nicht mitgeteilt ...?"

Die Oberkommissarin drehte sich zu Susanne um. "Dieser Helikopter ist nicht von uns. Das waren weder die Küstenwache noch die GSG 9. Und die Luftwaffe schon gar nicht ... Die Maschine hatte ein schwedisches Hoheitszeichen ..."

"Aber ... aber was hat das zu bedeuten?"

"Frau Schröder, ich habe nicht die geringste Ahnung ..."

"Victor Prohaska ist tot!", berichtete Johnny dem Capitano auf der Brücke der *Sea Wasp*, "Ob ihr es glaubt oder nicht, jemand hat ihm Stricknadeln in den Kopf gerammt."

"Stricknadeln? Wollt ihr mich auf den Arm nehmen?" Der Anführer der Söldner war völlig aus der Fassung. "Wie kann das sein? Angel hat gesagt, das Mädchen, das ihn angegriffen hat, sei ein Teenager gewesen! Ein mageres Mädchen von maximal sechzehn Jahren. Wie kann so eine Rotznase drei ausgewachsene Elitekämpfer ausschalten?"

Johnny wusste auf diese Frage keine Antwort.

Der Capitano sah sinnierend in die Runde. "Wir sind jetzt nur noch vier Mann. Das wird eng. Johnny, geh du zu Dobbs und sag ihm, er soll sich jetzt um dieses Mädchen kümmern! Sie darf den Erfolg der Mission auf keinen Fall weiter gefährden ...!"

In diesem Moment betrat Toledo die Brücke der Fähre. "Da stimmt was nicht, Leute! Ich hab einen Funkspruch abgefangen. Von der Küste her nähert sich ein Hubschrauber ... "

Der Capitano war verwirrt. "Ein Hubschrauber? Moment! Das kann nur heißen, dass sie auf unsere Forderungen eingehen!"

Toledo schüttelte den Kopf. "Heißt es das? Ich weiß nicht. Für mich sieht es eher so aus, als würden sie versuchen, die Geiseln in einem Handstreich zu befreien ..."

Der Capitano überlegte. "Das ist nicht die Handschrift der Bundespolizei. Aber mir egal, wer es ist, wir sind vorbereitet.

Du, Johnny und Dobbs geht auf das Hubschrauberdeck und nehmt sie in Empfang, falls sie uns entern wollen. Wir drehen bei und werfen den Anker. Dann kann ich von der Brücke weg und übernehme die Geiselbewachung. Los jetzt!"

Der Leiter des Krisenstabs, Julius Skoff, stand unter massivem Druck. Ein Hubschrauber, der nicht zugeordnet werden konnte, flog in Richtung der entführten Fähre.

Catrin Hanfstaengl eilte heran. "Die Schweden wissen von keinem Hubschrauber. Das schwedische Hoheitszeichen auf dem Heli scheint auf eine *false flag*-Operation hinzudeuten."

"Ein Täuschungsmanöver. Aber von wem denn nur? Iffland? Ist das vielleicht eine verkappte KSK-Aktion?"

"Ich hatte Berlin schon am Rohr", berichtete Catrin, "Das Verteidigungsministerium ist sauer, hält sich aber raus!"

"Das ist mir jetzt zu heiß!", rief Skoff, "Sind unsere GSG 9-Einheiten auf der *Bamberg* und der *Neustadt* startklar?"

"Die warten nur auf das Go! Aber bevor wir die losschicken, sollten wir uns im Klaren sein, dass der Geiselbereich vermint sind! Das Risiko für die Kinder ist immens ..."

"Ich hab keine Wahl, Catrin, ich muss darauf vertrauen, dass der Söldnerführer nicht auf den Knopf drückt ..."

Weiter kam der Polizeidirektor nicht, weil in diesem Augenblick eine gewaltige Detonation den Saal erschütterte und die entstehende Druckwelle alle Fenster nach draußen zersplittern ließ. Im Konferenzraum 5, der Zentrale des Krisenstabes, war eine Bombe explodiert ...

Jens stand auf dem schwankenden Kutter *Jasmin* und spähte in die Dunkelheit hinaus. Er hatte den heranfliegenden Hubschrauber zuerst bemerkt und Hauptkommissar Rusnak darauf aufmerksam gemacht. "Der Krisenstab ist also auf die Forderungen der Hijacker eingegangen und stellt den Hubschrauber bereit. Das sah erst mal nicht so aus ...!"

Bert Rusnak bekam eine tiefe Falte auf der Stirn: "Aber wieso fliegen die so tief? Das kommt mir fast so vor, als ob sie unter dem Radar bleiben wollen ..."

Jens sah ein zweites Mal hin und begriff. "Sie haben recht! Wird das ein Angriff? Dann ist es die GSG 9!"

"Das wäre völlig verrückt!", konstatierte Rusnak, "Die Neuner sind das Beste, was wir haben, aber riskieren die wirklich ein Blutbad auf einem Schiff voller Jugendlicher ...?"

Johnny stand auf dem Dach des Baltic Jet und hatte gewaltig die Hosen voll. Wieder einmal. Die Bundespolizei schickte also die GSG 9 und die Söldner stellten sich der Elite-Einheit zu dritt entgegen. Der Rüganer spielte mit dem verzweifelten Gedanken, über Bord zu springen und um sein Leben zu schwimmen. Die Dunkelheit würde ihn dann zwar vor einem gezielten Schuss von einem Sniper, wie Toledo es war, schützen, aber ebenso sicher verhindern, dass ein Schiff der Küstenwache ihn aus den Fluten fischte, bevor ihn die Kräfte verließen oder er zu unterkühlt war.

Der Hubschrauber war vielleicht noch eine Seemeile entfernt und wurde schnell größer. Mit schwitzigen Händen packte Johnny seine Maschinenpistole fester.

Toledo neben ihm zündete sich eine Zigarette an und grinste herüber. "Du bist wirklich ein nervöses Kerlchen. Dir geht die Düse, oder?"

"Dir vielleicht nicht? Die werden in der Übermacht sein ... Das ist die GSG 9! Die schaffen wir nicht ..."

"Doch, doch. Die schaffen wir ...!" Toledo zog mit zitternden Fingern an seiner Kippe. "Die GSG 9. Diese Operettentruppe! Ich scheiß auf die Poser."

Nun erschien Angus Dobbs mit einer großen Kiste auf dem Oberdeck. Er stellte sie ab und öffnete die Verschlüsse. Dann holte er eine klobige längliche Waffe heraus.

"Was ist das?", fragte Johnny entgeistert.

"Noch nie eine *Stinger* gesehen?" Toledo grinste böse.

"Eine Stinger? Wieso habt ihr eine Stinger dabei?"

"Na, du kannst Fragen stellen", knurrte der schwarzhaarige Söldner, "Der Capitano ist gerne auf alles vorbereitet. Wenn du auf der Flucht bist und in eine Straßensperre der Polizei gerätst, dann benötigst du mehr als Gewehre und Pistolen.

Da brauchst du echte Durchschlagskraft, um den Weg freizumachen. Und dann ist eine Stinger ein *Gamechanger*!"

Der Brite legte die panzerbrechende Waffe auf seine Schulter und nahm den heranjagenden Hubschrauber ins Visier.

"Zieh den Kopf ein, Kleiner! Könnte sein, dass hier gleich scharfe Teile durch die Luft fliegen ...", empfahl Toledo.

Aus dem Hubschrauber wurde nun aus vielen Mündungen vollautomatischer Waffen das Feuer eröffnet.

Das war das Signal für Angus Dobbs, die Stinger auszulösen. Mit einem zischenden Geräusch jagte die Rakete dem Heli entgegen, während sie eine dünne Rauchspur hinter sich herzog. Der gepanzerte Dobbs wurde von einer MG-Salve getroffen und stolperte rückwärts. Dann gab es einen Knall und der Hubschrauber blühte zu einem Feuerball auf. Einer der Rotoren brach und rotierte haarscharf über Toledos Kopf hinweg, bevor er ins Meer fiel. Der brennende Heli stand einen Moment in der Luft und sackte dann ab. Er prallte mit der linken Kufe auf die Landestelle der *Sea Wasp* und neigte sich träge zur Seite. Mehreren Gestalten gelang es, aus der brennenden Hülle an Deck zu springen. Doch bevor sie kampfbereit waren, nahmen Toledo und Dobbs sie mit unbarmherziger Präzision unter Feuer. Im nächsten Moment explodierte der Tank des Hubschraubers. Das entflammte Kerosin verteilte sich auf der Landestelle und erhellte die gespenstische Szenerie. Der brennende Helikopter kippte nun seitlich von der Fähre herunter und fiel ins Meer.

"Hol Feuerlöscher!", herrschte Toledo Johnny an, "Schnell! Bevor hier das ganze Schiff abfackelt!"

Johnny rannte los, heilfroh, noch am Leben zu sein ...

Die beiden Kommissare auf dem Kutter *Jasmin* hatten das Spektakel aus der Ferne angesehen. Obwohl Bert Rusnak ein Veteran war und in seiner Polizei-Laufbahn schon einiges erlebt hatte, verursachten die Explosion und der Absturz des Mannschaftshubschraubers eisiges Entsetzen bei ihm. "Wer immer in diesem Hubschrauber war, das war ein lupenreines Fiasko!", stellte der Revierleiter tonlos fest.

Thilo Rasmussen erschien an Deck. "Die Küstenwache hat uns entdeckt. Sie haben mich angefunkt und fordern uns auf, uns sofort von hier zurückzuziehen!"

Jens sah zu dem Hauptkommissar. "Was jetzt?"

"Egal!", rief Rusnak, "Ich geh rüber! Die auf der Fähre haben genug damit zu tun, den Brand zu löschen. Vielleicht schaffe ich es bei dem Chaos unbemerkt an Bord." Rusnak gab Rasmussen ein Zeichen und der zog eine Plane von einem Jetski, der auf dem Vorderdeck neben einem kleinen Kran platziert war.

Zusammen mit dem Revierleiter bewegte der Fischer den Kran und ließ den *Yamaha Wave Runner* zu Wasser.

Jens kämpfte mit sich. Das letzte Mal, als er sich in ein vergleichbares Feuer gewagt hatte, war lange her. Doch als er an Yslei dachte, gelang es ihm, sich ein Herz zu fassen. Er sprang hinter Bert Rusnak auf den Jetski. Der Hauptkommissar schaute überrascht, nickte dann aber grimmig und startete die Maschine. Im nächsten Moment jagten sie über das Wasser und schossen auf die brennende *Sea Wasp* zu ...

Catrin Hanfstaengl kam wieder zu sich, als sie auf einer Trage lag, die von zwei Sanitätern zu einem Notarztwagen getragen wurde. Die Hauptkommissarin erinnerte sich, dass die Druckwelle der Explosion sie im Konferenzraum an die Wand geschleudert hatte. Dann hatte sie das Bewusstsein verloren. "Halten Sie an!", rief sie.

Die Sanitäter blieben stehen und sahen verwirrt, wie ihre Patientin von der Trage kletterte.

"Was tun Sie? Sie sind verletzt!", rief einer der Sanitäter.

Catrin fasst sich an die Stirn, wo ihr aus einer Wunde Blut ins Gesicht lief. "Das ist nichts. Ich bin okay!" Damit rannte Catrin Hanfstaengl zurück zur Dienststelle, wo es im zweiten Stock brannte, im Hauptquartier des Krisenstabes ...

Als oben auf dem Dach der Fähre der Kampf entbrannte, hatten Simon und Yslei sich wieder in den Materialraum zurückgezogen, der von Anfang an ihr Versteck gewesen war.

Während Simon auf dem Boden saß und bleich ins Leere starrte, lag das Mädchen gekrümmt neben ihm und hielt sich den Kopf. Der Pistolenschlag hatte sie offenbar schwer erwischt, aber Simon hatte jetzt keine Augen für sie. Er war gezwungen gewesen, sich den Tod von Victor Prohaska aus allernächster Nähe mitanschauen zu müssen, und diese Bilder wüteten nun in seinem Gemüt. Ihm war speiübel.

Im nächsten Moment war von oben eine heftige Detonation zu hören, kurz darauf erfolgte noch eine weitere Explosion.

"Verflucht noch mal! Was war das? Was passiert da?", rief Simon in Panik. Er sprang auf und lauschte. Dann lief er konfus zur Tür. "Wir müssen hier raus!"

Doch Yslei blieb stumm. Sie hielt ihre Hand ans linke Ohr gepresst, während Blut über ihren Handrücken lief.

Simon starrte sie an. Er sprang zu ihr und versuchte, sie auf die Beine zu ziehen. "Was ist mit dir?"

Das Mädchen wehrte sich unkoordiniert gegen ihn und schaute orientierungslos herum.

"Yslei! Komm zu dir!", rief er, "Da draußen ist die Hölle los! Was ist, wenn das verfluchte Schiff untergeht? Dann sitzen wir hier in der Falle! Wir müssen hier raus!"

Das Mädchen drückte erneut die Handflächen auf die Ohren. "Ich kann nichts mehr hören ... und mein Kopf ... er tut weh ...!" Sie sank erneut zu Boden und ihr Gesicht verzerrte sich, während ihr ganzer Körper zu zittern begann.

"Yslei!", rief Simon, doch die Klassenkameradin erwies sich nicht als ansprechbar. Sie schien nun vollkommen weggetreten zu sein. Der Schlag des Söldners musste bei dem Mädchen ernsthaften Schaden angerichtet haben. Der Junge merkte, dass er nun auf sich allein gestellt war. Er entriegelte die Tür und öffnete sie. Draußen war niemand, dafür lag ein beißender Brandgeruch in der Luft. Simon blickte zu Yslei, die auf dem Boden kauerte und sich immer noch den Kopf hielt. Sie schluchzte leise.

Der Junge überlegte, allein zu gehen, aber dann wurde ihm bewusst, dass er Yslei nicht einfach so zurücklassen konnte.

Es gab nicht viele Möglichkeiten, die ihm nun offenstanden. Nach dem, was er gerade mit der Mitschülerin und dem Söldner erlebt hatte, stand Simon der Sinn nicht nach weiteren Scharmützeln. Nein, es würde das Beste sein, aufzugeben und sich zu den anderen Geiseln zu gesellen. Also packte er Yslei an ihren Armen und zog sie vom Boden hoch. Das Mädchen war zierlich, dennoch kam ihr Gewicht ihm beachtlich vor, als er sie hochhob und über seine Schulter stemmte. So lief er keuchend durch den Gang, der in Richtung der Treppe lag, die zum Freideck hinaufführte.

Catrin Hanfstaengl entdeckte Linda Todt, die einem benommenen Mitglied der dänischen Delegation ins Freie half.

"Frau Todt! Wissen Sie, wo Direktor Skoff ist?"

Die Oberkommissarin drehte sich herum. "Skoff? Den hat es übel erwischt, aber soweit ich weiß, lebt er. Sie fahren ihn gerade in die Klinik nach Greifswald. Es gibt noch mehr Verletzte, aber wir haben noch keinen kompletten Überblick. Wenn ich das fragen darf: Was ist denn überhaupt passiert?"

Catrin machte eine fahrige Geste. "Jemand hat bei uns im zweiten Stock eine Bombe platziert. Und die ist just in dem Moment hochgegangen, als dieser mysteriöse Hubschrauber aufgetaucht ist ..."

"Aber der kann doch nicht zu den Söldnern auf der Fähre gehören", rätselte Linda, "Oder seh' ich das falsch?"

"Macht keinen Sinn. Schätze, wir haben es da eher mit einer dritten Partei zu tun. Steht eventuell mit De-Kerck in Verbindung. In der Kommandozentrale unseres Krisenstabes waren keine Außenstehenden, bis auf diese vier holländischen Anwälte. Also liegt es für mich ziemlich nahe, dass die uns die Höllenmaschine untergejubelt haben, damit sie für ihre Hubschrauberaktion freie Bahn hatten ..."

Linda Todt sah wütend aus. "Dann werde ich die sauberen Herrschaften gleich mal zur Fahndung ausschreiben ...!"

"Das kann warten. Wir brauchen zuerst eine alternative Kommandozentrale für den Krisenstab! Wo können wir das machen?"

"Das ist schon in Arbeit! Drüben in der Bereitschaft 2 richten wir ein provisorisches HQ ein!"

"Das ging schnell. Wer leitet das? Polizeirat Helmer?"

Linda lächelte säuerlich. "Staatssekretär Iffland."

Catrin fluchte. "Kommen Sie mit, Frau Kollegin!"

Es war gegen zweiundzwanzig Uhr, als es bei Chris Sturm klingelte. Der POM öffnete und ein völlig aufgelöster Waldo taumelte ihm entgegen.

"Mensch, Alter, was ist denn los?"

Waldo ließ sich in den Sessel fallen und Tränen strömten über sein Gesicht. "Sie ist weg. Sie ist verschwunden!"

Chris setzte sich ebenfalls. "Wer ist verschwunden? Asja?"

"Ich hab sie nur kurz allein gelassen. Dann sind sie gekommen und haben sie festgenommen ... Ich glaube, sie hat versucht, sich zu wehren, es gab Kampfspuren, aber unsere Kollegen vom Hauptrevier müssen sie überwältigt haben."

"Komm, Waldo, jetzt beruhige dich! Wenn sie in Polizeigewahrsam ist, passiert ihr nichts. Sie ist da nicht in den schlechtesten Händen ..."

"Doch!", sagte der andere tonlos, "Ist sie ..."

Chris sah seinen Partner ratlos an. Er warf einen Blick auf seine Uhr. Im Moment war er allein in der Wohnung, denn Tabea hatte sich mit einer Freundin verabredet. Sie würde nicht so schnell zurück sein.

"Waldo, ich glaube, du benötigst einen Drink! Du musst runterkommen ...!"

"Ja, vielleicht muss ich das ..." Der Polizeimeister starrte unglücklich auf den Boden. "Ich war so dumm! Sie müssen mich beschattet haben. Die sind mir hinterhergeschlichen und ich habe sie direkt zu Asja geführt, ich naiver Idiot!"

Chris hatte eine Flasche Grappa in der Hand und schüttete etwas in ein Gläschen. "Komm, zerfleisch dich nicht. Es war nur eine Frage der Zeit, bis der Chef und die Kollegen das Versteck des Mädchens finden. Du denkst doch nicht, dass deine Flucht mit ihr eine Zukunft gehabt hätte?" Damit reichte er Waldo das Gläschen mit dem Schnaps.

Der nahm es und schaute deprimiert darauf. "Ich will jetzt nichts trinken, Chris ..." Damit stellte er den Grappa auf den Beistelltisch vor der Couch. Er faltete die Hände und sah dann zu seinem Partner. "Was machen sie jetzt mit ihr?"

"Mit Asja? Ich denke, sie überstellen sie direkt in die Psychiatrie nach Stralsund. Sie braucht Medikamente und jetzt, nachdem sie wieder in Gefangenschaft ist, wird man sie wohl fixieren und ruhigstellen. Zu ihrer eigenen Sicherheit ..."

Waldo stieß einen gequälten Laut aus. "Ich habe sie im Stich gelassen. Ich war der Einzige, dem sie vertraut hat und ich lasse sie hängen ...!"

Staatssekretär Iffland stand breitbeinig in der Mitte der Bereitschaft 2, in der man gerade in Windeseile ein neues Hauptquartier für den Krisenstab improvisierte. "Sobald die Schalte steht, verbinden Sie mich mit der *Erfurt!*", befahl er einer Bundespolizistin, die am Telefon hing, "Das Kommando Spezialkräfte soll sich bereitmachen für den Einsatz! Mein Befehl zum Angriff steht unmittelbar bevor!"

Catrin Hanfstaengl und Linda Todt traten ein.

"Können Sie mir den Kerl vom Hals schaffen?", fragte die Hauptkommissarin.

"Liebend gerne", antwortete Linda, "Und wie genau stelle ich das an?"

"Direktor Skoff hat ihm Hausverbot erteilt. Also denke ich, es geht hier um den Straftatbestand 'Hausfriedensbruch'."

"Das ist sehr gut", zollte Linda Anerkennung, "Aber kann sich ein Staatssekretär nicht auf seine Immunität berufen?"

Catrin dachte kurz nach. "Hmm ... Das ist allerdings ein Punkt. Nur wissen wir ja gar nicht, ob das wirklich ein richtiger Staatssekretär ist und kein Hochstapler, oder? Ausweispapiere kann man fälschen. Das sollte besser einer gründlichen Prüfung unterzogen werden. Falls wir mit unserem Verdacht tatsächlich falsch liegen sollten, bin ich gerne bereit, bei dem Mann nachher persönlich Abbitte zu leisten."

"Betrachten Sie es als erledigt, Frau Kollegin!", sagte Linda und setzte sich in Bewegung.

Es hatte eine Weile gedauert, bis der Capitano wieder Kontakt mit dem Krisenstab herstellen konnte. Dieses Mal hatte er nicht Skoff am Rohr, sondern eine Stellvertreterin, die ihm mitteilte, dass es im Krisenzentrum ein Bombenattentat gegeben hatte.

"Ich hoffe, Sie behalten Ihre Hunde an der Leine, Frau Hauptkommissarin, wir haben mit dem Sprengsatz bei Ihnen nichts zu tun", versicherte der Capitano, "Und auch für die Hubschrauberattacke sind wir nicht verantwortlich. Wir haben die Lage hier jetzt wieder unter Kontrolle. Die Angreifer sind ausgeschaltet und die Geiseln unversehrt!"

"Das ist gut zu hören. Nach der Explosion in unserer Zentrale müssen wir uns hier neu aufstellen. Ich vertrete Direktor Skoff, bis die neue Leitung übernimmt. Wenn es jetzt also Verzögerungen gibt, liegt das an den außergewöhnlichen Umständen."

"Es stellt sich für mich nur eine Frage: Steht der Deal mit dem Hubschrauber noch, der uns hier ausfliegt? Ihr Vorgesetzter hatte mir das zugesichert."

"Das ist mir bekannt", sagte Catrin, "Doch Direktor Skoff wurde bei dem Attentat schwer verletzt. Ich vertrete ihn nur und muss mich rückversichern. Ich bin nicht autorisiert, das allein zu entscheiden."

"Beeilen Sie sich! Je länger wir warten, desto größer ist die Wahrscheinlichkeit, dass das hier in eine Katastrophe mündet!"

"Das ist mir klar. Ich werde tun, was ich kann."

"Eines noch!", sagte der Capitano, "Ich will keine neuen Leute am Telefon! Ich rede nur noch mit Ihnen. Ich werde mich nicht auf weitere Unterhändler einlassen."

"Ja. Ist angekommen."

Polizeirat Helmer trat auf Catrin Hanfstaengl zu. "Ich kann die Leitung hier erst einmal übernehmen, wenn Sie möchten. Berlin schickt Tobias Arlt, den Stellvertreter von Julius Skoff. Und Sie fahren besser auch ins Krankenhaus. Sie sehen schlimm aus."

Catrin hob die Hand und unterbrach den älteren Kollegen. "Mir geht es gut, Herr Polizeirat. Außerdem bestehen die Geiselnehmer jetzt darauf, dass ich ihre Ansprechpartnerin bleibe. Haben wir irgendeinen Hinweis, was es mit diesem unbekannten Hubschrauber auf sich hatte?"

"So viel wissen wir: Der Heli kam vom Festland", gab Helmer Auskunft. "Er wurde von einer Firma gechartert, die ihren Sitz in den Niederlanden hat: *Peets Nobel.*"

"Die Niederlande. Haben die was mit De-Kerck zu tun?"

"Unklar. Wenn ja, dann werden die ihre Spuren gut verwischt haben. Aber nachdem diese Anwälte versucht haben, René Sutter mit einem Vermögen freizukaufen, gehe ich mal davon aus, dass sie zu härteren Bandagen gegriffen haben, als das nicht funktionierte ..."

"Hören Sie, Herr Helmer, Direktor Skoff hatte grünes Licht für den freien Abzug der Söldner gegeben. Ich bin der Meinung, wir sollten das durchziehen, bevor hier irgendjemand übernimmt, der ganz neue Ideen hat ... Holen wir die Kinder endlich von diesem Schiff!"

"Da bin ich ganz bei Ihnen, Frau Hauptkommissarin!"

Simon trug Yslei gehetzt durch die geparkten Autos im Inneren der Fähre. Es stank nach verbranntem Gummi und Kerosin. Das Schießen und die Detonationen hatten inzwischen aufgehört. Aber das trug nicht zur Beruhigung des Schülers bei. Er hatte grauenhafte Angst. Im Kopf war er fieberhaft alle Optionen durchgegangen, die sich ihm anboten. Dann hatte er sich dafür entschieden, das Freideck auf der Heckseite des Baltic Jets als Ziel auszuwählen, um sich zu stellen. Auch wenn man sich am Ende bei den Geiseln würde einreihen müssen, gab es dort wenigstens noch Lehrerinnen, die sich um die ernsthaft verletzte Yslei kümmern konnten.

Simon stapfte mit der Mitschülerin auf der Schulter unter großen Mühen die Wendeltreppe zum Freideck hinauf. Oben angekommen musste er das Mädchen auf dem Boden ablegen, weil ihn die Kräfte verließen. Er atmete keuchend durch.

In diesem Augenblick sprang ein großer Mann vom Dach herunter und landete mit einem dumpfen Laut vor den Jugendlichen. Simon blickte verschreckt auf. Diesen Söldner hatte er bisher noch nicht wahrgenommen. Es war ein schon älterer Mann von ungewöhnlicher Größe, bewehrt mit einem weißen Zopf. In seiner linken Hand trug er einen Feuerlöscher. Er sah zu Simon, dann ging sein Blick zu Yslei, die er genauer betrachtete. "There's that damned little bitch!", entfuhr es dem Mann. Er warf den Feuerlöscher zur Seite, der polternd über das Deck kullerte, und zog ein mächtiges *Wolverine*-Outdoormesser aus der Scheide an seinem Gürtel. Damit schritt er auf Yslei zu und seine kalte Miene ließ keinen Zweifel daran, was er nun vorhatte.

Simon dachte nicht nach, als er sich schützend vor das Mädchen stellte. "Lassen Sie sie in Ruhe!", schrie er.

Der Hüne staunte den Zwerg, der ihm da den Weg verbaute, eine Sekunde verblüfft an, dann packte er ihn mit einer Hand am Kragen und schleuderte ihn mit einer spielerisch wirkenden Bewegung einfach nach hinten, wo Simon gegen die Reling knallte. Dann wandte Dobbs sich erneut in Richtung Yslei und packte das Outdoormesser fester.

Im nächsten Moment peitschte ein Schuss und zerfetzte blutig die beige Cargohose von Dobbs in der Höhe des Knies. Der Brite fuhr herum und sah sich den Kommissaren Bert Rusnak und Jens Lackner gegenüber, die beide Waffen mit aufgeschraubten Schalldämpfern auf ihn gerichtet hatten.

Mit unerwarteter Schnelligkeit warf Dobbs sein Messer.

Der Stahl traf den verblüfften Jens und grub sich tief in seine Brust. Rusnak feuerte erneut. Doch er zielte nicht auf den Oberkörper des Söldners, sondern auf dessen Hals, da er vermutete, dass der Koloss eine Panzerweste unter seinem Hemd trug. Der Hauptkommissar traf sein Ziel, hörte aber nicht auf zu schießen, bis seine Waffe leer war.

Obwohl der Hals von Angus Dobbs von dem Beschuss völlig zerfetzt war, hinkte er auf den nachladenden Rusnak zu, bekam ihn mit seinen mächtigen Händen zu fassen und schickte sich an, den Kehlkopf des Polizisten einzudrücken.

Dies war der Moment, als der in die Knie gegangene Jens sich aufbäumte, mit letzter Kraft seine Pistole seitlich an den Kopf des Briten legte und abdrückte ...

Johnny stand keine zehn Meter entfernt in der Tür zum Passagierbereich und sah zu, wie Angus Dobbs, das gefährlichste Mitglied der Söldnertruppe, getötet in sich zusammenfiel. Der jüngere Rusnak überlegte, ob er sich seinem Bruder zeigen sollte, doch etwas anderes erschien ihm nun wichtiger. Er drehte sich um, lief ins Innere der Fähre und steuerte auf Toledo zu, der die Bewachung der Geiseln übernommen hatte. Die Entführer der *Sea Wasp* waren jetzt nur noch zu zweit. Und weder der Capitano noch Toledo wussten, dass das Schiff von Polizisten geentert worden war, da diese schallgedämpfte Waffen eingesetzt hatten. Johnny beschloss, jetzt seinen einzigen Trumpf ausspielen.

Toledo drehte den Kopf und sah ihm entgegen.

"Dobbs sagt, da draußen hat ein Boot angelegt!", rief Johnny und deutete zum Fenster. Toledo lief an die Seite und spähte in die Dunkelheit. Dann traf ihn etwas hart am Hinterkopf. Der Scharfschütze gab einen überraschten Laut von sich. Johnny hob seine Pistole erneut und schlug Toledo damit endgültig bewusstlos. Dann schaute er in die vielen Gesichter der Geiseln, die sich das Ganze stumm und vor Angst gelähmt angesehen hatten.

Johnny legte den Finger auf die Lippen. "Ich bin auf eurer Seite!", raunte er halblaut, "Bewahrt die Ruhe!" Dann fesselte er Toledos Handgelenke hastig mit Kabelbindern.

"Johnny!" Das war die Stimme von Bert. Während er mit einer Hand Jens Lackner stützte, aus dessen Brust das tief eingedrungene Outdoor-Messer ragte, hatte er mit der anderen seine Waffe auf seinen Bruder gerichtet.

Johnny hatte seine Pistole längst fallen lassen, hob die Hände und drehte sich um. "Bert! Ganz ruhig! Ich gehöre nicht zu denen. Ich hab den Kerl hier gerade unschädlich gemacht!" Er deutete auf Toledo. "Jetzt ist nur noch einer übrig, der Capitano, der Anführer! Und der ist auf der Brücke!"

Bert Rusnak hievte den schwer verwundeten Jens behutsam in einen Sitz. Er wandte sich in Richtung der Schüler und der verbliebenen zwei Lehrerinnen und sah sie eindringlich an: "Keiner rührt das Messer an oder versucht es rauszuziehen, verstanden?" Ein paar der Angesprochenen nickten, aber Rusnak erkannte gleich, dass sie alle viel zu verängstigt waren, um sich vom Fleck zu rühren.

Von hinten kam Simon heran, der Yslei stützte, die mit schmerzverzerrtem Gesicht neben ihm her wankte, während ihr immer noch Blut aus dem linken Ohr rann. Eine der Lehrerinnen eilte zu den beiden und kümmerte sich um sie.

"Bringen wir es zu Ende!", sagte der Revierleiter zu seinem Bruder und prüfte seine Pistole.

"Bert, warte!", rief Johnny. "Der Capitano ist nicht zu unterschätzen. Er hat keine Ahnung, dass du hier bist. Es ist besser, ich gehe allein auf die Brücke und versuche, ihn zu überrumpeln. Dann können wir vielleicht weiteres Blutvergießen vermeiden."

Rusnak sah seinen jüngeren Bruder an und blickte danach zum schwer verwundeten Jens Lackner. Der Kommissar kauerte auf dem Fensterplatz und brauchte, so wie es aussah, dringend medizinische Versorgung, wenn er eine Chance haben wollte, das hier lebend zu überstehen. "Also gut, Johnny! Ist vielleicht einen Versuch wert! Gehen wir es an!"

Linda Todt trat vor die versammelten Eltern. "Es wurde vor wenigen Minuten die Entscheidung getroffen, für den von den Hijackern geforderten Hubschrauber grünes Licht zu gegeben. Die Maschine ist gerade vom Luftwaffenstützpunkt in Rostock-Laage gestartet. In zehn bis zwölf Minuten sollte der Hubschrauber den Baltic Jet erreicht haben ..."

Die Erleichterung bei den anwesenden Eltern war spürbar. Doch die Angst blieb ihnen erhalten. Es war erst vorbei, wenn es vorbei war.

Susanne schob sich vor. "Die Entführer werden Geiseln mitnehmen, nicht wahr? Wenn sie das nicht machen, wäre es doch Selbstmord, oder?"

Linda schüttelte den Kopf. "Sie haben den Sekretär und den Piloten als Faustpfand. Das müsste ihnen Sicherheit genug sein, dass unsere Kräfte sie nicht angreifen. Aber die Situation erweist sich nach dem Angriff des De-Kerck-Hubschraubers als völlig chaotisch. Auf der *Sea Wasp* ist zwischenzeitlich ein Feuer ausgebrochen, das, wie uns das Küstenwachschiff *Bad Bramstedt* mittgeteilt hat, inzwischen gelöscht worden ist. Jetzt geht es darum, den Schaden zu begrenzen. Sobald der Hubschrauber mit den Hijackern gestartet ist, werden die Schiffe des ATLAS-Verbundes den Baltic Jet evakuieren ... Drücken wir also allen die Daumen!"

Das Gesicht des Steuermanns der *Sea Wasp* drückte Müdigkeit, Furcht und Resignation aus. Er musste einen Kopfhörer tragen, auf dem ständig laute Musik eingespielt wurde, damit er nicht hören konnte, was die Entführer der *Sea Wasp* neben ihm auf der Brücke besprachen. Der Capitano stand mit gezogener Pistole neben dem Angestellten der Reederei, während er gleichzeitig den apathisch auf der Leeseite der Brücke hockenden René Sutter im Blick hatte.

Ein Klopfsignal von draußen ließ den Capitano aufmerken. Zweimal kurz, Pause, zweimal kurz. Das war die korrekte Kennung. "Okay!", rief der Anführer.

Johnny trat ein. "Wir haben das Mädchen erwischt, das die Prohaskas ausgeschaltet hat! Aber Toledo streitet draußen mit Dobbs, weil der sie in Streifen schneiden will. Ich sag Ihnen, Käpt'n, der Typ ist inzwischen total durchgeknallt!"

Der Capitano gab einen unwilligen Laut von sich. "Pass du hier auf, ich kümmere mich um die 'One Man Army'!'" Er ging an seinem Landsmann vorbei zur Tür. Doch bevor er die Brücke verlassen konnte, spürte er den Lauf von Johnnys Waffe im Genick.

"Fallen lassen, Capitano!" Johnny war nun am Drücker und es verschaffte ihm allergrößte Genugtuung.

Der Söldnerführer ließ seine Automatik zu Boden fallen und drehte sich langsam zu Johnny um. Der ging einen Schritt auf den Leader zu und zielte zwischen dessen Augen.

"Na, Käpt'n? Ist es für dich auch so ein Scheißgefühl, wenn eine Waffe auf deinen Kopf gerichtet ist?"

"Was zum Teufel willst du?", fragte der Capitano, der, wie so oft in heiklen Situationen, erstaunlich kaltblütig war, "Wenn du mich abknallst, bringt es dir gar nichts. Oder bist du einfach nur so dämlich, wie alle es über dich behaupten?"

Johnny wurde ärgerlich. Es war sein wunder Punkt, dass alle ihn immer unterschätzten, und er hatte gute Lust, dem überheblichen Söldner seine Blasiertheit aus dem Gesicht zu schießen. "Ich bin nicht dämlich, Mann! Ganz und gar nicht! Die Leute glauben das nur alle, weil ..."

In diesem Moment peitschte ein Schuss durch die Brücke.

Johnny dachte ihm ersten Moment, dass er in seinem aufwallenden Zorn unabsichtlich den Druckpunkt seiner Pistole genommen hatte, dann aber fühlte er, wie sein rechtes Bein wegknickte und er seitlich gegen die Wand kippte. Der Schuss war von hinten gekommen. Johnny drehte sich verwirrt um und blickte in die rauchende Mündung von René Sutters *Beretta Tomcat*, einer *Sub-Compact*-Pistole, deren besonderer Trumpf ihre Kleinheit war.

"Aber ... aber wieso?", stammelte Johnny, während er in die Knie ging. Seine Hand, die unkoordiniert auf seinem Rücken herumgetastet hatte, kam blutig wieder nach vorne. Der Schweizer hatte ihn in den unteren Rücken getroffen. Schmerzen hatte Johnny nicht, aber es bestand kein Zweifel daran, dass es ihn übel erwischt hatte. Wütend starrte er den De-Kerck-Sekretär an. "Du ... du wärst frei gewesen, Mann!"

Sutter schüttelte amüsiert den Kopf. "Du bist ganz genau der Dummkopf, für den dich alle halten, Arschloch! Was denkst du, wer diese ganze Aktion hier geplant hat, he?"

Johnny starrte den Behinderten entgeistert an. "Wie? Was? Ich ... versteh nicht ..."

"Natürlich nicht."

Doch nun ging Johnny endlich ein Licht auf. "Warte! Wenn du all das geplant hast ... dann bist du ...?"

"Ich bin *Scaramouche*", bestätigte Sutter lächelnd, "Sicher! Würde etwas anderes Sinn machen?"

"Aber ... wozu das alles?", ächzte Johnny.
"Ich trage alle großen und kleinen Geheimnisse von Willem de Kercks Wirtschaftsimperium mit mir herum. Hier oben!" Sutter tippte gegen seine Schläfe. "Ich bin die wertvollste Figur auf dem Spielbrett vom Boss und deshalb werde ich jede verdammte Sekunde des Tages von seinen Gorillas bewacht. Ich bin das Eigentum dieses Schweins, sein Gefangener, ohne jede Privatsphäre, mit einem Peilsender am Fuß, damit sie mich jederzeit finden. Mich selbst entführen zu lassen, war der einzige Weg raus aus diesem goldenen Käfig."
Johnny sah zum Capitano, der nun seine Pistole vom Boden aufhob. Der Leader sah nicht sonderlich überrascht aus.
Der Rüganer begriff allmählich. "Du wusstest die ganze Zeit, wer *Scaramouche* war?"
"Hätte ich sonst das Vermögen abgelehnt, das die Anwälte mir für Sutter geboten haben?" Der Capitano legte nun seinerseits die Pistole auf Johnny an. "Aber das war's jetzt. Ich hab es dir ja gesagt, Kleiner, wenn ich das nächste Mal auf dich ziele, werde ich auch abdrücken ..."
"Das wirst du nicht!", kam es schneidend von der Tür. Bert Rusnak schob den gefesselten Toledo herein, hielt ihn als Schild vor sich, während seine Dienstwaffe an der Schläfe des Schwarzhaarigen lag.
Der Capitano richtete seine Pistole nun auf den Hauptkommissar. "Waffe fallen lassen! Sofort!", befahl er.
"Ich denke nicht!", erwiderte Rusnak ruhig, "*Du* legst deine Pistole weg! Oder ich jage deinem Kumpan eine Kugel in seinen Kopf!"
Der Capitano lachte abfällig. "Er ist nur ein *Gun for hire*, er kannte das Risiko. Mir liegt nicht das Geringste an ihm."
Bert Rusnak lächelte fein. "Das glaube ich weniger. Die Tätowierung da auf deinem Arm, eine siebenflammige Granate und der Schriftzug '2. Rep' ...! Du warst bei der Legion ... bei den Fallschirmjägern. Das ist eine legendäre Elite-Truppe ..."
"Was tut das zur Sache?"
"Ein Fremdenlegionär wie du würde niemals einen Kameraden opfern. Eher gehst du selber in den Tod."

"Blödsinn! Das ist doch nur ein Mythos", erwiderte der Capitano ungerührt.

"Ein Mythos?", Rusnak nickte, "Gut. Ich stehe direkt hinter ihm. Schieß ihm in den Bauch, nicht ganz mittig, damit die Kugel nicht von der Wirbelsäule aufgehalten wird, etwas versetzt nach rechts oder links. Dann geht das Blei durch ihn durch, tötet ihn wahrscheinlich und erledigt danach aber auch mich. Und dein Problem wäre gelöst. Also, was ist?"

Der Söldnerführer presste die Kiefer zusammen und atmete durch.

Der Schiffsfunk gab einen Signalton ab. Der Steuermann der *Sea Wasp* reichte dem Capitano zitternd den Hörer. Der nahm ihn und legte ihn ans Ohr. "Ich höre!"

Bert sah zu seinem Bruder, der mit offenen Augen auf dem Boden lag, während sich eine Blutlache um ihn ausbreitete.

"Landeerlaubnis erteilt!", sagte der Capitano ins Telefon. Er legte auf und sah den Hauptkommissar an. "Unser Hubschrauber in die Freiheit steht im Begriff, zu landen ..."

Bert Rusnak bleckte die Zähne. "Sieht so aus, als wäre das hier eine klassische Pattsituation. Du willst deinen Kumpel hier nicht opfern und ich will die Geiseln freibekommen. Und zwar komplett! Wäre doch schön, wenn wir alle hier bekommen, was wir so gerne wollen ..."

Der Capitano hielt seine Waffe nach wie vor auf den Polizisten gerichtet. "Die Geiseln sollen komplett freikommen? Von mir aus. Aber was ist mit dem Polizisten, der den Heli fliegt ... Wie kriegen wir den aus der Gleichung?"

"Oh, da wüsste ich schon eine Möglichkeit", sagte Bert Rusnak.

"Ich muss dir sagen, dass ich nicht mehr richtig durchblicke, Waldo! Du sagst, dieses Mädchen würde dir viel bedeuten, aber dass deine Fürsorge keinen amourösen Hintergrund hat. Wenn du in sie verliebt wärest, könnte ich das alles ja noch irgendwie verstehen, aber so ist es einfach nur balla-balla ... gar nicht bös gemeint!" Chris lehnte sich in die Couch zurück und sah zu seinem Partner, der aufgewühlt und verzweifelt wirkte.

"Ich hab doch auch keinen Plan. Ich weiß nur, dass Asja jemanden braucht, der für sie da ist ... der ihr hilft, sich in dieser Welt zurechtzufinden, einen Beschützer eben ..."

"So jemand wie diese fiktive Figur 'Aulon', der Paladin, der in dem Spielfilm auf Jean d'Arc aufpasst?"

Waldo schaute auf. "Ja, richtig! So ein Mann! Aulon hat ebenso wenig Hintergedanken wie ich, er will Jean nicht ins Bett kriegen oder so. Er dient ihr demütig, loyal und aus reinstem Gewissen. Denn auch sie hat ein höheres Ziel, eine heilige Mission, also widmet er sein Leben dem ihren ... und er ist voll okay damit!"

Chris stand auf und holte sich noch einen Kaffee. Er schenkte sich eine Tasse voll und trank einen Schluck. Dann blickte er zu Waldo. "Das hier ist also dein Scheideweg ..."

"Was heißt das, Sienkiewicz?", stöhnte Waldo müde.

"Keine Angst! Hier kommt die Übersetzung: Entweder du wirst jetzt vernünftig und bleibst Polizist und mein Partner. Oder deine Karriere als Gesetzeshüter endet und du versuchst einen Weg zu finden, wie du für Asja so da sein kannst, wie sie es braucht. Und wie du es auch brauchst ..."

Waldo zögerte nicht. "Ich würde mich immer für sie entscheiden. Der Scheißuniform weine ich keine Träne nach!"

Chris stellte seine Tasse ab. "Ich wundere mich über mich selbst, Waldo, aber ich kaufe es dir ab. Du willst Asja Sommerfeld anscheinend wirklich nur beschützen. Du hast es mit deiner Schauspielerin auch so gemacht und irgendwie erwartest du keine Gegenleistung dafür ..."

"Das noble Gefühl, das Richtige getan zu haben, ist Belohnung genug für einen Gentleman, mein Freund."

"Ja, ich hab schon von solchen Gutmenschen gehört. Es mag weltfremd sein, aber es steht ja nicht unter Strafe, so zu denken. Und was soll ich sagen, es gibt einen Teil von mir, der dich dabei gerne unterstützen möchte ..."

Waldo sah seinen Partner misstrauisch an. "Echt jetzt? Das meinst du im Ernst?"

"Ja, das meine ich", bestätigte Chris, trat zur Garderobe und griff nach seiner Jacke, "Aber dafür brauchen wir Hilfe. Und nur wenn wir die finden, gibt es vielleicht eine Chance für deine 'Mission Asja' ..."

Vivian Tennstedt hasste Krankenhäuser. Und diese Ablehnung hatte sich seit der Zeit, die sie in der psychosomatischen Klinik am Schweriner See verbracht hatte, noch verstärkt. Der Oberarzt im Helios-Krankenhaus war der Ansicht gewesen, dass sie noch länger bleiben sollte, weil er sie für traumatisiert hielt, aber die Oberkommissarin machte ihm schnell klar, dass sie das anders sah. Und weil ihre Schussverletzungen reine Fleischwunden waren, konnte der Mediziner es verantworten, sie gehen zu lassen und in die Obhut ihres Hausarztes zu überstellen.

Es ging schon auf dreiundzwanzig Uhr zu, als Tanja Brandt endlich kam. Sie hatte Vivians Dienstwagen dabei, der zwar einige Einschusslöcher aufwies, aber noch uneingeschränkt fahrtüchtig war. "Entschuldige, Vivian, dass es so lange gedauert hat. Aber es gab noch eine Ringalarmfahndung. Wegen des Sprengstoffattentats in Mukran ..."

"Was ist mit den Geiseln?", erkundigte Vivian sich, als sie sich auf den Beifahrersitz quälte und dort ihre Krücken zwischen die Beine nahm.

"Sie sind frei. Der Hubschrauber mit dem Rest der Söldnergruppe ist gerade vom Flugdeck der *Sea Wasp* gestartet. Die *Bad Bramstedt* und die *Neustadt* sind dabei, die Fähre zu evakuieren. Es gab noch zwei Schwerverletzte: Einer davon ist einer der Söldner und der andere Jens Lackner ..."

Vivian drehte erschrocken den Kopf. "Wie bitte? Jens? Aber ... wie um Himmels Willen kommt der auf das Schiff?"

"Weiß ich nicht. Wollte wohl seiner Pflegetochter zu Hilfe kommen ..."

"So ein Verrückter! Jens Lackners Verdienste mal dahingestellt, aber der Typ hat doch echt einen Schaden!"

"Wenigstens gab es keine weiteren Verluste bei den Geiseln. Die Söldner sind bis auf einige Ausnahmen tot. Auch der Steuermann der *Sea Wasp* und der Pilot des Fluchthubschraubers sind bereits an Bord der *Neustadt*."

"Warte!", hakte Vivian nach, "Sagtest du nicht, die Söldner wären bereits in der Luft? Wer fliegt den Vogel denn jetzt?"

"Wir haben einen Funkspruch vom Kollegen Bert Rusnak bekommen. Er fliegt. Er hat eine Lizenz und sich als freiwillige Geisel zur Verfügung gestellt."

"Bert Rusnak?", wunderte sich Vivian, während sie merkte, wie die Schmerztabletten nachließen. Ihr verwundetes Bein schmerzte zunehmend. "Ich verstehe. Und der war natürlich wegen seines kleinen Bruders da draußen?"

"Ja. So wie ich es sehe, haben er und Jens sich zusammengeschlossen und sind zur *Sea Wasp* hinausgefahren ..."

"Dass Rusnak sich den Söldnern als Pilot und Geisel angeboten hat, ist ja sehr ehrenhaft", erkannte Vivian das Handeln des Hauptkommissars an, "Aber werden diese Söldner ihn am Ende denn einfach so gehen lassen ...?"

"Die Frage stellen wir uns auch." Tanja musste an einer roten Kreuzung halten und langte nach hinten. Sie holte ihren Laptop aus der Tasche und reichte ihn Vivian. "Hier sind die Protokolle! Alle Berichte zu den größeren und kleineren Feuerwerken heute in Mukran und der Ostsee!"

Die Oberkommissarin klappte den Computer auf und begann sich einzulesen.

"Stimmt eigentlich deine Tankanzeige?", ließ Tanja sich vom Fahrersitz vernehmen.

"Oh ja, richtig!", erinnerte sich Vivian, "Wir sind auf Reserve! Ich wollte eigentlich heute Morgen schon tanken ..."

"Kein Ding! Gleich da vorne ist eine Tankstelle ..."

Richard fühlte sich grauenhaft, aber das war nebensächlich. Er hatte noch gelesen, als auf seinem Handy eine SMS aufgetaucht war, eine Nachricht von Chris Sienkiewicz. Er war leise aufgestanden, um die schlafende Paula nebenan nicht zu wecken, und hatte die Wohnungstür geöffnet.

Nun saß er mit dem POM und Waldo Rafalski in seinem Wohnzimmer und versuchte, die komplexe Problematik mit der geistig beeinträchtigten Asja Sommerfeld zu begreifen. Er hatte sie selbst miterleben können, in der Rugard-Apotheke, und er erinnerte sich auch noch gut an Waldos Auftritt, der die Situation mit Köpfchen entschärft hatte. "Das Mädchen ... oder sagen wir besser, die junge Frau befindet sich also jetzt in der Psychiatrie in Stralsund", rekapitulierte Richard, "Sage ich etwas Falsches, wenn ich glaube, dass sie dort im Grunde am besten aufgehoben ist?"

Waldo fühlte sich eingeschüchtert, denn Richard Dreifürst war nicht irgendwer. Er war der Mann, der dem *Fluch von Rügen*, dem Serienmörder Georg Kattow im Alleingang das Handwerk gelegt hatte, er war eine lebende Legende. Trotzdem versuchte der Polizeimeister seine Haltung zu erklären: "Asja ist von ihrer Entwicklung und ihrer Reife her zurückgeblieben. Dass sie schwer krank ist und durch ihre Störung für ihre Umwelt eine Gefahr, steht fest. Das heißt, sie wird nicht mehr freikommen, jedenfalls nicht in den nächsten zehn Jahren. Aber erstens hat sie das nicht verdient und zweitens ist sie nicht gewillt, ihr Leben weiter in Gefangenschaft zu fristen. Sie hat den Plan gefasst, sich umzubringen, wenn man sie weiter einsperren wird. Ich glaube, ich kann sie ganz gut einschätzen; das sind keine leeren Worte ...!"

Richard musterte Waldo genau. Nicht dass der unkonventionelle junge Mann ihm nicht sympathisch gewesen wäre, aber sehr realistisch war der Traum eines Happy-End-Szenarios für Asja Sommerfeld nicht. Der alte Mann sah zu Chris, einem Polizeibeamten, der, anders als sein Partner, nicht für naive Fantastereien bekannt war. "Was denkst du?"

Chris wiegte den Kopf. "Ich kann nicht sagen, dass ich so ticke wie Waldo, aber ich habe Vertrauen in seine Absichten.

Und ich sehe es wie er: Asja ist ohne eigenes Verschulden in eine Verkettung von tragischen Umständen geraten. Nun zahlt sie die Zeche für das Versäumnis anderer, etwa ihrer Mutter oder der Kirche, die die Verantwortung für das ganze Unglück auf Asja abgewälzt haben. Es wäre tröstlich, wenn dieses Mädchen ein anderes Schicksal erwarten könnte als die ewige Sicherungsverwahrung in einer Gummizelle ..."

Richard, der das Ticken seiner eigenen Lebensuhr allzu laut in sich hörte, zeigte sich offen. "Also gut, ich helfe, wenn ich helfen kann. Was habt ihr denn überhaupt vor?"

Waldo und Chris erläuterten ihren Plan, der Tatsache eingedenk, dass es eine Kapriole des Wahnwitzes war, die nun vor ihnen liegen sollte.

Richard hörte sich alles an und nickte am Ende. "Ich stelle eure Motive nicht infrage, meine Unterstützung habt ihr. Aber eine Bedingung: Paula darf auf keinen Fall irgendetwas davon erfahren!"

In diesem Moment trat Richards Gattin gähnend ins Zimmer. "Na Mensch, da komm ich doch gerade im richtigen Moment." Sie setzte sich und lächelte entspannt in die Runde. "Was darf Paula auf keinen Fall erfahren?"

Tanja Brandt war mit dem Tanken fertig und nun ins Kassenhäuschen gegangen, um zu zahlen.

Vivian hatte sich anhand des Laptops der Kollegin einen Überblick über die wilden Ereignisse des Tages verschafft. Als sie nun kurz aufblickte, weil Tanja schon eine ganze Weile weg war, erblickte sie an einer Zapfsäule weiter vorne einen recht alten Kastenwagen mit einem PKW-Anhänger. Es war windig heute Nacht und eine Böe hob die Plane, mit dem das Automobil auf dem Anhänger abgedeckt war. Vivian runzelte die Stirn und sah genauer hin. Erneut flatterte die Plane und die Beamtin erkannte ein gelbes Nummernschild. Sie schaute auf Tanjas Computer und scrollte etwas weiter nach oben. Genau, da stand es: Ringalarmfahndung nach vier angeblichen Anwälten aus Holland, denen man den Bombenanschlag in Mukran anlastete.

Gerade kam ein Mann vom Zahlen zurück und stieg vorne in den Kastenwagen ein.

"Das ist nicht wahr, oder?", stieß Vivian hervor. Sie zog den Schlüssel aus dem Zündschloss, stieß die Beifahrertür auf und quälte sich unter Schmerzen aus dem Wagen. Mit einer Krücke hinkte sie zum Kofferraum und schloss ihn auf.

Gerade als der Fahrer des Kastenwagens den Motor anließ, schlug Vivian mit ihrer Gehhilfe gegen das Seitenfenster. Der Fahrer, der nicht allein im Wagen war, fuhr das Fenster herunter. "Was ist?", rief er unwillig.

"Kriminalpolizei! Sie sind alle verhaftet! Steigen Sie aus!"

Der Mann brauchte einen Moment, um zu verstehen, dann glitt seine Hand schnell unter seine Jacke.

Da hob Vivian mit der rechten Hand ihre Heckler & Koch-Maschinenpistole. "Ja, Mann, versuch es nur!"

Die Männer im Auto hoben erschrocken die Hände und stiegen dann aus, einer nach dem anderen, während die Schmerzen in ihrem lädierten Bein Vivian fast umbrachten.

"Was wird das?", fragte Tanja verblüfft, als sie vom Bezahlen zurückkam und ihre Kollegin sah, die vier Männer in Anzügen mit der MP in Schach hielt.

"Das sind die Holländer, nach denen ihr gesucht habt. Das Bombenleger-Quartett!"

"Ich werd' verrückt!"

"Übernimmst du mal eben, Tanja, ich kann gleich nicht mehr stehen!"

Tanja trat sofort heran, ergriff die MP und richtete sie auf die vorgeblichen Anwälte. "Mit dem allergrößten Vergnügen, Frau Kollegin!"

An Bord der AS 350 waren nur fünf Personen. Neben Bert Rusnak, der den Heli flog, befanden sich noch der Capitano, Toledo und René Sutter im Cockpit der Maschine. Auch der erblindete Angel war mit von der Partie und saß still und in sich gekehrt auf einem Sitz hinten links. Die Maschine hatte mit Kaliningrad russisches Hoheitsgebiet erreicht und sich nun über Funk der Luftüberwachung zu erkennen gegeben.

Die russische Föderation ließ sie gewähren. René Sutters Planung erwies sich als lückenlos. Er hatte sie alle mit den finanziellen Möglichkeiten von De-Kerck-Industries geschmiert und so war der Weiterflug nach Weißrussland nur eine Formsache. Der Hubschrauber hielt sich genau über der Grenzlinie von Polen und Litauen und sorgte so für Verwirrung bei der Luftabwehr beider Länder. Der Mukraner Krisenstab hatte die Staaten vorher von dem Geiselflug in Kenntnis gesetzt. Es stiegen dennoch Jäger beider Nato-Länder auf und forderten den Hubschrauber zur Landung auf. Doch darauf ließ sich der Capitano nicht ein. Inzwischen hatte die beiden benachbarten Nationen über ATLAS auch die Nachricht erreicht, dass sich an Bord der Libelle ein deutscher Kommissar als Geisel befand, wodurch ein Abschuss des Fluges keine Option war, die sich aufdrängte.

Der AS 350 erreichte das Staatsgebiet von Belarus und setzte, von der Luftaufsicht Weißrusslands eingewiesen, zur Landung an ...

Susanne hatte erfahren, dass Jens sich in akuter Lebensgefahr befand und mit einem Rettungshubschrauber ins Universitätsklinikum nach Greifswald geflogen worden war. Sie hätte sich normalerweise sofort auf den Weg in die Hansestadt gemacht, aber Yslei bedurfte ebenfalls ihrer Fürsorge. Ihre Pflegetochter war trotz ihres robusten Naturells psychisch schwer angeschlagen, hatte aber außer einer Gehirnerschütterung und einem geplatzten Trommelfell keinerlei schwereren Verletzungen erlitten. Das Mädchen war von einem Krankenwagen in die Sana-Kliniken gebracht worden, so wie auch viele andere Schüler des Ernst-Moritz-Arndt-Gymnasiums, die durch die furchtbaren Ereignisse auf hoher See nachhaltig verstört worden waren.

Ebenfalls in das Sana-Klinikum hatte man Johnny Rusnak eingeliefert, der sofort operiert werden musste. Sein Blutverlust war so groß, dass er danach in ein künstliches Koma versetzt werden musste und nun zwischen Leben und Tod schwebte ...

Bert setzte den Hubschrauber sanft auf einem Landefeld auf, zu dem er von der weißrussischen Luftüberwachung dirigiert worden war. Er war länger nicht mehr geflogen, aber verlernt hatte er es nicht. Als die Rotorblätter ausschwangen, atmete der Polizist durch. Er machte sich keine Illusionen, wusste, was nun auf ihn zukam. Seine Gedanken waren bei seinem jüngeren Bruder. Und es tröstete ihn, dass Johnny versucht hatte, sich auf die richtige Seite zu schlagen, auch wenn er am Ende zu ambitioniert gewesen war und dafür die Quittung bekommen hatte. Bert wünschte dem Jüngeren, dass er überleben würde, damit sein eigener Opfergang nicht ganz umsonst sein würde.

Der Capitano und der inzwischen von seinen Fesseln befreite Toledo halfen dem gehbehinderten René Sutter nach draußen. Dann kümmerte sich der Söldnerführer behutsam um den mit einem Sedativ ruhiggestellten Angel, der einen Verband um die zerstörten Augen trug. Sie gingen einige Schritte, dann ließ Angel sich auf den Boden nieder und verharrte dort in apathischer Haltung.

Als Bert Rusnak ausstieg, sahen ihm drei Augenpaare entgegen. Er setzte ein Lächeln auf und fragte: "Kriege ich vielleicht von irgendjemandem hier eine Zigarette?"

Toledo trat vor und hielt ihm ein Päckchen Camel hin. Der Hauptkommissar zog eine Zigarette heraus und ließ sie sich von dem schwarzhaarigen Scharfschützen anzünden.

Der Capitano wandte sich an den Schweizer, der die ganze Mission initiiert hatte. "Es war abgemacht, dass der Rest des Geldes fließen würde, wenn wir auf weißrussischem Boden stehen ... Und ich rede hier von der kompletten Summe, also auch den Anteilen der toten Kollegen. So war es abgemacht!"

René Sutter deutete ein Nicken an und zog sein Satellitentelefon hervor. "Wenn ich richtig gerechnet habe, sind zwei Personen vom Kommando übrig, richtig?"

"Es sind drei!", korrigierte der Capitano und deutete auf Angel.

"Also gut. Mir kann es egal sein", bekannte Sutter und tippte fingerfertig verschiedene Codes in sein Handy ein.

Das nahm einige Minuten in Anspruch, dann waren die Transfers vollzogen. "Okay. Erledigt. Das Geld ist raus."

Sowohl der Capitano als auch Toledo checkten die Überweisung auf ihren Smartphones. Dann ging der Anführer zu Angel und überprüfte auf dessen Handy, ob auch er mit der korrekten Summe bedacht worden war.

Toledo sah auf das Display seines Smartphones. "Was für ein Haufen Geld! Fühlt sich fast wie eine Erlösung an ..."

Der Capitano kam zurück und steckte sein Handy ein.

Sutter blickte feindselig zum rauchenden Bert Rusnak. "So! Das reicht doch jetzt! Knipst den verdammten Bullen aus!"

Toledo zog seine Pistole, lud durch und legte auf den Hauptkommissar an. Aber er zögerte und wirkte unschlüssig. "Ich weiß nicht. Muss das sein? Fühlt sich nicht richtig an ..." Er schenkte dem deutschen Polizisten ein Lächeln, "Alles in allem hat er sich recht couragiert verhalten ..."

"Mir ist egal, wie couragiert er ist. Er weiß, dass ich hinter dem ganzen Aufruhr stecke, dass es mein Plan war!", zischte Sutter, "Das darf Willem De Kerck auf keinen Fall erfahren, sonst wird er nach mir suchen ... und vor jemandem wie ihm und seinen Möglichkeiten kann man sich nicht verstecken."

Der Capitano hob die Hand. "Wartet mal! Vielleicht können wir die Situation anders lösen. Herr Hauptkommissar, ist es denkbar, dass Sie eventuell vergessen könnten, was alles auf der Brücke der *Sea Wasp* passiert ist? Ich meine, eine plötzliche Amnesie ... durch großen Stress ausgelöst, so was kann doch passieren, oder?"

Bert zog an der köstlichen Zigarette und genoss seine letzten Momente. "Das glaube ich kaum. Ich bin nicht der Typ für eine Amnesie ..." Er blickte zum Sekretär, "Verstehen Sie mich nicht falsch; ich kann Ihre Motive nachvollziehen, doch, durchaus. Aber für das, was Sie wollten, Herr Sutter, haben Sie Dutzende von Menschenleben geopfert und zudem den Tod von etlichen Kindern in Kauf genommen. Und ich vergesse auch nicht, dass Sie meinem Bruder feige in den Rücken geschossen haben. Wenn es also nach mir geht, werden Sie ganz sicher zur Rechenschaft gezogen ...!"

René Sutter schnaubte wütend. Dann sah er zum Capitano. "Müssen wir noch mehr hören? Erledigt ihn! Auf der Stelle!"

Der Capitano und Toledo wechselten einen Blick.

"Sie haben es gehört, Hauptkommissar Rusnak!", kam es vom Schwarzhaarigen.

"Ja, hab verstanden. Dann tun Sie, was Sie tun müssen, Kollege ..." Rusnak nahm den letzten Zug seiner Zigarette, warf sie auf den Boden und trat sie aus.

Toledos Miene zeigte nun eine gewisse Nachdenklichkeit. "Nein! Das ist mir jetzt zu viel verkehrte Welt!" Dann drehte er sich und richtete die Pistole kurzerhand auf René Sutter.

Das Gesicht des Schweizers verfinsterte sich. "Was soll das? Ich bezahle Sie! Und da, wo mein Geld hergekommen ist, ist noch viel mehr!"

"Nicht genug!", sagte Toledo und nahm den Druckpunkt seiner Waffe. Ein scharfer Knall zerriss die Ruhe und ein Loch stanzte sich in die Brust Sutters. Im nächsten Moment kippte der Mann mit verblüffter Miene nach hinten.

Bert Rusnak schaute erschrocken.

"Verflucht! Toledo!", polterte der Capitano, "Musste das jetzt sein? Das war nicht der Deal!"

"Schon möglich. War aber auch nicht *mein* Deal, Käpt'n." Der Scharfschütze sah zu Rusnak. "Wie wäre es, Herr Kommissar, könnten Sie sich nicht vielleicht doch zu einer kleinen Amnesie durchringen, was diesen kleinen Unfall hier betrifft?"

Der Hauptkommissar sah auf den sterbenden Sutter, dessen Augen verwirrt in den Himmel blickten. "Ich sagte es doch, ich leide nicht an Amnesie", unterstrich Rusnak, "Ich werde aussagen, an was ich mich erinnere, nämlich, dass René Sutter bei dem Feuergefecht mit meinem Bruder angeschossen wurde und kurz nach der Landung in Weißrussland bedauerlicherweise seinen Verletzungen erlegen ist. Inwiefern das in Ihrer Branche Ihren Ruf als zuverlässige Spezialisten beschädigen könnte, wüsste ich jetzt nicht."

Die beiden Söldner wechselten einen erleichterten Blick. Damit konnten sie gut leben.

Ein Fahrzeug der weißrussischen Luftüberwachung raste heran, gefolgt von zwei weiteren Autos, großen, angejahrten Wolga-Limousinen aus russischer Produktion.

Ein weißrussischer Kommissar und ein Adjutant entstiegen dem ersten Wagen und beschlagnahmten den Hubschrauber. Dann machten sie die Söldner darauf aufmerksam, dass sie sich auf Sperrgelände befänden und sich sofort zu entfernen hätten. Der Leiche von René Sutter schenkte keiner der Männer Beachtung.

Der Capitano trat zu Bert Rusnak und deutet auf die rostigen Wolgas, die offenbar ebenfalls im Vorfeld organisiert worden waren, um die Männer von hier wegzubringen. "Das hier ist Belarus, Herr Kommissar. Ich kann nicht hundertprozentig für Ihre Rückkehr garantieren, aber ich bin trotzdem ganz zuversichtlich, dass Sie unversehrt nach Rügen zurückkehren."

Rusnak nickte. "Das ist gut zu hören."

"Gern geschehen, Mann. Aber was ich noch gerne wüsste: Johnny, unser kleiner Dummkopf, das ist wirklich Ihr Bruder?"

"Ja!", sagte der Hauptkommissar, "Das ist er. Und mit Verlaub, er ist kein Dummkopf."

Toledo trat heran. "Nein, das sehe ich genauso. Johnny ist kein Dummkopf." Er sah zum Capitano. "Man sieht sich, Schramme!" Dann führte er Rusnak zu einem der Wolgas.

Es war in den frühen Morgenstunden, als auf der Station 50 des Helios-Hanseklinikums in Stralsund Feueralarm ausgelöst wurde. In großer Hektik wurde die Evakuierung der geschlossenen Psychiatrie betrieben. Erst bei der Dämmerung des neuen Morgens stellte man fest, dass es sich um falschen Alarm gehandelt hatte. Es gab nirgendwo ein Feuer. Zu diesem Zeitpunkt entdeckte man, dass eine Patientin fehlte. Es handelte sich dabei um den neuesten Zugang, Asja Sommerfeld. Nach Zeugenaussagen hatte ein uniformierter Polizist sie bei dem ganzen Chaos in seine Obhut genommen und war mit ihr vom Gelände gegangen.

Um kurz vor neun wurden beide Personen zur Fahndung ausgeschrieben. Bei dem Polizeibeamten handelte es sich um den Bergener Schutzmann Waldemar Rafalski.

Yslei hatte eine schwere Gehirnerschütterung erlitten und bei Victor Prohaskas Schlag war ihr linkes Trommelfell geplatzt. Jetzt lag sie im Sana-Klinikum und hatte Schmerzmittel bekommen. Susanne harrte an ihrem Bett aus und es war ein Gefühl großer Erleichterung für das Mädchen, dass der Albtraum hinter ihm lag.

"Yslei, ich weiß, dass es viel verlangt ist, aber ich muss zu deinem Vater nach Greifswald", sagte Susanne, "Er ist auf der Fähre schwer verletzt worden und wird gerade operiert. Ich möchte bei ihm sein, wenn er wieder aufwacht."

Yslei sah sie an und lächelte mühsam. Sie wusste noch, wie Jens von dem Messer getroffen worden war, ein schlimmer Erinnerungssplitter in ihrem Kopf, und sie hatte große Angst um ihren Ziehvater. Susanne brauchte das aber nicht zu wissen. "Ja, geh nur, du Rabenmutter", sagte das Mädchen scheinbar leichthin, "Soll das Findelkind ruhig sehen, wie es allein zurechtkommt ..."

Das sah aus wie der schräge Humor, den Yslei von ihrem Pflegevater Jens übernommen hatte, was Susanne ein Stück weit beruhigte. Wenn ihre Tochter schon wieder Witze machte, konnte es nicht so schlimm um sie bestellt sein. Susanne gab dem Mädchen einen Kuss und eilte dann aus dem Zimmer.

Yslei atmete durch und schloss die Augen. Es wäre ihr lieber gewesen, wenn ihre neue Mutter bei ihr geblieben wäre, aber so schlimm, wie es um Jens stand, gab es nun andere Prioritäten.

Bert Rusnak war nach seiner Freilassung mit der *Vilnius* von Baltijsc in Richtung Sassnitz gefahren. Toledo, der sich auf Russisch verständigen konnte, hatte ihn bis zur Anlegestelle des Schiffes begleitet. Das war notwendig, weil der deutsche Hauptkommissar ohne gültiges Visum eingereist war.

Toledo verteilte einige großzügige Bestechungsgelder und hatte auch einen Telefonjoker in der Hinterhand, einen Major der russischen Armee, für den Fall, dass ein hundertzehnprozentiger Apparatschik das Schmiergeld vielleicht zurückgewiesen hätte. Aber die Beamten, die man traf, hielten nur stumm die Hand auf und verzichteten auf Verzögerungen.

Auf der letzten Etappe hatte Rusnak Toledo prüfend angesehen. Er war neugierig und konnte sich die Frage nicht verbeißen. "Sie sind nun ein schwerreicher Mann, oder?"

"Schwerreich vielleicht nicht. Aber jedenfalls reich genug, um all den Stress und Verdruss endlich hinter mir zu lassen."

"Und? Sind Sie der Meinung, dass es sich gelohnt hat? Ich meine, für dieses 'Blutgeld' so einen Weg zu gehen?"

Toledo überlegte nicht lange. "Nein. Das hat es nicht. Aber als ich angefangen habe, mir solche Fragen zu stellen, war es schon viel zu spät. Da war ich bereits ein Verdammter ..."

Bert Rusnak sagte nichts darauf.

Toledo blieb ernst. "In Ihrem Bruder Johnny habe ich mich wiedererkannt. Ja, er hatte den Ruf, nicht sonderlich schlau zu sein, aber er hat sich entschieden, sauber zu bleiben. Ich hab gesehen, wie er beim Angriff auf Schloss Lietzow bewusst danebengefeuert hat. Er war kein Killer und er wollte auch keiner werden. Damit hat er eine Klugheit bewiesen, die ich im Nachhinein auch gerne gehabt hätte. Ich mochte ihn, richten Sie ihm doch einen Gruß von mir aus."

"Ja", sagte Rusnak, "Das werde ich."

Als er auf dem Schiff war, ging dem Kommissar der Söldner lange nicht aus dem Kopf. Toledo war ein Auftragsmörder und als solcher verabscheuungswürdig, auch wenn er sich einen letzten Rest von Charakter bewahrt haben mochte. Der Capitano und er hatten nicht zuletzt dank Rusnaks Angebot, sie von der Fähre wegzufliegen, ihren fürstlichen Sold kassieren können. Dass sie jetzt für seine sichere Rückkehr gesorgt hatten, war ein Anflug von Ganovenehre, mit der Bert nicht gerechnet hatte, aber er hatte es doch sehr gerne angenommen.

Am späten Nachmittag erreichte der Revierleiter Sassnitz, wo Willie Olsen bereits auf ihn wartete, um ihn in das Bergener Sana-Krankenhaus zu fahren. Das Herz war Bert Rusnak schwer. Sutter hatte Johnny aus nächster Nähe in den Rücken geschossen. Die Verletzung musste nicht zwingend tödlich sein, aber der Blutverlust war bereits auf der *Sea Wasp* immens gewesen. In jedem Fall verspürte Rusnak große Angst, als der Streifenwagen vor dem Sana hielt.

Chris hatte seinen Wagen in dem kleinen Fischerdorf Witt, ganz oben im Norden der Insel, abgestellt und war den Weg zum Bootshaus zu Fuß gelaufen. Immer wieder schaute er sich um. Er glaubte nicht, dass ihm jemand folgte, was sich sicher anders verhalten hätte, wenn der Chef des Polizeihauptreviers von Bergen in den letzten vierundzwanzig Stunden präsent gewesen wäre. Bert Rusnak kannte seine Pappenheimer und hätte geahnt, dass Waldo seine Befreiungsaktion nicht allein würde durchziehen können. Irgendwelche Verbündete musste er haben und der Hauptkommissar wäre sich dessen bewusst gewesen. Gewiss hätte er daher Chris die Daumenschrauben angelegt.

Der POM hörte einen Laut hinter sich und drehte sich um. Doch es war nur eine Frau auf dem Fahrrad, die von Witt herkam. Sie grüßte dankend, als er zur Seite trat, und radelte an ihm vorbei.

Wenig später hatte Chris das Bootshaus erreicht. Er schaute sich erneut um, bevor er klopfte. Es dauerte nicht lange, bis Waldo ihn hereinließ.

"Sie lassen dich nicht beschatten, Sienkiewicz? Sehr leichtsinnig von denen." Er schloss die Tür hinter seinem Partner.

Das Bootshaus gehörte Vero, der Frau des verstorbenen Mike Kramer, die es wiederum von ihrem ersten Mann Arvid König, dem legendären "Riffgeist", geerbt hatte. Der Katamaran *Lilli Marleen*, der hier ankerte, war eines von den Tarnschiffen, die der geniale Konstrukteur zu Lebzeiten entwickelt hatte. Damit würde ein befreundeter Segler Waldo und Asja nach Schweden übersetzen, so war der Plan.

Einen besonderen Dank schuldeten Waldo und Chris auch Paula Kirner-Dreifürst, die Asja unter ihre Fittiche genommen und schlussendlich hergebracht hatte. Die Siebzehnjährige war in der Psychiatrie in Stralsund wieder unter die übliche schwere Medikamentierung gesetzt worden, da sie sich nach ihrer Festnahme den Beamten mehrfach widersetzt und randaliert hatte. Sie befand sich in keiner guten Verfassung und Waldo hatte Zweifel daran bekommen, ob es überhaupt Sinn machte, mit einer so schwer gehandicapten Psychiatrie-Patientin auf der Flucht zu sein. Doch Asja hatte es in einem lichten Moment so gewollt, das hatte sie klar ausgedrückt. Jetzt lag sie zugedeckt auf einer Liege und schlief, weiter von ihren Medikamenten ruhiggestellt.

"Die Hijacker vom Baltic Jet haben Bert Rusnak laufen lassen", sagte Chris, "Ihr solltet also besser früher als später auslaufen. Wenn der Alte wieder an Deck ist, wird er Lunte riechen und irgendwann die richtigen Schlüsse ziehen ..."

"Ist er nicht mit Lackner zur gekaperten Fähre, auf eigene Faust?", fragte Waldo herausfordernd, "Der macht sich doch auch seine eigenen Regeln, wenn es ihm passt ...!"

"Ja, ist sicher ein guter Punkt. Ich würde ihn trotzdem nicht mit dem Chef diskutieren wollen."

Waldo zeigte ein resignierendes Gesicht. "Ich habe ein Problem. Wir können nicht weg. Ich habe zwar die Papiere für Asja, aber jetzt brauche ich auch einen falschen Ausweis für mich. Ich habe nicht weit genug gedacht. Lukoschek sagt, er könnte ihn besorgen, aber mir fehlt das Geld. Ein Freund aus Frankfurt versucht, die Kohle für mich aufzutreiben, aber selbst, wenn er das schafft, was in den Sternen steht, dürfte das bestimmt noch ein paar Tage dauern ..."

Chris nahm seinen Rucksack ab und drückte ihn seinem Partner gegen die Brust. "Vergiss mal deine müden Kumpel aus Bembelhausen, und besinn dich vielleicht darauf, dass du hier auf Rügen ebenfalls Freunde hast."

Waldo wusste nicht, was das bedeutete, und schnürte das Backpack ratlos auf. "Was ist das, Mann?"

"Ein kleines Geschenk zum Abschied."

Waldo stieß einen erschrockenen Laut aus, als er die Verschnürung gelöst hatte und die vielen Geldbündel sah. "Was zum Teufel ...!" Er fasste das Geld an, als könnte es sich im nächsten Moment als Fata Morgana entpuppen. "Mein Gott, Chris, das ist ja ein Scheiß-Vermögen! Wo hast du das her?"

"Ist eine lange Geschichte", vermeldete der POM, "Eigentlich gehörte der Koffer unserem Freund Mike. Da er nicht mehr unter uns weilt, haben Tabea und ich uns den Kopf zerbrochen, was wir mit der Kohle anfangen sollen ..."

Waldo schaute ungläubig. "Über so etwas müsst ihr euch erst den Kopf zerbrechen? Ihr seid ja süß ...!"

Chris lachte. "Na, komm, dass ich ein Musterknabe und Spießer bin, ist ja nichts Neues. Ich schieb eben Skrupel, mich von Geld korrumpieren zu lassen. Da hab ich den Koffer zur Staatsanwaltschaft zu Michaela Terjong gebracht ..."

Waldo starrte in den proppenvollen Rucksack. "Wie? In dem Koffer war noch was drin?"

"Ja, so fünftausend Euro hab ich übriggelassen ... Die Terjong hat mich sogar noch für meine Ehrlichkeit gelobt."

"Du bist also am Ende vernünftig geworden und wolltest den Schatz doch für dich behalten?", rätselte Waldo.

"Nicht ganz. Ich dachte nur, es wäre keine schlechte Idee, für Tabea vorzusorgen. Für den Fall, dass mir mal irgendwas passiert. Du weißt ja, ich bin Polizist ... Heißt, ich hätte das Geld nicht für mich verwendet, aber Tabea und das Kleine abzusichern, war mir dann doch ein Anliegen. Also wollte ich es irgendwo verstecken, bis mal der Ernstfall eintritt ..."

"Das Kleine?" Waldo stand der Mund offen, "Du wirst Vater?"

Chris' Antwort war ein verlegenes Lächeln.

"Sienkiewicz, bist du noch bei Trost, Kinder in diese Welt zu setzen?"

"Zu meiner Verteidigung kann ich sagen, es war nicht geplant. Aber jetzt, da es irgendwie doch passiert ist, haben Tabea und ich gedacht, was soll schon sein ...?"

"Glückwunsch, Mann!" Waldo trat vor und umarmte Chris, was er noch nie getan hatte. Dann löste er sich vom anderen.

"Ich würde gerne zu Werner Lukoschek und meine Papiere holen. Und wie machen wir das mit dem Geld, wenn du was für deine Familie auf die hohe Kante legen willst?"

"Wir machen gar nichts. Tabea denkt, ich hätte die komplette Kohle an die Staatsanwaltschaft abgegeben und seitdem hält sie mich für so eine Art Heiligen. Jetzt komme ich bei ihr noch vor Nelson Mandela und Keanu Reeves. Das fühlt sich so gut an, das setz ich nicht mehr aufs Spiel. Und Tabea und ich sind finanziell sowieso sehr okay aufgestellt. Heißt, es passt, wenn das Geld wirklich weg ist. Du und Asja, ihr kommt mir gerade recht. Also nehmt den ganzen Segen und erfüllt euch drei Wünsche! Oder vier."

Waldo war gerührt. "Danke, das vergess' ich dir nicht."

"Ein guter Rat, Alter! Fahr nicht mehr nach Bergen runter! Ruf Lukoschek an und sag ihm, er soll dir deine Papiere hierherbringen. Du legst ihm einfach einen Bonus obendrauf, und glaub mir, dann sind alle zufrieden ..."

"Sienkiewicz, das sage ich jetzt nicht nur so dahin: Aus dir wird nochmal ein großer Polizist!"

Chris schmunzelte gerührt und ging dann zur Tür hinaus. Er wünschte Waldo und Asja, dass sie das friedliche Leben finden würden, nach dem sie suchten.

Jens lag immer noch auf der Intensivstation des Universitätsklinikums Greifswald, bewusstlos zwar, doch sein gesundheitlicher Zustand hatte sich stabilisiert.

Susanne saß seit einigen Stunden an seinem Bett und hing ihren Gedanken nach. Die Erleichterung über die Rückkehr von Yslei mischte sich mit der Sorge um ihren Mann.

"Susanne!" Eine Hand tastete nach ihrer und drückte sie. Der Kommissar hatte die Augen geöffnet und sah sie an.

Seine Frau stieß einen erleichterten Seufzer aus. "Jens! Mensch, du hast mich heute zu Tode erschreckt!"

"War keine böse Absicht, Sanni! Aber als Rusnak zum Schiff wollte, da konnte ich ihn nicht alleine gehen lassen. Er wollte Johnny helfen und ich, ich musste Yslei beistehen ...!"

"Du wärst beinahe gestorben, Lieber!"

"Das wäre alles nicht passiert, wenn ich meine Weste noch angehabt hätte. Hatt' ich aber nicht. So war es dann verdammt knapp, aber am Ende doch gut: Wir kamen gerade rechtzeitig, um zu verhindern, dass dieser riesige Söldner unsere Tochter umbringt ... Wo ist sie überhaupt?"

"Yslei liegt mit einer Gehirnerschütterung und einem gerissenen Trommelfell im Sana", sagte Susanne, "Aber sie ist so weit okay und bereits deutlich fitter als du ..."

"Okay, super. Das ist schön ... bitte verzeih ... ich ruh mich mal aus ... nur eine Sekunde ..." Damit hatte er seine Augen zugemacht und war schon wieder weggetreten.

Susanne lehnte sich in ihrem Stuhl zurück. Sie fühlte, wie die Anspannung in ihr endlich nachließ und beschloss dann, den Moment ebenfalls für ein Nickerchen zu nutzen.

Yslei war genervt. Sie hatte nichts. Kein Handy, keinen Laptop, nicht einmal ein Buch. Und der Fernseher in ihrem Zimmer war weit weg und klein. Es ging ihr inzwischen etwas besser, die Kopfschmerzen waren auszuhalten und sie wäre zu gerne nach Neuendorf gefahren. Sie hätte das auch durchgezogen, nur über Geld für ein Taxi verfügte sie nicht und genauso wenig über einen Haustürschlüssel.

In diesem Moment ging die Tür auf und ein Kopf mit Bobfrisur schob sich durch den Spalt. "Yslei?"

"Katzi! Ich werd' verrückt!" Yslei sprang aus dem Bett und ignorierte die jäh aufflammenden Kopfschmerzen, als sie auf ihre Freundin zulief und sie umarmte. "Du lebst? Ich dachte, du bist hinüber ... Du bist ins Meer gesprungen!"

"Ja. Es war arschkalt und ich hab ohne Ende Wasser geschluckt", platzte es aus Katzi heraus, "Ich bin weggetreten und dann irgendwann auf einem Fischerkutter aufgewacht. Die Seeleute haben mich aus dem Wasser gezogen. Aber wenig später hatten sie dann Probleme mit der Schiffs-Elektrik. Deswegen bin ich mit ziemlicher Verzögerung zurück an Land." Katzi nahm die wankende Yslei bei der Hand und führte sie zurück zum Bett. "Ich hab gehört, du und dein Vater, ihr hättet die alle plattgemacht, diese Mistkäfer ...!"

Yslei schaute gequält. "Keine Ahnung! Ich erinnere mich an ganz vieles nicht mehr. Ich weiß nur, als sie Frau Kampermann erschossen haben und du ins Wasser gesprungen bist, da hab ich rot gesehen ..." Yslei gab einen Stoßseufzer von sich, "Danach war ich dann komplett neben der Spur ..." Sie blickte auf. "Weißt du, was mit dem Simon ist?"

"Den haben seine Eltern vorhin schon mitgenommen. Bis auf ein blaues Auge war der ganz okay, glaube ich."

"Gott sei Dank!" Yslei atmete erleichtert durch. Dann bedachte sie die Freundin mit einem flehenden Blick. "Hör zu, Aurora! Meine Mutter ist bei Papa, weil der schwer verletzt ist. Der liegt in der Greifswalder Uni-Klinik. Und ich, ich sitze hier fest. Ich habe kein Handy und gar nichts ..."

"Du hast kein Handy?" Die Freundin wusste sofort weiter: "Dann nimm meins! Hier, ich zeige dir meinen Öffnungscode ..."

"Du gibst mir einfach so dein Smartphone?", staunte Yslei, "Ich weiß nicht, ob ich andersrum so großzügig wäre."

"Wir müssen ja auch nicht alle gleich sein. Ich geb dir sehr gerne meine Sachen, weil du nämlich meine beste Freundin ever bist."

Yslei umarmte die Mitschülerin gerührt. Dann straffte sie sich: "Aurora, ich habe beschlossen, dass du deine Probezeit bestanden hast. Ist am Ende zwar knapp mit der Punktzahl geworden, weil du so durchgeknallt warst, einfach von der Fähre zu springen. Aber du hast überlebt und durch diesen cleveren Schachzug noch mal die Kurve gekriegt. Also ... Glück gehabt!"

"Ja", lachte Katzi, "Das habe ich wohl! So und jetzt hole ich dir noch mein Ladekabel. Meine Mutter kommt gleich und nimmt mich mit. Und dann sieht man sich ... zum Stricken!"

"Ja, ich liebe stricken!"

Bert Rusnak hatte am Bett seines Bruders gesessen und dessen Sterben begleitet. Der Blutverlust hatte zu einem Organversagen bei Johnny geführt. Es war klar, dass nichts mehr zu machen war und so ließ Bert die Maschinen abstellen.

Als ob er es nicht schon immer geahnt hatte: Es würde einmal schlimm mit dem Kleinen enden! Dass Johnny immer wieder ins Fettnäpfchen gestolpert und ein Pechvogel aus dem Bilderbuch gewesen war, das hatte sich schon früh abgezeichnet, aber dass ein heimtückischer Buchhalter ihn von hinten abknallen würde wie einen Hund, war ein denkbar bitterer Schlussakkord. Nun war Johannes tot. Wenn Bert es etwas früher ins Sana geschafft hätte, hätte man vielleicht noch etwas reden können, denn es wäre dem Hauptkommissar lieber gewesen, mit seinem Bruder noch ins Reine zu kommen. Doch man konnte nicht alles haben. Auch wenn er Johnny nicht hatte retten können, so war die Geiselnahme auf der *Sea Wasp* doch nicht zuletzt durch das Teamwork der ungleichen Brüder beendet worden.

Es klopfte. Die Tür ging auf und eine Person trat ein, mit der Rusnak nicht gerechnet hatte. Es war die Hauptkommissarin Catrin Hanfstaengl. "Herr Kollege! Entschuldigen Sie, ich wollte Sie nicht stören ..." Sie brach ab, als sie den regungslosen Johnny auf dem Bett liegen sah. "Ihr Bruder ...! Er ... er hat es nicht geschafft?"

Bert konnte seine Tränen nicht mehr zurückhalten.

"Mein herzliches Beileid ..." Die Frau gestikulierte hilflos.

Rusnak sah auf. "Weswegen sind Sie hier, Catrin?"

"Ich war in Mukran, wie Sie wissen. Und da Sie die Söldner mit dem Heli nach Belarus geflogen haben, waren Sie nicht da. Glaubte ich jedenfalls. Also hab ich mich losgeeist, weil ich dachte, dass sich sonst keiner um Johnny kümmert. Ich kannte ihn ja damals noch von meinen Verhaftungen her ..."

Bert verstand und sah dann auf seinen toten Bruder. "Das war sehr freundlich von Ihnen ..." Der Kommissar stand auf, nahm seine Jacke und warf sie über. "Was halten Sie davon, wenn wir zusammen in die Kneipe gehen und etwas trinken? Dann erzähle ich Ihnen ein paar alte Geschichten von Johnny, die Sie bestimmt noch nicht kennen."

Catrin Hanfstaengl zeigte sich von der Idee angetan. "Ja, das wäre schön. Ich würde mich freuen, welche zu hören ..."

"Dann kommen Sie, Frau Kollegin!"

Epilog 1

Die Beisetzung von Ulla Kampermann war mehr als gut besucht. Die Direktion der Ernst-Moritz-Arndt-Schule hatte allen Schülern für die friedhöfliche Trauerfeier freigegeben.

Da fast jeder aus dem Kollegium etwas über sie zu sagen hatte und das Rahmenprogramm sich zog, hatte Yslei den Bankplatz neben Susanne verlassen und sich ein wenig zurückgezogen. Nun schlenderte sie, ein gutes Stück von der Aussegnungshalle entfernt, gedankenverloren zwischen den Grabreihen herum. Vor Katzi und den anderen tat sie gerne so, als hätte sie die Ereignisse auf dem Baltic Jet schon längst abgehakt. Doch das Gegenteil war der Fall. Die Bilder auf der Fähre liefen wieder und wieder vor ihrem inneren Auge ab und holten auch ältere Erinnerungen zurück, in denen sie bereits früher tödlichen Bedrohungen ins Auge gesehen hatte. Auch der Moment, in dem ihre Eltern ermordet worden waren, hatte sich wieder in ihr Bewusstsein gedrängt. Jetzt fühlte Yslei sich nur noch klein und schwach.

Ein Geräusch ließ sie aufmerken. Dann sah sie eine Gestalt auf sich zukommen. Es war Jens, dessen Anwesenheit sie in diesem Moment als großen Trost empfand. Sie stürmte auf ihn zu und umarmte ihn innig. "Papa!"

"Hallo, Süße! Auch schön, dich zu sehen."

Yslei löste sich. "Ich dachte, sie lassen dich erst Montag raus. Bist du denn schon wieder ganz in Ordnung?"

"Na ja, geht so. Aber es war mir ein Bedürfnis, mich bei der Beerdigung deiner Klassenlehrerin zu zeigen. Deswegen habe ich den Oberarzt so lange bequatscht, bis er mir dafür grünes Licht gegeben hat."

Yslei drückte ihn erneut. "Papa, ich bin froh, dass er dich nicht umgebracht hat, der wahnsinnige Zopfkiller auf dem Schiff. Er hat dich mit dem Messer erwischt und trotzdem hast du ihn am Ende noch erschossen. Ich war so froh!"

"Wie? Das hast du alles mitgekriegt?"

"Ich hab ziemlich viel mitgekriegt. Ich bring es alles nur nicht mehr in die richtige Reihenfolge ..."

Jens legte ihr die Hand auf die Schulter. "Ich bin sehr stolz auf dich, Tochter! Ich wünschte manchmal, ich hätte deinen Mut ..."

Yslei freute sich über die Anerkennung, dann aber wurde ihre Aufmerksamkeit durch eine schmale Gestalt eingefangen, die einige Grabreihen entfernt stand und in die Luft schaute, so, als gäbe es dort etwas Interessantes zu sehen.

Jens folgte ihrem Blick. "Ist das nicht Simon, der junge Graf aus deiner Klasse?"

"Ja. Der kleine Widerling, der mich gemobbt hat." Das Mädchen wandte den Blick von ihrem Mitschüler ab.

Der Kommissar jedoch sah weiter hinüber. "Ich dachte, auf dem Schiff seid ihr ein Team gewesen, oder? Und nicht einmal ein so schlechtes, wie ich den Eindruck hatte ..."

Yslei wiegte den Kopf. "Als ich schlapp gemacht habe, hat er mich überraschenderweise nicht zurückgelassen. Er hat mich sogar durch das halbe Schiff geschleppt. Immerhin ...!"

"Das war aber noch nicht alles", unterbrach Jens, "Als Bert Rusnak und ich das Freideck hochkamen, wollte dich dieser 'Zopfkiller', wie du ihn so passend getauft hast, mit seinem Messer umbringen. Simon hat sich ihm ohne Waffe in den Weg gestellt. Der Junge konnte den Mann nicht wirklich aufhalten, aber er hat seine Aufmerksamkeit immerhin so lange auf sich ziehen können, dass wir eingreifen konnten. Also ohne deinen Mitschüler stündest du nicht hier ..."

Yslei sah verwundert aus. "Wirklich? Das hat er getan? Das ist allerdings an mir vorbeigegangen ..."

Jens lächelte und spähte zu Simon hinüber. "Der will mit dir reden, glaub ich. Weißt du was, ich geh jetzt mal, okay?" Er tätschelte seiner Tochter die Schulter und ging davon.

Yslei steckte die Hände tief in die Hosentaschen und sah verunsichert zu Simon hinüber.

Jetzt, da Jens sich entfernt hatte, kam der Junge näher. Seit den Ereignissen auf der *Sea Wasp* hatten sie nicht mehr miteinander geredet. Von Simon, dem arroganten Grobian, der er zu Anfang gewesen war, war jetzt nichts mehr zu sehen, wenn man seine unsichere Körperhaltung betrachtete.

Der Klassenkamerad trat näher, wobei sein Lächeln nur ein verunglückter Entwurf war. "Hi, Yslei!"

"Simon. Was geht?"

"Alles ... alles gut so weit."

"Schön. Bei mir auch."

Er räusperte sich und wedelte hilflos mit den Händen. "Es ist so ...", begann er mühsam, "Ich ... ich dachte ... Ich wollte mich ..." Als er selbst bemerkte, wie er dabei war, sich ins Abseits zu stottern, fokussierte er sich kurz und nahm einen neuen Anlauf: "Yslei, ich wollte mich bei dir entschuldigen!"

"Ach ja?" Sie verschränkte die Arme und ließ ihn zappeln. Zu leicht wollte sie es ihm nicht machen.

Aber Simon kniff dieses Mal nicht. "Wenn ich mich zurückerinnere, an den Anfang des Schuljahres ... kann ich nicht glauben, dass ich so ein Idiot gewesen bin. Ich ... ich hab dich gehasst, einfach so, und ich wollte dir wehtun ..."

"Das hast du ja auch."

Simon schwieg. Dann sah er sie an. "Ich schäme mich, Yslei. Ich kann zu meiner Verteidigung nur sagen, dass ich einfach ein dummer Junge war. Ich wusste nicht im Entferntesten, worauf es im Leben wirklich ankommt ..." Simon war jetzt deutlich ruhiger geworden. "Auf dem Schiff, da, wo der Tod ganz nahe war, da habe ich es dann besser begriffen. Vielleicht nicht dort direkt, aber im Nachhinein schon ..."

"Das freut mich für dich", sagte Yslei diplomatisch.

"Jetzt, wo ich dich ein bisschen näher kennengelernt habe, könnte mein Respekt nicht größer sein. Heute denke ich, dass du ein ganz einzigartiger Mensch bist. Ich meine, ich habe dich übel herumgestoßen und guck dich an ... du hast immer so unaufgeregt reagiert, so zurückhaltend ... du hast mich nicht mal angeschwärzt, als es auf dem Silbertablett zu dir kam. Das war ein vorbildliches Verhalten von dir, so sehe ich das im Nachhinein." Er nickte, um seine Worte zu bekräftigen. "Und auf der Fähre, als dieser Mann mich geschnappt hatte; ich dachte nicht, dass du wirklich kommst, um mir zu helfen. Aber du hast es trotzdem getan. Du hast alles riskiert, Wahnsinn! Und ich möchte dir dafür danken!"

Er machte eine Pause. "Wenn ich mir jetzt alles so angucke, kann ich nur sagen, heute ... wäre ich gerne dein Freund!"

Ysleis Gesicht zeigte kaum eine Regung. "Ich weiß nicht, ob du noch mein Freund sein willst, wenn ich gleich mein Zikadenbrötchen raushole und anfange zu fressen ... Das wird sicher kein schöner Anblick."

Er verzog gepeinigt die Miene und stöhnte leise. "Das habe ich verdient, Yslei, keine Frage. Ich möchte mich auch dafür entschuldigen, für all die Beleidigungen. Und ich würde es verstehen, wenn du die Entschuldigung nicht annimmst ..."

Sie überlegte einen Moment. "Simon, ich bin eigentlich nicht sonderlich nachtragend, aber ich tu mich schwer damit, dir zu verzeihen, so hart, wie du ausgeteilt hast ..."

"Ist klar. Hundertprozentig nachvollziehbar! Ich hab es richtig verkackt, da beißt die Maus keinen Faden ab", pflichtete er ihr bei. Erneut kam der recht misslungene Versuch eines Lächelns. "Ich lass dich mal. Es war nett, dass du überhaupt mit mir geredet hast." Er wandte sich zum Gehen.

"Mein Vater sagte, du hättest dich vor mich gestellt, als der Silberzopf mich allemachen wollte ...", sagte Yslei.

Simon blieb stehen und drehte sich zu ihr um. "Ach, das ... Also da kann ich keinen Orden für beanspruchen. In der Situation habe ich gehandelt, ohne nachzudenken, und heute weiß ich echt nicht mehr, was mich da geritten hat ..."

Nun war es an Yslei, verlegen zu lächeln, "Trotzdem will ich dir auch Danke sagen, Simon. Sieht manchmal vielleicht nicht danach aus, aber ich bin nicht lebensmüde."

"Ich finde es auch schöner, wenn du lebst." Er zeigte erneut ein Lächeln und dieses Mal wirkte es authentisch auf das Mädchen.

"So. Und jetzt?"

Simon schaute sofort wieder verunsichert. "Und jetzt?"

"Na, ich meine, entschuldigt hast du dich und ich, ich hab angenommen. Das kam doch rüber, oder?"

"Ob das rüberkam ...? Na ja, ... vielleicht ein bisschen."

"Nicht nur ein bisschen. Es ist abgehakt. Okay?"

"Das ... das freut mich", versicherte Simon. "Wirklich!"

"Aber das reicht nicht, dass es dich nur freut. Da müsste schon noch etwas mehr kommen, denkst du nicht ...?"

"Ich ... ich weiß im Moment nicht ganz, was du meinst ..."

"Ich trinke zum Beispiel sehr gerne Erdbeer-Milchshakes", erläuterte Yslei, "Fände ich jetzt nicht völlig verkehrt, wenn du mich mal zu so was in der Art einlädst ..."

Simon starrte sie perplex an. "Moment ...! Ich soll dich fragen, ob du mit mir ausgehst? Ich soll dich ... daten?"

Yslei verdrehte die Augen. "Daten? Hör mal zu, ich bin fünfzehn! Wenn du mir auch nur einen Zentimeter zu nahekommst, wird mein Vater kommen und dich erschießen."

Der Mitschüler sah sie einen Augenblick an. Dann winkte er ab. "Wenn ich dir einen Zentimeter zu nahekomme, erschießt mich *mein* Vater vorher. Eine potenzielle Schwiegertochter mit syrischem Migrationshintergrund, wenn das keinen Schlaganfall bei ihm auslöst, dann weiß ich nicht, was! Das sollte ich besser alles sehr gut im Voraus planen ..."

Yslei musste nun lachen. "Nein, komm, Simon, alles okay. Ich wollte dich nur ein bisschen aufziehen ..."

"Ja, schon klar. Aber wenn ich es mir genau überlege, würde ich dich wirklich gerne zu einem Erdbeershake einladen. Wann hättest du denn Zeit?"

Das Mädchen war innerlich nicht ganz so souverän, wie es sich nach außen gab. "Vielleicht am Sonnabend ..."

"Das passt perfekt. Sagen wir um drei Uhr. Wo würdest du gerne hingehen?"

"Zum Insel-McDonalds. Erdbeershake ist da am besten!", sagte Yslei.

Er reichte ihr die Hand. "Prima! Abgemacht! Dann treffen wir uns da."

Sie schlug ein und ärgerte sich, dass ihr eine gewisse Röte ins Gesicht stieg. "Gut, die Verabredung steht. Bis dann, Simon!" Yslei drehte sich um und ging schnell davon. Aber so elektrisiert, wie sie sich gerade innerlich fühlte, war es eher eine Flucht ...

Epilog 2

Das stationäre Hospiz am Sana-Krankenhaus in Bergen war für Paula alternativlos. Sie hatte Richard vor drei Wochen hierhergebracht. Sicher wäre es auch eine Option gewesen, ihn seine letzte Zeit zu Hause verbringen zu lassen, doch Paula war bereits im siebten Monat und zudem trug sie noch die Verantwortung für den kleinen Willie, ein überaus lebhaftes Kind, das sie in Atem hielt. Sich über das alles hinaus noch um einen Sterbenden zu kümmern, war keine Verantwortung, die sie guten Gewissens hätte übernehmen können.

Obwohl Richard länger durchgehalten hatte, als es die Prognose der Ärzte vorausgesehen hatte, baute er am Ende deutlich und schnell ab.

Es waren noch einmal alle Freunde gekommen, um sich von dem alten Lehrer zu verabschieden, und sie hatten ihn in unterschiedlicher Verfassung vorgefunden.

Jens und seiner Familie war Richard an einem seiner besseren Tage begegnet und Yslei hatte erzählt, dass sie jetzt öfters mit einem Gleichaltrigen ausging. Wer das war, verriet sie nicht, obwohl Richard es natürlich ahnte. Die Verabschiedung von seinem Ex-Schüler Jens bestand nur aus einem Handschlag und einem langen Blick voller Wehmut.

Bert Rusnak und Chris Sienkiewicz waren zu Besuch gewesen, als Richard starke Schmerzmittel bekommen hatte, und er kaum fähig war, einem Gespräch zu folgen.

Etwas besser war es Tochter Annika und Richards Exfrau gegangen, die ebenfalls vorbeigeschaut hatten. Für Annika war es ein schwerer Gang gewesen, sie hatte viel zu wenig von ihrem Vater gehabt, auch wenn das Verhältnis der beiden am Ende besser und herzlicher nicht hätte sein können.

Ein schöner Moment hatte sich ereignet, als Palliativhund Dea zu Besuch gewesen war, ein neugieriger kleiner Rauhaarmischling. Richard, der immer abwesender wurde, hatte den kleinen Hund ausgiebig gestreichelt und dabei hatte ein Lächeln in seinem Gesicht gestanden.

Am Ende war Paula auch noch ein lichter Moment vergönnt gewesen. Richard hatte geistige Klarheit gezeigt und ihr dafür gedankt, dass sie ihm den Herbst seines Lebens mit ihrer Liebe vergoldet hatte. Auch Paula gab schlussendlich zu, dass sie sich von ihrem Mann stabilisiert und gesehen gefühlt habe und glücklich über die Kinder war, die nun ihr Leben bereicherten und ihre früheren Karrierepläne in den Hintergrund gerückt hatten, etwas, was sie heute als positive Wendung wertschätzte.

Dann war auch das Vergangenheit gewesen. Richard war in einen komatösen Zustand gefallen und atmete nur rasselnd, während sich seine Lungen allmählich mit Wasser füllten. In dieser Zeit brachte Paula ihren Jungen zu Susanne und Yslei, während sie die Nacht im Hospiz zubrachte. Das hatte seinen Grund darin, dass die meisten Menschen in der Nacht starben.

So erging es auch Richard, der gegen drei Uhr unruhig wurde, was die neben ihm sitzende Paula aus ihrem leichten Schlummer weckte. Sie beugte sich über ihn und gewahrte, dass er nicht mehr atmete. Als sie bereits dachte, dass er tot war, stieß er noch einen Seufzer aus und lag danach endgültig still. Sie schloss seine halb offenstehenden Augen und betrachtete ihn. Sie war nicht mehr so traurig, wie in den Monaten vorher, nachdem sie von seiner Krankheit erfahren und oft heimlich in ihrem Zimmer geweint hatte. Im Augenblick seines Todes aber war sie gefasst und vorbereitet. Das Muster war nun abgeschritten. Sie hatten gemeinsam eine wundervolle Zeit gehabt und sie wollte Richard so in Erinnerung halten, wie sie ihn kennengelernt hatte, als ihren Helden.

3. Epilog

Waldo saß am Waldrand und sah hinüber zu dem roten Holzhaus mit den weißen Streben, das er zu einem guten Preis erstanden hatte. Asja war gerade damit beschäftigt, vor dem Haus die Wäsche aufzuhängen, was sie sehr langsam machte, damit es akkurat war.

Fast ein Jahr lebten sie hier im finnischen Haapajärvi, was im malerischen Niemandsland irgendwo zwischen Oulu und Tampere lag. Sie hatten Seeblick vom Haus aus, was hierzulande allerdings keine Besonderheit darstellte. Im Winter war es bitterkalt geworden, aber solange die Heizung nicht einfror, was durchaus vorkam, wenn man den Worten der Einheimischen glauben durfte, konnte man es aushalten.

Es war schön hier, aber dafür passierte auch fast nichts. Jeder Gottesdienst, jeder Markttag war schon etwas Besonderes und wenn einmal ein kleiner Wanderzirkus in Haapajärvi gastierte, kam das schon einer Sensation gleich.

Natürlich lebte hier keiner hinter dem Mond. Satellitenschüsseln auf dem Dach und iPhones in den Taschen waren auch im Hinterland normal. Doch die atemlose Hektik der Städte, das gleißende Neon der Metropolen, die Hitze der urbanen Schmelztiegel, das alles kannte man hier nicht.

Waldo hatte sich umstellen müssen. Bereits der Wechsel von Frankfurt nach Rügen hatte den Verlust von Infrastruktur und der Verfügbarkeit gewohnter Dinge wie einer Markthalle, eines Apple Stores oder des Fast Foods der Kette *Five Guys* bedeutet. Hier in Haapajärvi gab es noch viel weniger. Aber mit der Zeit gewöhnte man sich auch daran.

Anders als Waldo kannte Asja nicht viel von der Welt. Und sie war schnell überfordert von dem Neuen, was in der Freiheit auf sie einstürmte. Deswegen war die verschlafene Provinz Finnlands eine geeignete Umgebung für sie.

Auf ihrer gemeinsamen Reise ins Unbekannte war Waldo oft an Grenzen gestoßen, weil sein Schützling ganz plötzlich zumachte und dann über Stunden nicht ansprechbar war. Manchmal verbrachte Asja Tage und Nächte vor dem Kreuz, war in ihr Gebet vertieft und stammelte, völlig entrückt, von Buße, Todsünden und dem jüngsten Gericht.

Dr. Korkmaz hatte Waldo gewarnt: Das Mädchen aus der Psychiatrie würde eine große Herausforderung werden. Diese Prognose bewahrheitete sich. Asja war nicht imstande, für sich selbst zu sorgen. Ein Modul mit der Aufschrift "Selbstständigkeit" war bei ihr nicht verbaut. Durch ihre als Kind erlittenen Traumata neigte sie zu paranoiden Phasen, sah oft Bedrohungen, wo keine waren. Auch jetzt ertrug sie immer noch keine Berührungen. Manchmal ließ sie sich in den Arm nehmen, etwa nach einem Alptraum in der Nacht, aber nach Möglichkeit vermied sie jeden physischen Kontakt.

Das war für Waldo kein Problem. Er begehrte sie nicht. Am Anfang, als er sie das erste Mal gesehen hatte, da hatten romantische Ideen existiert. Jetzt gab es das nicht mehr, denn Asja war und blieb innerlich ein Kind. Ihre Entwicklung musste etwa zu dem Zeitpunkt stehengeblieben sein, als sie ihren Onkel getötet hatte. Auch heute noch ging es nicht ohne die Medikamente, die Waldo Asja bei einer patenten Ärztin im benachbarten Nivala verschreiben ließ. Er hatte gehofft, sie von den Mitteln entwöhnen zu können, doch unter dem Strich gab es mehr Nach- als Vorteile.

Wenn Waldo zurückdachte, bereute er seine Entscheidung nicht. In seiner bürgerlichen Existenz als Polizist hatte er sich immer deplatziert gefühlt. Hier, am Ende der Welt, hatte er eine Heimat gefunden. Er war Asjas Lehrer, ihr Diener und ihr Beschützer. Und es gab viele Momente, die wunderbar waren. Asja und er lernten zusammen Finnisch, was sehr komische Elemente hatte, denn sprachlich begabt waren sie beide nicht. Doch es wurde besser. Asja versuchte, zu kochen und Waldo bemühte sich das, was sie auftischte, zu essen. Das schmeckte nicht immer gut, sie war jedoch überglücklich, wenn ihr ein Rezept gelang.

Er hatte ihr das Radfahren beigebracht und als sie es gemeistert hatte, war ihr strahlendes Gesicht eine schönere Belohnung als jeder Polizeiorden es je hätte sein können.

Aber diese intensiven Momente der Gemeinsamkeit und Nähe waren für Asja nicht unanstrengend. Danach musste sie sich fast immer zurückziehen, brauchte Abstand und ertrug eine Zeit lang seine Gegenwart nicht.

Waldo akzeptierte das, genauso wie die Tatsache, dass sie ihn oft "Aulon" nannte, nach der fiktiven Figur aus *Die Jungfrau von Orleans*. Sie tat das nicht von oben herab. Es war Ausdruck ihres Respekts und ihrer Dankbarkeit. Sie wusste genau, was sie ihrem Begleiter zu verdanken hatte. Wenn sie einen emotionalen Ausbruch hatte, wetterte und ihn beschimpfte, was immer wieder vorkam, so entschuldigte sie sich später jedes einzelne Mal. Trotz der Tatsache, dass es immer wieder holprig war, erweckte Asja jedoch insgesamt den Eindruck, mit ihrem jetzigen Leben zufrieden zu sein.

Waldo blickte auf den Brief, den Chris ihm geschrieben hatte. Ein Foto des Babys in den Armen seiner Mutter Tabea lag dabei, Imogen hieß das Kleine, und Waldo freute sich für den ehemaligen Kollegen, der ihm mit dem Geldrucksack das hier erst ermöglicht hatte. Oft waren die üppigen finanziellen Reserven das letzte Mittel gewesen, die Brechstange, mit der man fest verschlossene Türen erst hatte öffnen können. Ohne diese Ressource hätte Waldo auch das Haus nicht kaufen können. Es war vielleicht noch ein Drittel des Geldes übrig. Der ehemalige Polizist war umsichtig genug gewesen, es auf die Bank zu bringen und versuchte, es nicht anzurühren. Er hatte Arbeit bei einer Autoreparaturwerkstatt gefunden. Hier verdiente er nicht viel, aber es reichte zum Leben.

Waldo blickte zum Haus. Asja war mit dem Aufhängen fertig und schaute zu ihm herüber. Sie winkte ihm zu. Er erwiderte den Gruß. Sie packte den Wäschekorb und ging zurück ins Haus. Waldo lächelte. Er fühlte Zufriedenheit, denn er war in seinem Leben angekommen. Es konnte so bleiben, wie es war. Immer hatte er etwas gesucht, von dem er nicht wusste, was es gewesen war. Das hatte sich nun geändert. Er hatte Asja gefunden, das verwunschene Mädchen, Jeanne d'Arc. Ja, er war Parzival und sie war sein Gral.

ENDE

Nachwort

An dieser Stelle möchte ich mich mit einer persönlichen Botschaft zu Wort melden. Dieses ist der fünfte und letzte Band meiner Rügen-Krimis. (Sind es überhaupt Krimis? Manchmal mutiert die Story auch zur Soap, zum Drama oder zum Thriller. Ich gebe zu, ich kann es nicht annähernd steuern.)

Die ersten drei Bände sind noch bei Piper erschienen, aber nachdem meine Redakteurin Eliane Wurzer das Haus verlassen hat, gab es bei dem Verlag kein großes Interesse, mit mir weiterzumachen. Man hat mir aber immerhin erlaubt, die Reihe bei *Book on Demand* weiterzuführen. So erschienen noch "Der Laternenfisch" und "Die Seewespe".

Ohne Piper sind meine Verkäufe aber so stark eingebrochen, dass es mir unmöglich ist, die Reihe weiterzuführen. Mit den Kosten für das Cover und die Werbung investiere ich über tausend Euro in jedes Buch; dem gegenüber stehen am Ende etwa 80 verkaufte Ausgaben. (ca. 110 Euro Erlös)

Dazu kommt, dass ich ohne Verlag selbst Korrektur lesen muss. Das sind zusätzlich 4 Monate Arbeit, um auf eine zumutbare Fehlerquote zu kommen, es ist sehr zermürbend.

Meine Laufbahn als Drehbuchautor endete durch einen Burnout 2018. Seitdem bin ich nicht mehr belastbar und der Schreibprozess überfordert mich kräftemäßig. Daher bin ich seither bei jedem Projekt in ein Alkoholproblem hineingerutscht. (Bin inzwischen aber wieder trocken und stabil)

Aufgrund dieser ungünstigen Gemengelage sehe ich keine Alternative, als mit dem Schreiben aufhören. Als Rochus Hahn/ R.P. Hahn habe ich seit 2015 zehn Bücher veröffentlicht, wie ich finde, gar kein so schlechtes Vermächtnis.

Ich bin stolz auf jeden Titel und das konnte ich als Drehbuchautor von keinem einzigen meiner Filme sagen.

Nun verabschiede ich mich schweren Herzens und mit einem Dankeschön von meinen treuen Lesern, auch wenn ich weiß, dass man niemals 'Nie' sagen soll ...!

R.P. Hahn, Oktober 2024

VOM SELBEN AUTOR!

Die abenteuerliche
Roadtrip von zwei Freunden,
die nach Finnland reisen,
um eine mysteriösen Droge
zu finden

*„Schräg, zum Weglachen
und genial erzählt"*
Amazon-Kunde

Romantische
Dreiecksgeschichte
mit Dobermann

„Lesevergnügen pur!"
Helmut Niessner

Ein Abenteuerroman
für Mädchen von 9 - 14

„Witzig, spannend, klug!“
Elsie_Sue

Die besten
abendfüllenden Filmskripts
aus vierzig Jahren!

*„Ein Muss für alle Filmnerds
und Drehbuchautoren!“*
Andreas Marschall

Rochus Hahn

Eine
VORZEIGE
FAMILIE

Schein und Sein
meiner Eltern

Eine deutsche Zeitreise
über fünf Jahrzehnte:
berührend, skurril, amüsant,
erschütternd und tröstlich.

Die dunkle Seite von Rochus Hahn: Krimiautor R.P. Hahn